grafit

Chemnitzer Str. 31, D-44139 Dortmund
Internet: http://www.grafit.de
E-Mail: info@grafit.de

Umschlagzeichnung: Peter Bucker
Druck und Bindearbeiten: GGP Media GmbH, Pößneck
ISBN-13: 978-3-89425-261-8
ISBN-10: 3-89425-261-8
15. / 2008 2007

Jacques Berndorf

Eifel-Wasser

Kriminalroman

grafit

DER AUTOR

Jacques Berndorf (Pseudonym des Journalisten Michael Preute) wurde 1936 in Duisburg geboren und wohnt – wie sollte es anders sein – in der Eifel. Berndorf kann ohne Katzen und Garten nicht gut leben und weigert sich, über Menschen und Dinge zu schreiben, die er nicht kennt oder nicht gesehen hat. Ist unglücklich, wenn er nicht jeden Tag im Wald herumstreifen kann, und wird selten auf ausgefahrenen Wegen gesehen.

Eifel-Blues (1989) war der erste Krimi mit Siggi Baumeister. Es folgten *Eifel-Gold* (1993), *Eifel-Filz* (1995), *Eifel-Schnee* (1996), *Eifel-Feuer* (1997), *Eifel-Rallye* (1997), *Eifel-Jagd* (1998), *Eifel-Sturm* (1999) und *Eifel-Müll* (2000).

Eifel-Filz wurde für den ›Glauser‹, den höchstdotierten Autorenpreis deutschsprachiger Kriminalschriftsteller, nominiert und *Eifel-Schnee* für das ZDF verfilmt. Für sein Gesamtwerk hat Michael Preute 1996 den Eifel-Literaturpreis erhalten.

Der gesunde Menschenverstand sagt einem, geh nach Hause und vergiss das, das bringt dir nichts ein. Der gesunde Menschenverstand spricht immer zu spät. Der gesunde Menschenverstand ist der Kerl, der dir sagt, du hättest deine Bremsbeläge letzte Woche erneuern lassen sollen, bevor du diese Woche jemandem hinten draufgefahren bist … Der gesunde Menschenverstand ist der kleine Mann im grauen Anzug, der sich beim Addieren nie verrechnet. Aber das Geld, das er addiert, gehört immer wem anders …

Raymond Chandler, *Playback*, 1958

Für Geli – selbstverständlich –, die so großes Verständnis zeigt, wenn ich in anderen Welten schwimme. Und ganz herzlich an Mogo in seinem nächtlichen Revier. Für Gerlinde und Matthias Nitzsche, die so sehr viel von anderen Welten wissen. Und ein großes Glückauf an Ute und Alwin, die leibhaftig zum Standesbeamten marschierten.

Ich habe vielen Menschen Dank zu sagen, die in Sachen Wasser von sehr heiklen Dingen wissen und die ich, wie versprochen, nicht nennen mag. Ein Dank an die Chefs der *Nürburg Quelle* in meinem Heimatort Dreis-Brück, die mir mit großer Geduld verständlich machten, wo das Wasser unter Tage langläuft und wo und wie über Tage damit gesündigt werden kann. Nicht zu vergessen: Ein herzlicher Dank an die *doctores* Wiedeking und Schreiber, Jäger im eiflerischen Bleckhausen, die mir beibrachten, wie man auf höchst ungewöhnliche Weise eine Leiche entsorgen kann.

J. B. im Herbst 2001

ERSTES KAPITEL

Es war der erste sonnige Samstag nach vierzehn Tagen Dauerregen, die Temperatur kletterte schon um neun Uhr in der Früh auf zwanzig Grad, die Eifel atmete auf. Vor dem Haus schrie mein Kater Satchmo zum Gotterbarmen. Wahrscheinlich war er gerade dabei zu verhungern, er verhungert ständig. Sein Kumpel Paul saß mitten in der Hofeinfahrt und sicherte das Gebäude durch intensives, Furcht erregendes Umherstarren. Das war auch nötig, denn oben aus der Kurve der Dorfstraße drohte der so genannte Kampfkater mit einem Besuch, ein widerlicher Macho. Das Viech hatte die Angewohnheit, mit hoher Geschwindigkeit die Fressnäpfe meiner beiden Lieblinge zu leeren – in der Regel schon dann, wenn sie noch gar nicht entdeckt hatten, dass es etwas zu fressen gab. Insgeheim bewunderte ich diesen Rabauken, durfte das aber natürlich nicht zeigen.

Aus der Küche tönte Vera mit fieser Stimme: »Es ist erstaunlich, dass du aufgestanden bist.«

»Eine satte Leistung!«, pflichtete Emma ihr bei.

»Ich streite mich nicht mit dem Personal«, murmelte ich. »Wo ist Rodenstock?«

»Der sitzt im Wohnzimmer und bildet sich. Er liest Zeitung. Willst du einen Kaffee?«

»Schleimt euch nicht ein«, erwiderte ich hoheitsvoll. »Ich bin und bleibe unbestechlich.«

Ich ging hinaus auf den Hof und kraulte Satchmo, der sich immer noch bemühte, einen bemitleidenswerten Eindruck zu machen. Es hätte nur noch gefehlt, er hätte gehaucht: »Fremder, helfen Sie dem Vater vieler frierender und hungernder Kinder!«

Paul beachtete mich nicht, Paul beobachtete den Kampfkater, der das tat, was er immer tat: Er trollte harmlos auf der anderen Straßenseite auf dem Gehsteig heran und gönnte mir und meinen Katern nicht einen einzigen Blick. Er roch mal da an einem Grashalm, dort an einem Zweig der

Rosen und bewegte sich dabei so, als sei er schwer ermattet und dicht vor dem körperlichen Zusammenbruch.

»Passt auf«, sagte ich halblaut, »er wird angreifen, wenn er an dem Rosenbeet vorbei ist. Ich will euch siegen sehen, Jungs.«

Er war ein grau getigertes Tier mit mächtiger Brust, und sein rechtes Ohr gab es nur noch halb. Wahrscheinlich kannte er jedes weibliche Wesen im Umkreis von zehn Kilometern, war pro Jahr für zweihundert bis vierhundert Junge gut und nummerierte seine Eroberungen der Einfachheit halber durch.

Nun hatte er das Ende des Rosenbeetes erreicht. Pauls Rücken bildete einen eindrucksvollen Bogen. Dann folgte die Sichelstellung, höchst elegant. Er fauchte und machte ein paar Steppschritte zur Seite.

Das Monster schien nicht im Geringsten beeindruckt, tappte müde auf unsere Seite der Straße, hielt aber einen Abstand von etwa vier Metern. Er erreichte Pauls Gebiet und wollte wie selbstverständlich durch die Gartenpforte zu den Fressnäpfen wischen.

Paul startete durch und warf sich mit voller Wucht auf den Feind. Laut fauchend und kreischend bildeten sie sofort ein unentwirrbares, schnell kreisendes Knäuel. Haarbüschel flogen, die beiden schrien wie wütende Kinder, unterbrochen von dumpfen, sehr kehligen Lauten. Das alles war von erschreckender Ernsthaftigkeit.

Die Kampfmaschine löste sich und wich ein paar Zentimeter zurück. Sie sah wirklich gut aus, so eine Art Charles Bronson unter den Brücker Katzen. Und sie war ein wütender Charles Bronson. Der Kater legte den Kopf ganz flach nach vorn und berührte beinahe die Erde. Dann wackelte er mit dem Arsch und stemmte die Hinterläufe ein.

Ich wollte gerade »Gott sei euch gnädig!« hauchen, als er abhob. Er war einfach besser als mein Paul, viel gerissener. Wie von einer Sehne geschnellt schoss er auf Paul zu, der sich tief auf den Boden schob. Aber das Monster wollte Paul gar nicht vertrimmen, das Monster hatte ein ganz anderes Ziel. Wunderbar leicht flog er über Paul hinweg, touchierte den Zigarettenautomaten und landete sicher auf meiner Natursteinmauer. Jetzt war er fast anderthalb Meter über Paul positioniert und hatte das Sagen.

»Paul, du bist eine Knalltüte!«, äußerte ich wegwerfend wie ein Bundesligatrainer. »Das müssen wir beide noch einmal gründlich üben.«

Dann rief ich nach Satchmo, weil ich die linke Absicht hatte, das Monster in die Zange zu nehmen, aber Satchmo hatte sich verdrückt.

Das Monster thronte hoch über meinem Paul, dicht neben zwei schneeweißen Blütenrispen des wilden Knöterich. Der Junge wusste scheinbar genau, was ihn schmückte.

Paul entspannte sich und sah mich an, bewegte sich nicht von der Stelle. Rein praktisch war er erledigt und hätte um Gnade winseln müssen, aber das schien ihm nicht wichtig, er war von geradezu triefender Gelassenheit.

Plötzlich hörte ich einen dumpf drohenden Ton und das Monster flog ohne Vorwarnung von seinem Hochsitz. Dafür erschien Satchmo auf der Mauerkrone und beobachtete zufrieden, wie Paul den überraschten Gegner annahm und dann kräftig vermöbelte.

»Ihr seid unwahrscheinlich«, meine Seele jubilierte. »Ihr kriegt zweihundert Gramm Schweinegehacktes.«

Das Monster kuschte sich, ab sofort hatten wir einen Feind fürs Leben.

Rodenstock betrat den Hof und schwenkte die Zeitung, sein Gesicht wirkte merkwürdig verkniffen. »Schlechte Nachrichten«, sagte er. »Erinnerst du dich an Breidenbach, Franz-Josef Breidenbach?«

»Nein, wer ist das?«

»Ein Lebensmittelchemiker. Als im vorigen Jahr der BUND hier in der Vulkaneifel Streuobstwiesen anlegte, war Breidenbach dabei. Jetzt ist er tot. Im Kerpener Steinbruch von einer Felslawine erschlagen. Er begeisterte sich unglaublich für die Natur hier und wusste unheimlich viel. Ein beeindruckender Mann. Schade. Es trifft immer die Falschen.«

»Wieso Felslawine?« Das kam mir sehr grotesk vor.

»Es muss im Steinbruch hinter der so genannten Strumpffabrik in Kerpen passiert sein. Er hat auf der mittleren Sohle unter einer Felsnase gezeltet. Der *Trierische Volksfreund* schreibt, dass er das oft tat. Wegen des tagelangen Regens ist eine Lawine abgegangen. Sie schätzen, ungefähr zweihundert Tonnen Gestein. Er hatte keine Chance. Du musst ihn auch kennen. Das war der Mann, der die Gewässer in der Eifel auf Köcherfliegenlarven untersuchte. Wo es die gibt, ist das Wasser sauber, oder so ähnlich.«

»Ja, jetzt weiß ich wieder. Breidenbachs Job war es, die Trinkwasserquellen in den Dörfern zu kontrollieren.«

»Richtig. Und Brauereiquellen und Sprudel- und Heilwasserquellen. Wenn er beerdigt wird, werde ich hingehen.«

»Tu dir das nicht an, Rodenstock. Beerdigungen machen dich immer grenzenlos melancholisch.«

Aber er hörte mir nicht zu, sondern starrte über meinen Garten hinweg: »Das ist komisch: Ein Naturfreak wird von der Natur erschlagen.«

Ich wollte ihn ablenken, fragte: »Was ist mit dem Haus in Heyroth? Kauft ihr es?«

»Wahrscheinlich. Emma will es haben. Wir müssen das Haus praktisch neu bauen. Eine Heizung muss rein, einige Wände raus, andere müssen versetzt werden. Viel Arbeit. Ich muss Kischkewitz anrufen.«

»Wie bitte? Ich denke, wir reden über euer neues Haus. Was hat das mit dem Leiter der Mordkommission zu tun?«

»Nur so, nur so«, murmelte er geistesabwesend. »Nicht wichtig, überhaupt nicht wichtig.« Abrupt drehte er sich um und verschwand wieder im Haus.

»Er ist ein bisschen meschugge«, erklärte ich meinen Katzen. »Kommt mit in den Garten, wir betrachten den Tag und diskutieren darüber, warum Klatschmohn rot ist.«

Sie zeigten nicht das geringste Interesse für das spannende Thema, daher ging ich allein an den Teich und unterhielt mich stumm mit meinen Goldfischen. Anregend war das nicht.

Vera näherte sich mit einer großen Tasse Kaffee in der Hand. »Weißt du, was mit Rodenstock los ist? Der wirkt irgendwie verbiestert.«

»Ein Mann, den er mochte, ist zu Tode gekommen. Das wird schon wieder. Danke für den Kaffee. Was treibt ihr so?«

»Nichts Besonderes. Emma bereitet ein typisch ungarisch-israelisches Essen vor. Behauptet sie jedenfalls. Viel Hammel und viel Paprika und Unmengen Knoblauch. Dabei reden wir über unwichtige Dinge. Ich liebe dich, Baumeister. Und ich habe einen Knutschfleck an einer Stelle, von der meine Mutter zeitlebens nicht gewusst hat, dass es sie gibt.«

»Deine Mutter hätte dich sicher vor mir gewarnt.«

»Und wie jede gehorsame Tochter hätte ich keine Sekunde auf sie gehört. Allerdings hätte ich bei unserem ersten schweren Zoff getönt: Meine Mutter hat mich immer schon vor dir gewarnt!«

Der chinesische Koikarpfen, den ich ›Zarathustra‹ genannt hatte, erschien neben einem Büschel wildem Reis und begann an einer Wasserpflanze herumzuknabbern.

»Da ist das junge Glück!«, rief Emma hinter unserem Rücken. Sie stellte ihre Tasse auf den Tisch und setzte sich zu uns. »Ich will ja nicht stören, aber was zum Teufel ist mit Rodenstock los? Er sieht aus wie ein arbeitsloser Nussknacker.«

»Er hat Kummer. Ein Mann ist tödlich verunglückt, den er kannte. Stand heute Morgen in der Zeitung. Breidenbach hieß er, ich glaube Franz-Josef oder so.«

»Dieser Naturfreak? Der? Das tut mir aber Leid. Der Mann war sehr nett, fand ich. Rodenstock telefoniert mit Kischkewitz, wahrscheinlich wittert er Unrat. Und nun zu uns, meine Liebe: Was hältst du von blau und rot kariertem Bauernleinen für die Fenster in dem Haus in Heyroth? Das macht sich sicher zauberhaft.«

»O ja«, freute sich meine Gefährtin. »Ganz fantastisch. Die könnten wir doch selber machen, oder?«

»Wie wäre es, wenn ihr den Schuppen erst einmal kauft?«, schlug ich vor.

Aber sie hörten nicht auf mich, und da ich nicht allzu viel von zauberhaftem, fantastischem Bauernleinen verstand, verzog ich mich ins Haus, wo ich hörte, wie Rodenstock stinkwütend ins Telefon brüllte: »Verdammt noch mal, ich habe dich doch nur höflich gefragt! Tut mit Leid, dass ich geboren wurde. Alter Trampel!«

Es schepperte, als er das schnurlose Telefon in die Halterung donnerte. Er riss die Tür auf, stand mit hochrotem Kopf vor mir und sagte, mühsam um Haltung ringend: »Dieser Scheißkischkewitz macht mich irre. Frage ich ihn harmlos, wen er zu dem verunglückten Breidenbach geschickt hat und ob das alles seine Ordnung habe. Da schreit er los, ich hätte wohl nicht alle im Tassen im Schrank und ich sei ein Nagel zu seinem Sarg. Er hätte die Tötung eines Rentnerehepaares an der Mosel am Arsch, drei Selbstmorde und einen Raubmord mit versuchter Notzucht und ähnlichen Kleinkram. Dieser … dieser Esel fragt mich, ob ich glaubte, dass sein bester Mann mit einem Unfalltod durch Felslawinenabgang nicht fertig wird. Ich solle gefälligst in Pension bleiben und mich bloß nicht reaktivieren lassen. Stiesel, der, dummer, einfältiger Stiesel.«

»Seine Truppe ist doch immer hoffnungslos unterbesetzt, er hat keine Leute«, wandte ich ein. »Das weißt du doch. Was sagt er denn?«

»Zweifelsfrei Tod durch Felsschlag. Aber deswegen braucht er mich doch nicht anzubrüllen. Ich bin doch nicht sein Ladenschwengel.«

»Du lieber Himmel«, regte ich mich nun auf. »Wen soll er denn anbrüllen, wenn nicht dich? Du kennst den Laden immerhin. Ruf ihn an und entschuldige dich, verdammt noch mal. Ich wette, er hat einen Achtzehn-Stunden-Tag und weiß nicht mehr, wie seine Frau aussieht. Du bist aber auch ein Dickschädel!«

Er starrte ausdruckslos an mir vorbei. »Ja, du hast Recht, ich ruf ihn an und entschuldige mich.« Damit trabte er zurück ins Wohnzimmer.

Emma und Vera tauchten auf und verkündeten, sie führen zu dem alten Bauernhaus in Heyroth. Wir beiden Mannsleute könnten daher endlich mal aufatmen.

Rodenstock musste es gehört haben, er streckte den Kopf durch die Tür und fauchte: »Ich habe sowieso Wichtigeres zu tun.«

Emma stemmte die Arme in die Hüften. »Der König tobt, es zittern seine Untertanen. Was hat er denn? Sitzt ihm ein Wind quer?«

»Ich hol schon mal Verbandszeug«, sagte ich eilig und stürmte die Treppen hoch, um die Abgeschiedenheit meines Arbeitszimmers zu erreichen. Mein Hund Cisco musste erwacht sein, denn er begann wütend zu bellen, und nach dem Klang zu urteilen, befand er sich auf dem Dachboden.

»Halt den Mund, du Töle!«, befahl Emma rau. Lieblich und heiter setzte sie hinzu: »Wir fahren, wir gehen ins Exil.«

Die Haustür klackte. Cisco schoss in mein Zimmer und seinem Benehmen nach hätte er wahrscheinlich am liebsten gefragt: »Was, zum Teufel, ist denn hier schon wieder los?« Er wollte auf meinen Schoß springen, berechnete aber den Schwung falsch und riss einen Holzkorb mit zwanzig Pfeifen vom Schreibtisch, dazu eine offene Flasche Sprudelwasser, einen Pott voll Kaffee und ein offenes rotes Stempelkissen. Irgendwie war das nicht unser Tag.

Etwa zehn Minuten später kam Rodenstock herein, sah mich auf dem Fußboden herumfuhrwerken und fragte zackig: »Fährst du mit?«

»Wohin?«

»Na ja, in den Steinbruch, in dem Breidenbach starb. Ich will mir das angucken. Ich muss mir das angucken.«

»Gut, ich bin gleich fertig.«

Erst jetzt erkundigte er sich ohne sonderliches Interesse: »Was machst du da auf dem Fußboden?«

Ich fragte dagegen: »Warum bist du so sauer? Und auf wen?«

Er stockte, überlegte einen Augenblick und antwortete dann: »Auf die ganze Welt, nein, auf mich. Ach, vergiss es.«

»Hast du Zoff mit Emma?«

»Nein, wirklich nicht.«

»Du willst das Haus in Heyroth gar nicht?«

»Nein, ich will es nicht.« Er schüttelte heftig den Kopf. »Ich bin einfach zu alt.«

»Abgesehen davon, dass das Blödsinn ist, hast du Emma das schon gesagt?«

»He!«, entgegnete er wütend. »Ist das hier ein scharfes Verhör, oder was?«

»Hast du das Emma gesagt?«

»Nein.«

»Das solltest du aber. Sie plant schon die Einrichtung und die Bude gehört euch noch nicht einmal. Wieso bist du zu alt? Du bist ein Meckerer, sonst gar nichts. Wer bezahlt das Haus? Du? Oder Emma?«

»Ich will es bezahlen, aber sie lässt mich nicht. Sie sagt, sie hat Geld genug. Aber das will ich nicht.«

»Ihr benehmt euch wie Kinder. Wo liegt das Problem?«

»Ach, Baumeister. Das Leben ist im Augenblick beschissen. Und es ist so kurz. Wozu also noch das Haus?«

»Du bist depressiv und du bist ein veritables Arschloch. Ihr habt eine Mietwohnung an der Mosel, die ihr selten betretet. In der Regel seid ihr hier bei mir. Ich kann dir sagen, was du mir antworten würdest. Willst du es hören? Auch, wenn du das nicht hören willst, sage ich es dir: Selbst wenn du nur vierzehn Tage Zeit hast, in dem neuen Haus zu leben, hat es sich schon gelohnt.«

Rodenstock sah mich an und begann zaghaft zu lächeln. »Du bist manchmal so furchtbar erwachsen, Baumeister. Lass uns fahren. Ich will sehen, wo dieser Breidenbach gestorben ist.«

»Du bist misstrauisch, nicht wahr?«

»Ja«, nickte er. »Ich habe so eine Ahnung.« Er schüttelte sich, als friere er. »Lass uns fahren.«

Wir entschieden uns, Cisco mitzunehmen. Er hockte glücklich hinter uns auf der Rückbank, hielt den Kopf schief und sah aus wie ein leutseliger Adliger vom Lande, der durch seinen Besitz streift und Glasperlen für die Eingeborenen streut.

Wir rollten an Heyroth vorbei und sahen oben am Waldrand Emmas Wagen vor dem alten, kleinen Bauernhaus stehen.

»Sie freut sich so«, murmelte Rodenstock. »Sie tut immer so, als lebten wir ewig.«

»Wir leben ewig«, sagte ich. »Jedenfalls, bis wir sterben.«

»Fahr nicht so schnell. Die Sonne scheint so schön. Sag mal, kann man behaupten, dass du Vera liebst?«

»Kann man.«

»Wo sie sich doch jetzt erst mal hat beurlauben lassen, wie wäre es da mit einem Kind?«

»Bist du verrückt?!«

»Absolut nicht. Ich wäre nur gern so was wie ein Großvater.«

»Das darf nicht wahr sein! Vor ein paar Minuten war dein Leben noch zu Ende.«

»Du bist widerlich.«

»Damit kann ich leben. Aus welchem Grunde hast du so ein starkes Interesse an diesem Toten?«

»Wir haben mal zusammengehockt und Wein getrunken. Er sagte, die Eifel wäre das einzig wirksame Gegenmittel gegen die Hektik dieser Zeit. Und: Wenn man die Stille dieser Landschaft aushalten kann, atmet man Gelassenheit. Ich denke, er hatte Recht.«

Bei der Einfahrt nach Kerpen drosselte ich die Geschwindigkeit. Rechts oben thronte die Burg in schöner Arroganz auf ihrem Fels. Zwischen den Häusern wurde kurz das Landcafé sichtbar, dann kam die Abfahrt zur Schnellstraße. Auf der Höhe der Strumpffabrik bog ich nach links ab und wir zockelten auf einem geteerten Wirtschaftsweg bis zur Abzweigung in die Senkenauffahrt. Rechts stand Weizen in voller Pracht und leuchtete golden.

»An dem Waldrand links habe ich mal eine Orchidee gefunden, die Grüner Jüngling genannt wird«, erzählte ich.

Um auf die mittlere Sohle des Steinbruchs zu gelangen, mussten wir eine sehr steile Einfahrt passieren, Äste schrammten mein Auto. Cisco begann begeistert zu heulen, weil er wusste, dass er gleich herumtollen durfte. Langsam steuerte ich den Wagen in die Senke. »Cisco, du bist vorsichtig und bleibst in der Nähe!«

Meine warnenden Worte kamen nicht an, der Hund schoss aus dem Auto und war wie der Blitz verschwunden.

»Bis wann ist hier abgebaut worden?«, fragte Rodenstock.

»Bis weit nach dem Krieg. Doch es gab keine billigen,

schnellen Transportwege für die Steine, die Konkurrenz war besser dran. Die Holländer haben mit dem hiesigen Basalt ihre Deiche und Wellenbrecher errichtet und die Londoner haben ihn bestellt, um die Bettungen ihrer U-Bahnen zu bauen. Als Schluss war, haben sie alle Werkstätten und Füllanlagen abgerissen und der Natur zurückgegeben, was sie ihr geklaut hatten. Heute gibt es hier relativ seltene Schmetterlinge, Haselnussottern, angeblich sogar Kreuzottern. Es wirkt so, als ob die Natur sich freut, dass der Mensch erfolglos blieb.«

»Und dort ist er gestorben«, meinte Rodenstock leise. Er stand leicht breitbeinig, als müsse er sich vor irgendetwas wappnen.

Betroffen sagte ich: »Tut mir Leid.«

Wir starrten auf einen Haufen bizarr geformter rötlicher und brauner Steine, kleine, mittlere, tonnenschwere. Sie waren aus der zwanzig Meter hohen senkrechten Wand über uns herausgebrochen. Die Bruchstellen waren hell, unverdorben, unberührt. Eine Verbindung zu Tod und Verderben ließ sich nicht feststellen, das Bild war zu still und zu abstrakt.

Ich konzentrierte mich auf den Steinhaufen und entdeckte schwarze und dunkelblaue Stellen, kleine Flächen. Sie lösten sich auf, gaben sich zu erkennen: Es waren Stücke des Zelttuches, das zerfetzt und zerrieben worden war. Und ich erkannte eine dünne, schwarze Stange mit einem chromglänzenden Ende.

»Er hatte keine Chance«, murmelte Rodenstock.

Zu unseren Füßen lag eine etwa sechs Zentimeter breite, endlos lange rot-weiße Plastikstrippe, auf der *Polizei* zu lesen war. Sie wirkte wie die Fahne einer besiegten Truppe.

»Sie haben ihn aus dem Haufen herausgeholt und abtransportiert. Das war's.« Rodenstocks Stimme klang leer. »Ja, mehr gab es nicht zu tun. Ein einfacher Fall. Unnatürlicher Tod infolge eines Felsabganges nennt man das.« Er drehte sich hin und her. »Es ist schön hier.«

»Wer hat ihn gefunden?«, fragte ich.

»Ein Waldarbeiter, der am frühen Freitagmorgen die Steilwand mit einem neuen Absperrseil sichern sollte. So stand es in der Zeitung. Um acht Uhr morgens.«

Jemand hatte ein paar Zeltfetzen aus dem Steinchaos herausgerissen und auf einen Haufen geworfen, als ob er sie sortieren wollte.

»Das ist Breidenbachs Blut.« Rodenstock deutete auf einen schwarzen Fleck, der auf einer hellen, glatten Steinfläche auffiel. »Es bleibt nicht viel, es bleibt nie viel.«

»Warum, um Gottes willen, diese rabenschwarze Stimmung? Was du hier siehst, hast du dein ganzes Leben lang gesehen, schließlich bist du Kriminalbeamter.«

»Ich weiß nicht«, er zuckte mit den Achseln und setzte sich auf einen der tiefschwarzen Basaltblöcke, die seit Jahrzehnten unterhalb der Wand lagen. Helle, grellgelbe Flechten hafteten auf ihnen, Schwefelflechten.

Ich setzte mich ihm gegenüber auf einen anderen Block. »Was ist jetzt? Hast du immer noch dieses komische Gefühl?«

Er nickte nur, griff in die Innentasche seiner Windjacke und holte eine Metallröhre mit einer Zigarre heraus. »Bringen wir erst einmal ein Rauchopfer.«

Ich zog den Tabakbeutel aus der Tasche und stopfte mir eine Vario von Danske Club. Als sie brannte, sagte ich: »Es gibt Enzian, einen besonderen Enzian, der vornehmlich auf Magerrasen wächst. Und Seidelbast, der wächst hier auch.«

Cisco schlich heran und sah mich an. Ich kraulte ihn. Dann trollte er sich wieder.

»Du brauchst mich nicht abzulenken«, entgegnete Rodenstock spöttisch.

Dann kam die Frau.

Ihr dunkelblaues Golf Cabriolet kroch langsam von der unteren Sohle auf unsere Ebene hoch. Das Verdeck war zurückgeklappt, das Fahrzeug wirkte fehl am Platz. Der Wagen hielt, die Frau stieg aus, nickte uns zu und ging dann an uns vorbei, als seien wir gar nicht vorhanden. Sie stellte sich vor den Steinhaufen und starrte mit unbewegtem Gesicht auf das Durcheinander. Dann machte sie zwei Schritte vor, griff einen Zeltfetzen und hielt ihn vor ihr Gesicht, als könne er ihr irgendeine Auskunft geben. Plötzlich ließ sie den Fetzen wieder fallen.

Die Frau war schlank, vielleicht vierzig oder fünfundvierzig Jahre alt. Sie trug dunkelblaue Jeans, einen dünnen weinroten Pullover und dazu ein buntes, fröhliches Halstuch. Ihr Haar war dunkelbraun oder schwarz, das war in diesem Licht nicht zu erkennen, zu einem Pagenkopf geschnitten und wirkte sehr gepflegt. Ihr Gesicht war rundlich und sehr weich geformt. Sie wirkte wie ein Mensch, der eigene Entscheidungen trifft, der widerborstig sein kann. Und zugleich wirkte sie wie jemand, der Schmerzen hat und nicht darüber reden mag.

Sie hob den Kopf, als müsse sie einen Geruch aufnehmen.

In diesem Moment sagte Rodenstock deutlich und ohne jede Betonung: »Sie sind seine Frau, nicht wahr?«

Sie drehte sich zu Rodenstock um: »Das ist richtig.« Sie überlegte zwei Sekunden und setzte hinzu: »Ich wollte das hier nur sehen.«

Rodenstock nickte. »Und? Fällt Ihnen etwas auf?«

Sie schürzte die Lippen. »Nein. Was sollte mir denn auffallen?«

»Das weiß ich nicht«, entgegnete er locker.

»Und wer sind Sie?«

»Ein Bekannter Ihres Mannes. Er war ein beeindruckender Mann.«

»Ja, das war er«, nickte sie langsam.

»Wann haben Sie ihn zuletzt gesehen?«, fragte Rodenstock.

»Am Donnerstag, als er aus dem Haus ging, um hier sein Zelt aufzubauen.«

»War er oft hier?«

»Ziemlich oft. Er war ein Naturmensch, beobachtete Tiere, sammelte Pflanzen.«

»Aber es regnete doch stark«, sagte Rodenstock, als sei Regen ein Grund, das Haus nicht zu verlassen.

»Er mochte Regen. Er sagte, bei Regen sind ganz andere Tiere als sonst unterwegs.«

»Fuhr er mit dem Auto hierher?«

»Nein, mit dem Fahrrad. Er fuhr Mountainbike.«
»Und wo ist das Mountainbike jetzt?«
»Zu Hause. Die Polizeibeamten haben es mir gebracht. Sie reden auch wie ein Polizist.«
»Ich war mal einer«, bestätigte Rodenstock freundlich. »Ich möchte Ihnen mein Beileid ausdrücken.«
Sie sah ihn an. »Einen schönen Tag«, murmelte sie und ging zu ihrem Auto. Sie nahm den Weg zurück, den wir gekommen waren.
»War das nun eine trauernde Witwe?«, fragte ich nach einer Weile.
»Eher nicht«, entgegnete Rodenstock. »Aber ich denke, dass die Trauer irgendwann über sie herfallen wird wie ein reißendes Tier. Ich habe so eine seltsam distanzierte Stimmung bei Angehörigen oft erlebt. Das kippt irgendwann.«
»Kannst du denn deine Ahnung jetzt präzisieren?«, fragte ich.
»Nein«, antwortete er schroff. »Aber ich behaupte nach wie vor, dass hier was nicht stimmt. Ich weiß aber nicht, was es ist.«
»Komm, wir rufen die Frauen an, wir können bei Markus in Niederehe eine Kleinigkeit essen. Das jüdisch-ungarische Zeug kann bis heute Abend warten.«
Rodenstock schien wieder nicht zuzuhören, er war in einer eigenen Welt, zu der ich keinen Zutritt hatte. Er lehnte sich gegen einen Steinblock und musterte seine Schuhspitzen. »Bevor wir fahren, möchte ich mir die Szenerie vor Augen führen. Breidenbach kommt hierher und baut sein Zelt unter der Steilwand auf. Es regnet, seit vierzehn Tagen regnet es praktisch pausenlos. Für die Ehefrau ist sein Ausflug offensichtlich etwas Normales. Er hat es oft getan, ist ein Naturnarr. Irgendwann in der Nacht donnern zweihundert Tonnen Gestein, losgewaschen vom Regen, auf ihn und sein Zelt herunter. Wahrscheinlich ist er sofort tot.« Rodenstock schnippte mit den Fingern der rechten Hand. »Habe ich was vergessen?«
»Soweit ich das beurteilen kann, nicht. Der Steinhaufen gibt nichts her, die Spuren in der aufgeweichten Erde rings-

um auch nicht. Lass uns fahren, wahrscheinlich war es ein tragischer Unglücksfall, nicht mehr, nicht weniger. Cisco! Komm her, es geht weiter!«

»Manchmal hasse ich mein Misstrauen«, brummte er.

»Lass es gut sein, Alter. Dein Misstrauen war für viele Leute wichtig und die letzte Rettung. Also sei nicht sauer auf dich selbst.«

Wir stiegen in den Wagen und fuhren durch die schmale, schluchtartige Ausfahrt auf die Felder zu. Cisco hockte wieder hinter uns.

»Es ist doch verrückt, dass ein Mensch bei strömendem Regen in diesen Steinbruch radelt und zeltet«, murmelte Rodenstock. »Der ist ja schon klatschnass, ehe er sein Dorf verlassen hat.«

»Ich kenne ein paar solcher Typen. Für die ist es wirklich das Höchste, in ihrem Zelt beim Schein einer Funzel und strömendem Regen ein gutes Buch zu lesen. Manchmal kann ich das sogar verstehen, manchmal möchte ich es selbst tun. Ich bin bloß zu bequem. Vielleicht hat Breidenbach die Einsamkeit gesucht, vielleicht hat er sie gebraucht. Er kennt das alles, er kennt den Platz, weiß, welche Tiere dort leben, welche Pflanzen dort blühen. Die Natur ist wahrscheinlich so etwas wie sein Zuhause.«

»Sein Zuhause«, wiederholte er. Dann wandte er sich ruckartig zu mir.

»Schon kapiert!«, nickte ich gepresst. Ich stieg auf die Bremse, als drohe der Wagen gegen eine Wand zu donnern. Ich wendete, dass die Reifen quietschten.

»Ich wusste es doch. Ich habe gerochen, dass etwas nicht stimmt.« Er lachte, mein Rodenstock war plötzlich fröhlich.

Ich hielt an der gleichen Stelle wie ein paar Minuten zuvor und kollidierte mit meinem Hund, der vor mir aus dem Wagen springen wollte. Mein Kopf prallte ans Wagendach und ich fluchte.

»Die Steine laufen uns nicht weg«, mahnte Rodenstock mit viel Spott in der Stimme.

Fast feierlich stellte er sich vor den Steinhaufen: »Also. Hier sind die Zeltreste, hier ist die Lawine aufgeschlagen.

Wenn es stimmt, was wir denken, dann hätte Breidenbach nie an dieser Stelle gezeltet. Du hast gesagt: Er kannte den Platz. Wenn es so war, dann hätte er sein Zelt überall aufgestellt, nur nicht hier unter der Steilwand. Richtig?«

»Richtig.«

»Wo würde er das Zelt aufstellen?«

»Etwa zwanzig Meter weiter links. An einer Stelle, wo herabfallende Steinbrocken ihn nicht treffen konnten.«

»Richtig«, nickte er. »Hättest du die Güte, ein bisschen herumzukriechen. Ich bin ein alter Mann, ich muss meine Knie schonen.«

»Du bist ein Sauhund!«, knurrte ich. »Aber ich liebe dich und dein Misstrauen.«

»Jetzt übertreibst du«, kicherte er. Dann wurde er unvermittelt ernst. »Und sofort stellt sich eine wichtige Frage. Kommst du drauf?«

»O ja«, sagte ich und kniete schon im schlammigen Grund. »Schließlich bin ich bei dir in die Schule gegangen. Die Frage lautet: Hat die Ehefrau das auch begriffen? Und die nächste Frage ist: Haben deine Kollegen von der Todesermittlung das begriffen? Antwort: Nein!«

»Setzen. Eins. Weißt du, was du suchen musst?«

»Diese modernen Igluzelte brauchen keine schweren Heringe mehr. In der Regel haben sie vier oder auch nur drei im Boden steckende Befestigungshaken. Wir suchen also nach drei oder vier Löchern. Und nach Adam Riese müssten die hier irgendwo sein. Diese Pfeifenweide ist ein idealer Windfänger und hier droht keine Gefahr von oben. Er konnte hinter diesem Felsbrocken notfalls pinkeln und anderes tun. Weißt du was, ich habe ein wenig Angst, dass wir die Löcher finden.«

»Ich auch«, sagte Rodenstock. »Wenn wir Recht haben, müssen wir herausfinden, was zuerst passierte. Ist Breidenbach vor der Lawine gestorben oder nach der Lawine? Du lieber Himmel, Kischkewitz wird mich erschlagen, die ganze Mordkommission wird Schlange stehen, um mich zu erschlagen.«

»Deine Kollegen müssen ihn doch eigentlich obduziert

haben.« Meine Finger waren lehmig, die Pfeife, die ich angefasst hatte, war richtig schön versaut.

»Müssen sie nicht. Das Land Rheinland-Pfalz, mein Lieber, ist geradezu berühmt für seine auf ein Minimum beschränkten Untersuchungen bei unklaren Todesfällen. Das gilt im Übrigen besonders bei Babys. Nein, Sektionen sind teuer und ziehen einen Riesenpapierkram nach sich. Wenn der Unglücksfall klar zu sein scheint, wird nicht obduziert.«

»Dann ist Breidenbach für die Beerdigung freigegeben?«

»Kann gut sein.«

»Da ist noch was komisch. Wieso ist das Zelttuch in so kleine Tuchstücke zerfetzt? Wenn Steinregen von oben kommt, können Löcher im Zelttuch sein, aber doch nicht so viele kleine und große Fetzen. Das Zeug ist eigentlich reißfest.«

Rodenstock starrte vor sich hin. Dann schimpfte er: »Du lieber Himmel, wieso haben wir uns damit beschäftigt?«

»Weil du ein misstrauischer alter Bock bist. Und was macht mein Hund da auf dem Steinhaufen?«

Cisco jaulte und fuhrwerkte aufgeregt an einigen Steinbrocken herum, die er wegen ihres Gewichtes nicht bewegen konnte.

Ich stand auf und ging zu ihm. »Was hast du gefunden? Den Stein der Weisen?«

Er jaulte noch mal erregt und versuchte mit schnellen Pfotenbewegungen die Steine beiseite zu rollen.

»Lass mich mal«, sagte ich. Ich entfernte zwei Steinbrocken und hielt den Hund zurück, weil er keinen Platz machen wollte. »Was haben wir denn da? Wir haben da einen Finger.«

»Was?«, fragte Rodenstock hinter mir erschrocken.

»Einen Finger, einen abgequetschten Finger. Ich würde sagen: Kleiner Finger der rechten Hand.«

»Willst du mich verarschen?«

»Will ich nicht«, sagte ich. »Sieh doch selbst.« Ich gab Cisco einen kräftigen Klaps auf den Hintern. Er bellte beleidigt und verzog sich. Wahrscheinlich würde er vierundzwanzig Stunden schmollen.

Rodenstock bewegte sich sehr zögerlich zu mir hin, als weigere er sich, meinen Fund zu akzeptieren. »Kleiner Finger der rechten Hand. Stimmt. Sieht einigermaßen sauber aus, einigermaßen gepflegt.«

»Rufst du Kischkewitz an? Oder soll ich?«

»Du machst es«, bestimmte Rodenstock. »Auf mich ist er ohnehin schon sauer. Wir lassen ihn liegen, den Finger.«

Ich wählte die Nummer der Kripo in Wittlich, ich verlangte Kischkewitz, der auch mir im Laufe der Zeit ein Freund geworden war.

Er grüßte nicht, sondern sagte schroff: »Komm mir bloß nicht mit Schwierigkeiten!«

»Fehlte Franz-Josef Breidenbach der kleine Finger der rechten Hand?«

»Wie bitte?«, fragte er nach einigen Sekunden verblüfft.

»Ob dem toten Franz-Josef Breidenbach der kleine Finger der rechten Hand fehlte?«

»Das weiß ich nicht. Warum?«

»Wir sind im Steinbruch und haben den kleinen Finger einer rechten Hand gefunden. Sauber am Handteller abgetrennt. Sieht aus wie von einem Mann. Ich dachte, ich frag mal nach.«

»Moment.« Kischkewitz' Stimme wurde laut und schrill. »Gregor, Gregor! Komm mal her.«

Es folgten eine Menge undefinierbarer Geräusche. Dann hörte ich: »Mein Mitarbeiter sagt: Breidenbach war komplett. Dem fehlte kein kleiner Finger.«

»Dann hast du ein Problem«, meinte ich vorsichtig.

»Es ist eindeutig ein menschlicher Finger?«, fragte er so verzweifelt, als hoffte er, das Problem habe sich während der letzten zwei Sekunden in Luft aufgelöst.

»So ist es. Rodenstock und ich denken, es muss eine weitere Person hier gewesen sein, als die Lawine abging. Wie heißt der Mann, der die Sache bearbeitet hat?«

»Gregor. Gregor Niemann«, antwortete er tonlos.

»Hast du Breidenbach schon zur Beerdigung freigegeben?«, fragte ich weiter.

»Natürlich. – Ich muss den Leitenden Staatsanwalt erreichen. Er muss … er muss alles stoppen. Bleibt bitte, wo ihr seid. Ich schicke Niemann.« Und dann: »Heilige Scheiße, das ist zum Kotzen!«

»Tut mir Leid«, sagte ich.

»Schon gut«, lenkte er ein. »Sag dem blöden Rodenstock, ich hätte ihm verziehen. Und danke für … na ja, für den Hinweis.« Kischkewitz unterbrach die Verbindung.

»Ein Niemann kommt. Gregor Niemann. Kischkewitz ist aus der Fassung und flucht nur noch. Aber er hat dir verziehen.«

»Sieh mal einer an«, spöttelte Rodenstock. »Suchst du jetzt die Löcher?«

»Zu Befehl!« Ich ging wieder in die Knie.

Er hockte sich auf einen Basaltbrocken und starrte Löcher in die Landschaft. Unvermittelt fragte er: »Glaubst du, dass Emma mit dem Häuschen glücklich wird?«

»Ja, natürlich. Sie will es haben und sie wird es wie eine Schatzkiste einrichten. Sie ist glücklich mit dir. Aber könntest du dein Hirn und deinen Bauch jetzt dem Fall hier zur Verfügung stellen?«

»Ach, lass mich doch«, säuselte er voll Melancholie. »Manchmal weiß ich nicht, wie ich ihr danken soll. Ich denke, alles, was ich ihr schenke, ist zu wenig.«

»Es ist immer zu wenig«, sagte ich weise und tastete in einer fünf Zentimeter tiefen Pfütze herum. Gleich daneben lag ein kleiner, flacher Basaltstein, nicht größer als eine Streichholzschachtel. Als ich ihn weggenommen hatte, überlegte ich laut: »Wie groß mag der Durchmesser eines Zeltes sein?«

»Einsachtzig bis zwei Meter, denke ich.«

»Dann muss ich nach links in einsachtzig bis zwei Meter … Halt, hier ist es schon. Das Zelt stand hier.«

»Markier die Löcher mit Holzstäben oder so was«, schlug Rodenstock vor. »Und dann müssen wir einen Teil der Steine wegräumen. Obwohl wir dabei Spuren vernichten könnten. Also langsam und betulich im Beamtentempo.«

»Ja, ich weiß. Kann schließlich noch wer drunterliegen, oder?«

»Genau!«, nickte er. »Das wäre sogar ganz erfreulich.

Dann müssten wir nach dem Besitzer des Fingers nicht mehr lange suchen.«

Ich ging zu der Pfeifenweide und schnitt einen Zweig ab, damit ich die Löcher kennzeichnen konnte. Dann begannen wir mit dem Abräumen des Steinhaufens, wobei wir die Stelle, wo der Finger lag, ausnahmen, um eventuelle Spuren nicht zu zerstören.

Die Spitze des Felsberges lag gute zweieinhalb Meter über der Erde und wir hatten Mühe, die Steine zu bewegen, zu drehen, genau anzugucken.

»Du stehst an einer erdgeschichtlich wichtigen Stelle«, dozierte ich. »Hier brandete das Urmeer auf ein Riff. Auf der Erde befand sich nur ein großer Kontinent, Pangäa hieß der. Und unsere Eifel lag auf der Höhe des heutigen Iran. Du siehst Gesteine geschichtet, die das Riff ausmachten. Jede Menge Fossilien, Schnecken, Seelilien und anderes Getier.«

»Lass mich damit in Ruhe«, knurrte er. »Erdgeschichte interessiert mich im Moment weniger als die Geschichte des Franz-Josef Breidenbach. War jemand bei ihm, als er starb?« Er hielt einen etwa kopfgroßen Stein in der Hand mit hellen Verfärbungen und verschlungenen Linien, die in ihrem satten roten Ton wie ein modernes Gemälde wirkten. Rodenstock lächelte: »Alter Mann im Steinbruch. Sieh mal hier: schönes grünes Moos.«

»Moos? Etwa an dem Brocken in deiner Hand?« Meine Stimme erreichte eine unnatürliche Höhe.

»Ja, Moos«, nickte er. »Was ist daran Besonderes? Wir befinden uns in einem Waldgebiet.«

»Nicht wegwerfen, halt den Brocken fest! Das ist verdammt komisch. Das ist sogar mehr als komisch.«

»Baumeister, lass mich nicht unwissend sterben. Lass mich an deiner Weisheit teilhaben.« Er grinste faunisch.

»Mein Gott«, schnauzte ich. »Schau mal nach oben, schau dir die Steilwand an. Auf manchen Steinflächen siehst du Farbflecke, Verfärbungen. Das sind Flechten, kein Moos, bestenfalls Schwefelflechten. Weil die Steilwand den ganzen Tag über direkt in der Sonne liegt, kann sich Moos dort nicht entwickeln.« Ich betrachtete seinen Fund. »Das ist Weißmoos. Du siehst es in vielen Wäldern in Placken, in meist runden Feldern. Und was das bedeutet, weißt du ja wohl.«

»Nein«, murmelte er verwirrt.

»Lieber Himmel«, erklärte ich aufgeregt, »das ist doch einfach. Wenn in der Steilwand kein Moos wächst, weil dort keines wachsen kann, wenn hier unten aber ein Stein mit Weißmoos liegt, dann bedeutet das, dass oben an der Bruchkante ein Stein herausgebrochen ist. Zwanzig Meter über uns. Dort oben nämlich stehen kleine Eichen und kleine Hainbuchen, dort oben ist es dämmrig genug für Moos ...«

»Ja, und?«, fragte er aufsässig.

»Rodenstock, nun stell dich nicht dümmer, als du bist. Wahrscheinlich hat dort oben jemand gestanden und den Stein mit dem Moos durch sein Gewicht herausgebrochen. Wahrscheinlich hat er so sogar die Lawine ausgelöst, die Breidenbach tötete. Vielleicht geschah das Ganze absichtlich.«

»Aber wir wissen noch gar nicht, was genau Breidenbach getötet hat.« Er fuchtelte mit beiden Armen und ich hielt den Atem an, weil ich dachte, er würde den Stein mit dem Moos fallen lassen. Aber er ließ ihn nicht fallen.

»Niemann kommt gleich, er wird wissen, was Breidenbach tötete. Leg den Moosstein beiseite. Es müsste ein Fußabdruck drauf sein.«

Er starrte das Moos an. »Möglich. Hier ist so ein halbrunder Bogen erkennbar. Ein Absatz wahrscheinlich. Du bist ziemlich helle, Baumeister.«

»Deine Schule«, wiederholte ich und räumte weiter Steine weg.

Nach einer halben Stunde wussten wir, dass wir keinen Toten finden würden. Das war ein Problem. Wenn Breidenbach kein Finger fehlte, lief jemand mit einem fehlenden kleinen Finger herum. Allerdings war nun bewiesen: Außer Breidenbach war ein weiterer Mensch hier gewesen.

Wir hockten auf Felsbrocken und ließen uns die Sonne auf den Buckel brennen.

»Wie kommt man denn da oben hin?«, fragte Rodenstock und zeigte die Steilwand hoch.

»Viele Wege«, erklärte ich. »Du kannst an den Fuß des Felsrückens gehen. Entfernung vielleicht vierhundert bis fünfhundert Meter. Von dort führt ein bequemer Fußweg auf den Rücken, bis du oben am Ende stehst und auf uns heruntersehen kannst. Du kannst aber auch links diesen Einschnitt benutzen und dann rechts den Steilhang hochklettern. Aber wir sollten hier bleiben, wir sollten das Niemann überlassen.«

»Meinst du, wir sollten eine Heizung einbauen? Oder besser mit einem zentralen Kachelofen das ganze Haus wärmen?«

»Verdammt, Rodenstock, mit deinem Hausgeschwätz macht du mich irre. Ich habe es heute schon mal gesagt: Bevor du das Scheißding planst, musst du es kaufen.« Er zuckte zusammen und ich wurde milde. »Zentraler Kachelofen«, säuselte ich. »Das passt zu euch. Es gibt Kaminbauer, die das fantastisch können. Das Haus hält konstant zwanzig bis zweiundzwanzig Grad. Und es ist eine sehr angenehme Wärme. Aber du wirst älter, Rodenstock. Du kannst nicht beliebig viele Jahre Holz schlagen und schleppen.«

»Sehr schön.« Er schien versunken in seinem Traum. »Glaubst du, es würde Emma freuen, wenn wir uns auch einen Hund anschaffen?«

»Hund? Wieso Hund? Wo ist eigentlich Cisco?«

»Der stöbert auf der unteren Sohle an dem Teich herum, der sich da gebildet hat. Er ist stinksauer, weil wir seine Beute, den Finger, für uns beansprucht haben. Zu Recht, wie ich finde. Ich würde gern einen Husky haben, weil ich deren eisgraue Augen liebe. Und was den Hauskauf betrifft, so lass dir sagen, dass wir vierzehn Tage haben, uns zu entscheiden. Außer uns gibt es keinen Interessenten.«

Mein Handy gab Laut und Rodenstocks Handy gab Laut. Absolut synchron.

»Die Frauen«, seufzte er. »Was sagen wir?«

»Die Wahrheit. Und dass sie uns eine Pizza bringen sollen.« Ich schaltete mein Handy aus.

»Ja, Liebes«, sprach er tapfer und voll Schmalz in sein Gerät. »Ich habe soeben beschlossen, das Häuschen zu kaufen. Und zwar mit meinem Geld. Du widersprichst jetzt nicht. Wir sind im Kerpener Steinbruch. Wir müssen hier bleiben, weil Kischkewitz das so angeordnet hat. – Nein, es kann keine Rede davon sein, dass wir einen neuen Fall am Hals haben. Wir haben nur unsere Bürgerpflicht erfüllt und etwas entdeckt. Weißt du, Breidenbach war wahrscheinlich nicht allein, als er starb. Seid doch so gut und bringt uns von irgendwoher zwei Pizzen mit. – Nein, wir haben wirklich keinen neuen Fall. Ich glaube, ich mag den Fall nicht, ich glaube, ich gehe gar nicht erst ran.« Er grinste scheel und beendete das Gespräch.

»Du lügst«, sagte ich vorwurfsvoll. »Das sagst du bei jedem Fall.«

»Ja und?«, fragte er scheinheilig. »Bin ich nicht ein irrender Mensch?«

»Im Wesentlichen bist du zurzeit ein mogelnder Mensch. Was weißt du eigentlich von Franz-Josef Breidenbach?«

»Wenig. Lebensmittelchemiker, was immer das heißen mag. Beamter, also vermutlich bei irgendeinem öffentlichen Amt. Er prüfte Wasser. Alle möglichen Wasserarten, die hier in der Eifel gefördert werden oder sonstwie aus der Erde quellen. Verheiratet, wie wir wissen, die Frau kennen wir. Kinder vermutlich, aber das werden wir in Erfahrung bringen. Was wissen wir noch? Er war ein Naturfreak, jemand, der bei strömendem Regen in einem Steinbruch zelten ging, jemand, der sich in Pflanzen- und Tierwelt auskannte. Jemand, der entweder von einer Felslawine erschlagen worden ist oder aber von einem anderen Menschen. Und dieser andere Mensch hat anschließend eine Felslawine benutzt, den beinahe perfekten Mord zu begehen.« Er kicherte hoch in heller Heiterkeit. »Wir werden wahrscheinlich schon daran scheitern, dass dieser Breidenbach ein so seriöser, eifriger und vor allem sympathischer Beamter war, dass niemand ihm Böses wünschte und kein Motiv und kein möglicher Täter in Sicht kommt.«

»Sieh da, die Kavallerie!«, sagte ich erleichtert.

Der Kripomann namens Gregor Niemann fuhr eine schnelle Kawasaki. Die Geräusche der zwei Auspuffrohre knallten an den Felswänden wider, dass man Ohrensausen bekommen konnte. Er bockte die Maschine auf, nahm den Helm vom Kopf, legte ihn auf den Sattel und murmelte trotzig in die plötzliche Stille: »Ich habe nichts übersehen.«

Niemann war jung, keine dreißig, hatte ein scharf geschnittenes, mageres Gesicht und war vermutlich der Traum aller möglichen Schwiegermütter in seiner Umgebung.

»Natürlich hast du was übersehen«, polterte Rodenstock gnadenlos. »Wo lag er denn?«

»Ihr habt die Steine bewegt!«, stellte er vorwurfsvoll fest.

»Haben wir, mussten wir«, nickte Rodenstock. »Du hättest es auch tun müssen. Es konnte durchaus noch jemand unter der Lawine begraben sein. Baumeisters Hund hat das da gefunden!« Er zeigte auf das Loch zwischen den Brocken zu seinen Füßen. »Das ist ein menschlicher Finger. Kleiner Finger der rechten Hand. Wahrscheinlich von einem Mann. Dann haben wir entdeckt, dass das Zelt ursprünglich ganz woanders gestanden hat. Nämlich dort hinten, etwas versetzt, wo die Stöckchen stecken. An dem Platz hätte er durch keine Lawine getroffen werden können. Und da er ein Naturfreund war, der diesen Platz genau kannte, ist es logisch, dass Breidenbach sein Zelt nicht dort aufbaute, wo Gefahr drohte. Und dann ist da noch was. Sieh mal den Stein hier rechts von mir. Der zeigt Moos, Weißmoos. Er kann also nicht in der Wand gesessen haben, er muss oben an der Bruchkante losgetreten worden sein. Es ist zu vermuten, dass der Stein die Lawine auslöste. Du hast also den Finger, das Zelt und den Moosstein übersehen.«

Niemann war blass und fahrig, hatte nichts mehr zu seiner Verteidigung zu sagen. Er flüsterte: »Scheiße, Scheiße, Scheiße!«, und zog ein Päckchen Drum aus einer Tasche seiner Montur. Doch er war so zittrig, dass er es nicht schaffte, sich eine Zigarette zu drehen.

»Du bist auch ein Kripomann, nicht wahr? Kischkewitz sagte so was.«

»Ja«, nickte Rodenstock.

»Und der da?«

»Journalist«, antwortete Rodenstock ausgelassen.

»O nein«, murmelte Niemann erstickt.

»Ich schreibe nicht sofort darüber«, versuchte ich ihn zu beruhigen.

Eine Weile herrschte Schweigen.

»Wie war dein Tag? Ich meine, dein Freitag?«, fragte Rodenstock schließlich sanft.

Niemann antwortete nicht.

»Du hast noch etwas übersehen«, sagte ich. »Nämlich dass die Felsen, die von oben heruntergedonnert sind, das Zelttuch nicht in so kleine und große Fetzen reißen konnten. Löcher ja, Fetzen nein. Wer immer hier war, der hat das Zelt zerfetzt und die Reste dort auf dem Lawinenhaufen unter die Steine gesteckt. Meiner Meinung nach ist das der gewichtigste Fehler, den der Täter machte.«

»Kann man das Tuch zerreißen, wenn es Löcher hat? Ich meine, mit bloßen Händen?«, fragte Rodenstock.

»Das geht, aber du brauchst viel Kraft«, sagte ich.

»Man wird an den Reißkanten der Fetzen bei mikroskopischen Aufnahmen genau feststellen können, ob das Tuch zerrissen oder zerschnitten wurde«, sinnierte Rodenstock. »Jetzt zurück zu dir, Niemann. Was war am Freitag?«

»Es war zum Kotzen«, erzählte er leise und versuchte erneut, sich eine Zigarette zu drehen. »Ich hatte in der Nacht von Donnerstag auf Freitag Bereitschaft und hab mich um Papierkram gekümmert. Den Donnerstag hatte ich ohnehin schon durchgearbeitet. Ich war bei einem Brand auf einem Bauernhof, hatte eine versuchte Vergewaltigung unter Schülern unten an der Mosel, dann einen unklaren Todesfall. Eine Rentnerin, die tot im Bett lag und deren rechte Gesichtshälfte einen mordsmäßigen Bluterguss aufwies. Die Erben standen schon in den Startlöchern. Als am Freitagmorgen die Nachricht hier aus dem Steinbruch eintrudelte, hatte ich vierundzwanzig Stunden nicht geschlafen. Ich war besoffen vor Müdigkeit. Also, ich kam hier an und …«

»Langsam jetzt«, bat Rodenstock. »Ganz langsam. Und merk dir eines, mein Junge: Wir sind nicht hier, um dir

Vorwürfe zu machen. Mir ist früher in deinem Alter auch mal ein ganz dickes Ding passiert. Ich übersah an der Leiche einer alten Frau einen Mord mit anschließender Vergewaltigung. Nur weil ich todmüde war. Fang also nicht an, in Selbstvorwürfen zu ersaufen. Die Ausgangssituation ist doch im Moment sehr gut. Besser kann es gar nicht sein.«

»Wie bitte?«, fragte ich überrascht.

Auch Gregor Niemann sog erstaunt Luft ein: »Wieso?«

»Die Medien haben von einem Unglücksfall berichtet. Von unklarem Todesfall oder gar von Totschlag oder Mord war nicht die Rede. Wir halten alle gemeinsam die Schnauze und ermitteln. Das ist keine schlechte Startposition. Du kamst also mit der Maschine hier an. Um wie viel Uhr war das?«

»Acht Uhr sechzehn«, antwortete Niemann, ohne zu zögern. »Es regnete immer noch in Strippen. Der Waldarbeiter, der die Polizei angerufen hatte, saß auf einem alten Fergusson, 28 PS. Der Mann war vollkommen durch den Wind, stotterte vor Aufregung. Er war ungefähr um 7.30 Uhr in den Steinbruch eingefahren und wollte da an der Kante zur unteren Sohle ein Absperrseil anbringen. «

»Wer ist dieser Waldarbeiter?«, fragte ich.

»Martin Schimanski aus Flesten. Ledig, katholisch, zweiundfünfzig Jahre alt, ehemaliger Kleinbauer, jetzt Waldarbeiter im Gemeindedienst. Er kannte Franz-Josef Breidenbach seit vielen Jahren und wusste, dass der oft hier zeltete, um Naturbeobachtungen zu machen.«

»Die Position der Leiche«, forderte Rodenstock.

»Breidenbach befand sich rechts von dir, ungefähr vier Meter weiter auf dem Steinhaufen, der aus der Wand gestürzt war. Er lag eigentlich nicht drauf, sondern zur Hälfte unter den Felsen. Ungefähr in zwei Meter fünfzig Höhe über dem Boden. Seine untere Körperhälfte war von kleinen und großen Steinen bedeckt. Er lag auf dem Rücken und war eindeutig tot, und das seit Stunden. Es war recht warm, deshalb hatte die Leichenstarre bis dahin nur in den Beinen und Armen eingesetzt.«

»Wie konnte es geschehen, dass er oben auf dem Steinhaufen lag?«, fragte ich. »Wenn er im Zelt gewesen ist –

davon gehe ich mal aus –, dann muss er vollkommen von den Steinen zugeschüttet worden sein. Und auch das Zelttuch hätte ihn bedecken müssen.«

Niemann nickte. »Richtig. Das habe ich auch im ersten Moment gedacht. Aber es gibt eine andere, nahe liegende Möglichkeit. Nehmen wir an, die ersten Steine lösen sich oben in der Wand. Sie treffen das Zelt. Breidenbach reagiert sofort, kriecht raus und kann sich noch bewegen, sodass er ziemlich weit aus dem Steinhaufen herausragt.«

»So kann es abgelaufen sein«, sagte Rodenstock. »Wie sahen seine Verletzungen aus?«

»Ich habe ihn erst einmal von dem Steinhaufen runterziehen müssen, um überhaupt einen Überblick bekommen zu können. Dann habe ich ihn abgetastet. Er hatte mindestens sechs Rippen gebrochen. Auf der rechten Schädelhälfte waren schwere Steineinschläge zu erkennen …«

»Moment«, unterbrach ich. »Haben die Steine den Kopf direkt getroffen, oder war zwischen Steinen und seinem Kopf das Zelttuch?«

»Kein Zelttuch. Die Steine trafen ihn direkt. An den Bruchrändern habe ich Steinkrümel gefunden. Der Schädel war regelrecht zertrümmert. Die Verletzung hätte niemand überleben können. Austritt von Hirnmasse.« Er machte eine ausholende Bewegung mit beiden Armen. »Oder er hielt sich außerhalb des Zeltes auf, weil er mal pinkeln musste.«

»Er war vollständig bekleidet?«, fragte Rodenstock.

»Ja«, nickte Niemann. »Er trug seine Bergschuhe. Ein dickes rot-schwarz kariertes Hemd. Der Gürtel seiner Hose war geschlossen.«

»Und es ist dir nicht in den Sinn gekommen, dass das Zelt ursprünglich an anderer Stelle gestanden hat?«, fragte ich.

»Nein«, sagte er fest. »Ich fragte mich natürlich, wie jemand so unvernünftig sein konnte, unterhalb einer instabilen Wand zu zelten. Aber das konnte tausend Gründe haben. Unter anderem den, dass Breidenbach vielleicht an einem Problem zu kauen hatte und gar nicht darauf achtete, wo er das Zelt hinstellte. Er war in Gedanken und baute das Zelt da auf, wo er gerade stand. So etwas gibt es doch.«

»Du hast also den Notarzt gerufen?«

»Sicher. Ich brauchte doch einen Totenschein. Ich hatte keine Veranlassung, an Mord zu denken.«

Ein paar Minuten lang war nur die Natur zu hören. Auf einer wilden Rose wippte ein Dompfaff auf und nieder.

»Wir müssen vorsichtig vorgehen«, murmelte Rodenstock in die Stille. »Es ist natürlich trotz allem nicht auszuschließen, dass sein Tod ein Unfall war. Hast du was in Breidenbachs Leben gefunden, was dich nachdenklich macht?«

»Eigentlich nicht.« Niemann grinste matt, registrierte unsere Konzentration und erklärte dann: »Sein Leben war typisch deutsch und typisch deutsche Provinz. Hoch angesehener Beamter, makelloser Leumund, der Mann ist nicht mal in einer Einbahnstraße rauchend in die falsche Richtung spaziert. Der ideale Familienvater, zwei Kinder: ein Sohn, zwanzig Jahre alt, Student. Eine Tochter, sechzehn Jahre alt, Oberschülerin. Beide nie aufgefallen. Eine Ehefrau, sechsundvierzig Jahre alt, Angestellte bei der Volksbank, einwandfreier Ruf. Katholische Familie, alten konservativen Strukturen verbunden, bestenfalls wählen die Kinder während der Unruhephasen einmal die Grünen oder gar die Sozialdemokraten. Aber mehr Abweichung ist nicht. Hausbesitzer, Haus längst abbezahlt, gute Finanzsituation, treue Steuerzahler, Mitglieder in vielen lokalen Vereinen, regelmäßige Kirchgänger. Eine Blautanne im Vorgarten, an der die Familie zu Weihnachten bis zum Dreikönigsfest die Lichterketten leuchten lässt, an der Tür ein selbst gebasteltes und selbst gebranntes Tonschild mit der Inschrift: *Hier wohnen Franz-Josef, Maria, Heiner und Julia Breidenbach.* Und daneben zwei Lämmchen und ein Ochs und eine Kuh, als sei das die Heilige Familie. Rodenstock, du weißt doch, wie so was ist.«

»Wie kommen wir denn jetzt hier weiter?« Rodenstock kratzte sich an der Stirn und holte eine zweite Zigarre aus der Tasche, was ein Zeichen für höchste Nervosität war. Er sah auf: »Ach, da kommen die Pizzen.«

»Wir müssen den Tatort festhalten. Skizzen machen, die Lage von Steinen rekonstruieren. Ich muss da oben hoch auf den Bergrücken. Ich muss tausend Dinge tun. Und ich brauche die Spurenleute. Sind die Frauen Verwandte von euch?« Niemann wurde hektisch.

»Könnte man bejahen«, sagte ich.

Emma brachte den Volvo neben uns zum Stehen und fragte: »Tun es auch lauwarme Nudeln mit Hackfleischsoße?«

»Natürlich«, nickte Rodenstock. »Während wir essen, berichte ich euch, was vorgefallen ist.«

»Ich steige dann jetzt hoch auf die Felsnase«, kündigte Niemann lahm an.

»Kommt nicht infrage«, widersprach ich. »Wir teilen die Portionen durch fünf. Erst wird gegessen.«

Emma stand breitbeinig neben ihrem Auto und musterte die Steilwand. Forsch und burschikos meinte sie: »Wenn das hier ein Tatort ist, dann kann ich mein Bauernhaus ja abschreiben.«

»Brauchst du nicht«, sagte Rodenstock eilig. »Das macht die Mordkommission. Und noch ist überhaupt nicht bewiesen, dass ich Recht habe.«

»Aber du willst Recht haben«, griff Vera an. »Du wirst wahrscheinlich Recht bekommen und wir Frauen hängen allein mit dem Haus rum.«

»Niemals!«, versicherte Rodenstock.

»Du sollst nicht lügen!«, mahnte Emma. Sie lief hin und her. »Was glaubt ihr? Hat jemand die Steine auf Breidenbach purzeln lassen? Oder ihm mit einem Stein den Schädel eingeschlagen? Und wem, bitte, gehört der Finger, den ich da sehe?« In dieser Stimmung war Emma gefährlich. Sie wandte sich an Vera und wechselte abrupt das Thema. »Da fällt mir übrigens was ein. Wir müssen im Wohnbereich doch blau karierten Bauernstoff nehmen, denn rot kariert passt absolut nicht zu meinem englischen Sekretär von 1780.« Sie warf Rodenstock einen unglaublich impertinenten Blick zu und hauchte böse: »Habe ich dir schon mal erzählt, mein Lieber, dass das Ding teurer war als das ganze Haus, das wir jetzt drum herum bauen?«

»Das haben Durchlaucht noch nicht«, giftete Rodenstock

zurück. »Aber können wir für den Mai nächsten Jahres eine Kopulation erwägen?«

»Du lieber mein Vater«, seufzte sie. »So viel Leidenschaft in so kurzer Zeit.«

Ich hockte da mit meinem Pappteller voller kalter Nudeln und noch kälterer Pampe aus Bologna und grinste Niemann an. Er war irritiert, wahrscheinlich kannte er keine Frau wie Emma.

»Im Ernst«, wollte Emma wissen, »was ist hier passiert?«

»Entweder ein Mord oder ein Doppelmord«, antwortete Rodenstock.

»Und du, Baumeister? Was glaubst du?«

»Das Gleiche«, sagte ich kauend. »Wir haben es mit einem Tatort zu tun, der für ganz findige Köpfchen hergerichtet wurde. So viele Zähne, wie wir uns daran ausbeißen können, haben wir gar nicht im Maul.«

ZWEITES KAPITEL

Ich stopfte mir die Manet von Chacom, eine Pfeife, deren Lacküberzug auf den ersten Blick so wirkte, als handle es sich um uralten Meerschaum, aufwendig verziert. Aber der Belag war nur eine besondere gelb-braune Lackierung mit tiefschwarzen geschwungenen Linien, das Muster herauskopiert aus einem Gemälde von Manet. Seltener Computersegen.

Niemann sagte beim letzten Bissen seiner Nudelkatastrophe: »Ich hoffe, unser Doc kann feststellen, wie alt dieser kleine Finger ist. Und jetzt gehe ich endlich da oben rauf und gucke mich um, ob ich was finde.«

»Am besten einen Lottoschein mit der Adresse des Täters«, murmelte Vera.

»Ich gehe mit«, bot ich an.

»Wenn jemand da oben war, muss er den Felsrücken hochgekommen sein«, sagte Rodenstock. »Wahrscheinlich war er mit einem Auto unterwegs und ist so weit gefahren, wie er fahren konnte.«

»Das denke ich auch«, nickte Niemann. »Also, los.«

Wir spazierten zur Nordseite des Bruchs und erreichten den bequemen Fußweg Richtung Westen, der parallel zu dem Felsrücken verlief.

»Weinberg nannte man das hier«, erklärte ich. »Die Bezeichnung kommt ziemlich häufig vor. Man hat hier sogar jahrhundertealte Weinstöcke gefunden. Es war wohl so, dass die lokalen Adligen Wein anpflanzten, weil das gut für ihr Image war. Das Zeug muss sauer gewesen sein wie Essig.«

»Es war Alkohol«, grinste Niemann. »Und den konnten sie gut gebrauchen, weil ihre Häuser und Burgen elend kalt und feucht waren. Wahrscheinlich haben sie ihn mit Honig gesüßt.«

Nach einer Weile gelangten wir an einen Punkt, an dem ein tief ausgefahrener Weg den Felsrücken durchschnitt.

»Wenn wir hier hochlaufen, kommen wir zum Steinbruch zurück und landen oberhalb des Felshaufens. Und hier sind Reifenspuren.« Er bückte sich. »Wrangler Standard«, erklärte er. »Ein Allerweltsreifen für Offroader. Kaum abgefahren. Hier ist er durch eine Pfütze gerollt, da können wir Abdrücke nehmen.«

»Meinst du, du bekommst Schwierigkeiten, weil du den Tatort anfangs nicht erkannt hast?«

»Nein, eher nicht. Machen wir uns nichts vor: Es ist immer noch denkbar, dass Breidenbach allein war, als die Lawine runterkam.«

»Und der Finger?«

»Der kann jemandem gehört haben, der hier oben war und mitsamt den Felsen abgegangen ist. Er war geschockt, aber im Wesentlichen unverletzt und hat sich aus dem Staub gemacht.«

»Sehr unwahrscheinlich, aber möglich.«

»Durchaus möglich. Es gibt immer noch Leute, die wildern. Nicht weil sie es nötig haben, sondern weil es ihnen Spaß macht.« Niemann deutete nach vorn. »Dort zwischen den beiden jungen Kiefern hat er den Wagen stehen lassen. Vielleicht kann man etwas mit der Spurbreite anfangen. Sieh mal, hier ist er ausgestiegen. Das Laub hat sich gedreht, die alten Blätter liegen auf der Unterseite. Der Typ hat sich nicht bemüht, Spuren zu verwischen. Er ist da lang weitergegangen. Was ist das da?« Er blickte starr geradeaus.

»Ein altes, dickes Drahtseil, die Reste«, gab ich Auskunft. »Als der Steinbruch noch in Betrieb war, haben sie das hier über den Weg gespannt, um eventuelle Wanderer davon abzuhalten weiterzugehen.«

Wir befanden uns jetzt noch dreißig Meter von der Steilwand entfernt. Niemann lief neben dem schmalen, kaum zu erkennenden Pfad.

Plötzlich blieb er stehen. »Hier hat er Halt gemacht, etwas abgesetzt.«

Ich sah nichts, nur altes Laub. »Woran erkennst du das?«

»An den vertrockneten und dann nass gewordenen Blättern. Sie sind gebrochen. Da hat was draufgestanden. Die Bruchstellen bilden eine Linie. Und dort einen rechten Winkel. Könnte ein Koffer gewesen sein wie Fotografen ihn benutzen. Jetzt langsam.« Er bewegte sich auf die Felskante zu. »Hier sind Steine herausgebrochen oder abgerutscht. Stimmt, die Steine sind moosbedeckt, jedenfalls einige davon. Hier stand mit Sicherheit ein Mensch. Aber was hat er hier gewollt?«

»Könnte dieser Mensch nicht zu einer ganz anderen Zeit hier gewesen sein als Breidenbach?« Ich winkte Vera zu und sie winkte zurück.

»Das werden wir noch feststellen«, erwiderte Niemann. »Hier ist ein Fußabdruck, jedenfalls ein Teil davon. Und was ist das?«

Erst dachte ich, er hielte eine schwarze Schnur hoch. Aber es war ein Kabel mit Steckern an beiden Enden. Ungefähr dreißig Zentimeter lang.

»Was Elektronisches«, murmelte er nachdenklich, zog aus seiner Brusttasche eine ziemlich große, klobige Lupe, hielt das Glas ungefähr zehn Zentimeter über dem Erdboden und bewegte es langsam hin und her.

»Noch mehr Spuren«, teilte er kurz darauf mit. »Schuhe, links und rechts. Schuhgröße zweiundvierzig. Und der Abdruck einer Handfläche. Sieht nach Handschuh aus. Komisch. Wer trägt zu dieser Jahreszeit Handschuhe?«

Er fuhrwerkte vorsichtig weiter mit der Lupe herum und untersuchte besonders die Kante, an der die Steine herausgebrochen waren. Schließlich hockte er sich hin und schrieb etwas in einen kleinen Block. Er sah mich an. »Wir können zurückgehen. Hier ist jemand gewesen, das ist beweisbar. Nach dem Zustand der Spuren zu urteilen, war er hier, als Breidenbach dort unten zeltete. Wenn es vorher gewesen wäre, könnte ich kaum noch etwas erkennen.«

Wir hielten uns nun links zwischen den Bäumen und rutschten den Steilhang auf dem Hintern hinunter.

»Es steht fest, dass dort oben jemand war«, erklärte Niemann der wartenden Runde.

»Wann werden deine Leute hier sein?«, fragte Rodenstock.

»Sie müssten bald eintrudeln. Und sie werden arbeiten, bis die Nacht kommt. Jeden Grashalm umdrehen. Und das am Wochenende. Verdammter Mist!« Niemann kickte einen kleinen Stein beiseite.

»Zeig Rodenstock doch bitte das Kabel, das du gefunden hast. Vielleicht hat er ja eine himmlische Eingebung«, schlug ich vor.

Aber Rodenstock hatte auch keine Idee, wozu das Kabel gedient haben konnte. Also verließen wir den Steinbruch, nachdem wir Niemann alles Gute gewünscht hatten. Cisco hatte sich auf Veras Schoß breit gemacht und leckte hingebungsvoll ihre Hand, worauf sie ebenso hingebungsvoll bemerkte: »Du bist ein fantastischer Fingerfinder!«

»Wenn wir nach Hause kommen, würde ich dich um ein paar Quadratzentimeter Haut bitten«, sagte ich. »Mir ist so danach.«

Sie sah mich von der Seite an und grinste.

Den Rest der Fahrt über schwiegen wir, nur Cisco seufzte ab und zu, als habe ihm jemand glücklicherweise einen unanständigen Antrag gemacht.

Als wir auf meinem Hof standen, baute sich Rodenstock neben meinem Auto auf und erklärte: »Ich gehe erst mal in die Horizontale.« In entschuldigendem Ton fügte er an: »Emma will nicht in den Fall einsteigen.«

»Das sagt sie anfangs immer, bis es eng wird und ihre kriminalistische Vergangenheit ihr keine Ruhe mehr lässt. Recht so. Man muss seine Prinzipien verteidigen. Mir ist der Gedanke gekommen, dass ihr einen Architekten braucht, der den Umbau des Hauses managt.«

»Haben wir auch schon dran gedacht, aber wir kennen keinen.«

»Ich weiß jemanden«, verkündete ich. »Helmut Kramp aus Zülpich. Ich gebe dir Adresse und Telefonnummer.«

»Das wäre schön«, sagte er.

»Recht so«, nickte ich väterlich. »Weißt du, ich warte immer noch auf einen perfekten Mörder. Der hier könnte vielleicht einer sein.«

Wir gingen ins Haus, ich brachte meinen Katern einen Happen Trockenfraß und verzog mich dann in der stillen Hoffnung, meine Gefährtin würde sich in die gleiche Richtung bewegen. Sie bewegte sich tatsächlich und wollte mir erneut was von rot karierten Bauernstoffen und Sprossenfenstern erzählen. Ich sagte, sie solle den Mund halten, die Vorhänge zuziehen und die Erwachsenen nach Hause schicken.

Vera sagte: »Oh!«, und schwieg empört, allerdings nur kurz.

Ich wurde wach, weil Rodenstock auf der Treppe atemlos mit Emma redete. Es klang, als wäre die Welt dicht vor dem Zusammenbruch. Inzwischen war es acht Uhr abends, genau die richtige Zeit, um etwas zu essen und sich auf die anschließende Nachtruhe vorzubereiten.

Vera neben mir räkelte sich genüsslich, klemmte das Oberbett zwischen die Schenkel, wälzte sich zur Seite und verabschiedete sich erneut mit einem rasselnden Schnarcher.

Mir war nach Musik und ich hörte leise erst von Sting *Moon over Bourbon Street*, dann den *Basin-Street-Blues* in der Version von Christian Willisohn, wobei ich – wieder einmal – darüber nachsann, wie es ein Weißer aus dem Schickimicki-München fertig bringen konnte, dermaßen schwarz Klavier zu spielen und zu singen. Als Höhepunkt gönnte ich mir den Auftritt des Trio Infernale aus Trier. Danny Schwickerath jubelte in höchsten Höhen und kämpfte sich zu Ragtime-Phrasen durch, als sei er auf dem Weg nach New Orleans. Unfassbar, wie viel Musik drei handgezupfte Gitarren machen konnten.

»Muss das sein?«, fragte Vera mit einer Stimme, die nach sechzig Gauloises klang. »Mir ist mehr nach langsamem Walzer. Oder nach *Aff ond zo* von BAP.«

»Rock ist abgeschafft, unterwegs gestorben. Danke schön für den Nachmittag. Und überhaupt.« Das Trio jauchzte sich gerade durch *Schwarze Augen* und ich drehte ihm den Hals ab.

Es klopfte dezent und Rodenstock erklärte förmlich: »Ich störe ungern.« Trotzdem öffnete er die Tür weit genug, um seinen Kopf durchstecken zu können. »Es gibt einen weiteren merkwürdigen Todesfall, Baumeister. Und möglicherweise ...«

»Du kannst ruhig hereinkommen.«

Das machte er. »Neben einer Kneipe in Daun ist heute Nacht ein junger Mensch zu Tode gekommen. Er wurde von einem Auto, vermutlich einem Jeep oder so was, gegen eine Betonwand gequetscht. Er muss sofort tot gewesen sein. Der Mann hieß Holger Schwed, zwanzig Jahre alt, Student. Vielleicht war es ein tragischer Unglücksfall mit Fahrerflucht. Vielleicht war aber auch alles ganz anders. Denn Holger Schwed war der beste Freund des Sohnes von Franz-Josef Breidenbach. Und er war auch mit Franz-Josef Breidenbach selbst befreundet. Etwas übertrieben ausgedrückt, gehörte er zur Familie.«

»Von wem hast du das?«, fragte ich.

»Kischkewitz, das heißt, seine Mordkommission hat diese Geschichte seit ein paar Stunden ebenfalls auf dem Hals. Ursprünglich haben die Beamten Unfall mit Fahrerflucht angenommen. Aber als bekannt wurde, dass Holger Schwed zur Familie Breidenbach gezählt werden konnte ... Ich fürchte, die beiden Fälle hängen tatsächlich zusammen. Na ja, es gibt gleich was zu essen. Wälzt euch also aus dem Lotterbett.«

»Ich bin eine ehrbare Jungfrau und verbitte mir derartig anzügliche Ferkeleien«, sagte Vera genussvoll.

»Ha!«, machte Rodenstock und verschwand.

»Das ist typisch für einen verbeamteten Kleinbürger« grinste sie. »Erst lassen sie die Blicke mit Genuss über die üppige Landschaft gleiten, dann machen sie die Tür zu und behaupten entrüstet, sie haben den Teufel gesehen. Also gut, ihr klärt diese popeligen Todesfälle und wir Frauen machen was Kreatives und kümmern uns um das Haus in Heyroth.«

»Ich weiß schon: rot kariertes Bauernleinen. Einverstanden. Aber darf ich von Zeit zu Zeit ...«

»Von Zeit zu Zeit darfst du, Baumeister.«

»Da freue ich mich aber. Und die Einzelheiten der Hochzeit besprechen wir später.«

Eine Sekunde lang war sie höchst irritiert, dann fasste sie sich und forderte: »Ich bestehe auf vier weiße Lipizzaner, eine Combo aus New Orleans und Demi Moore, die Tango tanzt – nackt.«

»Na gut, ich werde das arrangieren. Bis demnächst also.« Ich schnappte meine Textilien und eroberte das Bad. Allerdings musste ich meinen Hund Cisco mit hereinlassen, der wie üblich auf der Lokusschüssel saß und mir beim Rasieren zuschaute.

Gegen 21 Uhr zog ich eine kurze Runde durch den Garten, sah die rosa Streifenwolken im Westen und wusste, das gute Wetter würde sich durchsetzen.

»Sehen wir uns die Sache an?«, fragte Rodenstock hinter den wilden Rosen.

»Klar«, erwiderte ich. »Lass uns fahren.«

Unten in Dreis vor Klaus' Restaurant saßen Männer an den Tischen, winkten uns zu und hoben die Biergläser. Schräg gegenüber beim Holzschnitzer hockte eine Unmenge lederbekleideter Biker und futterte offensichtlich gut gelaunt ihr Schnitzel. Der Sommer war zurückgekehrt, die Eifel hatte ihre Wärme wieder.

»Die Kneipe ist in der Abt-Richard-Straße«, sagte Rodenstock. »Kennst du die?«

»Das ist eine Kultkneipe, eine Kneipe mit vielen witzigen Geschichten. Die Sache ist neben dem Laden passiert?«

»Ja.«

»Wo kam das Opfer her?«

»Aus der Kneipe. Er war, zusammen mit einem Beamten des Landratsamtes, der letzte Gast gewesen. Schwed kann unmöglich betrunken gewesen sein, süffelte den ganzen Abend an einem Weißbier herum. Er sagte, er würde nach Hause gehen, und verließ das Lokal. Dann hörten die Wirtin und der Beamte den Motor eines Wagens. Sonst vernahmen sie nichts, keinen Schrei. Die Wirtin meint allerdings, vielleicht war da eine Art Husten. Das kann der Junge gewesen sein, als ihm die Luft aus dem Leib gepresst wurde. Er war wie immer mit dem Fahrrad da. Der Beamte zahlte sein Bier und ging ebenfalls. Nur zufällig sah er in die Lücke. Da lag der Junge samt dem verbogenen Bike vor der Mauer und war tot. Von dem Fahrer des Autos fehlt jede Spur. Der Junge wurde an den Oberschenkeln und dem Unterleib eingequetscht. Das deutet auf alle gängigen Typen dieser so beliebten Offroader hin. Mitsubishi, Mercedes, Toyota, Opel, Honda, Suzuki und und und.«

»Du hast eben gesagt, der Junge sei wie immer mit dem Fahrrad dort gewesen. Heißt das, dass er Stammgast war?«

»Ja«, nickte Rodenstock. »Er ist schon als Pennäler oft dort eingekehrt und er war beliebt. Zuletzt studierte er in Mannheim Wirtschaftswissenschaften. Am Wochenende war er aber noch oft hier. Und im Moment sind sowieso Semesterferien.«

Ich brauste am Industriepark Rengen vorbei und fuhr rechts hoch nach Daun hinein. »Wie sieht es mit der Familie des Jungen aus?«

»Keine Ahnung«, sagte Rodenstock. »Ich weiß nur, dass der Junge hier aus Daun stammt.«

Ich parkte um die Ecke der Marien-Apotheke, wir gingen das letzte Stück zu Fuß. Die Kneipe wirkte sehr einladend und ich wusste, dass die wichtigsten Lokalpolitiker hier mehr zu Hause waren als auf Parteiversammlungen.

»Ich freu mich auf ein Bier«, verkündete Rodenstock.

Der Laden war brechend voll, so voll, dass wir keine Chance hatten, bis zur wuchtigen Theke vorzustoßen, hinter der eine freundliche und beruhigend weiblich wirkende Wirtin herrschte.

»Großes Pils und Apfelschorle!«, brüllte ich.

»Großer Gott«, stöhnte Rodenstock. »Kaum Luft zum Atmen und so ungeheuer gemütlich. Was wollen wir hier?«

»Drei bis sechs Stunden warten, bis der Letzte gegangen ist«, sagte ich fröhlich.

»Unmöglich. Bis dahin bin ich zusammengebrochen. Können wir nicht gleich irgendwie an die Wirtin herankommen?«

»O ja«, antwortete ich. »Mit dem Handy. Allerdings bräuchte ich die Telefonnummer von der Kneipe.«

Vor uns entstand eine heftige Bewegung, dann drehten sich Gesichter zu uns herum und die bestellten Getränke segelten über die Köpfe zu uns heran.

»Danke!«, brüllte ich ziellos. Dann wandte ich mich an meinen Nachbarn, der eine gewisse Ähnlichkeit mit Bill Clinton im Alter von achtzehn hatte. »Kennst du die Telefonnummer von dem Laden hier?«

»Aber ja!«, strahlte er.

Ich tippte die Zahlen ein und beobachtete, wie die nette Wirtin die Stirn runzelte und auf das blöde Telefon starrte, das da rappelte. Doch sie hob ab.

»Wenn Sie den Blick heben, sehen Sie mich! Ja, so ist es gut! Erkennen Sie mich?«

Sie nickte.

»Wir würden Sie gerne zwei Minuten draußen vor der Tür sprechen. Glauben Sie, Sie können das arrangieren? Es geht um Holger Schwed.«

Die Wirtin nickte wieder und legte auf. Sie sagte etwas zu einem schmalen, strohblonden Wesen, das neben ihr an der Theke werkelte.

Wir strebten zur Türe, was durchaus nicht einfach war, denn nach uns hatten noch ein paar bierhungrige Kompanien den Schankraum betreten. Als wir endlich die frische Luft erreicht hatten, wartete die Wirtin schon und erkundigte sich zurückhaltend: »Polizei, was?« Sie musterte mich und lächelte: »Sie kenne ich.«

»Nein, keine Polizei«, sagte ich. »Vermutlich ist es da passiert, oder?«

Unmittelbar neben dem Haus befand sich ein längliches Geviert. Wahrscheinlich hatte der Erbauer dort einmal eine Garage vorgesehen, die niemals gebaut worden war. Es war ein sauberes Viereck, an dessen Ende zwei Mülltonnen standen, eine braune, eine graue. Daneben ein Straßenbesen.

»Normalerweise steht da mein Auto«, sagte sie. »In der Nacht war es ausnahmsweise nicht da, weil meine Tochter es sich geliehen hatte. Ja, ja, Holger starb da in der Ecke. Er ist gegen diese Wand gepresst worden. Es war furchtbar. Der Druck oder Aufprall ... jedenfalls lief ihm das Blut aus dem Mund und aus den Ohren und aus der Nase ... es war einfach furchtbar. Dabei war er ein lieber Kerl, konnte keiner Fliege was zuleide tun. Und immer hilfsbereit.« Sie drehte den Kopf zur Seite und schluckte. »Die Polizei hat ... na ja, sie hatten alles abgesperrt, aber dann hat mein Mann das Blut abwaschen dürfen. Und gestrichen hat er. Mit schwarzer Farbe.«

»Sie standen hinter dem Tresen, nicht wahr?«, sagte Rodenstock sanft. »Der Junge ging raus. Stand die Tür auf? Und weshalb sind Sie nicht sofort rausgerannt?«

»Nein, die Tür war nicht offen. Nur wenn es draußen warm ist, bleibt sie auf. Aber es war kühl. Also, der letzte Gast und ich, wir hörten ein Motorengeräusch. Nicht besonders laut. Und ich glaube, ich habe ein Husten gehört. Kurz darauf ging auch der letzte Gast, kehrte nach ein paar Sekunden aber wieder zurück und schrie: Es ist was mit Holger! Dann erst rannte ich raus. Da lag er da mitsamt seinem Fahrrad.«

»Wie war Ihr erster Eindruck«, blieb Rodenstock dran. »Kam es Ihnen vor wie ein Unfall oder wie etwas Gewolltes?«

»Darüber denke ich ununterbrochen nach. Bei jedem Bier, das ich zapfe. Nehmen wir mal an, da stand ein Auto. Das muss ja so gewesen sein. Dann hat es mit der Schnauze zur

Straße gestanden, denke ich. Der Fahrer legt den Rückwärtsgang ein. So was passiert ja schon mal, schusselig ist jeder mal, nicht wahr? Er setzt also zurück. Aber er korrigiert sich doch sofort ... Er fährt maximal fünfzig Zentimeter zurück, bremst und legt den Vorwärtsgang ein. Das wäre normal. Doch Holgers Fahrrad stand hier vorn an der Ecke der Hauswand. Das weiß ich, weil ich an dem Abend draußen war, um einen Müllbeutel in eine der Tonnen zu schmeißen. Der Autofahrer musste also mindestens fünf Meter zurücksetzen, bis er Holger erwischen konnte. Danach hat er den Vorwärtsgang eingelegt und ist geflüchtet, wie die Polizei annimmt. Und das Ganze so leise, dass wir drinnen kaum den Motor gehört haben? Da quietschen doch sonst die Reifen, wenn jemand flüchtet, oder?«

»Sie vermuten also eine gezielte Aktion?«, fragte ich leise.

»Ja, was denn sonst?«, erwiderte sie gequält. »Ich kann mir ja nicht vorstellen, dass jemand Holger ... dass ihn jemand töten wollte ...«

»Wir danken Ihnen sehr«, versicherte Rodenstock. »Sie haben uns sehr geholfen.«

Wir verabschiedeten uns von der Frau. Im Wagen stellte Rodenstock beinahe wild fest: »Verdammt, die Frau beobachtet gut und genau. Jemand, der etwa fünf Meter zurücksetzen muss, bis er einen Menschen zerquetschen kann, und der dann fast lautlos wegfährt. Und der offensichtlich vor der Kneipe wartete. Das Ganze fast genau vierundzwanzig Stunden später, nachdem die Lawine im Steinbruch abgegangen ist. Das sieht böse aus, mein Lieber.«

»Was können wir jetzt tun?«

Er überlegte. »Wir können nachprüfen, ob Breidenbachs Sohn noch wach ist, ob er mit uns reden mag. Der Tote war doch angeblich sein bester Freund.«

»Es ist elf in der Nacht«, gab ich zu bedenken.

»Das ist mir wurscht«, sagte er grob. »Der mögliche Mörder hat sich auch nicht nach der Uhr gerichtet. Wo war Breidenbach zu Hause? Warte mal, ich erinnere mich. Da war ein hübsches Gasthaus an einem Markt, das sehr liebevoll mit Kuriositäten voll gestopft war. Bad Bertrich war nicht weit. Und dieses Driesch, wo dieser Holzaltar steht, warte mal, ich komm nicht drauf ...«

»Das ist Ulmen«, seufzte ich. »Wir müssen nach Ulmen.«

»Ich rufe die Auskunft an.«

Wenig später wusste Rodenstock die Telefonnummer der Breidenbachs und wählte sie. Er sagte: »Ich weiß, es ist schon nach elf, aber ich wollte fragen, ob wir kurz mit Ihrem Sohn sprechen könnten. Wegen des schrecklichen Todes von Holger Schwed. – Nein, wir sind nicht von der Polizei. Aber wir verfolgen den Fall mit Wissen der Polizei. Wir haben uns heute Morgen schon im Steinbruch gesehen. – Ja, das ist sehr nett. Wenn Sie mir sagen würden, wo wir hinmüssen, dann ...«

»Wo wohnen sie genau?«, wollte ich wissen, als Rodenstock das Gespräch beendet hatte.

»In einer Siedlungsstraße. Hinter dem Höchst heißt das.«

Ich fand es problemlos. Breidenbachs bewohnten ein neues Haus in einem abgefahrenen Stil, mit Erkern und Türmchen, wenngleich nicht ersichtlich war, wozu sie dienen mochten. Als wir aus dem Wagen stiegen, ging eine Reihe von Außenleuchten an, die wahrscheinlich von einem Bewegungsmelder gesteuert wurden. Im Vorgarten, der zur Straße leicht abschüssig war, standen drei Blautannen und eine kleine Trauerweide auf makellosem Rasen. Neben dem Haus befand sich eine Garage, die ohne Probleme für drei Fahrzeuge Raum bot.

Die Frau, die die Haustür öffnete, erklärte mit Flüsterstimme: »Ich bin Maria Breidenbach, wir kennen uns ja schon.« Jetzt trug sie schwarze Hosen und ein schwarzes T-Shirt, an den Füßen schwarze Birkenstocksandalen.

Rodenstock streckte ihr die Hand hin: »Rodenstock. Das ist Baumeister, mein Freund. Wir kommen, weil uns der Tod von Holger Schwed außerordentlich überrascht hat.«

»Mich auch«, sagte sie direkt. »Mein Sohn ist vollkommen erschüttert und verwirrt. Sie waren ja noch vor kurzem zusammen im Urlaub, auf Kreta. Ich meine, mein Mann, mein Sohn und Holger. Kommen Sie doch ins Wohnzimmer.« Sie haspelte das alles ohne jede Betonung herunter, als habe sie es auswendig gelernt. Ihr Gesicht blieb dabei maskenhaft starr, kein Muskel zuckte.

Sie ging vor uns her in einen sehr großen Raum, von dessen Decke eine trübe, gänzlich unangemessene Funzel gelbes Licht streute. »Nehmen Sie Platz.«

Maria Breidenbach wies auf eine ausladene Sitzgarnitur, dunkelgrün in plüschigem Tuch. »Was zu trinken? Bier, Wein, ein Schnäpschen vielleicht? Oder soll ich schnell einen Kaffee machen?«

»Kaffee wäre prima«, nickte ich.

Wir setzten uns und hörten sie in der Küche nebenan hantieren, es waren vertraute Geräusche. Als sie zurückkehrte, sagte sie: »Es dauert ein bisschen, ist gleich fertig. Wie ist es denn genau passiert, wissen Sie das?«

»Ein merkwürdiger Vorgang«, begann Rodenstock und schilderte genau, was wir in Erfahrung gebracht hatten. Er endete mit der Frage: »Hat Ihr Sohn etwas anderes berichtet?«

»Nein, nein, das Gleiche.«

»Finden Sie das nicht komisch, zwei Todesfälle so kurz hintereinander?«, fragte ich schnell.

Zwischen ihren Augen erschien eine steile Falte. Langsam, als müsse sie jedes Wort aus sich herausquälen, sagte sie: »Es gibt manchmal Zufälle.«

»Halten Sie die Unfälle für einen Zufall?«, fragte Rodenstock aggressiv.

»Ja, natürlich«, antwortete sie. Dann ruckte ihr Kopf hoch, als sei ihr plötzlich etwas eingefallen: »Oder ist es keiner?«

»Können Sie sich vorstellen, dass jemand Ihren Mann getötet hat?« Während ich die Frage formulierte, sah ich sie nicht an.

»Aber …«, stieß sie empört hervor. »Nein, nein. Das kann ich mir nicht vorstellen.« Wieder dieses Zögern: »Oder? Oder glauben Sie etwas anderes?«

»Wir glauben nicht«, sagte Rodenstock freundlich. »Ich war mein Leben lang Kriminalist. Ich stelle mir so etwas vor. Sagen Sie, schlafen Ihre Kinder bereits?«

»Nein. Die können nicht schlafen. Der Tod ... der Tod ihres Vaters ist nicht zu verkraften. Und jetzt noch das mit Holger ... Möchten Sie mit ihnen sprechen?«

»Wenn es keine Umstände macht«, bestätigte ich.

Um den Hauch von Vertrauen zu zementieren, fragte Rodenstock hastig: »Gibt es etwas, was wir in der Gegenwart Ihrer Kinder nicht ansprechen sollten?«

Maria Breidenbach war schon an der Tür, überlegte kurz und antwortete dann entschieden: »Da gibt es nichts. Die sind erwachsen genug.«

Mich fröstelte, der Raum wirkte kalt. Ich fragte mich, warum sie nicht eine heimelige Stehlampe eingeschaltet hatte, bis ich bemerkte, dass es keine gab.

Rodenstock nickte mir zu, als müsse er mich beruhigen. »Sie verweigert sich«, flüsterte er.

Ich wollte zynisch antworten, dass das nach fünfundzwanzig Jahren Ehe vermutlich die Norm sei, aber ich kam nicht mehr dazu.

Wie eine Prozession wirkte es, als die drei mit der Mutter an der Spitze in das Zimmer marschierten. »Das ist unsere Julia. Sie ist sechzehn und geht aufs Gymnasium. Und das ist Heiner. Er ist zwanzig, hat die Schule schon hinter sich und studiert in Trier BWL.«

Julia war ein sehr hellhäutiges, schmales Wesen. Sie hatte einen zu großen Pullover in einem dunklen, grob gewirkten Grün an, in dessen Ärmeln sie ihre Hände versteckt hielt. Ihr Gesicht wirkte zart, der Mund gespannt, die Augen waren von einem wässrigen Hellblau. Das Haar hatte sie zu einem großen Dutt verknäuelt.

Ihr Bruder war vom gleichen Typ, einen Kopf größer als sie, extrem schlank mit harten Linien um den Mund. Er trug einen blauen Rolli, das Haar ganz kurz, eine schlabbrige Hose. Auch sein Gesicht wirkte angespannt, die Wangenknochen mahlten unentwegt.

Sie gaben uns artig die Hand, spielten unsere Anwesenheit aber gleich herunter und fragten: »Können wir uns eine Cola holen?« Das wirkte lächerlich, trug aber vielleicht einfach einer strengen elterlichen Rolle Rechnung.

»Der Tod Ihres Vaters tut uns Leid«, sagte Rodenstock. »Das muss ein schwerer Schlag für Sie sein.«

Julia ging hinaus, um die Cola herbeizuschaffen, und ihr Bruder setzte sich neben seine Mutter. Er fragte freundlich, aber unmissverständlich: »Wer sind Sie eigentlich? Ich meine, was haben Sie damit zu tun?«

»Im Grunde gar nichts«, erklärte ich. »Mein Freund Rodenstock kannte Ihren Vater. Er las in der Zeitung von seinem Tod und es hat ihn sehr berührt. Zudem war er Kriminalrat, ist also auch fachlich interessiert. Ich selbst bin Journalist. Wir sind in den Steinbruch gefahren, weil uns interessierte, wie es zu dem Unglück kommen konnte.«

Julia kehrte zurück, goss dem Bruder und sich ein.

»Könnten Sie sich vorstellen, dass Ihr Vater ermordet wurde?«, fiel ich mit der Tür ins Haus.

»Wer sollte so etwas tun?«, fragte Heiner Breidenbach. Er schien unberührt, nicht im Geringsten überrascht.

»Das wissen wir nicht«, entgegnete Rodenstock freundlich. »Deshalb sind wir hier.«

Julia reagierte anders und erstaunte mich. »Ich habe schon darüber nachgedacht.«

»Warst du in dem Steinbruch?«, fragte ich.

»Nein. Mama meinte, das sei ... nein.«

»Ist Ihnen dort etwas aufgefallen?«, fragte Rodenstock Maria Breidenbach.

»Nein, nicht das Geringste. Ihnen denn?« Sie reagierte überraschend schnell.

»Es muss eine zweite Person dort gewesen sein. Diese Person war oben an der Steilwand, also gewissermaßen zwanzig Meter oberhalb Ihres Mannes.« Rodenstock fummelte an seiner Weste herum. »Darf ich rauchen?«

»Selbstverständlich«, sagte Maria Breidenbach, stand auf und holte einen Aschenbecher. »Da oben ist doch eigentlich nie jemand.«

»Richtig.« Ich wandte mich an Heiner: »Was ist mit Ihrem Freund Holger Schwed? Gab es jemanden, der etwas gegen ihn hatte? Und zwar so sehr, dass er ihn töten würde?«

»Das hat mich die Kriminalpolizei auch schon gefragt.

Heute Morgen, als sie hier waren.« Der junge Mann war immer noch gelassen. »Nein, Heiner hatte keine Feinde, das kann ich mir nicht vorstellen. Er war oft in Tinas kleiner Kneipe. Wenn er sich hier in der Gegend aufhielt fast jeden Abend. Er trank ein Bier, auch mal zwei, aber das war es dann auch schon. Nein, er hatte keine Feinde. Das wüsste ich.« Seine Hände machten eine schnelle Bewegung. »Wenn ich das richtig verstehe, dann konstruieren Sie einen Krimi, nicht wahr? Mein Vater ist tot, Holger ist tot … Und Sie meinen, das hat etwas miteinander zu tun, oder?«

»Fragen wir einmal was anderes«, wich Rodenstock aus. »Hatte denn Ihr Mann Feinde und war irgendwie gefährdet?«

Sie sahen sich an. Der Sohn die Mutter, die Mutter ihre Tochter, die Tochter den Bruder.

»Nicht so richtig«, sagte Maria Breidenbach dann.

Einen Moment sprach keiner.

»Nicht so richtig?«, wiederholte Rodenstock. »Was heißt das?«

»Na ja«, murmelte die Mutter. »Es gab immer mal wieder Zoff. Zum Beispiel wegen der vielen alten Dorfbrunnen, die eigentlich durch Tiefbohrungen ersetzt werden müssten, weil sie nicht mehr allzu sauber sind. Da hat Franz-Josef schon mal Krach bekommen. Mit einem Ortsgemeinderat oder einem Verbandsgemeinderat.«

»Ja, oder mit so Typen wie Albert Schwanitz«, sagte Heiner Breidenbach schnell. »Das ist ein Arschloch!«

»Heiner!«, sagte seine Mutter vorwurfsvoll.

»Ach, Mami, er hat doch Recht!«, rief ihre Tochter wild. »Abi ist ein Arsch. Und ein echtes Messer.«

»Wie bitte?«, fragte ich.

»Ein Messer«, erklärte Heiner Breidenbach kühl. »Das heißt, er ist brutal.«

»Wer ist denn dieser, dieser …«

»Albert Schwanitz«, gab die Mutter Auskunft. »Der gehört zu diesem Erben, wenn Sie verstehen, was ich meine.«

»Ich verstehe gar nichts«, sagte ich verwirrt. »Kann mich jemand aufklären?«

Sie sahen sich wieder an, Mutter, Sohn und Tochter. Schließlich murmelte Heiner Breidenbach in Richtung seiner Mutter: »Du weißt am besten Bescheid. Erzähl du.«

Als sei sie verlegen, strich sie sich eine Haarsträhne aus der Stirn. »So viel weiß ich ja auch nicht ... Vater war ja nun nicht gerade gesprächig. Also, es gibt da Richtung Bad Bertrich auf die Mosel zu ein altes Brunnenfeld. Tiefbrunnen. Ganz früher, vor dem Ersten Weltkrieg, wurde dort Sprudel abgefüllt und verkauft. Irgendwann hörte das auf. Und das Land ist kürzlich wieder eine Generation weitergegeben worden. An einen Erben gefallen, der bisher mit der Eifel nichts zu tun hatte. Aus Frankfurt kommt der. Doch in den Schürfrechten steckt viel Geld. Der Erbe hat die Genehmigung bekommen, die Brunnen neu zu bohren. Doch, soweit ich weiß, haben die tiefer gebohrt, als sie durften. Und da hat mein Mann, Franz-Josef, eingegriffen, so ginge das nicht! Daraufhin hat ihn dieser Abi verprügelt. Mein Mann sah wirklich schlimm aus.«

»Dieser Erbe«, fragte Rodenstock, »wie heißt der?«

»Rainer Still«, antwortete Heiner. »Die Leute sagen, der ist nur an Geld interessiert, sonst an gar nichts. Er tritt selbst kaum in der Öffentlichkeit auf. Dafür hat er seine Leute. Unter anderem den Abi.«

»Hat Ihr Mann Anzeige erstattet?«, fragte ich.

»Nein. Er war der Ansicht, das hätte keinen Zweck, weil niemand dabei gewesen war. Abi hat ihm aufgelauert. Irgendwo bei Hillesheim.«

»Wer ist denn nun dieser Abi genau?«, wollte ich weiter wissen.

»Einfach ein Schlägertyp. Dieser Erbe, dieser Rainer Still, hält sich mehrere Bodyguards. Kein Mensch weiß, warum. Und er hat einen ›Managing Director‹. Dr. Manfred Seidler, der sei wirklich gefährlich, erzählen die Leute.«

»Wann ist denn das passiert? Die ungenehmigten Bohrungen, das Verprügeln?«

»Im März«, antwortete Maria Breidenbach.

Rodenstock mischte sich ein: »Glauben Sie, dass dahinter ein Mordmotiv zu finden ist?«

»Ich weiß es nicht …«, sagte Maria Breidenbach zögernd. »Eher nicht. Aber vielleicht … es ist ja möglich, dass diesem Abi was aus dem Ruder gelaufen ist … Mein Gott, das ist ja schrecklich, das will ich mir gar nicht vorstellen.«

»Auszuschließen ist es aber nicht«, nickte Rodenstock. »Und jetzt zu Ihnen, junger Mann, ich muss mich wiederholen: Können Sie sich irgendeinen Menschen vorstellen, der so einen Rochus auf Ihren Freund Holger hatte, dass er ihn mit einem Auto zu Tode quetschte?«

»Nein, nicht Holger. Nicht so, dass einer hingeht und den … mit einem Auto. Das ist unvorstellbar. Warum auch? Holger war … die meisten Menschen mochten Holger.« Unvermittelt begann er zu schluchzen. Es war ein stilles, schrecklich verkrampftes Weinen, da er sich bemühte, die Kontrolle nicht zu verlieren.

Seine Mutter umschlang ihn mit beiden Armen und sagte leise: »Ach, mein Junge! Mein armer Junge.«

»Es wäre sehr hilfreich, wenn Sie kurz erzählen könnten, wie Ihre Freundschaft zu Holger Schwed war«, bat ich nach einer Weile.

Heiner nickte, bekam von seiner Mutter ein Papiertaschentuch gereicht und schnäuzte sich laut. »Das fing auf dem Gymnasium in Daun an. In der Fünften. Wir waren seitdem immer zusammen. Wenn es eben ging, haben wir auch die Ferien zusammen verbracht. Meistens fuhr er mit mir und meinen Eltern mit in den Urlaub. Er war bei mir hier zu Hause und ich bei ihm. Aber öfter waren wir hier.« Er grinste für Sekunden wie ein Lausbub. »Wir hatten die ersten Freundinnen, manchmal dieselben gleichzeitig. Nach dem Abi ging's zum Studium. Aber selbst da sahen wir uns noch an fast jedem Wochenende. Und im Frühsommer haben wir beide mit meinem Vater zusammen noch mal Urlaub auf Kreta gemacht.«

»Hat Ihr Vater dort von Schwierigkeiten im Beruf erzählt?«, fragte Rodenstock.

»Nein. Jedenfalls nicht mir. Kann sein, dass er mit Holger über so was geredet hat. Aber eigentlich glaube ich das nicht.«

»Ich denke, wir haben Sie genug belästigt.« Rodenstock sprach mehr zu sich selbst. »Herzlichen Dank, dass Sie mit uns geredet haben. Wir finden die Haustür allein.«

Im Wagen seufzte er: »Die wissen nichts. Und die Tatsache, dass ein Bodyguard einfach zugeschlagen hat, zeigt mir zunächst nur, dass er ein schlechter Bodyguard ist, sonst nichts.«

»Was ist, wenn mehr dahinter steckt?«

Er dachte nach. »Glaube ich nicht. Eine neue Wasserfirma in der Eifel ist ja nun nicht gerade eine Sensation. Und eine zu tiefe Bohrung – was soll das? Vielleicht haben wir es doch nur mit einem Steinschlag und einem tragischen Verkehrsunfall zu tun. Wäre auch besser für den Seelenfrieden hierzulande.«

»Und der Finger? Und der Mister Unbekannt oben an der Steilwand? Und das zerrissene Zelttuch? Mein Gott, Rodenstock, wo steckt dein Misstrauen? Du hast den ganzen Scheiß schließlich losgetreten.«

»Ich werde alt und friedlich«, grinste er.

»Es stört dich nicht, dass jemand fünf Meter zurücksetzen muss, um jemanden mit seinem Auto zu zerquetschen?«

»Na gut, es stört mich, aber es kann durchaus normale Erklärungen dafür geben. Für alles kann es normale Erklärungen geben.«

»Mit dir rede ich nicht mehr. Du bist der widerlichste Rentner, den ich zurzeit kenne.«

»Es hätte ein so schöner Abend werden können.«

»Ekel!«

»Widerlicher, vorlauter Jugendlicher!«

Unter derart munteren Reden hatten wir die Schnellstraße nach Kelberg fast zur Hälfte hinter uns gebracht. In Höhe der Abfahrt zum Gran Dorado querten in aller Ruhe Rehe die Straße. Eine Ricke hatte ein Junges bei sich und sicherheitshalber blieb sie mitten auf der Fahrbahn stehen, wie gute Mütter das so tun, und blickte mich drohend an.

»Ich frage mich, ob wir zur Raumgewinnung einen Wintergarten anbauen sollen«, bemerkte Rodenstock. »Ich muss Emma nach ihrer Meinung fragen.«

»Du bist wirklich ein unglaublicher Fall!«

Er konnte Emma nur eingeschränkt befragen, da sie sich zusammen mit Vera in einer Aufwallung von Glück über das Heyrother Eifelhäuschen dem Alkohol anheim gegeben hatte. Die beiden saßen kichernd auf den Fliesen in der Küche und hatten unendliche Mengen von Papier um sich herum verteilt, auf das sie Grundrisse gezeichnet hatten, Fensteransichten, Räume mitsamt den Andeutungen von Mobiliar. Inmitten dieses Chaos standen Gläser und Weinflaschen.

Emma sah ihren Rodenstock strahlend an und erklärte leicht nuschelnd: »Wir haben beschlossen, dass ich einen Esel kriege.« Dabei balancierte sie mit weichen Bewegungen ein volles Glas über ihren künstlerischen Ergüssen, hielt das Glas aber schief. Ein dünner Faden der Flüssigkeit ging stetig auf ihre Hose, auf Veras Hose und auf die Papiere nieder. Es entstand eine ausgesprochen farbenfrohe Komposition.

Überflüssigerweise fragte Rodenstock: »Einen Esel? Einen richtig lebendigen Esel?«

Als hätte er nichts gesagt, fuhr Emma fort: »Ich wollte schon als kleines Mädchen einen Esel haben. Ich habe immer und immer wieder meinen Eltern gesagt: Wenn ihr wollt, dass ich richtig glücklich bin, müsst ihr mir einen Esel schenken!« Ihre Stimme schlug um in ein Meer von Traurigkeit. »Ich habe den Esel nie gekriegt. Ich war ein Kind ohne Esel.«

Vera hielt den rechten Zeigefinger steil in die Luft. »Die meisten Kinder kriegen das, was sie wirklich wollen und brauchen, nie!«

»Wie viele Flaschen?«, grinste Rodenstock.

»Nicht sehr viele!«, betonte Vera. »Wir haben auch schon einen Stall geplant, konspiriert, konzipiert, oder was?«

Emma kicherte etwas blöde. »Ich wette, die halten uns für betrunken. Aber merkt euch eines: Mein Esel muss männlich sein und er soll Einstein heißen!«

»Da wird sich Einstein aber freuen«, nickte ich.

Vera verkündete mit weit ausholender Handbewegung: »Ich bin nicht für Einstein. Einstein hatte eine zu schöne Zunge. Ich bin für Nietzsche! Der hat sein Leben lang gelitten. Was glaubt ihr, wie der heute leiden würde! Nietzsche! Das ist echt, das ist wahr. Oder Goethe? Goethe geht nicht. Vielleicht Kant wegen dieses komischen Imperativs? Ach, das ist alles Kokolores. Nietzsche, Schwester, Nietzsche! Oder Kohl! Kohl hat doch gesagt, es sei immer wichtig, was hinten rauskommt. Ach Gott, der war ja auch so haltlos mittelmäßig.« Sie bekam einen Lachanfall und stürzte ihr Weinglas in das Papierchaos.

»Großer Gott!«, seufzte Rodenstock ergriffen.

»Haben wir noch Sekt im Haus?« Emma versuchte einen Rülpser zu unterdrücken.

»Angesichts dieser Orgie gebe ich auf und verteile erst einmal Aspirin«, erklärte ich und marschierte hinaus.

Rodenstock folgte mir ins Wohnzimmer. Ich hockte mich in einen Sessel. »Ich glaube, Rodenstock, alles war ganz anders.«

»Was war anders?«, fragte er.

Unsere Frauen grölten: »Yesterday!«

»Ich denke, es macht nur Sinn, wenn ... Was ich meine, ist Folgendes. – Mein Gott, können diese Frauen nicht einmal schweigen? Breidenbachs Frau hat gesagt, dass ihr Mann bei Regen Tiere beobachten wollte. Tiere, die man sonst so nicht sieht. Aber was sollen das eigentlich für Tiere sein? Rote Wegschnecken? Eine zufällig vorbeikommende Glockenunke? Eine trächtige Erdkröte auf dem Weg zu ihrem Frauenarzt? Das ist Stuss, Rodenstock, morastiger Stuss.«

»Lass mich teilhaben an deiner Weisheit das menschliche Leben betreffend«, spöttelte er.

»Breidenbach, das nehme ich fest an, wollte im Steinbruch jemanden treffen.«

»Bei strömendem Regen«, ergänzte Rodenstock melancholisch.

»Na eben! Es war eine Zusammenkunft, von der Dritte nichts wissen sollten, geheim sozusagen.«

»Geheim?! In der Eifel bleibt selten etwas geheim«, murmelte er jetzt ohne Spott.

»Das ist falsch. Es gibt Dinge, die hier geheim bleiben, obwohl ein paar Hundert Menschen sie wissen. Zum Beispiel, dass viele Pastöre Kinder zeugen. Oder dass ein Studienrat ein außereheliches Verhältnis hat oder dass ein Politiker dämlich genug ist, sittliche Maßstäbe zu predigen und gleichzeitig ein Hurenhaus in Trier zu besuchen, weil er einen so harten Alltag hat. Die Regel besagt: Schweig still, maß dir kein Urteil an! Hohes christliches Prinzip für das Kirchenvolk.«

»Breidenbach war kein Pfarrer. Und selbst wenn er uneheliche Kinder zeugte, so sehe ich keinen Zusammenhang zwischen diesen Kindern und seinem Tod.« Er spielte den Advokaten des Teufels meisterhaft, er konnte mir jede Überlegung zunichte machen.

Von unseren Frauen hörten wir: »What a wonderful world!«

»Wenn du Recht hättest, Baumeister, dann ist es schwer, den Finger zu erklären, der niemandem gehört. Denn dann hätte Breidenbach unter Umständen jemanden getroffen, den er selbst tötete. Und das scheint mir absurd, das passt überhaupt nicht zu dem Menschen Breidenbach, wie wir ihn kennen.«

»Was, zum Teufel, wissen wir denn von ihm? Wir kennen nur die Glanzfolie, die Unterseite haben wir noch keine Sekunde gesehen.«

»Dann muss er jemanden getötet und die Leiche beiseite geschafft haben«, fuhr Rodenstock fort. »Er kehrte zurück und wurde von einer Felslawine erschlagen. Aber erst, nachdem irgendjemand ihn gefunden hat, das Zelt abbaute, an anderer Stelle aufstellte, zerriss und so weiter und so fort ... Wenn ich akzeptiere, dass Breidenbach jemanden treffen wollte, dann gibt es den Naturfreak, der bei schlechtem Wetter in einem Steinbruch zelten wollte, nicht mehr. Dann sehe ich eine nächtliche Versammlung von Unbekannten bei strömendem Regen in einem Steinbruch am Rande der Welt. Und das fordert eine Theorie, von der es mir undenkbar erscheint, sie mit Leben füllen zu können.«

»Was ist, wenn wir euer Haus umbauen und den Fall sein lassen?« Ich hatte plötzlich keine Lust mehr, das unbekannte Leben mir unbekannter Eifler zu durchforschen.

Rodenstock grinste wie ein Gassenjunge. »Ein bisschen Haus muss sein. Ich kann Emma nicht ganz allein lassen. Aber niemand wird mir verbieten können, darüber nachzusinnen, wie Breidenbach ums Leben kam, wem der Finger gehört, wer in der Nacht im Steinbruch war. Und: Warum er im Steinbruch war. Außerdem möchte ich Kischkewitz helfen, der mit einer total überlasteten Mordkommission nach Luft schnappt. Weißt du, dass es inzwischen zwei Uhr nachts ist?«

»Don't worry, be happy!«, sangen die Frauen. Und mein Telefon schellte und Rodenstock begann zu lachen.

Es war Kischkewitz, der Mordermittler. Er fragte mit einer von seinen grässlichen Stumpen angerauten Stimme: »Sag mal, ist Rodenstock da?«

Ich reichte den Hörer an Rodenstock weiter, der einfach nur sagte: »Leg los!« Konzentriert hörte er zu, das Gespräch dauerte sehr lange. Schließlich sagte er: »Du kannst dich auf mich verlassen!«, und drückte die Aus-Taste.

Rodenstock sah mich an und rückte sich zurecht. »Sie sind sich sicher, dass nicht die Lawine Breidenbach getötet hat. Es gibt zwar noch einen Unsicherheitsfaktor, doch der liegt bei nur einem Prozent. Dann hat sich die Kommission mit der Frage befasst, um wie viel Uhr unter Berücksichtigung sämtlicher klimatischer Faktoren Breidenbach gestorben ist. Die Antwort lautet: exakt zwei Uhr in der Nacht vom vergangenen Donnerstag auf Freitag. Gehen wir davon aus, dass Breidenbach den Steinbruch etwa gegen 17 Uhr am Donnerstag erreichte, dann hat er dort neun Stunden lebend verbracht – eine ungeheure Zeitspanne. Praktisch heißt das, dass ganze Kompanien von unbekannten Besuchern den Steinbruch aufsuchen konnten. Bei der Bestimmung des Todeszeitpunktes sind die Pathologen von der Freiburger Schule ausgegangen, sie haben also den Zustand bestimmter Muskelgruppen überprüft. Das bedeutet, die Festlegung auf zwei Uhr ist exakt bis auf eine Abweichung von fünf Minuten plus oder minus, aber nicht mehr.«

»Warum sind sie sich so sicher, dass nicht die Lawine schuld an Breidenbachs Tod war?«

»Zwischen seinem Körper und den herabstürzenden Steinbrocken fand sich kein Zelttuch. Auch in den Schädelwunden keine Mikrospuren von Zelttuch. Das heißt, dass sich Breidenbach zum Zeitpunkt seines Todes außerhalb des Zeltes aufhielt. Das war uns ja sowieso schon klar. Doch zudem weisen die Verletzungen darauf hin, dass Breidenbach mit einem Stein erschlagen worden ist. Keine einzige seiner Verletzungen scheint von herabstürzenden Steinen zu stammen. Beweismittel: seine Kleidung. Die ist nicht von oben herabstürzenden Steinbrocken getroffen worden, sondern von der Seite und von fast von unten geführten Schlägen. Du lieber Himmel, es wird immer später. Ein alter Mann ist müde.«

»Gib zu, dass da noch mehr kommt«, forderte ich.

»Du kennst mich ziemlich gut«, strahlte Rodenstock. »Es ist mit Sicherheit davon auszugehen, dass Breidenbach mit Steinen erschlagen worden ist. Und zwar mit Steinen, deren Mehl eindeutig vulkanischen Ursprungs ist. Sie haben Steinmehl in den Wunden gefunden. Kischkewitz' Leute haben nach passenden Steinen gesucht und sie fanden welche, genauer: zwei. Die Steine haben doppelte Faustgröße und es waren Hautreste auf ihnen. Damit scheint bewiesen, dass er erschlagen wurde. Und zwar außerhalb des Zeltes.«

»Von einer oder von zwei oder drei Personen?«

»Die Frage kann man noch nicht beantworten. Aber etwas anderes weiß man noch: Auf Breidenbachs Gesicht war ein Flecken Öl. Nicht viel, aber immerhin. Es handelt sich um eine gängige Ölsorte, die bei Maschinen aller Art Verwendung findet. Von Breidenbachs Mountainbike stammt dieses Öl allerdings nicht. Die Ermittler nehmen an, dass es der Täter an den Händen hatte. Und: Die Spurensucher haben einen Knopf gefunden, von einer Armani-Jeans. Der ist Breidenbach eindeutig nicht zuzuorden, den hat also vielleicht der Täter verloren.«

»Was ist mit dem Finger?«

»Das ist interessant. Der Finger muss einem Mann gehören, der etwa fünfundzwanzig Jahre alt ist. Frag mich nicht, wie sie das festgestellt haben. Wahrscheinlich aufgrund des Alters der Gewebestruktur.«

»Da ist doch noch was, Rodenstock ...«

Mit glänzenden Augen hockte er vor mir. »Ja, da ist noch etwas. Breidenbach hatte vor seinem Tod einen Samenerguss – er muss Besuch von einer Frau gehabt haben!«

»Ha! Das geheime Leben, von dem ich redete.«

Er lächelte.

»Die Kollegen von der Mordkommission werden doch inzwischen sicher auch wissen, was mit dem Zelt passiert ist?«

»Das war die einfachste Übung«, bestätigte er. »Das Tuch ist mit zwei Zangen zerrissen worden. Mit einer ganz normalen, bereits angerosteten Kneifzange und einer ebenfalls angerosteten Flachzange. Da es nicht wahrscheinlich scheint, dass Breidenbach sein eigenes Zelt zerfetzte, bevor er getötet wurde, muss er Besucher gehabt haben. Und wie es aussieht, eine ganze Menge.«

»Oder nur einen, der das alles erledigte.«

Er überlegte und nickte dann. »Oder nur einen.«

Nach einer Weile fragte ich: »Woran denkst du?«

»Stell dir vor, ich hätte nicht den Stachel des Zweifels in diese Affäre gesenkt. Stell dir vor, es wäre dabei geblieben, Breidenbach als Opfer eines bedauerlichen Unfalls in der Natur zu beerdigen. Dann wäre ein Tatort übersehen worden, auf dem sich gewissermaßen die Ereignisse überstürzten. Ich möchte also erneut die uralte Frage aufwerfen, wie viele Tatorte pro Jahr wohl lautlos beerdigt werden, weil man sie gar nicht als Tatorte begreift.«

»Oder begreifen will«, setzte ich hinzu.

Er sah ins Leere. »Oder begreifen will«, wiederholte er.

»Wie will Kischkewitz das alles auf die Reihe kriegen?«

»Das ist ein entscheidender Punkt.« Rodenstock seufzte, richtete sich aber gleichzeitig etwas auf. »Kischkewitz hat mich zunächst einmal rein privat gebeten, ihm zu helfen. Offiziell oder inoffiziell, das ist ihm scheißegal. Er hat folgende Strategie vorgeschlagen: Von dem Mord wird offiziell nichts verlautbart, die Sprachregelung, dass Breidenbach Opfer eines Steinschlags geworden ist, bleibt bestehen. Das gibt Kischkewitz und uns etwas Zeit ... Fragt sich allerdings wie viel. Denn Leute vom Südwestrundfunk haben herausgefunden, dass Breidenbach in ein schlimmes Politikum verstrickt war. Die Geschichte hat sich in einer Eifel-Gemeinde abgespielt, in der ein Fenster- und Türenhersteller zu Hause ist. Der verwendet wohl Vinyl für seine Produktion, einen Krebs erregenden Stoff. Wenn ich das richtig verstanden habe, macht Vinyl Kunststoffe biegsam und bruchsicher. Nun hat sich nachweisen lassen, dass im Umfeld des Fensterbauers zehnmal mehr Leukämieerkrankungen bei Kindern auftraten als normal.«

»Welche Rolle spielte Breidenbach dabei?«, fragte ich erregt.

»Er untersuchte das Trinkwasser in der Region und in den Quellgebieten. Wahrscheinlich entdeckte er in dem Wasser Spuren von Vinyl und ...«

»... und wollte es geheim halten«, vervollständigte ich.

»Falsch. Er wollte die Sache an die Öffentlichkeit bringen.«

»Das wäre ein glatter Selbstmord geworden«, meinte ich.

»Na ja«, erwiderte Rodenstock nicht ohne Ironie. »Selbstmord war ja nicht nötig. Das hat ihm jemand abgenommen.«

»Das ist die Geschichte hinter der Geschichte. Ein Motiv!«

»Richtig. Tote Kinder.«

Nebenan grölten die Frauen nun: »Our house in the middle of the street.«

»Weißt du, was mich so nachdenklich macht?« Rodenstock schüttelte den Kopf. »Warum hat die Familie Breidenbachs uns nichts davon erzählt? Und warum hat sie den Mitgliedern der Mordkommission nichts davon erzählt?«

DRITTES KAPITEL

Die Nacht auf den Montag war nichts als ein schäbiger Rest. Irgendwann gegen fünf Uhr morgens war Vera mit lautem Getöse in meine Ruhe eingebrochen, hatte sich ausgezogen und war nackt in unsere Koje gestiegen – unermüdlich schimpfend, weil ich ihr angeblich keinen Platz machte.

Als ich aufwachte, lag sie neben mir, hatte ein weißes Gesicht und stöhnte: »Gleich sehe ich grüne Männchen, gleich sehe ich rote und grüne Männchen.« Es war zwölf Uhr.

Ich löste ihr ein paar Kopfschmerztabletten mit Vitaminen auf und flößte ihr das Gebräu unter ständiger Androhung des baldigen Todes ein. Dann schlief sie wieder und ich wollte mir Kaffee kochen. Das allerdings brauchte ich nicht, denn Emma turnte höchst lebendig und schon wieder muntere Liedchen singend in der Küche herum und brutzelte etwas in der Pfanne.

»Wieso hast du keinen Kater?«

»Weil ich niemals Kater habe. Mir fehlen gewisse Sollbruchstellen im Hirn. Wahrscheinlich ist das auch der Grund, weshalb meine Sippe so zäh ist. Kaffee?«

»Aber ja! Rodenstock schläft noch?«

»Ja, natürlich. Er hat mir noch in der Nacht alles erzählt. Was ist mit dieser Leukämiegeschichte?«

»Die werde ich gleich recherchieren. Steigst du etwa ein?«

Sie sah mich an und lächelte. »Nein. Tu ich nicht. Es ist wahrscheinlich wichtig, Rodenstock allein arbeiten zu lassen. Wenn ihr absolut nicht mehr weiterwisst, komme ich dann als Deus ex Machina und hole euch aus dem Schlamassel. Wie läuft es mit dir und Vera?«

»Emma! Das weißt du doch längst. Ihr sitzt in der Küche auf dem Boden und singt allerhand schmutzige Lieder. Du weißt alles.«

»Stimmt«, nickte sie sachlich. »Aber die Fliesen waren kühl und ich fürchte um meine Blase. Stirbt Vera?«

»Jede Sekunde einmal. Was ist deine Meinung zu der Geschichte im Steinbruch?«

»Ich halte es nicht für ausgeschlossen, dass Breidenbach erst jemand anderen tötete, bevor er selbst getötet wurde. Und dass jemand oben auf dem Felsen stand. Dass also mindestens drei Personen im Steinbruch gewesen sind. Sieh mal, die Sonne scheint. Soll ich dir Spiegeleier braten?«

»Ja, bitte, drei oder vier.«

Ich marschierte ins Wohnzimmer und rief die Mordkommission an. Kischkewitz war nicht erreichbar, daher verlangte ich den netten Spurenmann, der im Steinbruch aufgekreuzt war, Gregor Niemann.

»Was ist mit dem Kabel, das Sie gefunden haben?«, fragte ich.

»Das gehört zur Standardausrüstung eines Richtmikrofons, das von *Sennheiser* hergestellt wird. Einer meiner Kollegen hat es erkannt, von Zeit zu Zeit benutzen wir die Dinger selbst. Jetzt können wir mit ziemlicher Sicherheit sagen, dass ein Dritter am Tatort gewesen ist, nämlich einer, der nicht gekommen ist, jemanden zu töten, sondern jemanden zu belauschen. Wenn ich das Tonband hätte, hätte ich auch eine Karriere.« Er lachte.

»Ich habe noch eine Frage: Welche Gemeinde ist von dieser Leukämiegeschichte betroffen? Und wer weiß darüber Genaues?«

Es dauerte einen Moment, bis er antwortete: »Wenden Sie sich an den Bürgermeister. Er ist wie üblich der arme Hund, der alles ausbaden muss. Es handelt sich um die Gemeinde Thalbach, ich glaube ...«

»Ich weiß, wo das ist«, sagte ich. »Und vielen Dank.«

»Keine Ursache«, brummte er.

Meine Spiegeleier lagen auf einem Bett aus geräuchertem Strohner Eifelschinken. Ich gab mich ganz dem Genuß hin und Emma guckte mir dabei zu.

Draußen auf dem Hof knatterte ein kleiner Motor und erstarb. Eine schwarze, schmale Gestalt stieg vom Sattel eines kleinen quittegelben Motorrollers. Als der feuerwehrrote Helm abgenommen wurde, war ich überrascht: »Sieh mal an, Julia Breidenbach, das kleine, bleiche Mädchen.«

Dann stand sie vor mir in der Sonne, zupfte sich gewaltige Handschuhe von den kleinen Fingern und haspelte nervös: »Ich dachte, ich komme mal vorbei.« Sie kam mit den Handschuhen nicht zurande, sah mich nicht an und machte eine typische Verlegenheitsbemerkung: »Ihr wohnt aber schön hier.«

»Das ist wahr«, nickte ich. »Kommen Sie herein oder komm herein. Ich weiß nie, wann ich jemanden duzen darf und wann nicht. Ich heiße Siggi.«

»Ich bin die Jule.« Erleichtertes Aufatmen. »Es dauert auch nicht lange.« Für Sekunden wirkte sie so sachlich, als wollte sie mir ein Illustriertenabonnement verkaufen.

Ich bugsierte sie ins Wohnzimmer und fragte sie, was sie trinken wolle. Sie entschied sich für Wasser. Ich holte eine Flasche samt Glas, stopfte mir eine lange Jeantet und setzte mich ihr gegenüber.

»Es ist sicher schwer für dich in diesen Tagen. Und dann machst du noch den weiten Weg von Ulmen nach Brück. Das ist ja nun kein Spaziergang.«

»Das ist überhaupt nicht schlimm, wenn die Sonne scheint. Ich fahre immer querfeldein, dann ist es nicht so öde.«

»Von Ulmen hierher querfeldein?« Das war verblüffend. »Wie geht das? Mithilfe von Messtischblättern?«

»Ich habe die Strecken im Kopf«, erklärte sie.

Das war mehr als verblüffend. Ich bat: »Erklär mir den Weg. Das interessiert mich wirklich. Das sind ... wie viele Kilometer?«

»Normal wären es zwanzig.« Ihre Stimme war jetzt fester geworden. »Aber ich fahre hinter Ulmen auf Gefell zu, dann Sarmersbach, Neichen und so weiter. Ich spare so rund die Hälfte der Strecke.« Sie lächelte. »Du musst natürlich wissen, wo es genau langgeht, sonst landest du irgendwo in der Pampa.«

»Das hat dein Vater dir beigebracht, nicht wahr?«

»Ja, klar. In so was ist er wirklich ... war er wirklich gut.«

»Also, was kann ich für dich tun?«

Sie hielt den Kopf gesenkt, als sie sagte: »Ach, Gott.« Dann fand sie sich selbst wohl komisch. »Unterwegs habe ich noch genau gewusst, was ich alles sagen wollte.«

»Das macht nichts, das wird dir wieder einfallen. Wolltest du über den Tod deines Vaters reden? Oder über Holger Schweds Tod? Oder über was anderes? Lass dir Zeit.«

»Ich weiß nur, dass sie tot sind. Und eigentlich weiß ich nicht, was das heißt. Oder, ich weiß es, aber ich weiß es auch nicht. Aber ich wollte über die Leukämiegeschichte mit dir reden. Oder mit euch. Weil – ich habe überlegt, dass die

Sache etwas damit zu tun haben könnte. Mit Papas Tod. Oder mit Papas und Holgers Tod. Ist dein … ist der ältere Mann nicht da? Wohnt der nicht hier?«

»Doch«, sagte ich. »Ich hole ihn.« Ich ging hinüber in die Küche und bat Emma, Rodenstock schleunigst aus dem Bett zu werfen. Dann kehrte ich zurück. »Wir sind etwas aus der Reihe, wir waren erst um vier Uhr im Bett.«

»Bei uns war es auch spät. Mama hatte noch … so eine Art Zusammenbruch mit verrückten Kopfschmerzen und musste sich übergeben. Ich habe überhaupt nicht geschlafen, schon seit Tagen. Ich bin völlig durch den Wind.«

»Das kann ich verstehen.« Die Pfeife brannte gut und gleichmäßig, der Geruch beruhigte mich.

Rodenstock kam herein. Er trug seinen langen roten Bademantel und kratzte sich vergnügt am Kopf. »Hallo«, sagte er. »Lasst euch nicht stören, mein Gehirn arbeitet noch nicht und ist so lebendig wie ein Badeschwamm. Aber das kommt schon noch. Gut Ding will Weile haben. Wie geht es dir?«

»Na ja«, erwiderte Julia matt. »Ich bin hier wegen der Leukämiefälle. Ich war von Anfang an dabei. Meine Clique wollte mitarbeiten, aber die Lehrer sagten, wir sollten das Ganze sein lassen, das wäre nichts für uns. Die Behörden würden das regeln. Das habe ich schon damals nicht geglaubt. Wir wollten für den Offenen Fernsehkanal eine Reportage darüber machen. Dann ist Holger eingestiegen, hat sich richtig engagiert. Wenn ich darüber nachdenke, war Holger direkt gefährlich für die.«

»Von Anfang an, bitte«, stoppte ich den Redeschwall.

»Wer ist die?«, fragte Rodenstock bedächtig. »Du musst unsere etwas dümmlichen Fragen verstehen: Wir haben keine Ahnung von dem, was du uns erzählen willst.«

»Wann fing das mit den Leukämiefällen an?«, fragte ich.

»Vor zwei Jahren fiel es das erste Mal auf«, sagte sie.

»Moment«, ich war irritiert. »Ich lese regelmäßig Zeitung. Ich habe nie etwas über so eine Sache gelesen.«

»Darüber stand ja auch nie was in der Zeitung. Nur der Rundfunk hat mal kurz darüber berichtet. Wir waren schon ganz verzweifelt, weil niemand uns zuhören wollte.« Sie wirkte hochkonzentriert, war ganz ihren Erinnerungen verhaftet.

»Ihr hattet also etwas entdeckt«, sagte Rodenstock ermunternd.

»Nein, so war das nicht«, berichtigte sie mit einem schnellen Lächeln. »Es fing damit an, dass mein Vater etwas entdeckte.«

»Gift im Trinkwasser. Richtig?«

»Richtig. Vinyl. Aber erst, nachdem Doktor Bauerfeind ihn angerufen und behauptet hat, in der Verbandsgemeinde Thalbach würden erschreckend viele Fälle von Blutkrebs bei Kindern auftreten. Das ist ein Kinderarzt.«

»Bleiben wir sachlich, junge Frau«, warf Rodenstock ein. »Über wie viele Fälle reden wir?«

Sie nickte befriedigt, als habe sie auf diese Aufforderung gewartet. »Statistisch hätte es in der Verbandsgemeinde zwei Fälle geben dürfen. Innerhalb der letzten zwei Jahre sind zwanzig Fälle bekannt geworden. Vier Kinder sind gestorben.«

»Heilige Madonna!«, murmelte Rodenstock betroffen. »Sind diese zwanzig Fälle belegbar?«

»Ja. Ich habe Kopien der medizinischen Gutachten. Wenn Sie die haben wollen ...«

»Wann wurde dein Vater genau mit dem Problem konfrontiert?«, fragte ich.

»Vor etwa zwanzig Monaten. In einer Familie starben gleich zwei Babys. Zwillinge. Die Mutter wollte Krach schlagen. Daraufhin informierte Doktor Bauerfeind meinen Vater. Er bat ihn, das Trinkwasser der Gemeinde zu untersuchen. Doch mein Vater sagte, das hätte alles keinen Sinn.«

»Warum denn das?«, stieß ich verblüfft hervor.

Julia begriff sofort. »Oh, nicht dass ich was gegen meinen Vater gehabt hätte, aber er hatte Recht. Es ist nämlich so, dass es beim Trinkwasser eine Ringversorgung gibt. Das bedeutet, dass das Wasser aus den Gewinnungsgebieten und Quellen sehr vieler Gemeinden in den Wasserleitungen zusammenfließt. Die Leute in Thalbach trinken also Wasser, das nur zu einem Teil aus den eigenen Brunnen und Quellgebieten stammt.«

»Die Wasser werden gemischt«, verstand ich.

»Richtig«, nickte sie und presste die Lippen zusammen.

Es war still.

»Du hast gesagt«, begann Rodenstock behutsam, »dass ihr erfolglos wart. Ihr wolltet was unternehmen, aber es wurde euch verboten. Stimmt das?«

»Ja.« Ihr Mund begann zu zucken. »Und dann war die Familie mit den zwei toten Babys plötzlich weg.«

»Ich war in Chemie schon immer schlecht. Was, bitte, ist eigentlich Vinyl?«, versuchte ich das Gespräch wieder in abstraktere Bahnen zu lenken.

Das half ihr, sie wurde wieder ruhiger. »Eigentlich geht es um Vinylierung. Das ist eine chemische Reaktion des Acetylens zur Einführung der Vinylgruppe. Unter Druck bei rund zweihundert Grad. Dabei kommen polymerisierbare Vinylverbindungen raus. Und die dienen zur Herstellung von Kunststoffen.« Sie wurde sich klar darüber, was sie da wie eine Salve abfeuerte. Und sie musste lachen und hielt beide Hände vor das Gesicht. »Oh, nein!«

Rodenstock grinste. »Baumeister weiß jetzt garantiert noch weniger als vorher. Mit anderen Worten, junge Frau, geht es um Kunststoffe, aus denen man zum Beispiel Fensterrahmen herstellen kann, wenn ich das richtig begreife.«

»Ja. Vinylpolymerisate. Aus denen kann man hochwertige Kunststoffe herstellen. Hochmolekular. Das heißt besonders lange Molekülketten. O Gott, was rede ich für einen Scheiß.« Sie kicherte wieder, war für Sekunden ein fröhliches Mädchen.

»Kannst du schildern, was ihr unternommen habt?«, bat Rodenstock. »Beziehungsweise was ihr machen wolltet. Und was sind das für Leute, wer gehört zur Clique?«

»Na ja, Freunde und Freundinnen. Wir unternehmen viel gemeinsam. Acht Leutchen, fünf Mädchen, drei Jungen. Wir kamen nicht weiter, weil alle anderen sagten, wir sollten uns in solche Sachen nicht einmischen, das sei nichts für uns. Die Schule wollte uns die Reportage verbieten, obwohl es um unsere Freizeit ging. Unser Deutschlehrer meinte, wir seien hoffnungslose Sozialromantiker. Und dann fingen auch noch die Eltern an, rumzumeckern. Das sei schließlich Sache der Behörden. Dabei wollten wir doch nur nachweisen, dass Kinder Leukämie kriegen, weil ein Fensterfabrikant Vinyl benutzt hat und das Zeug irgendwie ins Trinkwasser gelangt ist.«

»Wie ging es weiter?«, wollte ich wissen.

»Der Fensterhersteller hat uns ausrichten lassen, wenn wir irgendwelche Behauptungen an die Öffentlichkeit tragen, wird er unseren Eltern eine Schadensersatzklage in Millionenhöhe anhängen.«

»Zwei Punkte interessieren mich«, meinte Rodenstock. »Da ist zum einen dein Vater, der das Gift nachweisen sollte oder wollte. Und dann ist da diese Familie mit zwei toten Babys. Die war plötzlich weg. Was ist da passiert?«

»Also, was mein Vater getan hat oder was er nicht getan hat, wissen wir nicht genau. Aber ich bin mir ziemlich sicher, er hat das Vinyl nachgewiesen.«

»Wie kommst du darauf? Und warum weißt du das nicht mit Sicherheit?«, fragte Rodenstock.

»Es war ... es ist ... weil ich glaube, dass das für meinen Vater eine wissenschaftliche Herausforderung war. Und dass es ihm stank, dass so etwas durchgehen konnte. Und weil Abi ihn verprügelt hat.«

»Ich dachte, Abi hat deinen Vater verprügelt, weil diese Sprudelfirma zu tief gebohrt hat«, sagte ich verwirrt. Das Ganze begann aus dem Ruder zu laufen, die Stränge der Geschichte verwickelten sich heillos ineinander.

Julia schüttelte energisch den Kopf. »Wegen der blöden Bohrung war die Prügelei nicht. Es war, weil ... weil mein Vater Vinyl nachgewiesen hat. Vermute ich jedenfalls.«

»Aber wieso denn dieser Abi? Der gehört doch zu der Sprudelfirma. Was hat die mit dem Fensterhersteller zu tun?« Rodenstock wedelte mit den Händen, als wollte er die Szene beruhigen.

Sie erteilte uns mit Kleinmädchenstimme eine Lektion in Sachen Provinz. »Das ist doch ganz einfach. Die halten zusammen, die helfen sich gegenseitig. Der Fensterhersteller und der Sprudelmensch spielen zusammen Golf. Das sind Freunde.«

»Die Kandidatin erreicht hundert Punkte und gewinnt ein Wasserschloss am Niederrhein«, grinste ich.

»Wie kann dein Vater Vinyl nachgewiesen haben, wenn das im Trinkwasser nicht möglich ist?« Rodenstock ließ sich nicht ablenken.

»Man kann es nachweisen. Aber man kann nicht so einfach feststellen, woher das Vinyl kommt. Bei Einleitung von Schadstoffen ins Wasser spricht man von der Notwendigkeit, die Quelle einzukreisen. Man muss beweisen, dass diese spezielle Vinylart nur in der einen Fabrik vorkommt, nirgendwo sonst.«

»Und das hat dein Vater geschafft, denkst du?«

»Wie ich ihn kenne, hat er zwei Beweise gemacht.« Ihr Gesicht war sehr weiß. »Er hat das Gift im Trinkwasser in Thalbach nachgewiesen und er hat einen Quellenbeweis erbracht.«

»Was ist ein Quellenbeweis?«, fragten wir im Chor.

Sie lächelte, als wollte sie sagen: Moment, Kinderchen, ich erkläre es euch. »Die Dörfer in der Eifel liegen oft in Senken, in alten Vulkankratern. Früher gewannen die Bauern das Trinkwasser mittels einer einfachen Methode: Sie sahen ja in den Geländefalten der Hügel, wo am meisten Wasser zu Tal floss. Auf halber oder drei viertel Höhe wurde dann ein kleiner Tunnel waagerecht in den Berg getrieben und am Grund ein Bassin ausgemauert. Da sammelte sich das Wasser, wurde aufgefangen und in die Leitungen gebracht. Unterhalb der Fensterfabrik liegt ein solches altes, kleines Wasserwerk. Ich wette, Papa hat genau da Proben gezogen und Vinyl gefunden. Vinyl kann nämlich, wenn es in Trinkwasser gerät, ausgasen, das heißt flüchtig werden. Aber Papa hat es nachgewiesen. Deshalb hat Abi ihn halb tot geprügelt.«

»Verdammt«, explodierte Rodenstock, »dein Vater war Beamter. Er muss die Proben vorgelegt haben, er muss das Ergebnis festgeschrieben haben. Das muss dokumentiert sein.«

»Das denke ich auch«, nickte Julia. »Erst recht, weil sie im Moment eine Tiefenbohrung niedergebracht haben und kein Mensch sagen will, wer das bezahlt.«

»Was?«, fragte Rodenstock.

»Unterhalb der Fensterfabrik wird gebohrt. Wenn man nicht weiß, was dahinter steckt, sieht man das gar nicht. Es sind drei Männer. Sie gehen auf eine Hundert-Meter-Bohrung. Wenn man sie fragt, wer sie bezahlt, antworten sie, das gehe keinen was an.«

»Du vermutest doch etwas. Sag es!«, forderte Rodenstock.

»Der Fensterfabrikant bezahlt die Bohrung«, sagte sie einfach. »Ich habe den Ortsbürgermeister angerufen. Der hat behauptet, dass die Gemeinde dafür aufkommt. Das kann aber nicht sein, denn die Gemeinde ist pleite.«

»Der Fabrikant lässt also ein neues Wasservorkommen anbohren, um sich der mit Vinyl verseuchten Wasserentnahmestelle zu entledigen und damit aus den Schwierigkeiten herauszukommen. Offiziell ist die neue Bohrung eine Bohrung der Gemeinde. Habe ich das richtig verstanden?«, fragte ich.

»Ja. Das Wasserwirtschaftsamt in Trier hat die Bohrung auf hundert Meter genehmigt.«

»Wieso ist man eigentlich so sicher, dass man Wasser findet?«, wunderte ich mich.

»Papa hat damals die Ultraschalluntersuchungen geleitet. Sie wissen, dass in hundert Metern Tiefe ein Wasservorkommen ist. Das ist unter den alten Vulkanen hier in der Eifel überall so. Das Wasser dürfte etwa zehn- bis zwanzigtausend Jahre alt sein. Das ist ziemlich gutes Wasser. In tausend Metern Tiefe lagert Wasser, das Millionen Jahre alt ist. Da kennt man sogar die Menge: rund sechshundert Milliarden Kubikmeter.« Julia spulte das ohne jede Schwierigkeit ab, sie war völlig in ihrem Element. »Sie brauchen nur noch Pumpen einzusetzen, dann läuft alles wie von selbst.«

»Hast du eine Ahnung, wie teuer so eine Bohrung ist?«, fragte Rodenstock.

»Etwa einhunderttausend Mark. Ohne Rohrmaterial und Pumpen und anderes Zubehör natürlich.«

»Lass uns noch einmal auf die Familie mit den toten Kindern zurückkommen. Was war nun mit der?«

»Die waren eines Tages weg. Die Eltern heißen Johann und Gabriele Glaubrecht. Holger hat uns damals geholfen, der kannte sich mit Computern und so aus. Holger hat herausgefunden, dass die Familie nach Hachenburg in den Westerwald gezogen ist. Die Frau hatte ja zunächst Krach schlagen wollen und den Fensterfabrikanten sogar angezeigt. Aber eines Tages landete der Ehemann mit gebrochenen Beinen im Krankenhaus. Er erzählte, er wäre von einer Leiter gefallen. Aber das ... das stimmte wahrscheinlich nicht. Wahrscheinlich war das auch Abi. Jedenfalls hat die Frau von heute auf morgen die Anzeige zurückgezogen. Der Mann kurierte sich aus und dann war die Familie weg. Und sie hat keinem gesagt, wohin sie ziehen würde. Sie war einfach weg. Dann hat Holger sie in Hachenburg gefunden. Komischerweise besitzt der Mann plötzlich einen Laster für Kleintransporte, obwohl die Familie eigentlich nie Geld hatte. Holger ist sogar zu denen hingefahren. Aber die beiden haben nicht mit ihm sprechen wollen. Als er zurückkam, lauerte Abi ihm auf und verprügelte ihn. Holger behauptete danach, er sei im Garten gestürzt. Ist er aber nicht.«

»Hast du ihn danach gefragt?«

Sie nickte nur.

»Was hat er geantwortet?«, fragte ich weiter.

»Er meinte, wir hätten gegen diese Mafia keine Chance. Wir sollten aufhören mit den Recherchen. Das wäre einfach zu gefährlich.«

»Hm«, sagte Rodenstock bedeutungsvoll. »Fassen wir zusammen. Dein Vater wird von einem Arzt auf eine Häufung von Leukämiefällen aufmerksam gemacht, was möglicherweise mit Vinyl, das in einer Fensterfabrik verwandt wird, in Zusammenhang steht. Vier Kinder sind schon gestorben. Dein Vater weist tatsächlich Vinyl im Trinkwasser nach. Und du nimmst zudem an, dass dein Vater auch in der Quelle unterhalb der Fensterfabrik Vinyl nachgewiesen hat. Ein Ehepaar, das gleich zwei tote Kinder zu beklagen hat, ist plötzlich verschwunden ... Dein Vater hat doch einen Chef! Der muss doch Kenntnis von der Sache haben. Habt ihr ihn gefragt? Und warum hat dein Vater euch nicht mehr erzählt?«

»Er war doch Beamter, er durfte nichts erzählen. Und sein Chef hat behauptet, es gebe so einen Vorgang nicht. Das mit dem Vinyl sei wildes Gerede von jungen Müttern, die vollkommen hysterisch seien.«

»Jetzt kommt die Kardinalfrage«, kündigte ich an: »Warum, glaubst du, der Tod deines Vaters und Holger Schweds könnte etwas mit diesen Dingen zu tun haben?« Die Pfeife war ausgegangen, ich stopfte mir eine Feltrano von Stanwell.

»Wir haben zwanzig Fälle von Leukämie. Wenn die Eltern sich zusammentun und klagen würden, käme eine Millionenklage auf den Fensterhersteller zu, nicht wahr? Dann wäre der Fabrikant pleite! Und Papa und Holger hätten den Eltern die Beweise liefern können, oder?« Sie war verunsichert, aber sie war auch mutig. »Der Fabrikant hat schon vor anderthalb Jahren behauptet, dass er Vinyl nicht mehr benutzt. Aber das ist gelogen!«

»Woher willst du das wissen, dass der Fabrikant noch immer Vinyl verarbeitet?«, fragte Rodenstock.

»Ich habe einen Kanister von dem Zeug«, sagte sie tonlos.

»Woher?«, fragte Rodenstock erstaunt.

Sie antwortete nicht.

Rodenstock seufzte sehr tief. »Diese Leukämiefälle haben dich sehr entsetzt, nicht wahr? Kleine Kinder, die sterben. Das ist schlimm. Du hast den Kanister gestohlen. Bist du eingebrochen in die Fabrik?«

Sie nickte, sagte aber immer noch nichts.

»Was regt dich am meisten an diesem Fall auf?«, fragte ich neugierig.

»Dass die ganze Sache unter den Teppich gekehrt wird«, antwortete sie heftig. »Das ist voll scheiße. Keiner ist zuständig, keiner tut was, jeder sagt nur, er hätte nichts damit zu tun. Das sind doch alles Warmduscher! Jeder sagt uns, der Fabrikant gibt zweihundert Menschen Arbeitsplätze. Wenn seine Fabrik dichtgemacht würde, hätten zweihundert

Familien nichts zu beißen. Die Eifel würde in Verruf geraten, wenn darüber berichtet würde. Das sind doch alles unglaubliche Warmduscher!«

»Dein Vater auch?«, fragte Rodenstock sanft. »War der auch ein Warmduscher?«

Sie wich aus. »Ehrlich, ich verstehe nicht, wieso alle den Mund halten. Schon so lange. Alle Leute halten hier immer nur den Mund.«

»Aber wer von diesen Leuten würde deinen Vater töten?«, fragte Rodenstock scharf. »Das ist doch die zentrale Frage, oder?«

Unvermittelt weinte Julia und schluchzte: »Ich weiß es doch nicht.« Sie hielt inne, sah uns an und fragte mit der Hellsicht des betroffenen Kindes: »Ihr glaubt nicht, dass ihn jemand ermordet hat, nicht wahr? Es war nur ein Unfall, oder? Und Holger? War das auch ein Unfall?«

Das Schweigen wurde dicht und drückend.

»Es ist so, dass sich mindestens noch ein Mensch außer deinem Vater im Steinbruch aufhielt, als er starb. Wahrscheinlich sogar zwei.« Rodenstock sprach so langsam, als wollte er einer Ausländerin die deutsche Sprache nahe bringen. »Aber wir haben keine Ahnung, was sich da abgespielt hat. Wir würden es gern wissen. Ich glaube, es wäre jetzt besser für dich, wenn du heimfährst. Wir danken dir sehr, und wenn du ... also, wenn es dir dreckig gehen sollte, dann komm her.« Er zwinkerte Julia zu. »Du musst dann auch nichts erklären. Du kommst einfach, egal wann, Tag oder Nacht.«

Julia stand auf, nickte uns zum Abschied zu und ging hinaus. Draußen auf dem Hof setzte sie den roten Helm auf, startete den kleinen Roller und machte sich auf den langen Weg.

Nach einer Unendlichkeit murmelte Rodenstock: »Es muss für junge Menschen furchtbar sein zu erleben, dass ungeschriebene Regeln ihr Leben bestimmen, obwohl diese Regeln vollkommener Unsinn sind ... Das Gesetz des Schweigens. – Gibt es eigentlich Kaffee in diesem Haus?«

Ich spazierte hinaus in den Garten. Cisco lag in der Sonne

unter der Hollywoodschaukel, auf der nie ein Mensch saß, weil niemand die Polster aus dem Haus holte. Der Hund blinzelte unendlich müde. Die Katzen hatten ihren Ansitz auf der Mauer gefunden. In der Buschbirke am Teich hüpfte ein Dompfaff aufgeregt hin und her und ließ sein prächtiges rotes Brustgefieder leuchten. Er gab an wie ein Sack Seife, weil er wahrscheinlich einer Schönen, die ich nicht sah, imponieren wollte.

»Wer war die Kleine?«, fragte Vera. Sie lag im Fenster des Schlafzimmers und blinzelte.

Ich erklärte es ihr.

»Glaubst du, dass da ein Motiv drinsteckt?«

»Sicher. Endlose Anklagen betroffener Familien. Selbst wenn der Unternehmer freigesprochen werden würde, müsste er vermutlich seinen Laden schließen.«

»Kennst du den Mann?«

»Ich weiß nicht einmal seinen Namen. Komm in den Garten, die Sonne tut ausgesprochen gut.«

»Erst mal baden.« Vera verschwand.

Mit der Frage: »Wie gehen wir jetzt vor?«, kam Rodenstock um die Ecke.

»Wir müssen uns Breidenbach genauer angucken. Gibt es einen besten Freund und so weiter. Wer weiß besonders viel über ihn? Seinen Chef würde ich gern kennen lernen. Dann müssen wir uns erkundigen, aus welchen Verhältnissen Holger Schwed stammt. Vielleicht die Eltern aufsuchen. Nein, nicht vielleicht. Wir müssen auf jeden Fall zu den Eltern Schwed. Wir müssen auch zu dem Sprudelfabrikanten und ihn nach diesem Abi befragen. Also arbeitslos werden wir nicht.«

»Wir sollten nach Hachenburg reisen. Zu den Eltern der toten Zwillinge. Deren Geschichte würde mich auch interessieren«, überlegte Rodenstock. »Also, ich werde jetzt erst einmal Kischkewitz anrufen. Emma ist übrigens sehr schlecht gelaunt. Ich habe dich zitiert und ihr gesagt, sie soll keine Fenstervorhänge planen, solange wir nicht im Besitz des Hauses sind. Es wäre besser gewesen, ich hätte das verschwiegen.«

»Gegen rot kariertes Bauernleinen ist kein Kraut gewachsen«, erwiderte ich. »Früher oder später wirst du das begreifen müssen, sonst wirst du früher oder später eingemacht. Ich fahre noch einmal in den Steinbruch, ich will nur schnuppern.«

Bevor ich losfahren konnte, kam Vera, umarmte mich und murmelte: »Ich würde dich gern begleiten.«

An einem Sonnentag in der Eifel war sie die entschieden beste Begleitung, die der Tag mir bescheren konnte.

Natürlich schlenderte rein zufällig auch Cisco heran und wir nahmen ihn mit. Satchmo und Paul hockten auf der Mauer und waren stinksauer, tief beleidigt und trieften vor Eifersucht. Sie wandten mir ihre bezaubernden Ärsche zu – das ist so Katzenart.

»Wie viele Möglichkeiten gibt es, den Steinbruch zu erreichen?«, fragte Vera, als wir die Höhe bei Brück passierten, von der man bis zur Hohen Acht sehen konnte.

»Jede Menge. Mindestens sieben, aus praktisch allen Himmelsrichtungen. Es geht um einen Höhenrücken, an dessen Ende der Steinbruch liegt. Dorthin kannst du dich auf vier Wegen begeben, entweder rechts oder links des Rückens. Du kannst aber auch durch die Felder an den Flanken herankommen.«

»Was ist mit befahrbaren Wegen?«

»Alle Wege sind für Offroader befahrbar. Kein Problem.«

»Und welche Wege werden am häufigsten benutzt?«

»Die beiden von Kerpen aus. Links an der Strumpffabrik vorbei oder durch das Feld rechts davon.«

»Wer kommt überhaupt zum Steinbruch? Und aus welchen Gründen?«

»Zum Beispiel Hobbygeologen. Die kramen da nach Versteinerungen, im Wesentlichen nach denen aus dem Urmeer, das es hier vor dreihundert Millionen Jahren gegeben hat. Dann Wanderer. Natürlich Jäger und Forstleute. Und der verblichene Franz-Josef Breidenbach. Wie ich dich als aufmerksame Kriminalobermeisterin kenne, wirst du mich jetzt fragen, wie stark der Steinbruch frequentiert wird? Wie lange kann man sich allein fühlen?«

»Genau«, sagte sie sanft.

»Ich habe oft im Steinbruch gehockt. Manchmal ganze Nachmittage lang. Immer auf der untersten Sohle, da, wo sich das Regenwasser sammelt und einen Tümpel bildet. Dort wächst Schilf, es gibt Molche und die Quappen der Glockenunken. Es kam nur selten jemand hinzu.«

»Aber irgendeiner kam immer?«

»Schon. Ein Wanderer. Oder jemand mit dem Auto, der ein paar dekorative Steine für den Garten gesucht hat. Ja, eigentlich kam immer jemand. Hin und wieder versuchen dort auch Urlauber zu campen. Allerdings ziehen sie den Zorn der Leute vom Forst auf sich und werden verscheucht. Warum hackst du so darauf herum?«

Vera antwortete nicht, stattdessen fragte sie: »Breidenbach war oft hier. Und nicht nur tags, sondern auch nachts mit dem Zelt. Wie kommt es, dass du ihn nie getroffen hast?«

»Gute Frage. In den letzten zwei Jahren war ich seltener hier. Vielleicht deshalb? Vielleicht auch deshalb, weil er nur nach Dienstschluss kommen konnte oder am Wochenende. Und ich bevorzugte immer die Wochentage.«

»Vielleicht ist das der Grund«, nickte sie. »Vielleicht war Breidenbach aber auch nur nachts da, selten am Tag.«

»Auf was bist du aus, Frau?«

»Darauf, dass ihr möglicherweise auf das falsche Pferd setzt. Da wird jemand von Steinen erschlagen. Alle sprechen zunächst von einer kleinen Naturkatastrophe, die einen armen Naturfreak erwischte. Einen Menschen, der dauernd draußen bei Mama Natur war, weil er die Tiere des Waldes liebte und die Schnecken und die Glockenunken und überhaupt jeden Grashalm und jedes Blümelein. Das klingt logisch. Dann kommen du und Rodenstock auf die Idee, dass Breidenbach hier jemanden getroffen hat. Und diese Idee, mein Lieber, führe ich nun weiter: Ist es nicht möglich, dass Breidenbach ein Doppelleben führte? Tagsüber ein gottesfürchtiger Eifler, ein vorbildlicher Haushaltsvorstand, ein geliebter Ehemann und Vater – und nachts jemand, der Leute trifft, die aus einer anderen Welt stammen, vollkommen anders sind. Immerhin brachten sie ihn vielleicht um. Vielleicht war dieser blöde Steinbruch für Breidenbach und andere ein angestammter Treffpunkt? Der hochedle Naturfreak liebte also den Steinbruch nicht wegen der Natur, sondern weil er hier unbeobachtet bestimmte Leute treffen konnte.«

»Gegen diese Theorie ist nichts einzuwenden. Sie ist krass, aber sie hat was«, nickte ich.

Sie grinste. »Du bist so klug, Baumeister.«

»Wie schön, dass ich nie daran gezweifelt habe.«

»Wer, bitte, wohnt in dieser Kate?«

Wir hatten inzwischen Kerpen durchfahren, waren auf die Landstraße eingebogen und an der Strumpffabrik vorbei. Nun befanden sich rechts von uns zwei sehr alte, kleine Häuser, das zweite war ein Bauernhaus, das sowohl malerisch wie schäbig wirkte, wobei sich das überall auf der Welt durchaus nicht widerspricht.

Ich antwortete: »Das weiß ich nicht. Im Übrigen heißen hier in der Eifel alte Bauernhäuser nicht Kate.« Ich stoppte den Wagen. »Da ist niemand. Es sieht aber bewohnt aus. Warum?«

»Wer immer dort wohnt, wird zumindest tagsüber die meisten Autos sehen, die hier entlangfahren, um zum Steinbruch zu kommen.«

Das Haus war lang gestreckt. Im Unterschied zu den meisten anderen Bauernhäusern der Region waren der Viehtrakt und die Scheune zwar in einer Flucht gebaut, aber entschieden zu klein, um mehr als zwei Sauen zu mästen und mehr als zwei Kühe zu halten. Das alte Fachwerk, grau und angefault, war noch in voller Pracht zu sehen.

»Sie haben hier nicht diese grauslichen Eternit-Platten angebracht. Das bedeutet, die Bewohner hatten kein Geld. Willst du es dir genauer anschauen?«

»Aber ja«, nickte Vera und stieg aus, trat durch das niedrige Gartentor, klopfte an die Haustür, bekam keine Antwort und spazierte dann rechts um das Haus herum.

Vor dem Haus gab es einen alten Mistplatz, daneben einen Fliederbusch, an der Hauswand eine alte Bank. Der

Eingang war schmal und sehr niedrig, links davon zwei kleine Fenster, davor zwei Kästen mit roten, üppig wuchernden Geranien. Die Vorhänge vor den Fenstern waren gelb und grau vom Alter. Das Dach war an mehreren Stellen geflickt, und weil keine Dachziegel zur Verfügung gestanden hatten, waren Bleche eingesetzt worden. Weiter links befand sich ein kleiner Garten mit einem Beet für frischen Salat und einem weiteren Beet für Kartoffeln, ein Flecken mit Brechbohnen, die an Reisige festgebunden waren, ein Beet mit Möhren, dann ein vollkommen durchgerosteter Maschendrahtzaun, durch den Dahlien gebrochen waren, grellrot und gelb. Wer immer der Bewohner war, er hatte einen prachtvollen Blumengarten wie einen Kranz um die Front des Hauses gelegt. Es gab Akelei in allen nur denkbaren Farben, Löwenmäulchen, vielerlei blühende Steingewächse und viele Lilienformen, von denen die orangefarbenen Feuerlilien am meisten auffielen. Dieser Garten war die reine Lebensfreude.

Cisco fiepste hell und aufgeregt und hampelte hinter mir auf dem Rücksitz herum. Um zu verhindern, dass er auf die Sitze pinkelte, ließ ich ihn heraus.

Er musste mitbekommen haben, in welche Richtung Vera verschwunden war, und stürmte ihr nach.

Etwa dreißig Sekunden später bog eine merkwürdige Prozession um die Hausecke. Vera und Cisco im Rückwärtsgang, wobei Vera den Hund ansah, als wolle sie ihn dazu auffordern, irgendetwas zu unternehmen. Cisco bellte recht mutig, tappte aber synchron mit meiner Vera rückwärts und schaute sie seinerseits dabei an, als wolle er sagen: »Warum tust du eigentlich nix?« Es folgten zunächst zwei Ziegen, erwachsene Ziegen mit gewaltigen Milchbehältern und arrogantem, herrischem Blick. Ihnen nach stolzierte ein Ziegenbock, ziemlich gewaltig, wuschelig im Körperhaar und mit der Attitüde von ›Ich mach das schon!‹ Dann sprangen drei Ziegenkinder, fröhlich und ausgelassen, um die Ecke. Die ganze Blase meckerte unentwegt.

Das Schlusslicht bildete eine Frau, achtzig Jahre alt vielleicht oder neunzig, vielleicht sogar älter. Als drittes Bein benutzte sie einen ziemlich erschreckenden Knüppel. Noch nie im Leben hatte ich derart krumme Beine gesehen. Sie setzten unter dem knielangen dunklen Kattunrock ganz außen an und stießen in der Mitte in einem Winkel von ungefähr fünfundvierzig Grad zusammen, endeten in gewaltigen Arbeitsschuhen der Marke Schwarzer Riese, schnürbandlos und nur von unendlichem Vertrauen gehalten. Die Frau hatte kaum noch Haare auf dem Kopf, die wenigen waren recht kurz gehalten und ringelten sich hinter beiden Ohren zu allerliebsten Löckchen. Sie strahlte eine direkte und beinahe aufsässige Fröhlichkeit aus und sagte so etwas wie: »Joh, joh, joh!« Dabei wurde deutlich, dass sie sich von den meisten ihrer Zähne schon vor Jahrzehnten verabschiedet haben musste. Ihr Gesicht war eine eindrucksvolle Mischung von Friede, Freude, Eierkuchen, so etwas wie ein niemals untergehender Mond der guten Laune.

»Also, ich …«, begann Vera unsicher und gepresst. Doch sie konnte nicht weitersprechen, weil der Vater der Ziegensippe einen kurzen, eleganten Bogen vollbracht hatte und sie von der Flanke her mit einem lustigen Sprung und mit gefährlich gesenkten Hörnern angehen wollte.

»Huch!«, rief Vera und machte einen Schritt zur Seite. Ein zweiter Schritt war nicht möglich, da sich dort die beiden Ziegenmütter aufgestellt hatten und bereit waren, sie in Empfang zu nehmen.

Die alte Frau machte wieder: »Joh, joh, joh!«, und knüppelte nicht allzu hart auf ein Ziegenkind ein, das unbedingt von dem Flieder probieren wollte, sich dann aber auf einen violetten Ziermohn stürzte. Anscheinend schmeckte der nicht, denn das Ziegenkind meckerte empört.

»Ich …«, versuchte Vera es erneut, wurde jedoch an weiteren Äußerungen von der älteren der beiden Ziegenmütter gehindert, die kurz aufmeckerte und meiner Vera dann kräftig in die Kniekehlen fegte, sodass sie nach vorn knickte und zu Boden ging.

»Friede!«, äußerte ich salbungsvoll, aber gänzlich wirkungslos.

Cisco hatte es auf die lustvoll frei baumelnden Hoden des Herrn der Gesellschaft abgesehen, kam aber nicht zur Attacke. Der Ziegenbock boxte ihm in die Flanke und Cisco flog heulend etwa zwei Meter zurück, kniff den Schwanz ein und nahm sich eine Auszeit, indem er sich hinlegte und so etwas wie toter Mann spielte.

»Friede!« Ich war erneut erfolglos und griff zum Fernsehdeutsch. Laut brüllte ich: »Break!«

Und siehe da, die Runde, die gerade dabei war, in einen fröhlichen, kräftezehrenden Ringelpiez auszubrechen, hielt erschrocken inne.

Die alte Frau blickte mich verwirrt an, Vera rappelte sich hoch und auch Cisco erhob sich wieder und knurrte vorsichtshalber.

Hell und freundlich fragte die alte Frau: »Ein Schnäpschen?«

Vera antwortete aus tiefster Seele: »O ja!«

Die alte Frau wischte flink wie ein Wiesel an ihr vorbei und verschwand im Haus. Sekunden später stand sie mit einer Schnapsflasche unter dem Arm und drei vom Alter stumpfen Schnapsgläsern in der Hand strahlend vor uns. Die Flasche sah so aus, als habe sie schon Napoleon gedient, als er auf Moskau marschierte. Aber zumindest der Inhalt war klar.

Weil Eifler herzliche Gastgeber sind, goss die Alte drei Pints voll und trank alle drei mit affenartiger Geschwindigkeit aus. Dann befand sie: »Das Zeug kann man trinken! Jeden Tag ein bisschen.«

Sie entdeckte, dass die Ziegen in die Tiefen des Garten entwichen waren und sich nun über die Blumenpracht hermachten. Gellend schrie sie: »Nee, nee, nee!«, und knüppelte die Tiere auf den Stall zu. Hinter ihnen riegelte sie die Tür zu. Dann drehte sie sich wie eine Tänzerin und goss erneut von dem Schnaps ein.

»Der ist gut!«, seufzte Vera. »Noch einen, bitte!«

»Der Herr trinkt keinen?«, fragte die alte Frau.

»Nein danke!«, nickte ich freundlich.

»Hm«, machte sie und trank meinen. »Schönes Wetter«, sagte sie dann, als habe sie soeben das Rad erfunden. Sie sah mich an und murmelte: »Schöner Peter!«

Sie setzte sich auf die Bank vor den Geranien.

»Ja, er ist schön«, bestätigte Vera ganz ernsthaft. Dann fragte sie: »Wer fährt denn so hier vorbei zum Steinbruch?«, und hockte sich neben die Alte.

»Och je, viele«, antwortete sie nicht sonderlich interessiert.

»Wer denn?«, bohrte Vera weiter. »Der Breidenbach auch?«

»Joh, der auch. Aber der ist ja nun tot.«

»Wie oft kam er hier vorbei?«, fragte ich.

Sie sah mich wieder an. »Schöner Peter!«

Das verwirrte mich, aber ich wiederholte tapfer: »Wie oft?«

»Joh, oft. Alle naselang kam er. Mit dem Fahrrad. Und mit dem Auto auch.«

»Hast du ihn gesehen?«, fragte Vera. »Hast du ihn gesehen? Tot?«

»Ja, habe ich. Viel Blut.«

»Richtig«, lobte Vera.

»Bist du Katharina?«, fragte die Alte.

»Nein«, sagte Vera. »Bin ich nicht. Ich bin Vera. Und das ist Siggi. Lebst du schon immer hier?«

»Immer!«, nickte sie.

»Immer allein?«

Sie schüttelte schnell den Kopf und sagte wieder: »Schöner Peter.«

»Wie alt bist du?«, fragte ich.

Ihr Blick verlor sich. »Weiß nicht.«

»Sie ist bestimmt schon neunzig«, meinte Vera. »Sie kann sich nicht erinnern.«

»Da bin ich mir nicht sicher.« Ich stand auf und ging zum Wagen. Dort nahm ich mein Handy und wählte die Nummer von Detlev Horch, der viele Menschen in der Umgebung als Hausarzt betreute. Ich fragte: »Kennst du eine alte Dame, die in einem uralten kleinen Haus neben der Strumpffabrik in Kerpen wohnt?«

»Aber ja«, antwortete er und lachte. »Normalerweise nicht mein Einzugsgebiet. Aber alle Ärzte hier kümmern sich um die alte Klara. Nebenbei gewissermaßen. Sie ist fast so etwas wie ein Wahrzeichen der Eifel.«

»Wie alt ist sie wohl?«

»Soweit wir das wissen, muss sie inzwischen siebenundneunzig sein. Und putzmunter dabei.«

»Hat sie früher Familie gehabt? Sie nennt mich Peter.«

»Bist du auch ein schöner Peter?«, kicherte Detlev. »Das schmeißt sie durcheinander. Ihr Sohn hieß Peter. Sie nennt alle Leute, die sie mag, schöner Peter. Der Sohn ist längst gestorben. Wenn sie jemanden nicht mag, nennt sie ihn Hans-Gerd. Das war der Ehemann. Der ist im Zweiten Weltkrieg geblieben. Seit dem Tod ihres Sohnes lebt sie ganz allein, aber ich habe den Eindruck, sie ist glücklich damit. Und mit den Ziegen. Was willst du von ihr?«

»Eigentlich will ich nur wissen, welche Autos und welche Leute sie auf dem Weg in den alten Kerpener Steinbruch gesehen hat.«

»Du recherchierst die Breidenbach-Geschichte, nicht wahr? Was ist denn da genau passiert?«

Er war kein Mann, der Geheimnisse verriet. »Es war Mord«, sagte ich. »Aber das ist noch nicht bekannt und soll es auch nicht werden. Hat die alte Frau Alzheimer oder so was?«

»Nein. Sie kann sich an manche Dinge nicht erinnern, weil sie sich nicht erinnern will. Aber Alzheimer hat sie nicht. Sie ist gesünder als du und ich.«

»Wie kann ich ihr klar machen, was ich wissen will?«

»Am besten mit Fotos«, sagte er. »Falls du welche hast.«

Ich dankte ihm und verabschiedete mich. Dann ging ich zurück zu den Frauen.

Klara sagte gerade nachdenklich: »Ja, Jesus ist meine Zuversicht. Sonntags gehe ich in die Kirche. Aber Kirche ist nicht mehr jeden Sonntag. Manchmal freitags oder samstags. Da gehe ich hin. Manchmal nimmt mich jemand mit dem Auto mit, wenn Messe ist in Walsdorf oder Niederehe oder Nohn. Jesus hilft sehr.« Sie griff Veras Hand: »Komm mal mit.«

Ich folgte den Frauen in das Haus.

Auf der Anrichteplatte eines alten Küchenschrankes aus Kiefer war ein kleiner Altar aufgebaut. Es gab die Muttergottes aus Gips in blauem Gewand mit einem grellroten Herzen, um das goldene Strahlen gemalt waren. Daneben einen Jesus in gleicher Größe, ebenfalls mit einem blauen Umhang und ebenfalls mit einem großen goldumrahmten Herzen.

»Das ist meine kleine Kirche«, erklärte Klara. »Wenn ich hier drin bin, brenne ich eine Kerze an.«

»Das ist schön«, murmelte Vera und sie meinte es so.

»Wir brauchen Fotos von den Wagen, die infrage kommen«, erklärte ich ihr halblaut. Dann wandte ich mich an Klara: »Du hast Breidenbach gesehen. Hast du auch einen anderen Menschen gesehen?«

»Er lag auf den Steinen«, erwiderte sie. »Auf den Steinen, die von oben runtergefallen waren. Er war tot.«

»Die Steine haben ihn erschlagen«, sagte Vera leise.

»Nein!« Das klang sehr energisch.

»Wie denn sonst?«, fragte ich begierig.

»Die Steine nicht«, sagte sie und wiederholte sich, um keinen Zweifel aufkommen zu lassen: »Die Steine nicht.«

»Warum nicht?«, fragte Vera in die Stille.

»Weil ...« Sie überlegte, wollte verständlich formulieren und tat sich schwer damit. »Es waren viele Menschen im Bruch. In der Nacht.«

»Wer?«, fragte ich.

»Viele Menschen«, sagte sie noch einmal störrisch.

»Warst du auch im Bruch?«, erkundigte sich Vera.

»Ich? Ich nicht. Erst am Morgen war ich oben. Ist ja nicht weit. Ich war mit den Ziegen da.«

»Nenne uns einen Namen. Nur einen Namen«, bat ich.

»Ich weiß keine Namen«, sagte sie. Aber die Sache machte ihr sichtlich Kummer, ihre Mundwinkel hingen plötzlich herunter, ihre Augen wurden ganz schmal.

»Sie hält sich raus«, flüsterte Vera. »Sie will nicht.«

»Glaubst du, dass Breidenbach getötet worden ist?«, fragte ich.

»Ich weiß nichts. Ich bin eine sehr alte Frau.« Klara starrte auf die Gipsfiguren im Küchenschrank und bewegte die Lippen. Sie betete.

»Dann wollen wir mal gehen«, sagte Vera. »Dürfen wir wiederkommen?«

Sie drehte den Kopf zu uns, nickte und wandte sich wieder ihrem Altar zu. Wir waren entlassen.

Im Wagen stellte Vera fest: »Sie ist sehr wichtig. Sie weiß etwas.«

»Vermutlich. Wie ich die Verhältnisse hier kenne, war sie irgendwann nachts im Steinbruch. Und später hat sie begriffen, was da ablief. Die Frage ist, ob sie jemals darüber reden wird.«

»Und wenn du ihr die Geschichte von dem kleinen Finger erzählst?«

»Das werden wir zu gegebener Zeit tun. Jetzt noch nicht.«

»Wieso nicht?«

»Weil wir erst Fotos brauchen. Von allen Autos, die möglicherweise an ihrem Haus vorbeigefahren sind, um zum Steinbruch zu kommen. Übrigens weiß ich jetzt, wer Peter ist.« Ich berichtete Vera von dem Telefonat mit Detlev Horch.

»Sie ist ein guter Typ«, kommentierte sie. »Und weißt du, was sie so bewundernswert macht? Sie hat keine Angst. Vor nichts.«

Ich lenkte den Wagen durch das Tal hoch zum Steinbruch. Wir ließen den Wagen auf der mittleren Ebene stehen.

Nichts war so, wie wir es vor ein paar Tagen angetroffen hatten. Die Kriminalisten hatten jeden Stein umgedreht, jeden Quadratzentimeter untersucht. Die Lawine war nur noch an den Bruchfeldern in der senkrechten Wand zu erkennen. Von dem Steinhaufen war nichts geblieben als eine weite Fläche umherliegender Steinbrocken. Sie hatten jeden angefasst, genau betrachtet, zurückgelegt, untersucht. Sie waren wohl buchstäblich mit der Lupe in der Hand vorgegangen.

Cisco schnüffelte in schierer Lebenslust schnell und hektisch herum, bellte ohne ersichtlichen Grund, schoss heran, wollte sich kraulen lassen, hatte aber keine Zeit dazu, weil ihn irgendetwas aufs Neue faszinierte.

Vera stand vor der Steilwand. »Das muss einen wichtigen Grund gehabt haben ...«

»Auf was bist du aus?«

»Auf denjenigen, der das Richtmikrofon mit sich herumschleppte.«

»Das sieht alles ganz anders aus, wenn einfach ein Naturbeobachter das Kabel verloren hat, der die Rufe von Singvögeln aufnehmen wollte.«

Sie lächelte flüchtig. »Nicht bei Regen, Baumeister. Da singen sie nämlich nicht.« Dann fragte sie: »Breidenbach hatte einen Samenerguss. Heißt das, dass er eine Geliebte hatte, mit der er sich hier traf?«

»Das ist ja wohl wahrscheinlich«, sagte ich.

»Wenn das stimmt, dann könnte das bedeuten, dass da oben einer mit Richtmikrofon gestanden hat, um für dieses außereheliche Verhältnis einen Beweis zu erbringen. Zum Beispiel ein beauftragter Detektiv. Stimmst du zu?«

»Unbedingt. Obwohl – das erklärt ein paar Dinge nicht. Erstens ist der Besitzer des verlorenen kleinen Fingers nur schwer in diese Theorie einzupassen. Zweitens erklärt es nicht, warum das Zelt versetzt und mit Zangen zerfetzt wurde, und drittens ...«

»Der Besitzer des abgequetschten kleinen Fingers passt sehr wohl«, unterbrach mich Vera. »Nimm einmal an, Breidenbach hatte eine Geliebte. Und die Geliebte war genau wie er verheiratet. Dann könnte der Finger von ihrem Ehemann stammen, der hier aufkreuzte – ein banaler Ehebruch und der Krieg der Rivalen.«

»Möglich«, bestätigte ich nach kurzem Nachdenken. »Aber dann würde ich annehmen, dass der Ehemann nicht mehr lebt. Das heißt, dann müsste irgendwo seine Leiche liegen. Dann heißt das weiter, dass die Leiche dieses unbekannten Ehemannes aus dem Steinbruch weggeschafft wurde. Aber von wem? Hat Breidenbach vor seinem Tod den Ehemann umgebracht, die Leiche entsorgt und ist anschließend von jemand anderem erschlagen worden? Verstehst du, was ich damit andeuten will? Du kannst den Reigen bis ins Unendliche fortsetzen. Was wissen wir denn sicher? Sicher ist nur, dass Breidenbach nachts um zwei Uhr starb. Dass er vor seinem Tod einen Orgasmus gehabt hat. Dass dort oben jemand mit einem Richtmikrofon postiert war. Dass ein Unbekannter einen kleinen Finger verloren hat. Dass Breidenbachs Zelt um einige Meter versetzt und zerstört wurde. Mich interessiert nun: Warum trifft er die Geliebte hier?«

»Weil es ihm sicher erscheint«, antwortete Vera. »Warum kein Zelt? Vielleicht mochten er und die Frau das, vielleicht gab ihnen das einen Thrill. Vielleicht sollten wir eine Frau mit Mountainbike ausfindig machen?«

»Das bleibt für mich rätselhaft. Wenn man an die Mosel fährt oder ein paar Kilometer weiter in den Hunsrück, trifft man auf kleine Hotels und Pensionen, wo einen kein Mensch kennt.«

Cisco bellte plötzlich, schoss an uns vorbei über das Plateau in den Einschnitt und hechelte dann in den steilen Waldhang des Felsrückens.

»Da oben ist jemand«, sagte ich. »Gehen wir nachsehen.«

»Ich will keinen Frühsport am Abend«, protestierte Vera schwach. »Ich will ein Glas Sekt und dann ins Bett.«

»Keine Gedanken an Unsittliches. Und es ist erst Nachmittag, meine Liebe«, tadelte ich.

Wir machten uns an den steilen Aufstieg, zogen uns von Baum zu Baum hoch und gerieten sehr bald ins Keuchen. Als wir oben angekommen waren, mussten wir erst einmal verschnaufen. Dann bemerkten wir das Auto und hörten, dass Cisco begeistert kläffte. Er spielte mit einem Mann, der offensichtlich großen Spaß an meinem Hund hatte.

»Ich weiß nicht, was du denkst, aber ich denke ...« Vera vollendete ihre Aussage nicht.

Der Mann war hünenhaft, an die zwei Meter groß, um die fünfundzwanzig Jahre alt, breitschultrig und hellblond. Er hatte das Haar im Nacken zu einem Schwanz gebunden und trug schwarze Lederhosen und ein schwarzes T-Shirt. Sein Gesicht war wie gemeißelt und das Ergebnis von reichlich Hähnchenbraterei. Er war so die Sorte, vor der alle Ehemänner Angst haben. Aber er lächelte uns freundlich an. Mit tiefer, verräucherter Stimme sagte er: »Das ist aber ungewöhnlich, hier Menschen zu treffen.«

»Das ist richtig«, entgegnete ich freundlich. »Joggen Sie hier, oder so was?«

»Ganz richtig«, lächelte er.

»Dafür eignet sich das Gelände ja auch sehr gut«, sagte Vera trocken. »Sind Sie öfter hier?«

»Das nicht gerade«, antwortete er, ging in die Hocke, um Cisco besser kraulen zu können. »Und Sie? Üben Sie Steilhanglaufen?«

»Jeden Tag«, nickte ich. »Und jeden Tag ein bisschen mehr. Sagen Sie, der Offroader dort: Gehört der Ihnen?«

»Nein, der gehört meinem Chef, ich darf ihn manchmal fahren. Warum? Interessiert der Sie?«

»Ja. Waren Sie in der Nacht vom vergangenen Donnerstag auf Freitag auch hier? Mit diesem Auto?«

Er blinzelte, schien verunsichert. »Nein, war ich nicht.«

»Ich vermute, Ihr Chef heißt Rainer Still und ist ein Sprudelfabrikant.«

»Oh, Sie sind aber helle. Wie kommen Sie denn darauf?«

»Einfach nur so geraten«, sagte ich. »Und Ihr direkter Vorgesetzter ist dann ein Mann namens Schwanitz, der als jähzornig beschriebene Abi Schwanitz. Rate ich wieder richtig?«

»Ja, manchmal gehen ihm die Pferde durch«, antwortete der Hüne immer noch freundlich und kraulte weiter meinen Hund, der ganz offensichtlich selig war. »Wieso fragen Sie das alles?«

»Weil es uns interessiert«, sagte Vera zuvorkommend. »Wir sind neugierige Leute. War vielleicht Ihr Chef, der schlagfertige Abi Schwanitz, in der Nacht von Donnerstag auf Freitag hier?«

»Nicht dass ich wüsste.« Er ließ das Kraulen sein und stellte sich aufrecht hin. »Im Ernst: Warum wollen Sie diese Dinge wissen?«

Plötzlich wusste ich, dass es ein Fehler war, den Mord zu verheimlichen. Nur durch Öffentlichkeit konnten wir an mögliche Zeugen herankommen. Ich musste mit Rodenstock und Kischkewitz darüber sprechen.

»Hier ist ein Mord passiert«, erklärte ich und beobachtete sein Gesicht. »Dort unten im Steinbruch ist der Lebensmittelchemiker Franz-Josef Breidenbach getötet worden. Deshalb fragen wir.«

Die Mimik des Mannes blieb unverändert, offenbarte nicht einmal Staunen oder Neugier.

»Das ist aber hässlich.« In seiner Stimme war Spott.

»Das finden wir auch«, sagte Vera sanft. Unvermittelt sah sie ihm fest in die Augen. »Haben Sie das Kabel nun gefunden?«

Er starrte unbewegt zurück. Was immer in ihm stecken mochte, seine Selbstbeherrschung war eindrucksvoll. »Würden Sie das wiederholen?«, fragte er tonlos.

Ich erinnerte mich an eine interne Broschüre eines deutschen Geheimdienstes, die mir mal in die Finger gefallen war. Unter anderem hatte sie Maßregeln enthalten, wie sich enttarnte Agenten während der Verhöre zu verhalten hatten. Der erste Satz dieser Unterweisung lautete: *In diesem Fall müssen Sie zuerst Zeit gewinnen. Bitten Sie Ihr Gegenüber, die Frage zu wiederholen!*

»Kein Problem«, sagte Vera kühl. »Ich fragte, ob Sie das Kabel von dem Richtmikrofon gefunden haben, das hier verloren wurde.«

»Ich weiß nichts davon.« Er schüttelte den Kopf. Aber er wirkte nicht mehr sanft, am Kinn zeigten sich Verspannungen.

»Er muss doch nichts sagen«, mischte ich mich ein. »Lass ihn doch. Er ist nur ein Stückchen Verzierung.«

»So was!«, sagte der Hüne mit etwas höherer Stimme. »Da geht man spazieren und wird angemacht.«

»Das ist tragisch, nicht wahr?«, fragte ich. »Aber das hier ist eben ein seltsamer Ort zum Spazierengehen für Typen wie Sie.«

»Das Kabel hat übrigens die Mordkommission«, sagte Vera voll Verachtung. »Ich finde es wirklich dämlich von Ihnen, hier aufzutauchen.«

Ihn irritierte wohl, dass Vera eine Frau war. Nach seinem Verständnis von der Welt hätte ich sein Gegner sein müssen. Folgerichtig ging er mich an.

»Wenn ihr beiden Schönen Zoff haben wollt, dann könnt ihr den haben«, sagte er. »Ich mache euch einen Vorschlag: Ich mache euch platt und ihr geht mir in Zukunft aus dem Weg.«

»Gegenvorschlag«, erwiderte ich. »Sie besuchen eine weiterführende Schule und melden sich nach bestandener Prüfung.«

Ich war zu weit gegangen. Geschmeidig trat er dicht an mich heran und zischte mit nicht ganz einwandfreiem Atem: »Was soll der Scheiß?«

»Heh, Junge«, rief Vera hell in seinem Rücken. »Nimm nicht den, nimm mich!«

Er drehte sich herum wie ein Pfau und hielt die Arme in zwei wunderbaren Bogen rechts und links vom Körper. Auf Steinzeitfrauen hätte er zweifelsfrei großen Eindruck gemacht. »Ach, lass das doch. Oder möchtest du Bockspringen versuchen?«

»Nein, das möchte ich nicht.« Veras Arme schossen links und rechts hoch und er bekam zwei schallende Ohrfeigen verpasst. Der bloße Anblick tat mir weh.

Er verlor die Kontrolle über sich. Trotz der anheimelnden Bräune in seinem Gesicht, von der ich mittlerweile der Meinung war, sie rühre von einer Mohrrübensalbe her, wurde er rot vor Wut. Er breitete die Arme aus. Wenn Vera in diese Zange geriet, würde sie schnell die Luft verlieren. Aber er konnte die Zange nicht zumachen, denn sie riss das rechte Knie hoch und erwischte ihn voll in seiner überschäumenden Männlichkeit. Sein Oberkörper klappte vornüber und er stöhnte. Vera nun zog das linke Knie hoch zu seinem Kopf und schlug mit der rechten Handkante in sein Genick. Der Mann stieß einen Grunzlaut aus und fiel auf sein Gesicht.

»Es reicht!«, sagte ich scharf. »Und herzlichen Glückwunsch.« Ich kniete mich neben ihm nieder und suchte in seiner Hose nach den Papieren. Ein schmales Lederetui enthielt seinen Pass und die Papiere für den Wagen. Er hieß Uwe Steirich, war vierundzwanzig Jahre alt, in München geboren. Der Wagen war eingetragen auf eine Firma namens *Water Blue* mit Sitz in der Gemeinde Bad Bertrich.

»Hast du gedacht, ich trete ihm in die Eingeweide, wenn er auf dem Boden liegt?« Veras Stimme klang aggressiv.

»Nein. Aber du hast die Kontrolle verloren. Und ich glaube, dass sich dein Zorn nicht gegen diesen Kerl da richtet, sondern dass du immer noch wütend auf den Typen bist, der dir die Schwierigkeiten mit deiner Dienststelle eingebrockt hat. Vergiss es endlich! Die Geschichte ist vorbei und das Verfahren eingestellt! Du hast dich extra beurlauben lassen, um die Sache zu verarbeiten. Das finde ich sehr richtig. Aber das darf doch nicht darauf hinauslaufen, dass du jeden, der dir krumm kommt, windelweich prügelst. Deshalb habe ich dich gestoppt. Was ist? Warten wir, bis er wieder zu sich kommt?«

»Wir warten!«, nickte sie dumpf.

Es dauerte ungefähr zwei Minuten, bis er einmal heftig den Kopf schüttelte und dann aufstand. Er musterte uns verkniffen, sagte kein Wort, sondern ging zu seinem Auto. Dabei schlug er sich mit wütenden Bewegungen Blätter und Gräser von der Kleidung.

»Nun haben wir einen Freund fürs Leben«, stellte ich fest, als er weg war. »Komm, wir fahren heim.«

Emma und Rodenstock saßen im Garten und tranken Rotwein.

»Wir hatten Kontakt«, sagte Vera in ihrer Kriposprache und berichtete.

»Ist er ein Schläger?«, fragte Rodenstock.

»Ja«, nickte Vera. »Ich hole mir ein Glas für den Wein. Und du, Baumeister?«

»Wenn noch Kaffee da ist … Rodenstock, wir müssen an die Öffentlichkeit. Ist dir das klar?«

»Ja«, seufzte er. »Wir haben schon drüber geredet. Kischkewitz gibt morgen eine Pressekonferenz.«

»Will er auch die Leukämie-Spur offen legen?«

»Das entscheidet er morgen früh. Auch ich habe Neuigkeiten: Ich verstehe jetzt, weshalb sich der Breidenbach so unbeliebt bei Leuten machen konnte, die Wasser fördern und verkaufen. Ich habe mich schlau gemacht, ich kenne jemanden vom Wasserwirtschaftsamt in Trier.«

»Das ist doch klar«, sagte ich. »Die haben zu tief gebohrt.«

»Das ist richtig. Aber die Frage ist doch, was daran so kriminell ist. Und das weiß ich jetzt.« Rodenstock wedelte mit der Zigarre Marke Ofenrohr in der Luft herum. »Es ist so, dass es überall in der Eifel Wasservorkommen gibt. Im Wesentlichen in den Kalkmulden. Der Reichtum dieses Landes hier verbirgt sich im Erdinnern. Gucken wir uns nun diese Wasserfirma *Water Blue* an. Dort gab es alte Brunnenrohre, die bis etwa einhundert Meter Tiefe reichten. Die Rohre waren selbstverständlich nicht mehr einwandfrei, verrottet, zum Teil mit eingedrungenem Erdreich verfüllt. Als das Gelände samt den Schürfrechten an diesen Menschen aus Frankfurt fiel ... wie war doch der Name?«

»Rainer Still«, sagte Vera.

»Richtig«, nickte Rodenstock. »Also, Still erbte das Gelände samt den Schürfrechten und stellte den Antrag, wieder Wasser fördern zu dürfen. Er bekam die Genehmigung, weil er nachweisen konnte, dass er Fachleute einstellte, einen Fachbetrieb eröffnen wollte. Es gab keinen Grund für das Wasserwirtschaftsamt, die Genehmigung nicht zu erteilen. Die Bohrungen sind festgeschrieben, sechs Bohrungen auf einer im Voraus bestimmten Fläche, die identisch ist mit der, in der die alten Bohrungen um die Jahrhundertwende vorgenommen worden sind. Das Wasserwirtschaftsamt weiß, dass dort etwa zweihundert Milliarden Kubikmeter in der genannten Tiefe von etwa einhundert Metern liegen. Das Wasser existiert in Wasser führenden Gesteinsschichten, das Einzugsgebiet dieser Quellen ist enorm, sicher dreißig Quadratkilometer groß. Zur besseren Vergegenwärtigung: Die mildtätigen warmen Heilquellen von Bad Aachen führen Wasser, das aus einer Entfernung von bis zu fünfzig Kilometern stammt. Das Wasser in Bad Bertrich ist etwa zehn- bis fünfzehntausend Jahre alt, ein sehr sauberer, mineralienhaltiger Stoff. Also ein hochwertiges Gebräu, das bestens verkauft werden kann. Das Wasser wird lebensmittelrechtlich untersucht, der Wert bestimmt sich nach Mikrosiemens, das heißt nach seiner Leitfähigkeit. So, und nun passierte Folgendes: Franz-Josef Breidenbach tauchte bei *Water Blue* auf und entnahm unangekündigt eine Probe. Und in dieser stimmten weder die im Wasser enthaltenen Mineralien noch die Bestimmung nach Mikrosiemens mit den erwarteten Werten überein. Was da gefördert wurde, war alles Mögliche, nur nicht das Wasser aus einhundert Metern Tiefe. Was da gefördert wurde, war ein Sprudel, der hoch mit Kohlensäure versetzt war und unglaubliche Mengen an Mineralien und Spurenelementen enthielt. Kurzum, *Water Blue* musste wesentlich tiefer gebohrt haben. Und zwar auf eine Tiefe von etwa zweihundertdreißig Metern. Das Wasser dort unten ist ein ganz anderes Vorkommen und es wird von einer beinahe perfekt abschirmenden Tonschicht von dem Wasser darüber getrennt. Dieses neue Wasser steht in einer Schicht von etwa fünfhundert Milliarden Kubikmeter. Kriminell an der Geschichte ist nun, dass die behördliche Genehmigung für die tiefere Bohrung nicht erteilt wurde und auch niemals erteilt würde. Denn man gebraucht immer erst die oberen Wasservorräte. Und jetzt kommt das Merkwürdige. Das Wasserwirtschaftsamt hat Breidenbach erneut hingeschickt. Und – siehe da – das Wasser dieser Proben stammte ausschließich aus den einhundert Meter tiefen Förderbrunnen. Das konnte nicht sein. Das Wasserwirtschaftsamt wollte an die Firma herantreten, die die Bohrungen durchgeführt hat. Doch die Firma hatte inzwischen Konkurs angemeldet und der Bohrmeister, angeblich ein Syrer, war spurlos verschwunden. Und es kommt noch verrückter: Die Bohrfirma war erst kurz vorher gegründet worden und hatte nur einen einzigen Auftrag erledigt, ehe sie Pleite machte. Den Auftrag in Bad Bertrich. Breidenbach bekam zum dritten Mal den Auftrag, Proben zu ziehen. Das tat er, wiederum unangekündigt. Und wieder stammte das Wasser aus der genehmigten Tiefe. Die Behörde vermutet, dass da eine Riesenschweinerei abläuft, aber sie sind noch nicht dahinter gekommen, was und wie.«

»Das heißt, Breidenbach kann ermordet worden sein, weil jemand fürchtete, dass er etwas entdeckt hatte, was *Water Blue* die Konzession kosten würde«, fasste Emma zusammen.

»Genau«, nickte Rodenstock.

»Warum stellt die Behörde keinen Strafantrag?«, fragte Vera.

»Weil sie viel zu wenig in der Hand hat. Weil nicht hundertprozentig auszuschließen ist, dass bei der ersten Probe Wasser aus anderen Tiefen in die ordnungsgemäße Bohrung geriet.«

Eine Weile schwiegen wir und sahen Cisco zu, der sich mit den beiden Katzen balgte.

»Wir dürfen den toten Holger Schwed nicht vergessen«, warf ich ein. »Wir behandeln seinen merkwürdigen Tod bis jetzt ziemlich stiefmütterlich.«

»Das ist richtig«, seufzte Rodenstock. »Aber bisher gibt es ja auch noch keinen Beweis, dass die beiden Toten tatsächlich etwas miteinander zu tun haben. Wir gehen davon aus, aber wir kennen den Schlüssel nicht.«

»Wenn Breidenbach getötet wurde, weil er etwas wusste, was er nicht wissen durfte, dann könnte Schwed aus dem gleichen Grund getötet worden sein. Das ist für mich das Wahrscheinlichste«, steuerte ich bei. Ich fühlte mich nicht gut, ich fühle mich nie gut, wenn ich auf schwammigem Grund gehen soll.

»Ich mache euch ratlosen Kerlen einen Vorschlag«, intonierte Emma gnädig. »Die Tochter von Breidenbach war schon hier, freiwillig. Das zeigt eigentlich, dass sie instinktiv begriffen hat, dass mit dem Tod ihres Vaters etwas nicht stimmt. An die Frau Breidenbach wird nach Rodenstocks Schilderung schwer heranzukommen sein, aber was ist mit dem Sohn? Ich gebe euch den dringenden Rat, diesen Sohn hierher zu locken. Und zwar jetzt.«

Rodenstock grinste: »Gelobt sei deine Weisheit. Ich rufe ihn an.« Damit erhob er sich und marschierte durch den Garten ins Haus.

»Ich melde Hunger an«, sagte ich. »Ich hätte gern Bratkartoffeln mit Speck oder Schinken und etwa dreizehn bis sechzehn Spiegeleier. Ich zahle gut und würde mich auch erkenntlich zeigen, wenn es gelänge, zwei bis drei Portionen dieser Köstlichkeit auf meinen Tisch zu bringen.«

»Du bist ein widerlicher Macho!«, sagte Vera.

»Ich mach das schon. Ich habe immer gekocht, wenn die Männer in die Schlacht gezogen sind.« Emma lachte und setzte hinzu: »Das ist nicht als Liebesdienst aufzufassen, sondern als Therapie. Volle Wampen kämpfen nicht gern.« Sie verschwand ebenfalls im Haus.

»Immer fällt sie mir in den Rücken«, lächelte Vera. »Sie ist ein elendes Luder, eine widerliche Kuppelmutter.«

»Nach deinen Augen zu urteilen, hast du aber verdammt wenig gegen sie, wenn sie kuppelt. Wir haben den Garten jetzt für uns allein.«

»Kein Geschlechtsverkehr!« Vera hob theatralisch abwehrend beide Hände. »Meine Mutter sagt immer, das ziemt sich nicht außerhalb des Ehebettes und vor einer Verlobung. Du willst das doch nicht ernsthaft hier und jetzt, Baumeister. Oder? Na ja, dir ist das zuzutrauen.«

Ich spielte mit. »Du lieber Himmel, Frau. Was regst du dich auf? Ich bin nicht der Kerl für Quickies und zum Umschulen bin ich zu alt. Allerdings wäre es ganz fantastisch, wenn ich dich gelegentlich in der Sonne in irgendeinem Wald davon überzeugen könnte, dass das, was wir so Liebe nennen, ganz schön sein kann. Im Moos und im Leopardengras.«

»Wo?«, fragte sie.

»Im Leopardengras. Das gibt es nicht und das gibt es doch. Ich habe es mal erfunden, als ich einem kleinen Kumpel von mir eine Geschichte erzählen wollte. Heraus kam die Geschichte von Baby Leopard, der mit seinen Eltern in einer Wohnung lebte, die mit Leopardengras ausgelegt war. Das ist eine sehr spezielle, dichterische Grassorte mit langen Halmen und wunderschönen Blütenrispen. Baby Leopard war sehr beliebt und pflegte eine tiefe Freundschaft zum alten Jerome, dem ältesten Krokodil im Crocodile-Canyon. Jerome baute mit seinen Krokodil-Kollegen eine lebende Brücke über den Canyon, sodass Baby Leopard in der Not immer seinen Jägern entkommen konnte. Und so gesehen, würde ich gern mal mit dir an einem abgelegenen Ort ...«

»O ja, das kann ich mir gut vorstellen, Baumeister. Wir ziehen uns genüsslich aus und dann kommt Rudi von nebenan und fragt: Könnt ihr mir mal Platz machen? Ihr liegt auf meiner Kettensäge.« Vera kicherte ausgelassen.

Rodenstock störte unsere Alberei mit der Nachricht: »Die Bratkartoffelfürstin bittet zu Tisch. Dem Duft der Soße nach zu urteilen können wir anschließend durch bloßes Anhauchen die Bevölkerung dieses Dorfes ins Koma schicken.«

»Und der Sohnemann von Breidenbach?«, fragte ich.

»Ist unterwegs. Wahrscheinlich wird es eine lange Nacht.«

Als wir eine halbe Stunde später die Spülmaschine einräumten und diskret Luft ausstießen, weil es so gut geschmeckt hatte, läutete es an der Tür.

»Das finde ich schön«, begrüßte ich Heiner Breidenbach. »Wir haben nämlich einfach noch ein bisschen Aufklärung nötig.«

Er nickte verlegen: »Es stimmt, dass wir nicht alles gesagt haben, was wir wissen. Deshalb wollte ich sowieso mal vorbeikommen.«

VIERTES KAPITEL

»Junger Mann«, begann Rodenstock sanft und einfühlsam das Gespräch. »Uns ist klar, dass Sie uns nicht vollständig an Ihrem Wissen und Ihren Ahnungen haben teilhaben lassen. Aus Ihrer Sicht war das vollkommen richtig. Sie mussten sich und Ihre Familie schützen. Nun wissen wir aber leider auch, dass Ihr Herr Vater ermordet worden ist. Er wurde von jemandem mit einem Stein erschlagen. Ob die Felslawine vorher oder hinterher niederging, das steht noch nicht fest. Aber lassen wir die Lawine erst einmal außer Betracht. Stellen Sie sich bitte den Steinbruch vor. Waren Sie überhaupt schon einmal dort?«

Er nickte. Er wirkte ein wenig angeschlagen, aber glücklicherweise nicht verunsichert. »Ziemlich oft sogar. Mit meinem Vater natürlich. Aber auch mit meiner Schwester. Und manchmal war Holger dabei.«

»Nun gut«, fuhr Rodenstock freundlich fort, »dann lassen Sie uns das Terrain einmal vergegenwärtigen. Zwanzig Meter über Ihrem Vater befand sich ein Mensch. Das ist bewiesen. Dieser Unbekannte da oben war anscheinend nicht gekommen, um mit Ihrem Vater zu sprechen. Er war offensichtlich dort, um Ihren Vater zu belauschen. Denn er führte ein Richtmikrofon mit sich, er ließ ein Kabel zurück. Wir wissen, dass dieser Mensch mit einem Allradfahrzeug kam. Es ist wichtig, dass ich hinzufüge: Es muss sich nicht zwangsläufig um nur eine Person gehandelt haben, da oben können sich durchaus auch zwei oder mehr Leute aufgehalten haben. Können Sie mir bis dahin folgen?«

»Ja«, sagte Heiner etwas krächzend. Er kniff die Augen zusammen und fragte dann: »Waren Fingerabdrücke auf dem Kabel?«

»Nein«, antwortete Rodenstock. »Die Spuren deuten darauf hin, dass diese Person Handschuhe trug. Und das ist im Sommer ziemlich grotesk. Also hatte diese Person etwas zu verbergen.«

Er beugte sich mit einem Feuerzeug zu Emma hinüber und zündete ihren stinkenden holländischen Zigarillo an. In der Bewegung lag etwas sehr Vertrautes und die in dem Moment herrschende Stille hatte etwas Einlullendes.

Dann fragte Rodenstock unvermittelt und geradezu explosiv: »Haben Sie überhaupt eine Ahnung, was die Existenz eines solchen Menschen da oben über dem Zelt Ihres Vaters bedeutet?«

Der junge Mann nickte bedächtig. »Dass mein Vater ... dass er Feinde hatte, denke ich. Deswegen bin ich ja hier.«

Rodenstock lächelte: »Es ist nicht verwunderlich, dass Ihre Logik nach den persönlichen harten Schlägen versagt. Die Tatsache, junger Mann, dass zwanzig Meter über Ihrem Vater jemand mit einem Richtmikrofon hockte, bedeutet für den Kriminalisten zunächst einmal nur, dass drei Personen im Spiel gewesen sein müssen. Denn Ihr Vater war ja vermutlich nicht für großartige Selbstgespräche berühmt. Das

Richtmikrofon beweist, dass es jemanden gegeben haben muss, mit dem Ihr Vater redete. Nun haben wir also schon drei Personen am Tatort: den Mikrofon-Typen, einen unbekannten Besucher und Ihren Vater. Können Sie sich vorstellen, wer der unbekannte Besucher gewesen sein könnte?«

»Ja, klar«, antwortete unser Besucher, als handelte es sich um die leichteste aller Übungen. »Das kann ich ... Es gibt da einen Fensterhersteller, *Fenestra*. Das ist ein Familienunternehmen. Die haben Kies wie Heu, richtig viel Geld. Als mein Vater rausfand, dass die irgendwie Vinyl ins Grundwasser geschickt haben, fertigte er ein Gutachten an ...«

»Moment«, unterbrach ich. »Machen Sie mal aus Ihrem Vater keinen Helden. Er hat das Vinyl nachgewiesen, gut. Aber mit seinem Gutachten ist doch offensichtlich nichts passiert. Gar nichts!«

»Das stimmt nicht«, widersprach Heiner heftig. »So war das nicht. Mein Vater hat Vinyl nachgewiesen und das Gutachten, wie üblich, seinem Chef gegeben. Und der hat das Gutachten auf Halde gelegt, wie sie im Amt immer sagen. Deshalb ist nichts passiert. Der Chef meines Vaters hat gesagt: Wenn wir das veröffentlichen, kriegt jeder Fensterhersteller und jeder Eifeler, der mit Kunststoffen arbeitet, ein Problem ...«

»Ja und?«, fragte Vera empört. »Wieso denn, verdammt, nicht? Da sind doch Kinder gestorben!«

»Das ist jetzt nicht fair, Vera«, murmelte Emma. »Der junge Mann kann nichts für diese Sache. Und er ist nicht sein Vater. Wenn ich Sie richtig verstehe, hat der Chef Ihres Vaters das Gutachten zu den Akten genommen und nicht darüber geredet?«

»Es war viel schlimmer. Der Mann hätte die vorgesetzte Behörde in Trier informieren müssen. Das passierte aber auch nicht. Die wissen bis heute offiziell nichts von dem Fall. Der Chef sagte, dass er Öffentlichkeit in diesem Fall nicht verantworten könnte, denn dann wären auch alle beteiligten Bürgermeister dran.«

»Können Sie das erklären?«, bat ich.

Er nickte. »Die Gemeinden haben die Pflicht, die Versorgung mit Trinkwasser sicherzustellen. In vielen Gemeinden gibt es in der Satzung eine Passage zum Anschluss- und Benutzerzwang. Das heißt, wenn ich baue, muss ich mich anschließen lassen. An die Entsorgung des gebrauchten Wassers und an die Versorgung mit Trinkwasser. In Thalbach und allen Gemeinden ringsum ist das auch so. Die Konsequenz dieses Zwangs ist: Wenn das Trinkwasser vergiftet ist und die Vergiftung medizinisch nachweisbare Schäden auslöst, sind der Bürgermeister und die Verwaltung dran. Die haften nämlich. Somit kann zum Beispiel eine Familie, in der aufgrund mangelhafter Trinkwasserqualität Krankheiten auftreten, die Gemeinde verklagen. Wenn der Nachweis erbracht werden kann, wird der Wasserversorger verurteilt. Und der Versorger ist die Gemeinde, vertreten durch den Bürgermeister und den Verwaltungschef. Bei uns in der Eifel ist im nächsten Schritt auch die Verbandsgemeinde gefragt, als die nächste Körperschaft. Das heißt, es gibt viele Verantwortliche und keiner kann sagen: Mich geht das nichts an.«

Der junge Mann beeindruckte mich.

»Danke schön«, murmelte Emma. »Das kam klar rüber. Was sind das für Brunnen in diesen Gemeinden Thalbach und Umgebung?«

»In der Regel handelt es sich dort um Brunnen, die ans Grundwasser gehen. Sie sind etwa zehn bis fünfzehn Meter tief, je nach Grundwasserstand. Erst ab fünfzig Meter Tiefe wird ein Brunnen Tiefbrunnen genannt. Tiefbrunnen werden zunehmend abgeteuft. Ganz einfach deswegen, um die Risiken, die normale Grundwasserbrunnen bergen, zu umgehen. Niemand redet zwar gern darüber, aber so ist es.«

»Wenn Sie von Risiken bei Grundwasserbrunnen sprechen, komme ich zu der Vermutung, dass das Trinkwasser in der Eifel durchaus nicht so gut ist, wie es immer beschworen wird. Man sagt doch, wir haben in der Eifel fantastisches Wasser. Ihre Antwort, junger Mann«, forderte Rodenstock.

»Also, mich hat das immer schon interessiert. Nicht nur, weil mein Vater ein Kontrolleur war ...« Unvermittelt begann Heiner zu schluchzen, sein ganzer Körper bebte. Er quälte sich »Ach, Scheiße!« heraus und zog ein Paket Papiertaschentücher aus seinem karierten Hemd.

»Lassen Sie sich Zeit«, sagte Vera weich.

Er murmelte: »Ich trinke sonst gar nicht, aber könnte ich einen Kognak haben oder so was?«

»Selbstverständlich.« Vera ging, um einen zu holen. Sie kam zurück, goss ein und er trank einen kleinen Schluck davon.

»Die Trinkwasser in der Eifel sind tatsächlich nicht so gut wie ihr Ruf«, fuhr er schließlich fort. »Der gute Ruf geht auf die Überfülle an hervorragenden Sprudelwassern zurück. Von *Brohler* an der Rheinfront über *Apollinaris, Dreiser, Dauner, Birresborner, Gerolsteiner.* Doch diese Wasser stammen alle aus extremen Tiefbrunnen und sind zum Teil über eine Million Jahre alt. Das Trinkwasser aus Oberflächenwasser, also Wasser aus Seen, Talsperren, Flussläufen, ist dagegen mit hohen Risiken behaftet. Manchmal ist es so verdammt dreckig, dass es nur durch Zugabe von Chloriden als Trinkwasser deklariert werden kann. Mit derlei Wasser gibt es immer mal Probleme. Eine Geschichte als Beispiel: Die Behörden wollten von einem kleinen Wasserversorger die Messstreifen sehen, auf denen jeden Tag die Qualität des Wassers aufgezeichnet wird. Doch die waren auf einmal weg und die Polizisten, die die Messstreifen auftreiben und sicherstellen sollten, waren plötzlich alle krank. Schließlich fand man die Messstreifen bei einem Angestellten des Wasserwerks in der Garage. Der Vorfall bewies, dass die Leitung des Wasserwerkes einmütig verschweigen wollte, dass das Trinkwasser total versaut war und eigentlich nur im abgekochten Zustand gebraucht werden durfte. Und die Bevölkerung wusste von nichts …«

»Eifel-Filz«, nickte Rodenstock. »Wie kommt es dazu, dass die Grundwasserbrunnen so hohe Risiken bergen?« Das Wissen des jungen Mannes hatte uns alle in den Bann gezogen.

»Na ja«, überlegte er seine Worte. »Die Landwirtschaft hat seit Jahrzehnten Giftstoffe ausgebracht. Gülle, Pestizide, Fungizide. Und es bleibt eben nicht aus, dass das Zeug langsam, aber sicher auf zwanzig, ja auf dreißig und fünfzig Meter Tiefe absickert. Die Sinkgeschwindigkeiten des Wassers in der Erde sind genau bekannt und es steht mit absoluter Sicherheit fest, dass in den nächsten Jahren, also bis etwa 2010, unheimlich viele Brunnen ausfallen werden, weil deren Wasser verseucht sein wird. Dazu kommt das Problem mit dem Grundwasserspiegel. Wenn zu viel Wasser entnommen wird, zum Beispiel durch die Industrie, sinkt der Grundwasserspiegel. Wenn der sinkt, können noch andere Giftstoffe, an die man gar nicht so denkt, freigesetzt werden und ins Trinkwasser geraten.« Heiner schnaufte und breitete die Arme leicht aus, so engagiert war er. »Zum Beispiel Leichengifte im Bereich von Friedhöfen. Und dann gibt es noch die massiven Unsicherheiten in Bezug auf die Fließrichtungen.«

»Ich bitte um Unterrichtung«, sagte Emma schnell. »Was sind Fließrichtungen?«

»Das Wasser unter unseren Füßen befindet sich in verschiedenen Schichten. Die eine Schicht führt sehr viel Wasser, dann folgt eine nahezu wasserdichte Schichtung, dann kommen Kavernen voller Wasser, unterirdische große Pfützen. Und alle diese Wasser fließen, das heißt, sie stehen durch Zufluss und Abfluss niemals ganz still. Bei Stolberg im Aachener Raum sind Versuche mit Lebensmittelfarbe gemacht worden und man hat nachgewiesen, dass im Grunde nichts nachzuweisen ist. Mal floss das Wasser von rechts nach links, dann wieder umgekehrt. Das Wasser kam eine Woche lang von Norden nach Süden, drehte dann auf westliche Richtung, stoppte und floss in Gegenrichtung. Das sind Bewegungen viele hundert Meter unter der Erdoberfläche. Man kann Kameras runterschicken, das wird auch dauernd gemacht, aber die Fließrichtungen sind immer noch nicht vorhersagbar. Mein Vater erklärte die Konsequenzen dessen mal mit folgendem Beispiel: Wenn einer am Nürburgring auf die Idee kommt, nach Sprudel zu bohren, kann er Glück haben und in zweihundert Metern Tiefe eine Schicht erwischen, der Wasser in unbegrenzter Menge entnommen werden kann. Im nächsten Moment kann es jedoch passieren, dass *Apollinaris* schreit: Moment mal, das ist unser

Wasser! *Apollinaris* ist mehr als dreißig Kilometer entfernt und *Apollinaris* kann durchaus Recht haben.«

»Eine Frage«, sagte ich. »Sind die Entnahmemengen eigentlich vorgeschrieben oder darf man in unbegrenzter Menge Wasser entnehmen?«

»Das ist natürlich vorgeschrieben. Das zuständige Amt kennt die voraussichtliche Wassermenge, die Sie angebohrt haben, sehr genau«, erläuterte Heiner sofort. »Um zu sichern, dass die Wassermenge unter der Erde konstant bleibt – es fließt ja ständig welches nach –, bekommen Sie ein Kontingent zugeteilt. *Water Blue* zum Beispiel darf als neue Quelle pro Tag sechzigtausend Liter fördern.«

»Wer kontrolliert denn das?«, fragte Vera erstaunt.

Er lächelte. »Das ist kaum zu kontrollieren. Das läuft immer wieder auf ein Agreement unter Gentlemen hinaus.«

»Und wer prüft die Wasser bei den großen Firmen?«, fragte Vera weiter.

Er verzog den Mund abfällig. »Gewöhnlich wird es von Chemikern geprüft, die für den Hersteller arbeiten.«

»Das bedeutet ja, sie prüfen sich selbst«, murmelte Emma. »Wie schön für sie. Sagen Sie, junger Mann, was ist mit den Brauereien, die immer erzählen, dass sie ihr Wasser aus einer Felsquelle oder aus einem tiefen Stein entnehmen – wie es im Werbefernsehen so schön heißt.«

»Das ist grandioser Kappes!«, grinste er. »Es gibt Brauereien mit eigenen Tiefbrunnen. Aber andere entnehmen ihr Wasser schlicht und ergreifend der ganz normalen Trinkwasserleitung. Und was die Felsquelle anlangt, kann ich nur sagen, dass das absolut keine Wertung über die Qualität des Wassers zulässt. In den oberen Erdschichten kann immer Fels sein, durch den das Wasser austritt. Deswegen ist das Wasser nicht sauberer als anderes. Das sind so komische, hehre Naturbegriffe, die werbewirksam eingesetzt werden. Und die Verbraucher fallen drauf rein. Meine Schwester Jule sagt immer: Ein reines Wasser muss durch reinen Fels und kommt direkt vom Friedhof! Das ist böse, aber es trifft die Sache.«

»Ist die Trinkwasserversorgung in der Eifel denn alles in

allem gesichert?« Rodenstock fragte das lächelnd, um zu dokumentieren, dass wir alle höchst interessiert zuhörten.

»O ja. Absolut. Wenn ein paar hundert Grundwasserquellen gegen Tiefbrunnen ausgetauscht werden würden, wäre die Eifel als Wasserlieferant in ganz Europa erste Sahne und wir könnten das Wasser noch tausend Kilometer weiter weg verkaufen. Aber das kapiert ja keiner.«

»Das war alles hochinteressant.« Rodenstock schnitt eine zweite seiner dicken Zigarren an. »Aber wir sollten nun wieder zum Steinbruch zurückkehren. Sie sagten, dass Sie sich vorstellen können, wer Ihren Vater dort besucht hat. Wer?«

»Der Chef der *Fenestra* natürlich«, antwortete Heiner schnörkellos. »Der wollte nämlich meinem Vater etwas abkaufen.«

Es herrschte Stille, wir sahen ihn erwartungsvoll an.

»Er will das Gutachten, das mein Vater anfertigte.«

»Aber das hat doch der Chef Ihres Vaters«, rief ich.

Er schüttelte den Kopf. »Mein Vater muss was gerochen haben. Er hat sein eigenes Gutachten kopiert und bei uns zu Hause im Arbeitszimmer versteckt.«

»Woher haben Sie diese Kenntnis?« Rodenstock hatte sich vorgebeugt.

»Ich habe das Gutachten gefunden und gelesen«, war die einfache Antwort. »Mein Vater war ... er war eher ein schweigsamer Mann. Er sprach nicht viel über Berufliches ...«

»Moment«, widersprachen Vera und ich gleichzeitig. Ich ließ Vera den Vortritt: »Ihr Vater hat Ihnen doch sehr viel über Trinkwasser beigebracht. So schweigsam kann er nicht gewesen sein.«

Heiner überlegte. »Was Natur anlangt und Wasser ganz allgemein, hat er uns, also den Kindern, unheimlich viel beigebracht. Das stimmt. Aber berufliche Vorgänge ... da war er ganz Beamter, da gab es für ihn den Datenschutz aus meterdickem Stahlbeton. Nur diese Kiste mit den Leukämiefällen, die hat ihn berührt und seine Beamtenseele verunsichert. Trotzdem hat er uns gegenüber nie zugegeben, dass er das Vinyl nachgewiesen hat. Na ja, und jetzt, nachdem diese Sache ... mit ihm passiert ist, habe ich sein Arbeitszimmer abgesucht. Mama brauchte Versicherungsunterlagen und so 'nen Kram. Dabei habe ich das Gutachten gefunden.«

»Haben Sie die Akte bei sich?«, fragte Rodenstock.

»Ja. Im Handschuhfach. Ich hole sie.« Heiner stand auf und verschwand nach draußen.

Als er wiederkam, erklärte er: »Ich wollte das den Kriminalbeamten, die heute bei uns waren, um uns mitzuteilen, dass Papa ermordet wurde, nicht geben. Meine Mutter und Jule waren dabei. Und die sind beide mit den Nerven vollkommen fertig. Ich wollte meine Mutter nicht noch weiter beunruhigen. Ich gebe die Akte Ihnen, Sie können das ja weiterleiten.«

»Gut, machen wir«, nickte Rodenstock. »Sie sagten, dass der Chef von *Fenestra* im Steinbruch war, um diese Studie hier zu kaufen. Woher wollen Sie das wissen, dass der Mann hinter der Akte her war?«

»Indirekt von meinem Vater. Als ich ihn mal nach der Leukämiegeschichte fragte und ob er da nicht was unternehmen könnte, machte er so eine komische Bemerkung, die ich überhaupt nicht verstand. Er sagte nämlich, irgendwie verächtlich: Was glaubst du, Junge, wie teuer ich bin? Und ein paar Wochen später hat er in einem anderen Zusammenhang gemeint: Du kannst als Beamter noch so gründlich arbeiten, wenn die Politik gegen dich ist, nimmt sie nichts, nicht einmal wissenschaftliche Wasseruntersuchungen, zur Kenntnis. Tja, und dann hat meine Schwester mitbekommen, wie der Chef von *Fenestra* auf einem Schützenfest zufällig mit meinem Vater zusammentraf. Der Typ war schon ziemlich betrunken und sagte: Du weißt doch, Breidenbach, dass ich dich zu einem reichen Mann machen kann, wenn du willst. Zudem hatte unsere Clique damals, als wir noch glaubten, diese Sauerei publik machen zu können, herausgefunden, dass der Chef meines Vaters auf Ibiza in einem kleinen, alten Bauernhof Urlaub machte, der dem Chef von *Fenestra* gehört. Hinter San Antonio im Landesinnern. Holger Schwed und ich sind sogar heimlich mit einem

Last-Minute-Flug hingeflogen. Und es gelang uns tatsächlich, den Chef meines Vaters dort zu fotografieren. Ich wollte in diesen Tagen mit meinem Vater darüber reden.«

»Heiliger Strohsack!«, hauchte Rodenstock. »Ist Ihnen klar, was Sie da recherchiert haben? Wie heißt denn eigentlich dieser Fensterhersteller?«

»Lamm, Franz Lamm. Ist fünfundfünfzig Jahre alt, verheiratet, zwei Kinder. Die sind aber schon lange aus dem Haus. Lamm ist ein Machtmensch, er ist absolut unberechenbar. Zu seinem Glück fehlte ihm genau das Gutachten meines Vaters, an der Stelle hatte er die Sache nicht unter Kontrolle. Deshalb glaube ich, dass Lamm im Steinbruch bei meinem Vater war.«

»Woher soll Lamm überhaupt gewusst haben, dass Ihr Vater über eine Kopie eines vertraulichen Dokumentes verfügte?«, fragte Rodenstock.

»Ich vermute, der Chef meines Vaters ahnte, dass mein Vater eine Kopie zurückbehalten hat. Wahrscheinlich stand doch von Anfang an fest, dass das Gutachten niemals weitergegeben würde. Was meinem Vater klar gewesen sein muss, was wiederum sein Chef gewusst haben muss. Das ist doch logisch, oder?«

»Sehr logisch sogar«, lobte Emma. »Nur glauben wir nicht, dass Lamm im Steinbruch war.«

»Ach nein?«, fragte er irritiert.

»Ja«, bestätigte Rodenstock. »Wissen Sie, Kriminalisten werden Ihnen nie alles sagen, was sie wissen. Das ist ein beruflicher Grundsatz. So hat man Ihnen, dem Sohn des Opfers, etwas verheimlicht, was ich Ihnen nicht weiter verheimlichen möchte. Ihr Vater hatte Besuch nicht von Lamm, sondern von einer Frau. Vor seinem Tod, das hat die Obduktion erbracht, hatte er einen Samenerguss. Und da Ihre Mutter nicht im Steinbruch war, muss es noch eine zweite Frau im Leben Ihres Vaters gegeben haben. Mit anderen Worten: eine Geliebte. Wer kann diese Frau sein?«

Er war geschockt, starrte erst uns der Reihe nach an, dann auf die Wand hinter unseren Köpfen und murmelte tonlos: »Das ist nicht wahr! Das darf nicht wahr sein!«

Unübersehbar übermannte ihn eine helle, heiße Wut. Er ballte die Fäuste so sehr, dass sie weiß wurden. Sein ganzer Körper verkrampfte sich, war gespannt wie ein Bogen. Er richtete sich ein wenig auf und seine Augen stierten in die Ferne.

»Doch!«, nickte ich hastig. »Wir verstehen, dass Sie geschockt sind. Aber wahrscheinlich kennen Sie die Frau.«

Auf seiner Stirn standen helle Tröpfchen, seine rechte Hand grub sich angestrengt in die Sessellehne. Er schien nicht zu atmen, wollte wohl was sagen, vielleicht auch schreien, atmete plötzlich rasselnd aus. Endlich stöhnte er: »Diese Scheißbeziehungskisten! Sind denn alle verrückt? ... Tut mir Leid, das schmeißt mich irgendwie.«

Emma mischte sich ein, beugte sich weit vor und sah ihn an. »Sie leiden, junger Mann. Und ich würde vorschlagen, hier abzubrechen. Sie sollten hier bleiben, Sie sind sehr erschöpft, haben in den vergangenen Tagen viel zu viel schlucken müssen. Es ist zu riskant, Sie jetzt allein nach Hause fahren zu lassen. Wir bauen Ihnen ein Bett unterm Dach juchhe und Sie ruhen sich erst einmal aus. Bitte entschuldigen Sie die quälenden Fragen, die wir stellen mussten.«

Er dachte einen Moment mit schlohweißem Gesicht nach, nickte dann mühsam und sagte: »Ich muss meiner Mutter Bescheid sagen. Sie kann sowieso kaum schlafen.« Er zog ein Handy aus der Tasche.

»Gehen Sie in die Küche, da sind Sie ungestört«, schlug Emma mitfühlend vor.

Als er draußen war, wandte sie sich uns zu: »Ich weiß nicht, was davon zu halten ist, aber dieser Lamm ist ohne Zweifel gefährlich. Und er könnte trotz allem im Steinbruch gewesen sein, oder?«

Rodenstock nickte. »Lieber Himmel, ich muss der Mordkommission Bescheid geben. Die brauchen dieses Gutachten und sie müssen sich Lamm vornehmen. Und Heiner Breidenbach muss morgen früh noch einmal ran.«

»Ich denke, das ist ihm klar«, sagte Emma lächelnd. »Was ist, Leute, gehen wir auch schlafen?«

Das machten wir. Heiner Breidenbach bekam ein Bett auf

der Couch auf dem Dachboden, und Cisco freute sich tierisch, einen Gefährten für die Nacht zu bekommen. Die Katzen schlenderten ins Wohnzimmer und sahen sich nach einer Schlafmöglichkeit um. Sie würden noch zwei Stunden dösen und dann auf die Jagd gehen – keine Gnade für Mickey Mouse.

Rodenstock hockte in der Küche und telefonierte mit dem Nachtdienst der Mordkommission, Emma seufzte: »Wen habe ich da bloß geheiratet? Ich muss verrückt gewesen sein.« Dabei sah sie sehr glücklich aus.

»Schlaf gut«, wünschte Vera, als wir im Bett lagen. »Darf ich den Antrag stellen, dicht an dich heranzurobben?«

»Das würde mir gut tun.«

Gegen neun Uhr wachte ich auf und fühlte mich so, als hätte ich nur fünf Minuten geschlafen. Vera war bereits verschwunden. Ich schlurfte wie ein alter Mann ins Bad, nahm Gelächter in der Küche wahr und starrte missmutig auf das Gesicht vor mir im Spiegel. Was ich sah, war nicht dazu angetan, mein Vertrauen in die Menschheit zu festigen. Es machte keinen Sinn, mich zu rasieren, weil ich wusste, ich würde mich schneiden. Und weil es sowieso nach wie vor Mode war, unrasiert durch den Tag zu laufen, schloss ich mich dieser Mode an. Die Küche vermied ich zunächst, die Menschen darin klangen so verdächtig fröhlich. Ich ging in das Wohnzimmer.

Heiner Breidenbach saß dort auf dem Sofa und starrte durch die Glastür auf die Terrasse. Er schien vollkommen in sich versunken und drehte nicht einmal den Kopf.

»Schon gefrühstückt? Haben Sie gut geschlafen?«

»Cisco hat mich irgendwie beruhigt. Trotzdem konnte ich nicht schlafen, habe nur gedöst. In den letzten Tagen ist es vorgekommen, dass ich tagsüber einschlafe. Wenn die Nacht kommt, ist es aus. Dann renne ich rum und grüble.«

»Was beschäftigt Sie denn am meisten?«

»Wie das weitergehen wird, mit meiner Mutter, mit meiner Schwester, mit mir. Meine Mutter hat gesagt, sie würde am liebsten die Eifel verlassen. Irgendwie sei ja nun alles aus.«

»Haben Sie eine Idee, wer die Geliebte sein könnte?«

»Ich habe darüber nachgedacht. Aber ich habe keine Ahnung. Als Sie das heute Nacht sagten, war ich geschockt. Ist das eigentlich normal, dass man so wenig über seinen Vater weiß?«

»Ja, ich glaube schon. Gibt es denn Frauen im Umfeld Ihres Vater, die gern Mountainbike fahren und gern in der Natur herumstreunen?«

»Na ja, da fallen mir sechs oder sieben ein. Aber als Geliebte kann ich mir die unmöglich vorstellen.«

Ich lachte. »Das ist normal. Ein Zwanzigjähriger kann seinen Vater selten als herumstreunenden Hund begreifen. Wollen wir ein Stück Brot essen?«

Falls je ein Frühstück den Namen Arbeitsessen verdiente, dann dieses.

Rodenstock eröffnete munter: »Ihre Schwester hatte uns freundlicherweise schon einiges von dieser Leukämiegeschichte erzählt. Wie tief steckten Sie und Holger Schwed in dieser Recherche?«

»Es war so, dass sich zunächst ja nur die Teenies darum gekümmert haben, also meine Schwester Jule und ihre Clique. Irgendwann kamen die nicht weiter und haben uns angespitzt. Erst wollten wir nicht, dann schien uns der Fall plötzlich irre spannend. Bis sie Holger in die Mangel genommen haben. Bloß weil er im Westerwald mit der verschwundenen Familie zu sprechen versuchte.«

»Was hatten Sie für ein Verhältnis zu Ihrem Vater?«, fragte Emma.

Nach kurzem Nachdenken erklärte er: »Eigentlich ein gutes. Oder ein normales. In den letzten zwei, drei Jahren nicht mehr sehr intensiv. Schließlich wird man erwachsen.«

»Aber Sie waren doch noch zusammen mit ihm und Holger im Urlaub auf Kreta«, fragte sie weiter. »Was haben Sie da gemacht? Wie sah dort Ihr Alltag aus?«

»Was man als Urlauber halt so macht. Mein Vater und Holger waren Langstreckenläufer, ich bin mehr für Sprints. Die beiden zogen oft früh am Morgen los in die Berge. Sie machten anfangs zehn, dann zwanzig Kilometer am Tag. Ich ging an den Strand oder ich blieb auf der Terrasse und las. Ich lese gern.«

Rodenstock beugte sich vor. »Wie war die Ehe Ihrer Eltern?«

Heiner senkte den Kopf, verharrte in schweigendem Nachdenken.

Emma ergänzte sanft: »Wir meinen Folgendes: Liebten sie sich? Schliefen sie miteinander? Hielten sie sich zuweilen an den Händen? Neckten sie sich?«

Nun zeigte er sich erstaunt. »Ich weiß nicht. Ich habe mich, glaube ich, nie drum gekümmert. Eltern, na ja … Sie sorgen für mich, sie verdienen das Geld.«

»Aber, verdammt noch mal, wie gingen sie miteinander um?«, polterte Rodenstock. »Mochten sie sich? Oder waren sie einander gleichgültig?«

»Wenn Sie mich so fragen, dann war die Ehe gut. Ja, sie mochten sich. Das kam manchmal durch.« Er erschrak über seine eigenen Worte. »Sie waren ja schon so lange verheiratet. Fast fünfundzwanzig Jahre.«

Da schien es kein Weiterkommen zu geben. Ich schaltete mich ein. »Was wissen Sie über Abi Schwanitz? Was hat so einer hier in der Gegend zu suchen?«

»Er gehört zu den Bodyguards von Rainer Still. Still hat sie angeblich angeheuert, weil die Versicherungen darauf bestanden haben. Die Typen sind ganz schräge Vögel, die ganze Truppe. Mag ja sein, dass Still als Multimillionär in Frankfurt so was braucht, aber in der Eifel? Schwanitz ist einer, der gern prügelt. Und er gibt damit an.«

»Zu der Truppe gehört ein Uwe Steirich«, sagte Vera. »Den haben wir gestern im Steinbruch getroffen. Wissen Sie etwas über den? Er ist vierundzwanzig Jahre alt, blond mit einem Zopf. Er sieht so aus, als verbringe er den größten Teil des Tages in einem Grill.«

»Ja, ja, den Typen kenne ich. Wir nennen ihn Schneemann, weil er manchmal kokst. Ganz offen in der Kneipe. Wenn er high ist, umarmt er jeden und knutscht ihn ab. Wenn er nichts drauf hat, verprügelt er Leute. Weil sie ihm nicht gefallen oder so.«

»Wie viele dieser verdienstvollen Menschen hat Still denn um sich geschart?«, fragte ich.

»Vier«, wusste Heiner. »Und Abi Schwanitz ist ihr Boss.«

Einen Moment hing ein jeder seinen Gedanken nach.

»Wir haben einen komplizierten Fall mit einem komplizierten Tatort. Es sieht so aus, als hätten mehrere Leute ein Motiv gehabt, Ihren Vater zu töten.« Rodenstock verschränkte seine Hände ineinander. »Lamm, der Fensterhersteller, und der Sprudelfabrikant Rainer Still. Dann gibt es die Spur auf eine Geliebte. Dazu unsere Überzeugung, dass Ihr Vater im Steinbruch jemanden treffen wollte. Vielleicht Lamm, vielleicht Still ...«

»Still bestimmt nicht«, wandte Heiner ein. »Der tritt selbst nicht in Erscheinung, lässt andere für sich arbeiten. Eher sein Geschäftsführer Doktor Manfred Seidler. Der könnte meinen Vater getroffen haben, der schon.«

»Gut, halten wir das als Verdacht fest.« Rodenstock trank von seinem Kaffee und wollte weiterreden.

Doch Emma nahm ihm das Wort: »Nun muss aber langsam gut sein. Lass den Jungen doch mal zur Ruhe kommen.«

Rodenstock brummte: »Hast ja Recht.« Er wandte sich an mich: »Wollen wir denn gleich zu den Eltern von Schwed?«

»Unbedingt«, nickte ich.

»Vera, Liebes«, säuselte Emma. »Fährst du noch einmal mit mir zum Haus?«

»Selbstverständlich«, sagte Vera brav. »Schließlich muss ich wissen, wo ich schlafe, wenn hier der Frieden gestört ist.«

Wir lachten alle pflichtschuldig und machten uns wenig später auf den Weg. Heiner kletterte mit grauem Gesicht in seinen Wagen und startete Richtung Ulmen.

Als Rodenstock neben mir hockte und wir losrollten, murmelte er: »Irgendetwas an der ganzen Sache stört mich. Aber ich weiß nicht, was es ist.«

»Auf jeden Fall kennen wir nun gewichtige Motive«, wandte ich ein.

»Hm«, knurrte er nicht wirklich überzeugt. »Ich würde für mein Leben gern mit diesem Schwanitz reden. Ich mag solche Killertypen. Sie sind so strikt und berechenbar.«

Wir hatten herausgefunden, dass die Eltern von Holger Schwed in der Mittelstraße wohnten, einer ruhigen Wohnstraße. Das Haus war rührend klein, hatte sicher nicht mehr als sechzig Quadratmeter Wohnfläche und wirkte verkommen, die ehemals weiße Fassade war schmutzig grau, sämtliche Rollläden waren runtergelassen und zwei im ersten Stock nur noch Stückwerk. Der Vorgarten schien nicht gepflegt, die Ziersträucher waren unbeschnitten, ein mit Verbundsteinen gepflasterter Weg war von Gestrüpp überwuchert und nicht mehr zu erkennen. Und in den Beeten und auf dem Rasen fand sich alles wieder, was die Passanten auf der Straße in den letzten sechs Monaten weggeworfen hatten: Plastikbecher, Bonbonpapiere, Stanniol von Schokoladenriegeln, Postwurfsendungen, Zigarettenschachteln.

»Oh, oh«, sagte Rodenstock.

Die Klingel hing an ihren Drähten aus der Halterung heraus. Wir benutzten sie trotzdem.

Der Mann, der uns öffnete, war groß, mächtig und schwabbelig, hatte ein weiches, unrasiertes Gesicht und war ungefähr fünfundvierzig Jahre alt. Er trug ein Unterhemd, das einmal weiß gewesen war, und er erinnerte mich sofort an den Polen aus Tennessee Williams' *Endstation Sehnsucht*.

»Ja, bitte?«, fragte er abweisend und starrte uns misstrauisch an.

»Wir hätten gern einige Auskünfte«, sagte Rodenstock.

»Das geht nicht. Presse, was? Ich habe mit RTL einen Vertrag. Wir dürfen keine Auskünfte geben, meine Frau und ich. Exklusivrecht, Sie wissen, was das heißt, wenn Sie von der Presse sind.«

»Wir sind nicht von der Presse, wir sind Freunde von Heiner Breidenbach. Sie können ihn anrufen«, entgegnete Rodenstock bescheiden.

Ich kannte solche Typen, als Journalist begegnet man ihnen immer wieder, und wusste, wie sie funktionierten. Ich griff mein Portemonnaie, nahm einen Hunderter heraus und sagte zurückhaltend: »Wir kommen natürlich für Ihre Kosten auf.« Dann nahm ich die knubbelige Hand und drückte den Geldschein hinein.

»So? Na ja, wenn das so ist.« Er ließ den Schein in seiner rechten Hosentasche verschwinden. »Ja, dann kommense man rein. Wieso ist Heiner denn nicht bei Ihnen?«

»Der ist total fertig, der musste sich mal hinlegen«, sagte ich.

Schwed nickte. »Wir sind auch am Ende. Wir grübeln und grübeln.« Auf Filzlatschen marschierte er vor uns her in ein kleines abgedunkeltes Wohnzimmer, in dem eine einzige Funzel unangenehm gelbes Licht streute. Auf einer Bank vor einem großen Fenster kümmerten Mengen von Grünpflanzen vor sich hin. Davor saß eine Frau in einem wippenden Lehnstuhl und drehte müde den Kopf.

»Das ist meine Frau«, stellte der Mann vor.

Er setzte sich auf ein Sofa, wir nahmen jeder einen Sessel. Es roch nach Bier, Fusel und kaltem Zigarettenrauch. Es roch so, als habe die letzte Portion Frischluft diesen Raum erreicht, als das Haus im Rohbau stand.

Die Frau rauchte mit langsamen Bewegungen und sog den Rauch tief ein. Ihr Gesicht wirkte alt, sie hätte sechzig sein können, aber wahrscheinlich war sie zwanzig Jahre jünger. Sie sagte monoton: »Ja, ja«, und schwieg dann.

»Also, was wollt ihr wissen?« Der Mann drückte den Kronkorken von einer Flasche Bier und trank daraus. »Auch eine Pulle?«

»Wir trinken nicht«, lehnte Rodenstock ab. Ich sah förmlich, wie er in Gedanken Anlauf nahm, um diesem Vater eines toten Jungen in den Arsch zu treten und den Schuh stecken zu lassen.

»Hatte Holger eine Freundin?«, fragte ich.

»Nee!«, antwortete die Frau schnell und schroff. Sie griff nach einem Wasserglas mit einer hellen Flüssigkeit und trank davon. Kleine Schlucke, ich vermutete, es war Schnaps. »Holger konnte Frauen jede Menge haben. Aber er wollte ja nicht. Er kriegte ja Bafög und studierte und sagte: Frauen sind im Moment nicht mein Thema. Aber er sah ja gut aus und er hätte alle haben können. Manchmal haben sie uns hier die Bude eingerannt. Also nicht, dass er ein Kostverächter war. Hin und wieder vernaschte er eine, mein Kleiner.

Junge Bullen müssen sich die Hörner abstoßen, sagt man ja auch. Aber das waren Eintagsfliegen, waren das. Und ich wollte ja auch nicht irgendeine, ich wollte ja eine mit was an den Füßen.«

»Ja«, murmelte ich – was hätte ich darauf erwidern sollen. »Gab es denn außer Heiner einen Freund, mit dem er alles beredet hat?«

In einem resoluten Ton, als stelle sie eine mathematische Formel fest, antwortete Holgers Mutter: »Mit uns. Mit uns hat er alles beredet. Mit sonst gar keinem. Und mit Heiner war das doch nie dicke. Die Breidenbachs halten sich sowieso für was Besseres. Wir haben ja nun alles für ihn getan. Jedes Wochenende habe ich ihm die ganze Wäsche gemacht und die ganzen Oberhemden, picobello. Nun sag du doch auch mal was, Franz.«

»Ja, das stimmt«, der Mann gab sich einen Ruck. »Er hat alles mit uns beredet. Wir wussten alles von ihm. Wir hatten ein Bombenverhältnis.«

Rodenstock räusperte sich. »Das ist gut, dass er Ihnen alles erzählte. Ist er bedroht worden?«

»Dass ich nicht lache!«, keifte die Frau, bewegte sich aber nicht. »So ein starker großer Bengel? Wer sollte den bedrohen?«

»Abi hat ihm doch mal die Knochen gebrochen, oder nicht?«, warf ich ein.

»Ja, schon«, nickte die Frau. »Aber das war ein Versehen. Ich meine, der Abi war ja hier bei uns und hat sich entschuldigt. Und hat auch Geld hier gelassen, damit wir nicht so einen großen Ausfall hatten.«

»Einen Ausfall?«, fragte Rodenstock, Spott unterdrückend.

»Na ja, für unsere ... für unsere Auslagen wegen der Brüche und so. Schließlich hatten wir viel am Hals. Mussten neue Schlafanzüge her fürs Krankenhaus. Und dann: Jeden Tag bin ich ins Krankenhaus. Ich bin ja mit den Beinen schlecht dran. Ich konnte mir ein Taxi nehmen.«

»Wie viel Geld war es denn?«, erkundigte sich Rodenstock liebenswürdig.

»Ein Tausender«, sagte sie. »Nur ein Tausender.«

Der Mann am Tisch atmete scharf ein: »Mir hast du was von fünfhundert erzählt.«

»Ist doch egal«, keifte die Frau.

»Also, Sie können sich nicht vorstellen, wer Holger an der Wand zerquetscht hat?« Rodenstock malte die Worte. Das wirkte wie eine scharfe Bestrafung.

»Was sagen Sie denn da! Das hat ja noch keiner behauptet.« Der Ton der Frau wurde schriller. »Das war ganz klar ein Unfall. Haben die Polizeibeamten jedenfalls gesagt. Mit Absicht? Meinen Holger? Niemals!«

Nach einigen Sekunden Pause murmelte Rodenstock: »Wir danken Ihnen sehr. Lassen Sie nur, wir finden schon selbst hinaus.«

Wir gingen nicht, wir rannten fast aus dem dunklen Loch.

Als wir im Wagen saßen, stellte Rodenstock fest: »Völlig klar: Für Holger Schwed war die Familie Breidenbach der Himmel. Weil er zu Hause die Hölle hatte. Was treiben wir jetzt?«

»Wir fahren nach Thalbach. Ich bin ganz wild auf Lamm.«

Sicherheitshalber riefen wir bei der Firma *Fenestra* an und fragten, ob der Chef überhaupt Zeit für uns hätte. Die Sekretärin erkundigte sich nicht einmal, was wir wollten, sie antwortete lapidar: »Der ist da. Wenn Sie also vorbeikommen wollen ...«

Ich kurvte langsam durch Thalbach, suchte eine bestimmte Stelle in dem uralten Vulkankrater. Als ich sie gefunden hatte, stieg ich aus, um zu fotografieren.

»Da oben ist die *Fenestra*. Wenn du genau hinschaust, siehst du darunter den Einschnitt und ein kleines, altes, flaches Häuschen mit Holunderbüschen. Auf halber Höhe. Das ist die alte Trinkwasserversorgung von Thalbach. Man kann gut sehen, wie das funktionieren muss. Wenn die Arbeiter bei der *Fenestra* oben irgendetwas ausschütten, Vinyl etwa, dann sickert das Zeug direkt in die schmale Zone, aus der die Gemeinde ihr Trinkwasser zieht.«

Der kleine Fabrikkomplex des Fensterherstellers thronte wie einstmals das Schloss eines Adligen über dem alten Vulkankessel, in dem die Gemeinde sich ausgebreitet hatte. Das

Verwaltungsgebäude war ein rechteckiger, ocker getönter Klotz, durchaus nicht protzig, eher zurückhaltend. Davor befand sich ein großzügig angelegter Platz mit viel Grün, richtig sympathisch. Und damit auch wirklich alles stimmte, waren die Rasenflächen mit einfachen, weiß gestrichenen Basaltbrocken aus irgendeinem Steinbruch gesäumt.

Elektrokarren transportierten Fensterrahmen, Trucks wurden beladen, Männer gingen in Arbeitstrupps auf dem Platz herum, um den die Fertigungshallen gebaut waren. Es herrschte ein bienenemsiger Betrieb.

Wie in den letzten Jahren Mode geworden, gab es eine Reihe hoher Fahnenmasten, an denen die Fahnen der Bundesrepublik, Frankreichs, Englands und Spaniens wehten, wahrscheinlich die Länder, in die Lamm exportierte.

»Zweihundert Arbeitsplätze«, sinnierte Rodenstock. »Das ist natürlich schon eine Menge für die Eifel.« Er reckte sich, als sei er gerade erst wach geworden.

Ich fotografierte die Pkw, die vor dem Gebäude parkten, und hatte das Gefühl, von hundert Augenpaaren beobachtet zu werden.

»Auf in den Kampf!«, knurrte Rodenstock und drückte die Schwingtür auf.

Wir stießen auf eine Art Tresen, hinter dem eine junge Frau vor einem Computer hockte und uns freundlich ansah.

»Rodenstock und Baumeister für den Chef. Wir sind angemeldet.« Rodenstock gab sich geschäftsmäßig.

Sie telefonierte und teilte uns mit: »Sie werden abgeholt.«

Die Frau, die nun kam, war eine ausgesprochen frauliche und hübsche Erscheinung vom Typ ›Komm mir bloß nicht zu nahe, ich weiß, wie das Leben läuft‹. Sie trug einen eleganten Kurzhaarschnitt mit hellblonden Strähnen im braunen Haar, ein T-Shirt mit der Frontaufschrift *Ich bin wichtig* und lächelte uns an – schneeweiße Zähne. »Von welcher Firma, die Herren?« Das Lächeln sagte nichts.

»Tja, das ist so eine Sache. Sagen Sie bitte Ihrem Chef, wir kommen wegen der Leukämiefälle. Und wegen des Todes von Herrn Breidenbach.« Rodenstock grinste die Frau an wie ein wütender Wolf kurz vor dem Zubeißen.

Sie war augenblicklich beeindruckt, wurde um gut dreißig Prozent blasser und ihr Atem ging wesentlich schneller. Eiszeit bei der Dame und große Empörung. »Da muss ich aber noch mal nachfragen, ob er überhaupt Zeit für Sie hat. Ich weiß ja nicht ...« Sie kaute auf ihrer Unterlippe. »Sind Sie etwa von der Polizei?«

»Es wäre wirklich gut, wenn er Zeit für uns hätte«, betonte Rodenstock. »Wir fragen uns mit Wissen und Billigung der Mordkommission durch die Eifel. Allerdings werden meine Kollegen ohnehin noch hier einfallen. In ein paar Stunden.« Das Unangenehme an Rodenstock war, dass er in solchen Situationen immer noch einen draufsetzte: »Sie müssen sich nicht aufregen, junge Frau. Es reicht, wenn Sie Ihrem Chef sagen, dass wir alle Informationen, die wir bekommen, sofort an die Mordkommission weitergeben. Damit es schneller geht, verstehen Sie?«

Eigentlich war sie wahrscheinlich nett, aber jetzt war sie heillos überfordert. Sie sprach mehr zu sich selbst: »Wieso denn Herr Breidenbach?«

»Ach so«, raspelte ich freundlichst, »das können Sie ja noch nicht wissen. Franz-Josef Breidenbach ist nicht von einer Felslawine erschlagen worden, wie die Tageszeitung berichtet hat. Stattdessen hat ihm jemand mit einem Stein den Schädel zertrümmert. Es war Mord, junge Frau.«

Sie hatte jetzt ein Problem, denn eigentlich wollte sie uns loswerden, schnell loswerden. Denn sie konnte nicht einmal das Telefon auf ihrem Tisch benutzen, Feind hörte mit. Sie erledigte es versuchsweise mit dem ganzen Witz der Eiflerin: »Wissen Sie, da möchte man sich eigentlich erst mal setzen und einen Kognak trinken. Wie soll der Chef denn mit all den Neuigkeiten fertig werden, bei der Geschwindigkeit, die Sie draufhaben?«

»Das ist ganz einfach«, erklärte Rodenstock genüsslich. »Wir setzen uns jetzt dahinten auf die Sitzgruppe. Sie bringen mir, bitte, tatsächlich einen Kognak, mein Kollege hier möchte ein Wasser. Und dann können Sie die Sache mit Ihrem Chef bereden. Zehn Minuten warten wir. Dann verschwinden wir wieder. Wir haben nämlich nicht viel Zeit.«

Sie strahlte. »Das ist ein Wort. Kognak und Wasser kommen gleich.«

Sie rannte regelrecht die breite Marmortreppe hinauf. Sie bot einen hübschen Anblick, sie wackelte mit dem Steiß, wie andere auf einer Showtreppe.

Rodenstock starrte ihr nach und murmelte versunken: »Weißt du, jugendliche Menschen von hinten sehen sehr nett aus.«

Wir studierten das Werbematerial von *Fenestra,* das auf dem Couchtisch herumlag. Es enthielt die üblichen Fotos mit Texten, die so konservativ waren, dass jeder Leser spätestens auf Seite drei einschlafen musste.

Ein junges Mädchen mit einem Sonnenlächeln brachte unsere Getränke. Wir hatten noch keinen Schluck in Angriff nehmen können, als die junge Frau wieder auf der Treppe sichtbar wurde und sagte: »Sie können heraufkommen. Alles klar!« Das klang wie sieghafter Trompetenstoß.

Das Arbeitszimmer von Franz Lamm zeigte eine Mischung aus Chaos und Ordnungsversuch. Die Sitzgruppe in vornehmem Grau war praktisch nicht zu benutzen, weil Lamm dort alle in Arbeit befindlichen Akten gelagert hatte. Der Schreibtisch war riesig, was ihn offensichtlich dazu verführte, alle möglichen Dinge dort abzulegen. Zigarren, lose und in verschiedenen Behältern, mindestens sechs halb volle Aschenbecher, Grünpflanzen, deren Töpfe ebenfalls als Aschenbecher hatten herhalten müssen, Stöße von Papieren und Magazinen. Dann eine Bonsai-Buche, die Lamm als Bleistifthalter verwendete, eine Tischuhr, eingelassen in einen Block Acryl, der so dreckig war, dass man die Zeiger nicht erkennen konnte. Ausgehend von diesem Schreibtisch, war mir der Mann sympathisch.

Franz Lamm stellte eine nahezu perfekte Kugel dar. Er war vielleicht einen Meter fünfundsechzig hoch. Sein Gesicht war rund und voll wie ein kleiner zufriedener Mond, die Augen waren groß, was ihm einen erstaunten Ausdruck verlieh. Die Haare waren kurz und grau und reichten nur für den halben Schädel. Er mochte fünfundfünfzig bis sechzig Jahre alt sein. Das Erstaunlichste an ihm war sein Anzug.

Der war von einem ekelhaften Braun und die Hosenbeine waren gut zehn Zentimeter zu kurz. Der Mann hatte eindeutig an Hose gespart. Und weil er beim Gehen die Beine auswärts schwenkte, sah das etwas skurril aus. Kombiniert hatte er das braune Wunder mit einem himmelblauen Oberhemd und einer roten Krawatte. Lamm verbildlichte den Versuch, einem krumm gearbeiteten Bauern aus altem Eifel-Geschlecht ein vornehmes Gewand zu verpassen.

»Was zu trinken?«, fragte er und schüttelte uns ausgiebig die Hände. »Kaffee? Tee? Ein Glas Milch? Ich trinke manchmal eins. Oder Sekt? Was zu rauchen? Havanna, Canary Island, Puerto Rico?«

»Wenn Sie von Zigarren reden, dann bitte ein Glas Sekt und eine Havanna«, freute sich Rodenstock.

Ich konnte mir nicht verkneifen zu bemerken: »Du bist ein Lüstling!«

Es dauerte drei Minuten, bis die Havannas brannten, wir etwas zu trinken hatten und meine Pfeife gestopft war.

Lamm atmete genüsslich eine Qualmwolke aus und sagte: »Sie haben ja ein volles Programm. Und Breidenbach ist tatsächlich ermordet worden?« Er ließ uns keine Zeit zu antworten: »Sagen Sie mal, wer sind Sie eigentlich?« Dabei sah er uns kühl abschätzend an.

Rodenstock nuckelte an seiner Zigarre. »Mein Name ist Rodenstock, ich bin Kriminalrat außer Diensten. Das hier ist mein Freund Siggi Baumeister, ein Journalist. Wir ermitteln in der Sache Breidenbach. Einerseits weil wir privat interessiert sind, andererseits hat uns die Mordkommission in Wittlich um Hilfe gebeten. Um auf Ihre erste Frage zurückzukommen: Ja, Breidenbach wurde erschlagen. Leider. Sind Sie eigentlich mal ernstlich mit ihm zusammengestoßen?«

Lamms Gesicht war lesbar wie ein gutes Buch. Er hatte die Wahl, uns freundlich rauszuschmeißen oder aber durch uns einiges zu erfahren. Und da er neugierig war, entschied er sich für den zweiten Weg. »Ja«, antwortete er einfach. »Breidenbach hatte sich in den Kopf gesetzt, dass von meinem Betrieb aus Vinyl ins Erdreich und dann in die alte Dorfquelle geraten ist.«

»Da lag er richtig«, erklärte ich. »Das Vinyl war nachzuweisen und Breidenbach hat es nachgewiesen. Um Sie nicht im Unklaren zu lassen: Wir verfügen über das Gutachten.«

»Das ist schön«, sagte Lamm. »Dann kann ich es sicher endlich lesen, oder?«

»Es gibt Leute, die behaupten, Sie hätten das Gutachten von Breidenbach kaufen wollen.« Rodenstock trank mit geschlossenen Augen aus dem Sektglas.

»Die haben Recht, das wollte ich auch. Ich habe ihn gefragt, was das Ding an Aufwand gekostet hat. Ich würde ihm die Auslagen erstatten, habe ich gesagt. Obwohl sein Vorgehen einfach unmöglich war.«

»Warum?«, fragte ich.

»Hier unterhalb meines Betriebes hat er Proben gezogen und versucht, sein Tun geheim zu halten. Nachdem das Gutachten fertig gestellt war, hat er es weitergeleitet. Ich weiß nicht, an wen, was drinsteht, aber ...«

»Stopp, Meister der Türen und Fenster«, unterbrach ihn Rodenstock. »Sie müssen uns nicht unter allen Umständen die Wahrheit sagen, aber Sie sind auch nicht verpflichtet, uns zu verarschen. Wir wissen, dass Breidenbach seinem Vorgesetzten dieses Gutachten gab. Wir wissen auch, dass der es nicht weiterleitete. Wahrscheinlich, weil er einer Ihrer Freunde ist. Das alles riecht etwas moorig.«

Lamm schwieg. »Ich habe es jedenfalls nie gesehen«, antwortete er dann. »Und da ist noch etwas anderes zu erklären. Das Gelände unterhalb meines Betriebes, das ist zwar nicht eingezäunt, aber das gehört mir auch. Breidenbach hat also ohne mein Einverständnis Proben auf meinem Gelände gezogen. Wenn man gut miteinander umgeht, dann informiert man mich: Franz, ich ziehe Proben! Man macht es nicht heimlich.« Er schnaufte. »Das war schlicht gequirlte Kacke!«

Rodenstock nickte bedächtig. »Ich kann Ihren Ärger verstehen. Was ist? Hat Breidenbachs Chef in Ihrer Finca auf Ibiza Urlaub gemacht?«

»Hat er. Moment mal.« Unberührt stand Lamm auf und kramte auf seinem Schreibtisch herum. »Hier ist die Quittung. Er war vier Wochen dort und hat dafür bezahlt. Zweitausend Märker, in bar. Irgendetwas dagegen?«

Rodenstock nahm die Quittung und sah sie sich an. »Nein, nichts dagegen.«

»Der Mann ist ein Schulkamerad von mir.« Der kugelige Mann grinste. »Das ist doch nichts Unnormales, Leute. Einer hilft dem anderen. Wieso Korruption, wieso so ein beschissener Vorwurf?«

Rodenstock ging zögernd auf Lamms Frage ein. »Passen Sie auf, es hat keinen Zweck, um den heißen Brei herumzureden. Wir fragen Sie, ob dieser Breidenbach-Chef in Ihrer Finca Urlaub gemacht hat, und Sie zeigen mir eine Quittung, dass der Mann Ihnen dafür zweitausend Mark bezahlt hat. Das, lieber Herr Lamm, ist Quatsch. Das wissen Sie. Ich bin nicht die Inquisition. Aber haben Sie auch irgendwo den Nachweis, dass Sie den Eingang der zweitausend Mark verbucht haben? Nehmen Sie diese gottverdammte Quittung und zerreißen Sie sie. Das ist ein Muster ohne Wert.« Er strahlte den Unternehmer an.

Franz Lamm nahm das Stück Papier und zerriss es wortlos.

Rodenstock sagte leise: »Bravo!« Dann fuhr er in normalem Ton fort: »Sehen Sie, ich weiß, dass alle Provinzen von Korruption durchsetzt sind. Und dass viele, sogar die meisten dieser Fälle einfach darauf beruhen, dass jeder jeden kennt und mit jedem in einem Verhältnis steht, das entweder privat ist oder Geschäfte und Privates umfasst. Ich will nicht päpstlicher sein als der Papst, aber eine Menge Dinge, die hier auf dem Land für ganz normal gehalten werden, sind kriminell. Ich hoffe, Sie sind da meiner Meinung. Nehmen wir diesen Albert Schwanitz. Er ist Angestellter des neuen Sprudelwerkes in Bad Bertrich. Sie, Herr Lamm, golfen zusammen mit dessen Besitzer. Und plötzlich verprügelt dieser Schwanitz Leute, mit denen Sie Streit haben …«

Lamm ging scharf dazwischen. »Moment, nicht so hastig! Kein Mensch, weder Rainer, also Rainer Still von *Water Blue*, noch ich haben Abi je gesagt, er soll irgendwen verprügeln. Keine Anweisung in dieser Richtung. Abi, das stimmt, kann ein Problem sein. Der Junge steht ständig unter Strom und immer, wenn er hört, dass jemand gegen seinen Chef ist, kann es scheppern. Ich weiß nicht, was Abi da angerichtet hat. Und noch etwas. Dem Hörensagen nach soll er ja auf Breidenbach losgegangen sein. Aber was die beiden da für einen Streit hatten, wissen Rainer und ich nicht.«

»Warum entlässt Rainer Still so einen Mann nicht?«, fragte ich.

»Weil der Mann gute Arbeit leistet«, erklärte er mit einer wegwerfenden Handbewegung. »Ihr kommt hier rein und schmeißt mir alle möglichen Gerüchte an den Kopf, die ich längst kenne und die nicht stimmen. Das ist nicht gut, so kommen wir nicht weiter.« Lamm räusperte sich, wurde wieder ruhiger.

Ich stand noch ganz unter dem Eindruck, dass sein Mund zuweilen wie die Mündung eines Maschinengewehrs aussah und die Worte wie Kugeln spuckte.

Im Plauderton, als verrate er keine Neuigkeit, fuhr er fort: »Still hat Gründe für seine Bodyguards. Er ist vor zwei Jahren in Frankfurt nur knapp einer Entführung entgangen. So etwas prägt, Leute, so etwas prägt.«

Wie immer brachte Rodenstock es auf den Punkt. Er lächelte voll Melancholie: »Sie reiten den Tiger und es macht Ihnen auch noch Spaß. Sie sind doch ein vernünftiger Mann. Sie wissen, Sie haben in ein paar Stunden die Mordkommission am Arsch. Und das ist nicht die aus dem Fernsehen.« Dann nahm er einen Zug von der Havanna und trank einen Schluck: »Wie viel haben Sie der jungen Familie geboten, die zwei tote Kinder zu verkraften hatte und die jetzt in Hachenburg im Westerwald lebt?«

»Keine müde Mark«, antwortete er sofort. »Wirklich keine müde Mark. Ich weiß gar nicht, wie das Gerücht zustande kommen konnte. Wahrscheinlich durch diese verrückten Teenager, die glaubten, sie müssten mich, den furchtbaren Kapitalisten, aus der Eifel jagen.«

»Das kaufe ich nicht«, antwortete Rodenstock energisch. »So viel Unschuld auf einem Haufen gibt es nicht. Und selbstverständlich haben Sie sich auch nie mit Breidenbach im Kerpener Steinbruch getroffen.«

»O doch«, Lamm grinste unverhohlen. »Da war ich. Wir haben den Steinbruch schon Breidenbachs Büro genannt. Ich war sogar zweimal dort, ich wollte ja das Gutachten von ihm haben.«

»Und wie viel haben Sie ihm geboten?«

»Genügend. Aber er war ein Mann, der ... na ja, er wollte nicht.«

»Wieso ist das Gutachten nicht öffentlich geworden?«, fragte ich.

»Das ist doch klar. Diese übereifrigen Teenager haben nur Vinyl gehört und sofort getönt: Der Lamm ist an einer Schweinerei schuld! Vinyl steht in Verdacht, Krebs zu erzeugen. Aber bewiesen ist doch gar nichts! Breidenbach wird das Gutachten seinem Chef gegeben haben. Und der hat es studiert und entschieden: Das beweist nichts, das geht nicht raus. Er wird seine Gründe dafür gehabt haben. Und das meine ich im Ernst – so lasse ich mir nicht meinen Betrieb kaputtmachen!«

»Das ist verdammt praktisch für Sie«, bemerkte ich, »dass Breidenbach in die Ewigkeit fuhr. Er war wirklich ein Unsicherheitsfaktor für Sie!«

Er fuchtelte mit beiden Händen. »Ich fahre doch nicht in diesen gottverdammten Steinbruch und schlage einem Mann mit einem Stein den Schädel ein. So etwas tue ich nicht. Hüten Sie Ihre Zunge, junger Mann.«

»Warum eigentlich nicht?«, fragte Rodenstock gemütlich. »Ach richtig, nein. Dafür haben Sie ja Leute. Ich prophezeie Ihnen eine Menge Schwierigkeiten. Die Mordkommission arbeitet wirklich gut.« Er hatte die Zigarre erst zur Hälfte geraucht und zerquetschte sie nun demonstrativ in einem Aschenbecher. Dann stand er auf: »Ich denke, wir gehen. Falls Ihnen noch etwas einfällt, was uns weiterhelfen würde, geben Sie uns bitte Bescheid. Hier ist meine Visitenkarte.«

»Sicher, ich helfe, wo ich kann«, nickte Lamm trocken. Er stand ebenfalls auf. »Vinyl kommt mir sowieso schon seit langer Zeit nicht mehr in die Halle.«

»Na, na«, sagte ich heiter. »Wir haben einen ganz frischen Kanister. Der aus Ihrer Halle stammt.« Ich erhob mich ebenfalls.

Er starrte uns mit großen Augen an und wusste Sekunden lang nicht weiter. Doch er ritt immer noch den Tiger, er sagte nicht: »Das ist Diebstahl, ich zeige Sie an!«, sondern: »Ach, Gottchen!«

Wir standen vor seinem Schreibtisch in fast gemütlicher Runde, signalisierten, dass wir ihm nicht glaubten. Und die kleine feiste Kugel strahlte uns an.

Wie immer man ihn fand, das verdiente Anerkennung, das bewies seine gefährliche Stärke.

»Kannten Sie Holger Schwed eigentlich?«, fragte ich.

Er nickte. »Furchtbare Geschichte. Sein Vater hat hier gearbeitet. Und der Junge hat bei uns gejobbt. Mehrere Male. Vor allem im Hochsommer, wenn ich Konjunktur habe. Er arbeitete ordentlich, aber er riss keine Bäume aus. Na ja, der Vater hatte das Alkoholproblem, was soll man da machen? Der Junge war beschissen dran. Man munkelt, die Mutter trinkt auch. Üble Zustände. War ja gut, dass Breidenbach so eine Art Ersatzvater für ihn war. Der Junge mit seiner Träumerei von einer Kneipe auf Kreta.«

»Lassen Sie hören«, forderte Rodenstock und setzte sich wieder.

Franz Lamm folgte seinem Beispiel. »Wie? Wissen Sie davon nicht? Holger war wohl mehrmals mit den Breidenbachs auf Kreta, und seitdem schwafelte er davon, dass er eine Kneipe direkt am Strand aufmachen wollte. Deutsches Bier und deutsches Schnitzel, Sauerkraut und Eisbein und so. Und in den Pausen ins Mittelmeer hüpfen.« Ihm wurde bewusst, über wen er redete. Seine Augen wurden kugelrund. »Heißt das etwa, denken Sie etwa, dass der Junge ... auch ... Das ist doch unvorstellbar!«

»Nein, gar nicht«, sagte ich. »Stellen Sie sich einen schmalen, viereckigen Platz vor. Größe wie eine Garage. Davor steht ein Auto. Der Junge kommt aus der Kneipe, kettet sein Mountainbike an der Stirnseite des Platzes los. Der Wagen setzt zurück, volle fünf bis sechs Meter, und zerquetscht ihn. Dann verschwindet das Auto. Finden Sie das nicht merkwürdig?«

»Unvorstellbar«, sagte Lamm leise. »Ganz unvorstellbar. Der Junge war doch nicht wichtig, die Familie war nicht wichtig. Also, wenn Holger absichtlich getötet wurde, und davon scheinen Sie auszugehen, dann muss er doch für irgendwen wichtig gewesen sein, oder?«

»Durchaus«, nickte Rodenstock. »Getötet werden nur wichtige Leute.«

»Wie bitte?« Er war irritiert.

»Schon gut. Das war eine unwichtige Bemerkung. Wir denken nun natürlich darüber nach, warum erst Breidenbach und anschließend der Junge getötet wurde. Wir wissen, dass die beiden Freunde waren, aber das allein ist kein Motiv.« Rodenstock räusperte sich. »Motive können im Hintergrund der Geschichten versteckt liegen. Zum Beispiel im Hintergrund der Leukämiefälle oder der zu tiefen Bohrungen des Herrn Still ...«

»Das ist überhaupt nichts!«, rief Lamm beinahe empört. »Still hat gebohrt. Na, und? Dabei ist der Bohrer zu tief gefahren. Das ist nichts!«

»Es ist nett, dass Sie Ihren Freund verteidigen«, warf ich ein. »Aber eine zu tiefe Bohrung kann für konkurrierende Unternehmen eine echte Katastrophe sein. Still ist auf ein ungeheuer reiches Wasservorkommen gestoßen und kann doppelt so viel fördern, wie von der zuständigen Behörde erlaubt. Er kann mit Dumpingpreisen auf den Markt gehen. Es sieht so aus, als sei die Bohrfirma ausschließlich zu dem Zweck gegründet worden, nur diese Bohrung zu machen. Der Bohrmeister ist nun verschwunden. Bitte, Herr Lamm, halten Sie uns nicht für dumm.«

Den Hauch einer Sekunde lang glitt ein Grinsen über sein Gesicht, aber er ging nicht auf meine Bemerkung ein.

Rodenstock fuhr fort: »Eine Geschichte im Hintergrund könnte folgende sein: Das junge Ehepaar mit den beiden an Leukämie gestorbenen Kindern geht aus der Gegend hier fort. Nehmen wir an, der Vater kommt auf die Idee, sich zu rächen, diese Kinder zu rächen, die nie die Chance bekommen haben, ihr Leben zu leben. Er hält Breidenbach für ein Schwein, weil der das Gutachten nicht bekannt machte und somit den Mantel des Schweigens über die Affäre hielt. Das ist ein durchaus vorstellbares Motiv für einen Mord. In diese Motivierung passt jedoch Holger Schwed nicht hinein, es sei denn, er hat von Breidenbach etwas erfahren oder ist zu etwas verleitet worden, was ihm den Rang eines Mittäters einräumt. Dann aber müssten wir überlegen, warum ausgerechnet Franz Lamm noch lebt ... Sagen Sie mal, sind Sie eigentlich Jäger?«

»Bin ich«, antwortete er verwirrt.

»Dann besitzen Sie doch bestimmt eine Handfeuerwaffe.« Ich ahnte, was Rodenstock wollte.

»So was habe ich«, nickte Lamm.

»Ich will Ihnen keine Angst machen, aber Sie sollten die Waffe besser bei sich tragen. Man kann nie wissen, nicht wahr. Es kann wirklich sein, dass da draußen ein Irrer herumläuft.«

»Du lieber Gott«, murmelte der Herr der Türen und Fenster. Er war sichtlich beeindruckt.

Rodenstock lächelte vor sich hin, ohne jemanden anzublicken. »Tja, Sie sehen, auf welche Gedanken man kommt, wenn man sich mit möglichen Motiven beschäftigt. Nun ist es wohl wirklich Zeit für uns zu gehen.«

Er stand zum zweiten Mal auf, aber ich wusste genau, dass er noch etwas in petto hatte. Er beugte sich ein wenig vor und schien zu überlegen. »Wussten Sie eigentlich, dass Franz-Josef Breidenbach eine Geliebte hatte?«

Die Frage traf Lamm. Er starrte vor sich hin auf die Schreibtischplatte. Dann schüttelte er den Kopf: »Keine Ahnung. Wirklich nicht. Um private Sachen kümmere ich mich nicht.«

»Hätte ja sein können«, murmelte Rodenstock freundlich.

Diesmal gingen wir tatsächlich und die junge Frau mit den blonden Strähnchen im Haar in seinem Vorzimmer war unfähig, uns anzusehen, als wir ihr im Vorbeigehen freundlich zulächelten. Mit Sicherheit hatte sie jeden Satz unserer Unterhaltung mitgehört, möglicherweise sogar auf einem

Tonträger mitgeschnitten. Sollte sie. Rodenstock senkte überall die Furcht Gottes in die Herzen. Mit Sicherheit war das eine gute Möglichkeit, die Dinge zu beschleunigen.

»Was ist, sollen wir nach Hause fahren?«, fragte ich, als wir wieder auf der Straße entlangrollten. »Oder willst du direkt zu dem Sprudel?«

»Nicht heute«, wehrte er ab. »Ich muss erst einmal verdauen, was wir gehört haben. Wie schätzt du das ein?«

»Dieser tote Breidenbach bleibt so neblig. War er nun gegen Lamm und somit für Aufklärung der Leukämiefälle? Oder nicht? Hat er Holger Schwed was erzählt, das den Jungen gefährdete, oder nicht? Wann willst du zum Sprudel?«

»Vielleicht morgen. Das scheint mir nicht so dringlich, die laufen uns nicht weg. Erst einmal will ich neben Emma liegen und mich zu Hause fühlen.«

»Ganz neue friedvolle Töne«, murmelte ich.

»Nein, nicht neu. Ich rede nur nicht oft darüber. Was hältst du von Franz Lamm?«

»Er ist ein Typ, der provinziell ist und gleichzeitig weltmännisch sein will. Ganz ohne Zweifel hat er Macht und nutzt sie aus. Und in einem Punkt hat er deutlich gelogen. Nämlich darin, dass er behauptet, er habe die Familie im Westerwald nicht gekauft. Das halte ich für ausgeschlossen. Warum ist er so dumm, das zu behaupten?«

»Weil er es sich erlauben kann.«

»Weil er es sich erlauben kann!? Heißt das, dass er tatsächlich nichts gezahlt hat, dass er nicht daran gedreht hat?«

»Nach meiner Erfahrung heißt das nur, dass er sicher ist, dass ihm nichts bewiesen werden kann.«

»O Gott, sei doch nicht so störrisch, Rodenstock. Erklär es mir. Hat er gezahlt, oder nicht?«

»Er hat gezahlt.«

»Und das ist nicht beweisbar?«

»Doch, doch, mein Lieber.« Er grinste hinaus in die Landschaft, ließ mich zappeln.

»Na gut. Erzähl es, bitte!«

Er lachte. »Wer hat Breidenbach verprügelt? Und Holger Schwed?«

»Abi Schwanitz. Ach du lieber Himmel! Du meinst also, Lamm nahm Einfluss, aber Rainer Still zahlte?«

»So funktioniert die Welt der Guten, Feinen, Reichen«, nickte er. »So könnte es gelaufen sein. In meiner aktiven Zeit ist mir so etwas öfter begegnet. So bleiben die Wege des Geldes undurchschaubar.« Knurrend setzte er hinzu: »Das Ekelhafte daran ist: Wenn die Zahlungen mit Schwarzgeldern erfolgten, stehen wir vor einer Mauer. Aus Stahlbeton. Wenn die Geldempfänger ebenfalls schweigen, sind wir in der Sache im Arsch, mein Lieber.«

Nach einem weiteren Kilometer murmelte Rodenstock träge: »Mich interessiert brennend, was diesen eigentlich sympathischen, mittelständischen Fensterkönig aus der Eifel mit dem millionenschweren Frankfurter Erben Still verbindet. Nur eine reine Männerfreundschaft?«

FÜNFTES KAPITEL

Als wir Brück erreichten, kam die Sonne grell aus Südwest. Vor meinem Haus stand ein Chrysler-Jeep, dunkelbraun, hübsch funkelnd.

Rodenstock schlug vor: »Fotografiere die Karre, du brauchst das Bild sowieso.«

»Richtig«, sagte ich, stieg aus und machte ein Bild von Wagen samt Nummernschild.

Wir gingen ins Haus. Gelächter empfing uns, offensichtlich herrschte eine heitere Unbekümmertheit. Sie saßen im Wohnzimmer: Emma, Vera und Albert Schwanitz, und sie tranken Sekt.

»Herr Schwanitz ist allerliebst«, begrüßte uns Emma aufgeräumt. Wenn sie derartige Beschreibungen benutzte, war klar, dass sie log. »Das ist mein Mann, Rodenstock. Und das ist ein lieber Verwandter, Siggi Baumeister.«

Mich ärgerte nicht, dass Schwanitz groß war wie ein Turm und aussah wie der personifizierte Sieg. Mich ärgerte, dass mein Hund Cisco auf seinem Schoß lag und sich scheinbar sauwohl fühlte. Dieser Hund wurde immer charakterloser.

Schwanitz schob Cisco liebevoll auf den Sessel und stand auf. Er war sogar noch größer als ein Turm, und dass er einschmeichelnd lächelte, machte es nicht besser.

»Nennen Sie mich Abi«, sagte er und reichte uns die Hand. Diese Hand hatte die Dimension einer Bratpfanne für fünf Spiegeleier. Und sie war so hart wie trockenes Buchenholz.

»Nennen Sie mich Rodenstock«, sagte Rodenstock.

»Nennen Sie mich Baumeister«, sagte ich. Es tat mir ungeheuer gut, dass ihn unsere Vorstellung ein wenig verwirrte.

Er setzte sich wieder, nahm Cisco wie einen kleinen Kartoffelsack und legte ihn sich wieder auf den Schoß. Cisco leckte seine Hand.

»Was können wir für Sie tun?«, fragte Rodenstock lebhaft.

»Ich bin wegen dieser Prügelei mit meinem Mitarbeiter hier. Ich bin gekommen, um mich dafür zu entschuldigen.« Er grinste Vera fröhlich an. »Sie haben eine schlagkräftige Frau.«

»O ja«, sagte ich. »Das war doch gar nichts. Normalerweise futtert sie zwei bis drei von der Sorte vor dem Frühstück.«

»Ach, du übertreibst, mein Lieber«, flötete Vera, als sei sie geschmeichelt.

»Nicht doch«, murmelte ich. »Ehre, wem Ehre gebührt.«

»Sagen Sie, Abi«, durchbohrte Rodenstock die dicke Schmalzschicht, »Sie wollen sich wirklich für diese ... diese Bagatelle entschuldigen?«

»Ja«, nickte er. »Was sein muss, muss sein. Ich dachte, das ist ökumenisch. Aber wir machen ja auch eine schwierige Periode durch.«

»Wie bitte?« Rodenstock zeigte sich ordentlich verwirrt.

»Abi meint sicher opportun«, hauchte ich fromm.

»Opportun«, freute sich Abi. »Richtig, so heißt es. Also, zurzeit stoßen wir ja häufig aufeinander, nachdem sich rausgestellt hat, dass Breidenbach ... na ja, dass ihm jemand das Licht ausgeknipst hat. Da ist es doch opportun, dass wir uns mal persönlich kennen lernen, und da wollte ich sagen, mein Mitarbeiter hat einen Fehler gemacht und dass es uns Leid tut, so was.«

»Aber er hat doch gar nichts getan«, widersprach Vera leicht vorwurfsvoll. »Er wollte, aber ich habe ihn vorher gestoppt. Mehr war nicht.«

»Sagen Sie, Abi«, begann Rodenstock wieder, »was haben Sie für ein Verhältnis zu Gewalt? Sie werden von allen möglichen Leuten beschuldigt, Gewalt anzuwenden. Knochenbrüche, Prellungen, ziemlich üble Sachen. Breidenbach, zum Beispiel, oder Holger Schwed.«

»Das waren alles Missverständnisse«, beeilte sich Abi zu sagen. »Das mit Schwed fand nicht statt. Und mit Breidenbach bin ich nie zusammengetroffen. Den kannte ich gar nicht.«

»Sie kannten Breidenbach nicht?« Rodenstock tat nicht nur verblüfft, er war es.

»Na ja, wir haben kaum ein Wort miteinander gewechselt«, sagte Abi im Brustton der Überzeugung.

»Aber Backpfeifen haben Sie miteinander gewechselt«, sagte ich leicht korrigierend.

»Das war ein Missverständnis«, murmelte er lahm.

»Sie sind sehr temperamentvoll, nicht wahr?«, gluckste Emma vor Heiterkeit und Zuwendung.

»Das ist wahr«, nickte er. In diesem Punkt konnte er mitreden.

»Und Sie sind in dieser Sache schon vorbestraft, oder?«, fragte Emma weiter.

Er nickte und schien betrübt. »Ja, das stimmt.«

»Wie oft?«, wollte Vera wissen.

Darauf ging er nicht ein, sagte: »Das ist mein Temperament, wissen Sie. Das geht mit mir durch. Tja, dann will ich mal wieder.«

»Wir nehmen Ihre Entschuldigung natürlich an«, erklärte Emma. Sie schien regelrecht entzückt.

Abi stand auf, verbeugte sich förmlich ein paarmal in jede Richtung wie ein Grüß-August und marschierte hinaus.

Als die Haustür zuschlug, sagte Rodenstock heiter: »Jetzt ist es für uns ökumenisch, einmal auf den Rainer Still zu treffen.«

»Was glaubst du, weshalb er hier war?«, fragte mich Vera.

»Ich denke, er weiß, dass es ernst wird. Und das ist seine Methode, sich abzusichern, vorher gut Wetter zu machen. Das ist so einer von denen, die in die Eifel kommen und glauben, die Eingeborenen hier seien dämlich und rückständig. Damit muss er auf die Schnauze fallen. Und das ahnt er jetzt. Daher spielt er nun den gut erzogenen Jungen aus einfachen Verhältnissen. Trotzdem – ich möchte ihn nicht zum Gegner haben. Er wird ein tödlicher Schläger sein, wenn man ihn reizt.«

»Das sehe ich auch so«, nickte Rodenstock, kam aber nicht dazu fortzufahren, denn sein Handy spielte eine Melodie, und er fragte: »Ja, bitte? – Das ist gut. Was haben Sie gefunden? – Sehr gut. Ich weiß zwar auch nicht, was das bedeuten kann. Aber wir werden es herausfinden. Danke Ihnen.«

Er sah uns an. »Das war der junge Breidenbach. Er hat in einem Terminkalender seines Vaters am 23. Mai eine merkwürdige Eintragung gefunden. Da steht quer über die Seite: *Spa! Ausgerechnet Spa!* Drei Tage nach dieser Eintragung wurde Breidenbach von unserem Freund Abi verprügelt. Wahrscheinlich ist damit die belgische Stadt Spa gemeint. Aber keiner in der Familie Breidenbach weiß, was die Eintragung bedeuten kann.« Er wandte sich an Emma. »Fällt dir dazu etwas ein?«

»Nein«, sagte sie. »Nicht das Geringste. Außerdem geht mich das Ganze nichts an und ich mache darauf aufmerksam, dass ich eine frisch gebackene Hausbesitzerin bin, die nun wahrlich anderes zu tun hat.«

»Wie bitte?«, fragte Rodenstock verblüfft.

Sie lächelte ihn an. »Ich habe den Notar angewiesen, den Kauf perfekt zu machen. Nun kann niemand mehr etwas dagegen haben, wenn ich die Gardinen plane.«

Rodenstock wollte sauer werden, wollte platzen, losschimpfen. Er ließ es aber, murmelte nur voller Inbrunst: »Du bist ein Scheusal, ein Opfer der weiblichen Emanzipation, ein in die Irre geleitetes Menschlein.«

Sie nickte. »Es gehört jetzt uns. Und jetzt fahren wir zwei nach Heyroth, stellen uns davor und freuen uns.«

Rodenstock lächelte, erst zaghaft, dann immer breiter. »Unglaublich!«, lobte er sie.

So kam es, dass Vera und ich zehn Minuten später allein in meinem Haus waren. Ich zog mit meinem Hund Cisco auf dem Teppich eine wilde Rangelei durch, bestellte vier Spiegeleier und fragte während des Essen an, ob Vera Lust habe, mit mir eine Partie Billard zu spielen. Leicht bekleidet.

Sie stieß einen merkwürdigen Kiekser aus und fragte mich, ob ich noch alle Tassen im Schrank hätte. Als ich das bejahte, sagte sie verächtlich: »Ich weiß gar nicht, warum du in der letzten Zeit sexuell so fixiert bist auf so merkwürdige Praktiken.«

»Was soll denn das?«, fragte ich. »Ich dachte, wir hätten die sexuelle Revolution hinter uns.«

»Ich weiß nicht«, grinste sie. »Ich habe nichts von Revolution gemerkt, es sei denn, jemand behauptet, das Tempo einer Wegschnecke könne das Tempo von Revolution sein. Die Schnecke ist sowieso irgendwo unterwegs verloren gegangen. Außerdem interessiert mich diese Revolution einen Dreck. Und im Übrigen verhältst du dich wie ein Lustgreis.«

»Was meinst du mit Lustgreis?«

»Einen Lüstling. Jemand, der angesichts einer geplatzten Bratwurst auf der Kirmes auf die Idee kommt, das sei ein Phallussymbol.«

»Was hat ein Phallussymbol namens geplatzte Bratwurst – was ist das überhaupt für ein Bild? – mit meiner Billardplatte zu tun?«

»Das weiß ich auch. Es ist blödsinnig, mit dir darüber zu diskutieren.«

»Also, ich hatte mir das bloß ganz schön vorgestellt, mit dir eine Partie Billard zu spielen.«

»Leicht bekleidet, hast du gesagt, wörtlich: leicht bekleidet.«

»Richtig. Das ist eben mein Ausdruck für Häuslichkeit und Ähnliches.«

»Ähnliches, mein Lieber. Da kann man mal sehen, was du für Fantasien pflegst.« Sie lachte. »Glaubst du, ich kann das Billardspielen lernen?«

»Jeder, der Ahnung hat von der Physik, kann das. Er braucht nicht mal Ahnung, er muss nur verstanden haben, dass der Ausfallwinkel gleich dem Einfallwinkel ist. Es ist wirklich ganz einfach.«

»Und was ist, wenn ich das grüne Tuch irgendwie anritze?«

»Dann schaue ich ergeben zum Himmel, bitte den Gott der Billardspieler um Verständnis und rufe den Heimservice an. Also, was ist? Spielst du mit?«

»Ich spiele mit. Aber ich bleibe voll bekleidet.«

Nach dieser Feststellung marschierten wir unter das Dach, wo ich das Dreieck mit den Kugeln aufbaute und einen längeren Vortrag über die Herkunft des Spieles und seiner Grundideen begann.

Vera war nicht konzentriert bei der Sache, sie ging mit dem Queue um wie mit einem Zahnstocher und der textile Belag auf meiner wunderschönen Pool-Platte war in ständiger Gefahr.

»Wieso habt ihr Männer eigentlich die Vorstellung, dass es besonders anregend oder aufregend sein muss, auf einem solchen Tisch Liebe zu machen? Und wieso rollen diese Kugeln so perfekt?«

»Sie rollen so perfekt, weil die Platte aus Schiefer ist, besonders eben, glatt und aus einem Stück.«

»Ich soll es auf Schiefer treiben?«, fragte sie empört.

»Du lieber Himmel, ich habe doch gar nicht gesagt, du sollst es dort treiben. Du unterstellst mir dauernd irgendwelche Obsessionen, die ich gar nicht habe. Ich habe nur andeutungsweise gedacht, das müsse Spaß machen.«

»Wie kommen Männer auf so was?«

»Wie Männer auf so was kommen, weiß ich nicht. Ich weiß nur, dass Frauen auch auf so was kommen. Anäis Nin zum Beispiel.«

»Aber das ist doch unheimlich hart.«

»Junge Frau, sag mal, spielen wir nun Billard oder unterhalten wir uns über die Möglichkeiten einer Kopulation auf einem Billardtisch?«

»Es reizt mich schon.«

»Das ist nicht zu fassen.«

»Es ist so schön grün.«

»Es ist aber hart«, sagte ich. »Hart wie Stein.«

»Na ja, das könnte eventuell Kräfte freisetzen.«

Ich musste lachen. »Jetzt sind wir bei Buddha und du bist das verlogenste Miststück, das mir je an die Billardplatte kam.«

»Im Ernst, Baumeister. Ich habe mal gelesen, dass eine Billardplatte immer den Traum freisetzt, es darauf zu treiben.«

»Ich habe das Ding angeschafft, um darauf Billard zu spielen. Ehrenwort.«

»Na schön, dann spielen wir eben.«

Ihre Bemühungen waren nicht erfolgreicher als im ersten Durchgang. Ich sah das Tuch aufgerissen und die Bälle torkeln.

»Es hat wahrscheinlich mit den Stöcken und den Kugeln zu tun«, überlegte ich. »Vielleicht sind das sexuelle Symbole.«

»Ist doch eigentlich wurscht«, sagte sie. »Wir werden die Lösung nicht finden.«

Ich zeigte ihr einen besonders einfachen Stoß, indem ich mich über ihre Schulter legte. Es wäre besser gewesen, das nicht zu tun. Wie das Leben so spielt, kamen wir etwas ins Gedränge, weil es uns nicht ohne Schwierigkeiten gelang, die Poolplatte zu erklimmen, wenngleich sie nur auf der Höhe meines Oberschenkels liegt. Auch die Schieferplatte war anfangs etwas gewöhnungsbedürftig. Das grüne Tuch setzte täuschend das Gefühl von Weichheit und grünem Gras frei, aber was darunter ist, ist Schiefer und bleibt Schiefer. Zudem ist die Breite einer solchen Spielplatte begrenzt, das hätte auch die Leidenschaft begrenzen sollen. Zuerst ging ich über die Bande und landete auf dem Arsch. Ich kam allerdings nicht dazu, in großes Schmerzensgeheul auszubrechen, weil Vera mir auf dem Fuß folgte und schwer auf mich stürzte.

Da lagen wir keuchend vor Lachen und Cisco hatte offensichtlich seine Freude daran, denn er leckte uns abwechselnd das Gesicht und gebärdete sich, als seien wir über Monate auf dem Mount Everest gewesen.

Als wir unter der Dusche standen, randalierte mein Handy.

»Ja, Baumeister.«

»Ich bin's noch mal, Heiner Breidenbach. Wir haben noch mal über Spa nachgedacht.«

»Über was, bitte?«

»Spa. Die Eintragung meines Vaters im Kalender. Da hat er geschrieben: *Spa! Ausgerechnet Spa!* Wir rätseln immer noch, was das heißen kann, meine Schwester und ich. Und wir glauben, dass das vielleicht was mit Sprudel zu tun hat. In der Gegend von Spa gibt es nämlich auch Quellen. Ich wollte das nur sagen, vielleicht hilft es ja.«

»Wir sind dankbar für jeden Hinweis«, sagte ich. »Besitzt denn dieser Rainer Still in Belgien auch eine Quelle?«

»Keine Ahnung. Aber die schicken Tankwagen los. Also von den Quellen in Bad Bertrich.«

»Wie Tankwagen?«

»Die Tankwagen fahren immer nachts. Das wissen wir, das haben wir beobachtet.«

»Heißt das, dass in Bad Bertrich das Wasser gar nicht abgefüllt wird?«

»Doch, doch«, antwortete er. »Das schon. Aber *Water Blue* befüllt Tankwagen und schickt sie irgendwohin. Nachts. Jede Nacht, soweit wir das beobachtet haben.«

»Ihr seid denen aber ganz schön auf die Pelle gerückt.«

Er lachte. »Na ja, wir wollten doch die Reportage für den Offenen Kanal machen.«

»Wolltet ihr auch eine Reportage über den Sprudel machen?«

»Nein, aber wir brauchten noch ein paar Bildanschlüsse und Überblendungen. Darum ging es. Dabei entdeckten wir das mit den Tankwagen.«

»Vielleicht bringt uns das ja wirklich weiter. Noch was anderes: Könnte ich die Adresse der Leute im Westerwald bekommen?«

»Ja, natürlich. Jetzt gleich?«

»Ja, bitte.«

Er diktierte sie mir, dann verabschiedete er sich.

Emma und Rodenstock kehrten zurück, als die Nacht sich senkte. Sie waren aufgeregt und gut gelaunt und hielten sich an den Händen.

»Das war schön, jetzt können wir richtig planen.« Emma strahlte.

Rodenstock betrachtete uns, wie wir uns auf dem Sofa lümmelten. »Und? Was habt ihr getrieben?«

Vera musste kichern. »Wir haben die Billardplatte bestiegen und sind dann abgestürzt.«

Emma stand in der offenen Tür und zog sich gerade die Jacke aus. Sie hielt inne, drehte sich um, begann breit zu lächeln und fragte: »Und?«

»Es war furchtbar«, sagte Vera. »Es war furchtbar komisch und furchtbar hart.«

»Großer Gott«, hauchte Rodenstock und begann zu lachen.

Ich wollte das Thema wechseln. »Der junge Breidenbach hat noch einmal angerufen. Die Kids haben beobachtet, wie nachts Tanklastzüge offensichtlich mit Wasser beladen werden und dann wegfahren. Wohin, weiß er weiß nicht. Aber vielleicht steht das in Zusammenhang mit Spa in Belgien.«

»Was soll Wasser aus der Eifel in Belgien?«, fragte Emma.

»Vielleicht beliefern die jemanden in Belgien?«, überlegte Rodenstock.

»Das hieße Eulen nach Athen tragen«, sagte ich. »Irgendwie reimt sich das nicht.« Ich erinnerte mich an einen Mann von der nahen Nürburg-Quelle, den ich mal bei einer Recherche kennen gelernt hatte. Wie hieß dieser Mann? Richtig, Kreuter. Kreuter junior nannten ihn die Leute. Wie konnte ich den erreichen? Jetzt, nach Mitternacht?

Ich entschied, dass es zu spät war. Wahrscheinlich lag der Kerl längst im Bett und würde fluchen wie ein Droschkenkutscher, wenn ich ihn weckte.

»Was hast du?«, fragte Rodenstock. »Du siehst aus wie jemand, dem eine Idee gekommen ist.«

»Ich frage mich, was Wasser aus der Eifel in Belgien soll. Und ich kenn da einen, den Kreuter junior. Der hat mal in fröhlicher Runde beim Klaus in den *Vulkan Stuben* von einem Kerl erzählt, der mit Wünschelruten nach Quellen fahndet.«

»Mit Wünschelruten?«, fragte Vera erstaunt. »Das klingt nach vorigem Jahrhundert.«

»Von wegen«, sagte ich. »Jetzt erinnere ich mich wieder. Geophysiker untersuchen, wo Wasser sein könnte. Die Kerle gucken nach Verwerfungen in der Erde, nach Bruchkanten von Schichtungen. Und wenn feststeht, dass da eine Verwerfung ist, ordern sie den Mann mit der Wünschelrute. Eigentlich sucht er nicht das Wasser, sondern auch die Verwerfung in der Erde. So eine Verwerfung verändert nämlich das Magnetfeld und darauf reagiert die Rute. Der Knabe zieht übers Feld und sagt auf den Punkt: Hier ist die Bohrung anzusetzen. Und dort finden sie Wasser. Hundertprozentig auf den Meter genau. Es ist übrigens nicht so, dass Wünschelruten bei allen Menschen ansprechen. Aber hier in der Eifel gibt es einige. In Gerolstein suchen sogar die Wasserwerke auf diese Weise alte Wasserleitungen, die in keiner Karte verzeichnet sind.«

»Das gibt es nicht«, sagte Emma ungläubig.

»Doch«, sagte ich. »Fast alle Sprudelhersteller bedienen sich dieser Methode. Die Geophysiker stellen die ungefähre Stelle eines Wasservorkommens fest, der Wünschelrutengänger macht das auf den Meter genau.«

»Ruf diesen Kreuter jetzt an«, sagte Rodenstock. Wenn er jagte, kannte er weder Tag noch Nacht, und mir wurde bewusst, dass ich dieses Verhalten übernommen hatte.

»Ihr seid verrückt«, sagte Vera hell.

»Das ist so«, nickte Emma einfach.

Nach zwei Minuten hatte ich die Telefonnummer gefunden. Kreuter meldete sich sofort, er konnte noch nicht geschlafen haben.

»Siggi Baumeister hier. Tut mir Leid, so spät ...«

»Macht nichts«, sagte er freundlich. »Was liegt an?«

»Welche Erklärung kann es dafür geben, dass ein Sprudelhersteller mit Tankwagen Wasser nach Belgien fährt?«

»Da gibt es jede Menge Möglichkeiten. Vielleicht will er einfach exportieren.«

»Und eine andere Möglichkeit?«

Er lachte. »Zitieren Sie mich nicht. Der will Geld sparen.«

»Erklären Sie das mal für den zweiten Bildungsweg.«

»Also, die zweihundertachtunddreißig Brunnenbetriebe in Deutschland sind dem Grünen Punkt angeschlossen. Auf die Flasche gerechnet ist das Signum nicht teuer, auf Millionen von Flaschen gerechnet, ist das ein verdammt teurer Spaß. Wenn ich Wasser nach Belgien exportiere, brauche ich den Grünen Punkt nicht. Den gibt es da gar nicht. Wenn das Wasser einmal in Belgien ist, kann ich es wieder in die Bundesrepublik einführen. Ebenfalls ohne Grünen Punkt.« Kreuter amüsierte sich. »Da gab es mal einen Cola-Hersteller, der pausenlos das Getränk erst exportiert, dann wieder importiert hat.«

»Und wie ist man dahinter gekommen?«

»Er hat Pech gehabt. Der Sommer war sehr heiß und die Kundennachfrage irre groß. Die Laster mit der Cola rollten pausenlos über die Grenze und wieder retour. Nur um den Zollstempel zu bekommen, den man ja braucht. Aber irgendwann kam den Zöllnern das komisch vor: Immer der gleiche Laster, hochbeladen, der in kürzester Zeit, sozusagen im Minutentakt seine Stempel haben wollte. Das war zu dämlich, zu viel Geldgier.«

»Und wie viel Flüssigkeit kann so ein Tanklaster befördern?«

»Die Regel sind 25.000 Liter. Das entspricht etwa 35.700 Flaschen«, antwortete Kreuter wie aus der Pistole geschossen.

»Vielen Dank für diese Information«, sagte ich artig.

Kurz darauf berichtete ich meiner Crew: »Ich glaube, ich weiß, was Breidenbach entdeckte. Es war nicht die zu tiefe Bohrung, es war etwas anderes.« Ich erklärte ihnen das Verfahren.

Rodenstock war wieder hellwach: »Lass uns gucken. Jetzt!«

»Das habe ich geahnt«, seufzte Vera.

»Wir Frauen schweigen, halten das Haus sauber, treten gelegentlich vor die Tür, legen sehnsuchtsvoll die Hand an den Türrahmen und halten Ausschau nach unseren Männern«, verkündete Emma ironisch.

Ein paar Minuten später fuhren wir in die Nacht.

Ich nahm die B 421 über Mehren, querte die Autobahn und gab richtig Gas. In Hontheim bog ich nach links in Richtung Bad Bertrich ab, fuhr am Ort vorbei und erreichte dann die Einfahrt zu dem Brunnenbetrieb. Ich fuhr daran vorbei auf einen schmalen, geteerten Wirtschaftsweg, der auf einen Parkplatz für Wanderer führte.

Wir standen nun an der Abbruchkante und starrten auf das kleine Werkgelände. Es wirkte aus der Vogelperspektive wie eine adrette Ansammlung von Spielzeughäusern.

»Da rechts stehen Tanklaster«, murmelte Rodenstock. »Ich zähle insgesamt vier. Hast du ein Fernglas im Wagen?«

»Natürlich.« Ich holte das Glas.

Auf den Tankwagen stand *MÜLLER FRANKFURT*, nur diese zwei Worte in Großbuchstaben. Männer gingen um die Lkw, schleppten Schläuche, schlossen sie an, bewegten irgendwelche herumstehenden Maschinen, öffneten Räder an Rohren, standen zusammen, rauchten.

»Denkst du, was ich denke?«, fragte Rodenstock.

»Ich denke, wir folgen dem ersten Wagen«, sagte ich.

»Ich liebe deine Suche nach Wahrheit«, sagte er. »Los, ab!«

Die Faszination der Eifel besteht wohl auch darin, dass diese wunderschöne Landschaft mitten in Europa liegt und dass es von hier aus Katzensprünge nach Frankreich, Luxemburg, Belgien und Holland sind. Und im Zeichen europäischer Nachbarschaften sind Pkw-Fahrer für Zöllner kein sonderlich interessantes Ziel.

»Es ist unvorstellbar«, sinnierte Rodenstock, »wie das noch vor wenigen Jahren aussah. Grenzen, nichts als Grenzen, nichts als Misstrauen. Das erinnert mich immer an meinen Vater. Er war Beamter wie ich und er konnte mit Beamten, in welcher Uniform sie auch steckten, überhaupt nicht umgehen. Wahrscheinlich machte er deshalb bei Grenzübertritten immer ein bedrücktes Gesicht und sah aus wie ein potenzieller Schmuggler. Jedenfalls wurde unser

Auto grundsätzlich durchsucht und grundsätzlich verloren wir auf den Fahrten an die Zuidersee oder nach Gent und Brügge mindestens eine Stunde. Es war furchtbar und mein Vater schämte sich jedes Mal.« Er lachte verhalten in der Erinnerung.

Ich folgte ohne Anstrengung dem *MÜLLER-FRANKFURT*-Lkw, und als er in Richtung Prüm auf der A 60 entlangschnurrte, ließ ich unser Auto zurückfallen, sodass ich nur noch knapp die Rücklichter im Blick hatte.

Es wurde eintönig. *MÜLLER FRANKFURT* vor uns rauschte gleichmäßig mit einer Geschwindigkeit von etwa 90 bis 100 km/h durch deutsche Lande auf Belgien zu. Nur einmal irritierte uns der Fahrer, als er einen Parkplatz anfuhr. Er stellte den Motor ab, ließ die Kabine verdunkelt.

»Der wird doch wohl nicht schlafen«, sagte Rodenstock ahnungsvoll.

»Glaube ich nicht.« Ich nahm das Fernglas und erklomm einen Erdhügel. Der Fahrer hatte inzwischen einen kleinen Lichtspot eingeschaltet. Er machte irgendetwas, aber was? Plötzlich verstand ich: Er drehte sich einen Joint, baute sich eine Tüte. Er zündete ihn an und zog genussvoll.

»Er wird gleich weiterfahren. Er löst sich nur ein wenig von der Erdenschwere und zieht einen Joint durch«, berichtete ich.

»Na so was!«, sagte Rodenstock etwas entrüstet.

Endlich ging es weiter. Kurz vor St. Vith überquerten wir die Grenze und rollten nach einem kurzen Aufenthalt weiter bis Malmedy. Dann ging es in das Autodrom von Francorchamps, weiter auf der belgischen 62 auf Spa zu. Etwa zehn Kilometer vor der kleinen Stadt hatte der Lkw sein Ziel erreicht. Der Wagen bog rechts in eine schmale Straße ein, an deren Mündung ein großes, weißes Holzschild stand mit der Aufschrift: *Blue Velvet.*

»Das ist ein Elvis-Presley-Titel«, sagte ich.

»Hier nicht«, entgegnete Rodenstock trocken. »Sei jetzt vorsichtig. Rutsch nicht so nah ran.«

MÜLLER FRANKFURT wurde extrem langsam, durchfuhr eine steile Kurve, wurde noch langsamer.

»Gib auf«, murmelte Rodenstock hastig. »Der ist am Ziel.«

Vor uns tauchte erneut ein weißes Schild auf, wieder die Aufschrift *Blue Velvet* und darunter: *Wasser des Lebens.*

Der Tanker rollte jetzt rechts auf das Gelände. Dort gab es viele große, schneeweiße Tanks, jeder mit der Aufschrift *Blue Velvet.* Ich gab Gas und wir rutschten an der Einfahrt vorbei. Nach etwa dreihundert Metern stoppte ich.

»Was machen wir jetzt?«

»Nichts«, sagte Rodenstock. »Wir müssen nichts machen. Das nehmen uns entweder die belgischen Kollegen ab oder aber sie übergeben an Europol. Es ist doch klar, was hier passiert.«

»Ja?«, fragte ich unsicher.

»Vergiss den toten Franz-Josef Breidenbach nicht. Geh immer von ihm aus.« Rodenstock wirkte ruhig, aber auch erschöpft, es war so, als sei er irgendwo angekommen. »Jetzt ist klar, was Rainer Still macht. Er verdient mit der Grenze nach Belgien Geld! Erinnere dich, dass Breidenbach in seinen Kalender schrieb *Spa! Ausgerechnet Spa!* Breidenbach muss recherchiert haben, muss hier gestanden haben, wo wir jetzt stehen. Er entdeckte *Blue Velvet,* eine Firma, die Wasser aus Bad Bertrich bezieht, von der Firma *Water Blue.* Still schickt das Wasser hierher und es wird hier abgefüllt. Dadurch spart er hohe Kosten für den Grünen Punkt. Still ist natürlich auch Eigentümer von *Blue Velvet.* Wenn die Tankwagen auf dem Pumpenhof von *Water Blue* in Bad Bertrich vorfahren, legt irgendeiner einen Hebel um und lässt Wasser aus 230 Metern Tiefe in die Tankwagen rauschen. Vier Tankwagen, jedes Mal vier mal 25.000 Liter. Aus einem Wasserreservoir, das es offiziell gar nicht gibt, werden jede Nacht 100.000 Liter Sprudel nach Belgien geschafft. Hier wird das Wasser in Flaschen gefüllt und *Blue Velvet* genannt. Das reicht, wir können heimfahren, wir können Kischkewitz davon erzählen und dann hat er ein schönes Mordmotiv: Habgier!«

Ich nickte. »Ich würde gern erst noch nach Spa reinfahren und in den erstbesten Supermarkt gehen. Ich wette, *Blue*

Velvet gibt es zu Dumpingpreisen und überschwemmt den Markt.«

Als wir wieder auf die Durchgangsstraße einbiegen wollten, mussten wir erst ein Stück zurücksetzen, weil gerade der nächste Tankwagen aus Bad Bertrich die Kurve nehmen wollte.

Im ausgefransten Außenbezirk Spas besuchten wir den ersten Supermarkt, der geöffnet war, und fanden *Blue Velvet* palettenweise, angepriesen als *Das fantastische Blue Velvet!* Die PET-Einliterflaschen waren umgerechnet dreißig Pfennig billiger als die Konkurrenzprodukte. Wir kauften fünf Flaschen und teilten uns eine, wir hatten Durst.

Dann parkten wir am Rande eines Wäldchens in der frühen Morgensonne, und bevor ich einschlief, hörte ich noch, wie Rodenstock mit Kischkewitz telefonierte.

Als ich aufwachte, schien die Sonne schon schräg in mein Auto. Es war Nachmittag geworden und Rodenstock neben mir grunzte wie ein Wildschwein und schien unter Atemnot zu leiden, machte aber ansonsten den Eindruck eines hochzufriedenen Babys.

Ich stieg vorsichtig aus und wäre beinahe umgefallen, weil jeder Schlaf in einem Mittelklasseauto zwangsweise Krüppel entlässt. Ich hielt mich an der Kühlerhaube fest, bis ich wieder ohne Hilfe stehen konnte. Dann rief ich Vera an.

Sie ließ mich nicht zu Wort kommen, giftig sagte sie: »Wir wollten schon nach euch fahnden lassen. Wo, um Himmels willen, steckt ihr?«

»Wir haben ein veritables Mordmotiv entdeckt.«

»Und was nützt das, wenn du tot bist?«

»Wieso tot?«

»Na ja, ich meine, es hätte ja was passieren können.«

»Das ist richtig. Aber es ist nichts passiert. Du kommst mir vor wie der Unternehmer, der seine Angestellten anbellt: Heute ist Montag, morgen ist Dienstag und übermorgen ist Mittwoch – also ist die halbe Woche bereits verstrichen, ohne dass irgendetwas gearbeitet worden ist! Was sollen diese fürchterlichen Konjunktive? Wir versuchen jetzt einen Kaffee zu erstehen und kommen dann heim.«

»Wo seid ihr denn?«
»In Belgien natürlich.«
»Wieso natürlich? Hätte ja auch Timbuktu sein können, oder Hammerfest oder Kirgisien.«
»Richtig. Bis nachher.«
»Emma sagt, ihr sollt Milch mitbringen. Ist keine mehr da.«
»Machen wir«, versprach ich und beendete die Verbindung.
»Heirate sie nie«, sagte Rodenstock mit dumpfer Stimme neben mir. »Vor allem ruf sie niemals an, wenn du gerade wach geworden bist. Sind sie sauer?«
»Säuerlich würde ich sagen. Wir sollen Milch mitbringen.«
»Milch!« Er warf theatralisch die Arme in die Luft. »Wir retten die Welt und unsere Frauen befehlen, wir sollen Milch kaufen.«
Irgendwo in der Gegend von St. Vith machten wir noch mal Halt bei einem Lebensmittelladen und kauften ein paar Liter Milch.
»Sag mal, hat Kischkewitz eigentlich inzwischen mehr über den Finger in Erfahrung bringen können?«
»Nicht das Geringste. Seine Leute haben sämtliche praktischen Ärzte in der Vulkaneifel abgegrast und alle Krankenhäuser. Jemand mit einem fehlenden kleinen Finger ist nicht aufgetaucht.«
»Was machen wir nun?«
»Wir fahren nach Hause, beschwichtigen die Mädels und machen uns auf ins schöne Hachenburg im Westerwald. Allerdings nicht mehr heute. Ich spüre die Last der Jahre.«
»Du fischst nach Komplimenten.«
»Ja, es macht Spaß.«
Zu Hause wurden wir begeistert von Paul und Satchmo begrüßt, die sich schnurrend an unseren Beinen rieben. Mein Hund war nicht vorhanden, Emmas Auto ebenfalls nicht.
Auf dem Küchentisch lag ein Zettel: *Wir sind mit wichtigen Arbeiten beschäftigt.* Das ›wichtig‹ war dreimal unterstrichen.
»Diese Angeber«, muffelte Rodenstock. »Ich leg mich was auf den Rücken. Dein Auto ist nix zum Schlafen.«

Ich hockte mich in mein Arbeitszimmer und hörte die CD von Manfred Krug und Charles Brauer, bis sie bei *Stormy Weather* und *Jim, Jonny und Jonas* angekommen waren. Nur selten hat man die Gelegenheit, dermaßen konzentriert und freudig mitsingen zu wollen und dabei in Schmalz ersaufen zu können. Richtig gut, richtig gekonnt, die richtige Anmache. *Yesterday it was a blues, today I'm singing a love song.*

Ich nahm mein Arbeitstagebuch und sammelte Fragen und Fakten: Wem gehört der kleine Finger aus dem Steinbruch? Wer war die Geliebte von Franz-Josef Breidenbach? Holger Schwed war tot. Warum? Weil er etwas wusste, was er nicht hätte wissen dürfen? Oder weil er Zeuge von etwas geworden war, was er nicht hätte sehen dürfen? Aber was hatte er nicht wissen dürfen? Oder was hatte er gesehen? Oder hatte er etwas getan, was er besser nicht getan hätte? Da Holger mit dem toten Breidenbach befreundet war, konnte es sich um Dinge handeln, die mit Franz Lamm zu tun hatten und/oder mit dem Sprudelhersteller Rainer Still. Vieles sprach dafür, dass Breidenbach und Holger Schwed aus dem gleichen Grund ermordet worden waren.

Baumeister, sei nicht engstirnig, führe dir noch mal die Szene vor Augen! Franz-Josef Breidenbach fährt mit seinem Mountainbike bei strömendem Regen zum Steinbruch. Als er dort ankommt und sein Zelt aufbaut, hat er noch neun Stunden zu leben. Er hat, das scheint sicher, während dieser Zeit mindestens drei direkte beziehungsweise indirekte Besucher: die Frau, die seine Geliebte ist. Wahrscheinlich Abi Schwanitz oder einen seiner Schläger, der mit einem Richtmikrofon auf der Felsnase über ihm hockte. Und dann der Mann, der seinen kleinen Finger verloren hat und seitdem spurlos verschwunden ist. Was machst du mit dem Mörder, Baumeister? Ist das eine vierte Person?

Schalte noch mal zurück, denk nicht so kompliziert! Die Besucher Breidenbachs in jener Nacht haben ihn ja nicht alle besucht, um ihn zu töten. Wenn sie sich jetzt nicht zu erkennen geben, dann ist der Grund dafür wahrscheinlich die Angst, mit dem Mord in Verbindung gebracht zu werden.

Ein verständlicher Grund. Weder wird sich freiwillig die unbekannte Geliebte melden noch der Mensch, der den Finger verlor. Und Abi Schwanitz und seine Gang werden niemals zugeben, Breidenbach abgehört zu haben. Es sei denn, Kischkewitz und seine Leute erwecken den Anschein, dass sie mehr wissen, als sie zugeben. Mit anderen Worten: Da konnte nur ein massiver Bluff helfen.

Es war jetzt acht Uhr abends, das Haus war sehr still. Auf der Treppe maunzten die Katzen und ich ließ sie rein. Wie üblich sprang Paulchen auf den Schreibtisch und machte sich vor Meyers Taschenlexikon breit und lang. Satchmo kletterte etwas umständlich auf die Fensterbank zum Garten, hatte nur wenig Platz und platzierte seinen muskulösen Hintern mitten auf mein Tablett mit der Pfeifensammlung.

Die Brust wurde mir eng und ich musste etwas tun, um den Druck zu mindern. Ich nahm eine Frank-Sinatra-CD, schob sie ein und hörte zu, wie er *My way* und anschließend *New York, New York* sang.

Plötzlich war da die Frage, wie eigentlich der Arbeitsplatz des Franz-Josef Breidenbach ausgesehen hatte. Wahrscheinlich gab es doch irgendwo ein kleines Labor und er musste einen Schreibtisch gehabt haben, ein kleines Büro mit einer Sitzecke für Besprechungen und Konferenzen. Er musste aber noch etwas gehabt haben, dem wir bisher nicht den Hauch von Aufmerksamkeit geschenkt hatten: eine Sekretärin.

Ich rief bei der auskunftsfreudigen Familie Breidenbach an und erwischte die Tochter Julia.

»Entschuldige, dass ich störe. Aber hatte dein Vater eigentlich eine Sekretärin?«

»Klar, die Frau Weidenbach aus Üdersdorf. Heidi Weidenbach. Sie war schon seit vielen Jahren bei Papa.«

»Glaubst du, die würde sich mal mit mir unterhalten?«

»Ja, ich denke schon. Warum nicht? Soll ich sie anrufen?«

»Das wäre nett. Sag ihr, ich will keine Amtsgeheimnisse wissen, ich will mir nur ein Bild machen.«

»Das mache ich.«

Nach zehn Minuten rief Julia zurück und teilte mit, Heidi Weidenbach sei nicht zu Hause. »Die Mutter hat gesagt, sie ist auf ein Bier bei Tina in Daun. Haben Sie schon was rausgefunden?«

»Nicht besonders viel. Aber das kommt schon noch. Wie sieht Heidi Weidenbach aus? Wie alt ist sie?«

»Fünfundreißig, blonder Pagenkopf. Sehr gepflegt, wie eine Brigitte-Tussi.«

»Ich danke dir.«

Ich überlegte, ob ich Rodenstock wecken sollte, ließ es aber und fuhr allein nach Daun. Es hatte leicht zu regnen begonnen, aber das würde nicht von langer Dauer sein, im Westen war der Himmel schon wieder klar und rot gestreift.

Tinas Kneipe war glücklicherweise nicht so überfüllt wie bei unserem ersten Besuch. Zwar glich der Tresen einer belagerten Festung und auch die Stehtische waren besetzt, aber die kleinen Tische rechts vom Eingang waren bis auf zwei frei.

Der blonde Pagenkopf war nicht allein. Wenn eine Frau in die Kneipe geht, dann sorgt sie in der Regel dafür, dass sie nicht allein ist. Wahrscheinlich läuft das bei den Mackern dieser Welt genauso, nur fällt es mir als Mann bei denen nicht so auf. Heidi Weidenbach hockte mit zwei jüngeren Frauen an einem Tisch, sie steckten die Köpfe zusammen und sprachen leise miteinander.

Ich drängte mich vor und erwischte kurz vor den Türen zu den Toiletten einen Stehplatz an der Theke. Ich bestellte mir ein Wasser und bat Tina ohne Umschweife: »Da drüben sitzt die Heidi Weidenbach. Sie war die Sekretärin von Franz-Josef Breidenbach. Ich würde gern mit ihr sprechen.«

»Ich mache das schon«, nickte die freundliche Tina und verschwand.

Ich sah sie durch den schmalen Durchgang zu dem Tisch der drei Frauen gehen. Erleichtert beobachtete ich, dass Heidi Weidenbach nickte. Ich drängte mich noch mal durch das Gewühl und trat zu ihr. Die beiden jüngeren Frauen hatten sich an den Nebentisch gesetzt und musterten mich.

»Mein Name ist Siggi Baumeister. Ich bin Journalist.«

»Wie schön für Sie. Aber über meinen Chef sage ich kein Wort.«

»Ich werde erst dann eine Geschichte schreiben, wenn es einen Mörder gibt.«

Sie sah mich mit Erstaunen an. Ihre Augen waren eisgrau, ein sehr auffälliges Grau. »Wieso erst dann? Die Zeitungen sind doch jetzt schon voll.« Sie lächelte etwas gequält. »Die haben zwar nicht viel Ahnung, aber sie schreiben eine Menge.«

Ich überlegte einen Weg, wie ich an sie herankommen konnte, und markierte den Draufgänger: »Ich bin der, der entdeckt hat, dass Franz-Josef Breidenbach ermordet und nicht Opfer eines Unglücks wurde. Ich will Ihnen nicht zu nahe rücken, aber waren Sie seine Geliebte?«

Ihr Gesicht war weich, sie war eine attraktive Frau. Ihre Hände fielen auf: lange, elegante Finger, rosa gefärbte Nägel. Diese Hände sprachen mit, betonten Worte, setzten Zeichen. Als ich ›Geliebte‹ sagte, verharrten sie in Schrecken.

Fest antwortete sie: »Nein, das war ich nicht. Wie kommen Sie darauf? Behaupten die Leute so etwas?« Ihre Hände bewegten sich wieder.

»Nein, das tun die Leute nicht. Es wäre mir auch gleichgültig, was sie reden. Aber sehen Sie, Ihr Chef Breidenbach hatte vor seinem Tod ... er hatte eine Frau bei sich. Das konnte eindeutig festgestellt werden.«

Das traf. Sie starrte auf den Tisch, in ihrem Gesicht bewegten sich zweihundert Muskeln. Dann verharrte sie einen Moment mit gesenktem Kopf. Als sie ihn wieder hob, sah ich Tränen.

»Das wollte ich nicht«, stellte ich banalerweise fest.

»Schon gut«, flüsterte sie. »Er war eben ... wir arbeiteten gut zusammen. Zwölf Jahre.«

»Eine lange Zeit«, nickte ich. Ich wusste nicht, wie ich weiter vorgehen sollte. Ihre Trauer schien echt und blockierte mich.

Sie überlegte und fragte dann: »Das mit der Frau ... da gibt es keinen Zweifel?«

»Keinen Zweifel. Breidenbach hatte einen Samenerguss vor seinem Tod. Eindeutig.« Dann schob ich nach: »Es gibt viele Rätsel. Diese unbekannte Frau ist so ein Rätsel.«

»Und was sagt Frau Breidenbach dazu?« Sie war nicht mehr unsicher.

»Die habe ich noch nicht gefragt.«

Sie reagierte kühl. »Das sollten Sie aber.«

»Halten Sie es denn für möglich, dass er eine Geliebte hatte?«

»Schlimme Frage.« Ihre Hände bewegten sich rasch. »Eigentlich eher nein. Aber wer weiß das schon? Ich hatte eine Tante. Die war sozusagen die katholischste und klarste Jungfrau, die meine Geschwister und ich uns als Kinder vorstellen konnten. Als sie starb, stellte sich heraus, dass sie mindestens drei über Jahre gehende Verhältnisse hatte. Ausschließlich mit verheirateten Männern. Einen traf sie jahrelang auf Formentera. Seitdem bin ich vorsichtig mit dem Einschätzen von Leuten. Trotzdem würde ich glauben: Nein, mein Chef nicht.«

Öffne sie, Baumeister. Stell dich nicht so an. »Leben Sie allein?«

»Gott sei Dank, ja. Ich bin geschieden. Ein Versuch reicht mir.«

»Wenn Sie zwölf Jahre mit Breidenbach zusammengearbeitet haben, müssen Sie ihn sehr gut gekannt haben. Wie war er als Chef?«

»Er war Kollege, er war nicht Chef. Und wenn ich mal down war, hatte er Verständnis. Er redete nicht viel, er war einfach da. Man konnte sich auf ihn verlassen.« Sie senkte erneut den Kopf und ihre Hände schwiegen.

»Haben Sie ihn geliebt?«

Sie hob den Kopf. Da war ein leichtes Erstaunen in ihren Augen, weil wahrscheinlich noch niemand sie das gefragt hatte. Sie murmelte: »Auf eine gewisse Weise, ja.«

Ich hob die Hand und machte Tina darauf aufmerksam, dass wir neue Getränke wollten. Sie kam und nahm die leeren Gläser vom Tisch.

»Wie konnte es passieren, dass das Gutachten über das Trinkwasser in Thalbach und die Leukämiefälle einfach verschwand?«

»Darauf kann ich keine Antwort geben. Ich kenne den

Vorgang. Ich habe das Gutachten getippt und an den Behördenchef weitergegeben. Der entschied, dass es in der Schublade blieb. Warum, weiß ich nicht.«

»Korruption?«

Ihre Hände bewegten sich rasch. »Darauf zu antworten fällt sehr schwer. Was ist Korruption? Vielleicht hat der Vorgesetzte entschieden, die Bürger nicht beunruhigen zu wollen, die Sache leise zu beerdigen. Wie in Monschau damals, bei dem Perlenbach-Syndrom, wie ich es nenne.«

»Was meinen Sie mit ›Perlenbach-Syndrom‹, davon habe ich noch nie gehört?«

»Kennen Sie die Geschichte nicht? Da gab es einen Trinkwasser-Ring, der rund 50.000 Einwohner versorgte. Das Wasser stammte aus einer kleinen Talsperre, obwohl – eigentlich ist es nichts anderes als ein gestautes, vollkommen verschlammtes Flussbett in der Perlenau. Viel zu klein für 50.000 Menschen. Eines Tages war es so weit, das Wasser enthielt Krankheitskeime und alle Haushalte bekamen Post, in der empfohlen wurde, das Wasser vor Gebrauch abzukochen. Das technische Hilfswerk und die Feuerwehr mussten Notleitungen legen. Und der Regierungspräsident in Köln erließ sogar eine Verfügung gegen die Wasserwerker. Aber die Vorstandsmitglieder dieses kleinen Verbandes haben jede Verantwortung weit von sich gewiesen und erzählen noch heute davon, wie gut sie gearbeitet haben. Sie haben überhaupt nicht gearbeitet, sie haben nur Mandate, Ämter, Aufgaben und Funktionen so verknüpft, dass kein Mensch mehr durchblicken konnte, wer für was verantwortlich war. Die einzig sichtbare Frucht ihrer Arbeit war ein neues Verwaltungsgebäude für dreieinhalb Millionen Mark. Die Bürger dagegen bekamen für ihr gutes Geld mieses, schlammiges, verseuchtes Wasser geliefert. Wilhelm Loos aus Roetgen, inzwischen leider verstorben, hat den Vorgang ausgezeichnet dokumentiert. Doch selbst damit stieß er auf Granit. Wenn die hohen Herren behaupten, das Wasser sei klasse, dann ist das klasse und dann arbeiten sie gut. Und Lamm hat behauptet, er benutze gar kein Vinyl mehr, und war damit aus dem Schneider. Warum der Sache nachgehen, gucken, ob er lügt? Das Ganze ist noch unglaublicher, weil niemand danach gefragt hat, ob er Vinyl benutzt, sondern es ging darum, dass das Vinyl irgendwie ins Grundwasser gekommen ist.« Sie hatte sich richtig in Rage geredet.

Tina brachte unsere Getränke.

»Das heißt doch, dass Sie an Korruption glauben?«

»Korruption ist das falsche Wort, meine ich. Da wird an Macht festgehalten, Machtverhältnisse werden geschützt und keiner hackt dem anderen ein Auge aus.«

»Franz Lamm hat mir erzählt, dass Ihr Ressortchef in seiner Finca auf Ibiza Urlaub machen durfte.«

»Das ist nicht wahr«, staunte sie mit großen Augen. Offensichtlich war das neu für sie.

»Doch, das ist wahr. Wie können Sie in so einer Behörde überhaupt noch arbeiten?« Ich wollte sie provozieren.

»Ich habe schon vor zwei Jahren um Versetzung in ein anderes Referat gebeten. Und Franz-Josef wollte im Herbst kündigen, in den Vorruhestand gehen.«

Nun war ich vollkommen überrascht. Nach zwei Sekunden konnte ich vorsichtig bemerken: »Ein Beamter kündigt doch nicht.«

»Manchmal eben doch«, antwortete sie beinahe triumphierend.

»Warum hat seine Frau davon nichts gesagt?« Ich stellte mir selbst diese Frage, Breidenbach auf Kündigungskurs war irritierend, passte überhaupt nicht in das Bild, das ich mir gemacht hatte.

Heidi Weidenbach erwiderte leise: »Vielleicht wusste seine Frau nichts davon.«

»Halten Sie das für möglich? Er war doch so ein Familientier.«

Sie kniff die Lippen zusammen, ihre Hände wirkten wieder sehr aufgeregt. »Ich halte es für durchaus möglich, dass er über seinen Entschluss mit niemandem gesprochen hat. Er deutete mal so was an. Vielleicht hatte das Familientier von Familie die Nase voll?«

»Hat er denn erwähnt, was er nach seinem Weggehen aus dem Amt tun wollte?«

»Nein. Er sagte nur: Dann fängt das Leben erst richtig an! Und ich glaube, er freute sich auf die Zeit wie ein Kind.«

»War er denn der Mann, der so einen schwerwiegenden Entschluss geheim halten konnte?«

»Unbedingt«, nickte sie.

»Hm«, ich überlegte. »Kennen Sie seine Frau? Wissen Sie, wie es um die Ehe der Breidenbachs stand?«

Sie starrte einen Moment auf die Tischplatte und trank einen Schluck von ihrem Bier. »So richtig weiß ich das natürlich nicht. Mein Eindruck war, die Ehe war irgendwie ... also irgendwie alt. Franz-Josef hat mal so eine Bemerkung gemacht, da tue sich nichts mehr. Und so, wie ich die Frau einschätze, wäre der zum Beispiel eine Geliebte vollkommen schnurz gewesen. Solange die Familie nicht darunter leidet. Die Frau hat sich in der Bank hochgearbeitet, verdient mehr als er. Solange er keine Geschichten machte, über die die Eifel redete, ist ihr alles egal gewesen. So läuft das hier auf dem Land und so sehe ich das. Hauptsache, nach außen stimmt alles.«

»Sie haben doch sicher auch von Holger Schwed gehört, der hier nebenan gestorben ist. Kann der Junge etwas gewusst haben von dem, was Breidenbachs Berufsleben anging?«

Sie presste wieder die Lippen aufeinander. Dann sagte sie so langsam, als wollte sie die Worte buchstabieren: »Das ist erstaunlich, dass Sie danach fragen. Seit ich in der Zeitung von seinem Tod gelesen habe, denke ich darüber nach. Breidenbach war ja dauernd mit dem zusammen. In der Freizeit, meine ich. Also, ich mochte den Holger Schwed nicht so richtig. Ich kann gar nicht sagen, weshalb, das war so ein Gefühl. Ich habe das sogar Franz-Josef mal gesagt, aber der meinte nur, der Junge hätte bei den Eltern eine miese Jugend gehabt und da müsse man eben was tun. Ich halte es nicht für ausgeschlossen, dass Franz-Josef ihm viel erzählt hat. Einmal habe ich mitbekommen, wie er Holger von einem Umweltskandal erzählte. Da war was illegal abgekippt worden und das Trinkwasser war nur zu retten, wenn man ein paar Tage lang die Dosis an Chlor um das Zehnfache erhöhte. Und als ich mit der Unterschriftsmappe in das Büro von Franz-Josef kam, da erzählte er gerade Holger von dieser Sache. Ich dachte, mich trifft der Schlag. Aber noch schlimmer war dieser Messerich. Ich dachte manchmal: Was verkehrt er dauernd mit diesen Jugendlichen? Das ist doch kein Umgang.«

»Wer, bitte, ist Messerich?«

»Sie recherchieren Breidenbach und kennen Messerich nicht?« Sie war aufrichtig erstaunt.

»Nie gehört, den Namen.«

»Tja, wo fange ich an … Karl-Heinz Messerich, zwei Worte mit Bindestrich. Alter schätze ich auf zwanzig, vielleicht einundzwanzig. Hier in dieser Kneipe wird er nur ›Schnorrer‹ genannt und er ärgert sich nicht mal darüber. Eltern hat er wohl keine mehr. Vater unbekannt, Mutter war eine, na ja, arbeitete auf einem Bauernhof. Starb früh, der Junge kam in ein Heim. Lief dauernd weg. War mit vierzehn voll auf dem kriminellen Trip. Automatenaufbrüche, Diebstahl von Handtaschen, Ladendiebstahl. Und er soll auch schon als Stricher am Kölner Dom und auch im Hauptbahnhof unterwegs gewesen sein. Wurde immer wieder in Heime gesteckt und haute immer wieder ab. Breidenbach hat ihm manchmal Jobs besorgt. Messerich hat ein Apartment irgendwo hier in Daun, aber den erwischen Sie im Moment nicht. Der ist auf Kreta. Am letzten Donnerstag wollte er fliegen. Am Mittwoch war er noch bei Breidenbach. Und da hab ich so was reden hören. Von Saarbrücken aus …«

»Ist er denn tatsächlich weg?«, fragte ich fiebrig.

»Ich denke, schon. Warum denn nicht?«

»Wie kam Breidenbach an diesen Schnorrertypen? Ist der auch mit Heiner Breidenbach und Holger Schwed befreundet?«

»O nein, die Jungen wollten mit dem nichts zu tun haben. Nur Breidenbach hat sich um ihn gekümmert. Wie er das immer machte. Irgendwie war das eine Macke von ihm. Er sagte: Wir müssen Verantwortung in dieser Gesellschaft übernehmen!«

»Woher hatte dieser Messerich das Ticket?«

»Das hat Breidenbach vermittelt, soviel ich weiß. Wahrscheinlich über das Reisebüro Bill.«

»Und wo ist sein Zimmer? Verdammt, wo wohnt dieser Messerich?«

»Das weiß ich nicht, sagte ich doch schon. Wieso sind Sie so aufgeregt? Vielleicht weiß Tina Bescheid.« Heide Weidenbach winkte zu der Wirtin hinüber.

Ich überlegte einen Moment und sagte dann: »Sie haben mir sehr geholfen, daher erzähle ich Ihnen, was mich so beunruhigt. Wir haben im Steinbruch den kleinen Finger der rechten Hand eines jungen Mannes gefunden. Alter ungefähr fünfundzwanzig. Von dem Besitzer fehlt aber jede Spur, er ist wie ein Gespenst.«

Tina baute sich gelassen neben uns auf. »Was habt ihr beiden Hübschen?«

»Wo hat der Schnorrer sein Apartment?«, fragte Heidi Weidenbach.

»Um die Ecke«, sagte Tina wie aus der Pistole geschossen. »Nummer vier, soweit ich weiß. Erdgeschoss. Aber ist der nicht auf Kreta?«

»Vielleicht ja nicht«, meinte ich. »Haben Sie die Telefonnummer von dem Chef vom Reisebüro Bill?«

»Moment, ich hole sie eben.« Tina verschwand Richtung Theke.

»Was meinen Sie?«, fragte Heidi Weidenbach. Sie war blass geworden.

»Wenn er nicht geflogen ist, dann ist es möglich, dass ihm der Finger gehört. Breidenbach bezahlte solche Reisen?«

»Ich nehme an, er schoss zumindest etwas zu. Er sagte jedenfalls, er wolle Karl-Heinz helfen, sich aus dem kriminellen Milieu zu verabschieden. Und ja, Moment, Messerich sollte auf Kreta irgendeinem Deutschen bei einem Hausbau helfen.«

Tina kehrte mit der Telefonnummer zurück und legte den Zettel vor mich hin. »Das ist ja spannend«, murmelte sie und verschwand wieder.

Eine Männerstimme meldete sich: »Ja, bitte?«

»Mein Name ist Baumeister. Hat Karl-Heinz Messerich bei Ihnen einen Flug nach Kreta gebucht?«

»Das sage ich Ihnen nicht«, entgegnete er. »Datenschutz.«

»Es geht um einen Mordfall. Die Polizei wird über kurz oder lang ohnehin bei Ihnen aufkreuzen. Ich will Ihnen sagen: Mir geht es eigentlich nicht darum, ob Messerich buchte. Das scheint mir klar. Mir ist wichtig zu wissen, ob er die Maschine am Donnerstag in Saarbrücken tatsächlich genommen hat?«

Der Reisebüromensch war kühl, ließ sich nicht beirren. »Wieso denn Mord?«

»Ich helfe Ihnen mal aufs Pferd, ich habe es nämlich eilig. Dass Franz-Josef Breidenbach getötet wurde, wissen Sie, oder?«

»Ja«, sagte er knapp.

»Gut. Wenn Karl-Heinz Messerich am Donnerstag nicht von Saarbrücken aus nach Kreta flog, halte ich es für wahrscheinlich, dass auch er ermordet worden ist. Also: Hat er die Maschine bestiegen?«

»Hm«, murmelte er. »Er hat die Maschine nicht genommen. Hapag Lloyd hatte eine Warteliste für die Maschine, sie riefen mich an und fragten, ob Messerich kommt oder nicht. Weiß ich nicht, sagte ich. Da haben sie irgendeinen anderen in die Maschine gesetzt.«

»Vielen Dank.« Ich unterbrach die Verbindung und berichtete Heidi Weidenbach: »Karl-Heinz Messerich ist nicht in die Maschine eingestiegen.« Dann rief ich Rodenstock an.

»Es kann sein, dass ich den Fingerbesitzer gefunden habe. Er sollte eigentlich am vergangenen Donnerstag nach Kreta fliegen, ist aber nicht in die Maschine gestiegen. Er ist ein guter Bekannter von Franz-Josef Breidenbach und war noch am Mittwoch in dessen Büro.«

»Wo kann er jetzt sein, wenn ihm der Finger gehört?«

»Vielleicht in seinem Apartment, das ist hier um die Ecke. Ich gehe dahin. Verständigst du bitte Kischkewitz?«

»Mache ich. Und ich komme. Wo bist du?«

»In Tinas Kneipe in Daun.«

»Okay. Bis gleich.«

»Ich gehe jetzt zu Messerichs Zimmer«, teilte ich Breidenbachs Sekretärin mit.

»Darf ich mitkommen?«, fragte sie.

»Natürlich.« Ich winkte Tina zu und rief: »Wir sind gleich wieder da.«

Wir beeilten uns. Das Haus, in dem sich das Apartment befand, war ein großer, hässlicher Klotz. Es gab zwölf Klingelschilder. Ganz unten stand *K.-H. Messerich* in ungelenken Buchstaben. Sicherheitshalber schellte ich, hatte aber keine Hoffnung, dass jemand öffnen würde. So war es auch, aber die Haustür war nicht verschlossen und schwang auf, als ich mich gegen sie lehnte. Die erste Tür rechts, vier Stufen hoch, gehörte zu Messerichs Apartment. Das spärliche Licht im Treppenhaus stammte von gelben, viereckigen Funzeln.

»Was wollen Sie machen? Sie können da doch nicht einbrechen.« Ihre Stimme klang hoch und erregt.

»Das brauche ich gar nicht«, sagte ich und deutete auf das Schloss. Es war ausgehebelt, die Tür knarrte leise, als ich sie berührte. »Es kann sein, dass wir eine Leiche finden«, warnte ich. »Stürmen Sie also nicht an mir vorbei.« Ich erinnerte mich an einen von Rodenstocks Vorsichts-Sprüchen: Wenn du einen Raum betreten willst, von dem du gar nichts weißt, dann suche eine Lichtquelle und schau dich erst einmal um, bleibe fünf Minuten stehen. Berühre nichts!

Ich schob also die Tür mit der Fußspitze auf. Es geschah nichts. In Lichtschalterhöhe langte ich um die Ecke und fand einen Schalter. Es wurde hell.

»Berühren Sie nichts!«, mahnte ich. »Streifen Sie an keiner Kleidung entlang, an keiner Wand. Das könnte später die Leute von der Mordkommission verwirren.«

»Schon klar«, antwortete Heidi Weidenbach erstaunlich kühl.

Der Flur war winzig. In die Wand waren Haken gedübelt, an denen Handtücher, ein Mantel und benutzte Hemden übereinander hingen.

Ich machte den ersten Schritt. Rechts von mir war eine geschlossene Tür. Ich ging hin und drückte die Klinke mit dem Ellenbogen herunter – ein Bad.

Nichts, wirklich nichts lag mehr auf dem Regal oder den Ablagen. Alles bildete ein wildes Durcheinander auf den schmutzig grauen Fliesen des Bodens. Ich drehte mich vom Bad weg und stand vor einer schmalen Tür, die ebenfalls zu war.

»Die Küche«, vermutete Heidi Weidenbach hinter mir.

Ich drückte den Griff herunter. Es war die Küche. Alles, was in den Hängeschränken gewesen war, türmte sich, zu großen Teilen zerschlagen, auf dem Boden.

Die Tür zu dem dunklen Wohn- und Schlafraum stand offen. Ich ertastete einen Lichtschalter, der nicht funktionierte. Als ich mein Pfeifenfeuerzeug angezündet hatte, starrte ich auf etwas, das wie eine Müllhalde aussah.

»Irgendwo muss Licht sein«, murmelte ich.

Dann entdeckte ich eine Stehlampe rechts von mir. Sie hatte einen Fußschalter. Vorsichtig machte ich zwei Schritte in ihre Richtung, die Lampe funktionierte.

»Das darf nicht wahr sein«, hauchte Heidi Weidenbach.

»Bleiben Sie im Flur«, sagte ich.

Eine Leiche gab es nicht, aber auch hier hatte jemand was gesucht. Kein Regal war mehr an der Wand, das Bett auseinander gerissen, die Kissen und Matratzen waren zerschnitten, die Schubladen eines Schrankes rausgezogen und auf den Kopf gedreht. Billige Bücher, Bettdecken, Kleidung, das Übliche an Kleinkram, das in jeder Wohnung zu finden ist, war wild verstreut.

Ich griff nach dem Handy. »Rodenstock«, sagte ich zu ihm. »Geh nicht in die Kneipe. Komm zu Messerichs Apartment. Jemand war vor uns hier.«

Mein Blick nahm Einzelheiten auf, dabei sah ich es: »Jemand hat das perfekte Chaos angerichtet und dann mitten in die Bude geschissen.« Ich steckte das Telefon wieder in die Tasche.

»O nein!«, stöhnte Heidi Weidenbach gequält.

Der Scheißhaufen thronte ordentlich auf einer weißen Steppdecke zwischen den Trümmern des Bettes.

»Der Scheiße nach zu urteilen hat er das, was er suchte, nicht gefunden«, spekulierte ich. »Und der Scheißhaufen wird die Kommission zu dem führen, der das hier angerichtet hat.«

»Ernsthaft?«, fragte die Frau hinter mir interessiert.

»Und wie. Der sich da entleert hat, ist ein Volltrottel. So viel Idiotie trifft man nicht mehr oft – bei so vielen Fernsehkrimis.«

SECHSTES KAPITEL

Kischkewitz hatte zwei Spurenspezialisten geschickt, die zwei Stunden lang nichts anderes taten, als das Chaos im Apartment des Karl-Heinz Messerich zu fotografieren. Sie fotografierten nie mehr als einen Quadratmeter. Und weil sie mit einer digitalen Kamera arbeiteten, konnten sie jedes Foto höchst konzentriert und angestrengt sicherlich mehr als drei Minuten lang betrachten. Dabei machten sie eine Bestandsaufnahme, was das Foto zeigte. Das hörte sich im Monolog des Älteren der beiden so an:

»Ein T-Shirt. Weiß. Am Kragen zu erkennen, ziemlich verbraucht. Teilweise überlagert von zwei Paar Socken der Sorte ›Kaufen-Sie-drei-Paar-zu-einem-Preis‹. Größe 42. Rechts oben kommt ein echtes Schätzchen ins Bild, ein Zettel, DIN A4, zerknautscht, faltig. Mit Kugelschreiber beschrieben, die Schrift selbst krakelig, anscheinend von jemandem, der selten schreibt und im Bildungsniveau in den unteren Etagen rangiert. Zu lesen sind deutlich drei Positionen. Erstens: DM 2.500,– fon – dieses ›von‹ ist mit f geschrieben – ABI – in Großbuchstaben. Zweitens: DM 1.000,– fon Lamm. Drittens: DM 3.000,– fon B. Schrägstrich Kreta Schrägstrich Hilfe beim bauen fon Haus. Dann noch eine vierte Eintragung, die schwerer zu entziffern ist. Vermutlich heißt es: B. sagt, ich kann mir nich in Asbros Pottamus sehen lassen. Ende des Zettels. Dann links an der senkrechten Kante der Aufnahme rote Flecken auf einem Papier, das wie Einpackpapier aussieht. Wahrscheinlich von einer Bäckerei. Zu sehen sind die Worte ›Wir backen für Sie‹ in blauer Schrift. Die Flecken sehen aus wie Blut, bei näherer Betrachtung könnte es jedoch auch Marmelade oder so etwas sein. Jetzt kommt die nächste Aufnahme. Planquadrat sechs, rechts von der eben kommentierten Aufnahme. Wir haben da ...«

So ging es weiter und Heidi Weidenbach murmelte bewundernd: »Du lieber Gott, ich hatte keine Ahnung, wie eine Mordkommission arbeitet.«

»Wir stören hier nur«, meinte Rodenstock. »Ich möchte ein Bier.«

Wir gingen zurück zu Tinas Kneipe.

»Wie stehen die Chancen, Messerich schnell zu finden?«

»Gut, denke ich«, nickte Rodenstock. »Die Frage ist, ob er polizeitechnisch so bekannt ist, dass über die DNS geprüft werden kann, ob ihm der Finger gehört. Aber da habe ich wenig Hoffnung. Messerich fällt ja wohl eher in die Kategorie Eierdieb.«

»Vielleicht kann man anhand von Rückständen in der Wohnung die DNS ermitteln?«, überlegte ich.

»Vielleicht, wir werden sehen. Frau Weidenbach, hatte Ihr Chef immer schon ein großes soziales Gewissen?«

»Würde ich schon sagen. Wenn gesammelt wurde für Katastrophenopfer dieser Welt, ging er geduldig durch das ganze Amt und keiner entkam ihm. Wenn die Kollegen ihn auftauchen sahen, seufzten sie nur: Da kommt der Sammler und Jäger schon wieder! und zückten ihre Portemonnaies.«

»Soweit Siggi Baumeister mich eben informiert hat, glauben Sie nicht an eine Geliebte. Aber vielleicht hat Breidenbach ja erst vor kurzem jemanden kennen gelernt?«

»Das ist natürlich möglich«, nickte sie.

Rodenstock sah sie eindringlich, aber nicht aggressiv an. »Sie haben uns sehr geholfen, vielen Dank.«

»Oh«, sagte sie hastig, als sei sie bei etwas Ungehörigem erwischt worden. »Ich muss heim, es ist spät. Ich bezahle eben noch das Bier.«

»Sie sind eingeladen«, sagte ich lahm. »Und wenn Ihnen noch etwas einfällt, rufen Sie mich an?«

»Das mache ich«, sagte sie, stand auf und ging.

»Du wirkst irgendwie frustriert«, sagte ich zu Rodenstock und stopfte mir eine Dunhill.

»Irgendwie ist gut«, seufzte er. »Wir kommen nicht wirklich weiter. Wir haben zwei Motivkreise: Franz Lamm und den Sprudelhersteller. Aber nichts bewegt sich, verstehst du? Nichts. Seit wir herumfahren und fragen, benehmen sich alle nett und brav. Sie wissen, dass die Mordermittler auf dem Kriegspfad sind, sie wissen, dass wir ihnen die Seele aus dem Bauch fragen. Und sie halten still. Selbst der Berufsschläger Abi benimmt sich wie ein Chorknabe. Karl-Heinz Messerich war eine gute Entdeckung. Aber bringt sie uns weiter? Kann doch sein, dass Messerich aus unerfindlichen Gründen in einer Kneipe in Trier oder Koblenz oder sonst wo sitzt und säuft ... Ich meine, wir sollten den Gegner provozieren. Aber ich weiß nicht, wie.«

»Das müsste ja schon was sein, was ihnen die Schuhe auszieht ...«, dachte ich laut. »Wir müssen sie nicht in Sachen Breidenbach in Schwierigkeiten bringen, sondern dort, wo es ihnen am meisten wehtut.«

»Und das wäre?«, fragte er.

»Na, ganz einfach: beim Geld.«

»Und was schlägst du konkret vor?«

»Das weiß ich noch nicht. Ich bin schließlich auch nur ein kleiner Mensch.«

»Und dann dieser Tatort, dieser verdammte!«, fluchte Rodenstock weiter. »Breidenbach schlief vor seinem Tod mit einer Frau. Aber wer ist diese Frau? Jemand saß oben auf der Felsnase mit einem Mikrofon. War es tatsächlich Schwanitz oder einer seiner Leute? Wenn ja, was war das Ergebnis der Lauschaktion? Dann der kleine Finger. Gehört der Messerich? Wo ist der jetzt? Und was wir bisher ganz außer Acht gelassen haben: Die Spurenleute haben doch einen Knopf von einer Armani-Jeans am Tatort gefunden ... Mir fällt noch nicht mal jemand ein, der diese Dinger trägt. Es ist ein Scheißfall, Baumeister, ein richtiger Scheißfall. Es ist besonders deshalb ein Scheißfall, weil wir es wahrscheinlich mit einem Mord aus Habgier zu tun haben. Wenn der Mörder so kühl ist, wie ich denke, hatte er alle der Zeit der Welt, sich einzuigeln.«

»Deine Weisheit in Ehren. Aber hör endlich mit dem Lamentieren auf! Ist das eigentlich ein Spezifikum von Beamten? Mich interessiert im Moment etwas anderes. Und zwar die Frage: Wenn Karl-Heinz Messerich tatsächlich im Steinbruch bei Breidenbach aufkreuzte: Wie ist er dahingekommen?«

»Wahrscheinlich auch mit einem Mountainbike«, antwortete er bitter. Dann allerdings musste er über sich selbst grinsen und seine Welt schien wieder etwas blauer.

»Der nicht. Wenn er so ist, wie die Leute ihn beschreiben, tritt der nicht in die Pedale. So einer fährt.« Ich stand auf und ging zu Tina an den Tresen.

»Haben Sie eine Ahnung, wie Karl-Heinz Messerich sich fortbewegt? Besitzt er ein Auto?«

»Soweit ich weiß, nicht«, antwortete sie nach kurzem Überlegen. »Aber er hat ein altes Moped, das immer ganz fürchterlich knattert. Und es ist leuchtend orange lackiert.«

»Ist er häufig hier?«

»Was heißt häufig? So drei-, viermal die Woche.«

»Mit wem ist er dann zusammen?«

»Mit keinem Bestimmten. Mal spricht er ein Bier lang mit Breidenbach, mal mit Gleichaltrigen. Aber immer nur kurz. Er ist halt ein Schnorrer. Keine Freunde, aber er staubt immer ein paar Bier ab.«

»Gibt es Frauen in seinem Umfeld?«

»Nicht die Spur. Kann ja nicht.« Tina lächelte mich an.

»Heißt das, dass er schwul ist?«

»Das weiß ich nicht. Eher ist er gar nix, wenn Sie verstehen, was ich meine.« Sie machte eine Pause. »Manchmal trinkt er wie ein Schwamm und dann kriegt er das heulende Elend. Eigentlich ist er ein armer Hund. Kein wirklich schlechter Kerl. Aber: keine Familie, keine Angehörigen, keine Arbeit ... ich denke mal, auch kein Ziel. Er tut mir Leid.«

»Wann war er zuletzt hier?«

»Donnerstag vergangener Woche.«

»Wissen Sie das genau?«

»Ganz genau. Er kam, als ich öffnete. Siebzehn Uhr rum. Ich weiß das deshalb so genau, weil ich ihn bat, mir aus der Apotheke nebenan Nasentropfen zu holen. Das tat er auch.«

»Und wann ist er gegangen?«

»Kann ich nicht sagen. Doch, warte mal, er muss so gegen sieben Uhr abends gegangen sein.«

»Betrunken? Oder high?«

»Nicht die Spur.«

»Vielen Dank.«

»Schon gut. Hat er irgendwas mit Holgers Tod zu tun?«

»Frage ich mich auch.« Ich kehrte zurück an den Tisch zu Rodenstock. »Ich möchte heim, ich bin müde und habe die Nase voll.«

Ein paar Minuten später fuhren wir in die Nacht. Als wir an dem Haus vorbeikamen, in dem Karl-Heinz Messerich wohnte, stand der Laborwagen der Polizei am Straßenrand, innen strahlend erleuchtet. Kischkewitz' Truppe arbeitete immer noch auf Hochtouren.

Rodenstock murmelte: »Nimm mir meine Laune nicht übel, aber ich fühle mich so hilflos. Ich hasse meine Launen. Weißt du, was ich am liebsten täte? Ich würde am liebsten mit einem Zelt in den Steinbruch ziehen.«

»Das kannst du doch haben.«

Nach einer Weile sagte er leise: »Lieber nicht. Ich fürchte mich vor Gespenstern.« Als wir durch das Industriegebiet Kradenbach fuhren, setzte er hinzu: »Ich muss mit meiner Emma konferieren. Wahrscheinlich kann sie mir den Kopf zurechtrücken.«

Doch das passierte in dieser Nacht nicht mehr, unsere Frauen hatten sich vorübergehend von der Erde verabschiedet. Vera schnarchte, als wollte sie einen ganzen Wald umlegen. Sie bot einen ausgesprochen hübschen Anblick, weil sie wie viele hübsche Kinder die Bettdecke nicht akzeptierte.

Nach einer Weile stand ich wieder auf und setzte mich in mein Arbeitszimmer. Die Katzen schnurrten herein. Paul legte sich malerisch über die Studienausgabe von Freud, Satchmo zog es vor, die GEO Life zu besetzen. Dann kam Cisco und wärmte meine Füße. Wir waren alle zusammen, wir fühlten uns wohl, niemand konnte uns etwas anhaben. Aus Tradition begann ich mit meiner Vorlesung.

»Also, denkt mal mit. Ihr seid kluge Tiere, euch wird bestimmt etwas einfallen. Da gibt es einen Menschen namens Messerich. Der wollte nach Kreta fliegen, fliegt aber nicht. Einiges spricht dafür, dass er in der Nacht von Donnerstag auf Freitag zu Breidenbach in den Steinbruch knatterte. Wenn ich sage knatterte, dann meine ich ein orangefarbenes Moped. Er ist nach bisherigen Erkenntnissen jemand, der im Lebenskampf äußerst erfahren ist. Er hatte wahrscheinlich zigmal die Möglichkeit, unterzugehen oder für ewig im Knast zu landen. Er überlebte und schnorrte sich durch. Was kann er bei Breidenbach gewollt haben, wo er den doch schon am Mittwoch getroffen hat? Breidenbach hat Geld zu Messerichs Urlaub oder Arbeitsurlaub auf Kreta gespendet. Wieso also verzichtet Messerich auf den Flug und fährt stattdessen in den Steinbruch? Was kann ihn dazu gebracht haben, bei strömendem Regen dorthin zu fahren? Wollte er mehr Geld? Kriegte er den Hals nicht voll?«

Paulchen schnurrte im Schlaf, wahrscheinlich bildete er sich ein, er würde gerade von Vera gekrault werden. Satchmo auf der GEO Life, die auf einer Kiste lag, würde wie üblich gleich runterfallen und ohne aufzuwachen auf dem Teppichboden weiterschlafen. Der Hund auf meinen Füßen schielte zu mir hoch. Er war aus Erfahrung weniger gelassen als die Katzen und rechnete stets mit der Möglichkeit, Baumeister könnte gleich aufspringen und ein spannendes Abenteuer mit den Koikarpfen im Garten erleben.

Ich fuhr fort: »Natürlich kriegte er den Hals nicht voll. Typen wie er sind gewieft, sie denken immer an die kommenden Stunden und Tage. Breidenbach sollte ihm Geld geben, wobei wir später klären müssen, wofür. Gehen wir einmal davon aus, dass Messerich irgendwann am Abend Daun verlässt. Er benutzt wahrscheinlich nicht die Bundesstraße. Wenn er clever ist, nimmt er die 410 Richtung Kelberg und biegt dann auf die schmale alte Landstraße nach Dreis-Brück ein. Wie fährt er weiter? Nähert er sich dem Steinbruch von Westen oder Osten? Ich nehme einmal an von Westen. Er wird sich den relativ komplizierten und längeren Weg über Brück, Heyroth, Niederehe, Kerpen sparen. Das heißt, er ist doch die Bundesstraße entlanggefahren. Und zwar bis Oberehe. An der Kirche wird er abgetaucht sein auf den uralten Weg, der früher Richtung Niederehe führte. Richtig, von Westen her wird er kommen. Und er wird sich …«

Ich brach ab und sagte sehr laut: »Hurra!« Die Tiere zuckten zusammen, dösten aber weiter.

»Er wird versuchen, sich anzuschleichen, weil er nicht weiß, was dort im Zelt von Breidenbach abgeht. Er wird möglicherweise erst einmal auf die Felsnase gehen. Ich sage gehen! Nicht fahren! Das Moped ist viel zu laut. Stopp, Baumeister, nicht zu schnell. Er wird das Moped in einiger Entfernung vor dem Steinbruch abstellen, weil es zu laut ist. Er geht also weiter – und trifft auf einen Offroader, der da im Wald steht. Klar, er trifft auf den Mann mit dem Richtmikrofon. Die Frage ist, wo hat Messerich sein Moped abgestellt?«

»Cisco«, sagte ich, »wir zwei müssen jetzt tapfer sein, wir müssen noch mal raus in die Nacht. Ich habe eine Idee. Noch ist es eine trübe Funzel, aber es wird ein strahlendes Licht …«

In dieser Sekunde fiel Sachmo von der Bücherkiste und der GEO Life, landete dumpf auf dem Teppichboden, blinzelte, drehte sich und blieb mit hübsch angewinkelten Vorderläufen auf dem Rücken liegen. Ein tiefer Seufzer kam aus seiner Brust.

»So kann es gewesen sein. Hund, komm mit.«

Ich war viel zu aufgeregt, um Schläfrigkeit zu spüren.

Ich erreichte Kerpen, fuhr nach rechts bis zur Strumpffabrik, dann nach links in die Felder am Haus der skurrilen Alten vorbei und dann das breite Tal hoch. Hinter dem Steinbruch geriet der Wagen ins Schleudern, die Strecke wurde sehr sumpfig. Ich schaltete das Vierganggetriebe ein und ließ den Wagen vorwärts mahlen, bis auf die weite Hochfläche, von der vier Wege nach Westen führten. Ich musste den zweiten von links erwischen. Dort befand sich das, was ich mir als idealen Abstellplatz für ein orangefarbenes Moped vorstellte: zwei uralte, niedrige Schuppen, verwittert von den Jahren, aufgestellt, um irgendwelche Geräte zu beherbergen, dann vernachlässigt, weil bäuerliche Existenz nicht mehr taugte.

»Bleib bei mir«, befahl ich meinem Hund.

Ich versuchte, zu dem Schuppen zu gelangen, aber davor hatten die Götter einen uralten Stacheldraht gesetzt, der verrostet in den Angeln an den Zaunpfählen hing. Ich krabbelte darunter hindurch, ratschte mir den Pulli auf. Cisco hechelte und wartete auf mich. Im ersten Schuppen hatten wir kein Glück, aber im zweiten. Da stand das Moped an einen verrosteten Heuwender gelehnt, orangefarben, still und unschuldig.

Wahrscheinlich teilte sich meine gute Laune meinem Hund mit. Er japste vor Glückseligkeit.

Ich rief Rodenstock an.

Schlaftrunken brummelte er: »Was ist denn?«

»Ich habe das Moped von Messerich gefunden. Er war im Steinbruch.«

»Wie bitte? Wo bist du?«

»Na ja, in Gottes freier Natur. Messerich war im Steinbruch und nun ist er verschwunden. Ich glaube, er ist tot.«

»Du bist ekelhaft wach«, seufzte Rodenstock. »Gut, ich verständige Kischkewitz, dass er Leute schickt.«

»Ja, ja, das ist das Vorrecht der Jugend. Bis gleich, ich komme jetzt nach Hause.«

»Moment mal, wo müssen die Ermittler hin?«

Ich beschrieb es ihm und erklärte anschließend meinem Hund, er sei Zeuge einer kriminalistischen Großtat gewesen. Ganz einverstanden war er nicht, er machte ›Wuff‹ und sah zur Seite. »Wenn Vera nicht mehr schnarcht, schlafen wir«, versprach ich ihm trotzdem.

Aber ich sollte nicht zur Ruhe kommen, denn – wie der gebildete Chinese sagt – es herrschte ›trouble in all corners‹.

Leise betraten Cisco und ich mein Haus, als genau in diesem Augenblick Emma in der Küche losbrüllte: »Da freue ich mich auf mein Haus und rede mit dem Architekten und mache und tue und werde morgens früh gegen zwei Uhr von meinem Mann geweckt, der die Mordkommission – neben mir im Bett liegend – darauf aufmerksam macht, dass Baumeister irgendein Scheißmoped gefunden hat, und die Leute sollten sich, verdammt noch mal, auf die Socken machen. Ja, bin ich denn dein Leo, wo leben wir hier denn?«

»Bei Baumeister«, antwortete Rodenstock sachlich.

»Und warum?«, brüllte sie. »Weil mein Mann auf die glorreiche Idee gekommen ist, eine Piepelsmietwohnung an der Mosel zu beziehen, in der ich mich so fühle wie ... wie auf dem Pissoir im Kölner Hauptbahnhof.«

»Da gehörst du nicht hin, meine Liebe«, belehrte mein Lehrmeister seine Frau.

Vor mir im dunklen Flur tauchte eine lichte Gestalt auf: Vera, dürftig bekleidet und entsetzt.

Ich legte schnell einen Zeigefinger auf den Mund.

Flüsternd fragte sie: »Muss ich Heftpflaster besorgen?«

Ich nahm sie an der Schulter, schob sie ins Wohnzimmer und schloss die Tür hinter uns. »Das ist eine innerfamiliäre Auseinandersetzung, das geht uns nichts an.«

»Na, ich weiß nicht. Wenn ich dabei aus dem Bett falle, ist das aber mindestens Körperverletzung. Was hat Emma denn eigentlich?«

»Sie ist sauer, wie du deutlich hörst.«

»Na ja, aber sie kann doch nichts dagegen haben, wenn Rodenstock in einem Fall herumgräbt, hat sie doch selbst jahrelang gemacht.«

»Leg dir erst mal die Decke um die Schultern, du machst mich ganz fertig. Aber es ist doch so, dass Emma das Haus aufbauen will und sich nun allein gelassen fühlt. Weil Rodenstock sich um ein paar Morde kümmert.«

»Wieso ein paar? Ich denke, es sind nur zwei.«

»Davon wollte ich dir eigentlich erzählen. Wir haben mindestens zweieinhalb.«

Während ich berichtete, fühlte ich Erschöpfung in mir hochkriechen. Plötzlich schien mir der ganze Fall lästig.

»Und was wollt ihr jetzt machen?«, kam die unvermeidliche Frage.

»Schlafen«, sagte ich. »Nur noch schlafen.«

Als ich in mein Bett huschte, waren Emma und Rodenstock noch immer in heftige, wütende Diskussion verstrickt.

Ich wachte auf, weil Vera ins Zimmer kam und Cisco mitbrachte, der sofort auf das Bett hüpfte und in heller Verzückung mein Gesicht ableckte.

»Sie haben sich geeinigt«, erklärte sie.

»Wer? Wie?«

»Emma und Rodenstock. Es ist zwölf Uhr, high noon.«

»Ist das ein Grund aufzustehen?«

»Nicht unbedingt, aber wir wollen in den Westerwald, nach Hachenburg, auf Franz Lamms Spuren wandeln. Rodenstock behauptet, der Westerwald sei schön.«

»Das behaupten die im Hunsrück auch.«

»Ich weiß, genauso wie die Oberpfälzer, die Allgäuer und die Schleswig-Holsteiner. Jetzt gib dir einen Tritt, Baumeister.«

»Wie haben sie sich denn geeinigt?«

»Wir erledigen erst diesen Fall, dann kommt das Haus. Nur der Architekt fängt schon mal an. Er hat sowieso gesagt, dass alle Wände faul sind, die müssen erst mal raus. Das nennt man entkernen.«

Ich wollte noch mal nach dem rot karierten Bauernleinen fragen, aber dieser Witz hatte sich wahrscheinlich totgelaufen. »Entkernen könnt ihr ohne mich.«

»Spotte du nur.« Vera zog die Bettdecke weg.

»Na schön. Ich weiche der Gewalt. Gibt es einen Kaffee?«

»Wie wäre es, wenn du dir den selbst kochst?«

»Frauen am frühen Morgen sind widerlich.«

Im Badezimmer fand ich bei Betrachtung meines Gesichtes, dass ich wie ein Rentner kurz vor einem Herzkasper aussah und dass mich das ungeheuer attraktiv machte.

Die Tür ging auf und Emmas schöner Arm reckte sich samt einem Handy herein. »Es ist irgendwer, der behauptet, ihr seid alte Freunde.«

»Da bin ich aber gespannt«, murmelte ich. »Ja? Baumeister hier.«

»Ich bin's, Conni Balthaus. Falls du dich freundlich erinnerst.«

Ich hatte keine Erinnerung, schon gar keine freundliche. »Hilf mir!«

»Afghanistan, Beirut«, plapperte der Mann fröhlich. »Und jetzt die himmlische Eifel.«

»Balthaus? Etwa der Balthaus? Ich dachte, du bist in einem Seniorenheim.«

»Meine Frau wartet drauf«, sagte er seufzend. »Nein. Ich mache hier jetzt den Producer, mein Lieber. Ich koordiniere unsere Außenleute. Und ich will die Geschichte von dem Lebensmittelchemiker haben, der von einem Fenster- und Türenhersteller umgebracht wurde, weil der das Trinkwasser versaute und Kleinkinder in den Tod schickte.«

»Langsam, langsam«, ging ich dazwischen. »Es ist noch nichts bewiesen. Was hast du denn gehört?«

»Nicht gehört. Gelesen!«, trompetete Conny. »dpa berichtet, dass dieser Chemiker unter einer Felslawine begraben wurde, die absichtlich losgetreten worden sei. Und dass es noch einen zweiten Mordfall gibt. Ein Junge, der mitsamt seinem Mountainbike zu Tode gequetscht wurde. Das ist ja furchtbar. An was für einem Arsch der Welt wohnst du da?«

»Sekunde, ich muss eben den Rasierschaum aus den Ohren wischen.«

Balthaus, Balthaus. Er war Fotograf gewesen, ein immer fröhlicher Fotograf. Ich erinnerte mich, dass er auf dem Bauch über die Greenline in Beirut gerobbt war, diese verrückte, nicht existierende Linie zwischen christlichen und moslemischen Milizen. Dreimal pro Nacht. Und irgendwann erwischten sie ihn mit einem Gesäßschuss. Nachdem der genäht worden war, streckte er uns Kollegen zur Erheiterung seinen nackten Hintern hin und behauptete, er würde dafür zum General ernannt. Ich erinnerte mich auch, dass wir einmal zu zweit in einer Tiefgarage festgesessen und keine Chance gesehen hatten, wieder lebend aus dem Gebäude herauszukommen. Da hatte Conny in die fast perfekte Dunkelheit hinein seinen Kummer abgeladen: »Meine Frau will sich scheiden lassen, weil ich nie zu Hause bin und stattdessen den Kriegen nachlaufe. Sie geht mit meinem Redaktionsleiter ins Bett und sagt, ich müsse das verstehen. Aber ich verstehe es nicht ...«

»Meine Güte«, murmelte ich. »Jetzt habe ich dich wieder drauf. Was willst du also?«

»Hast du diese Geschichte schon jemandem versprochen?« Nun war er nur noch sachlich.

»Nein, habe ich nicht.«

»Hast du Fotos?«

»Na ja, es geht.«

»Hast du Verdächtige?«

»Ja, die habe ich. Jede Menge. Es ist ein riesiger Provinzbrei. Wir haben zwei Ermordete, das ist sicher. Der Rest ist bis jetzt nur ein wirres Durcheinander und wahrscheinlich voller Fallen für mögliche Entschädigungsklagen. «

»Der Chef bietet dir Geld, richtig Geld.«

»Wie sieht das in Zahlen aus?«

»Zehntausend plus Spesen. Für jedes Foto, das wir exklusiv haben und schmettern können, dreitausend. Da kannst du dich nicht beschweren.«

»Ich beschwere mich ja nicht. Machen wir das schriftlich?«

»Ich faxe dir eine Vereinbarung. Du unterschreibst und faxst sie zurück.«

»Wieso bist du jetzt ein Sesselfurzer?«

Er seufzte. »Wir sind doch alle Sesselfurzer geworden. Und steinalt.«

»Da hast du Recht. Okay. Fax es rüber, ich unterzeichne es. Noch etwas Privates: Bist du damals geschieden worden?«

»Du erinnerst dich«, sagte er erfreut. »Ja, bin ich. Dann habe ich wieder geheiratet. Dieselbe Frau.«

»Sehr schön«, lachte ich. »Ich melde mich. Meine Nummer hast du ja schon. Ich mache dir einen Recherchenbericht. Du kannst daraus ersehen, wie weit die Sache gediehen ist. Mach's gut.«

Sofort wählte ich Kischkewitz' Nummer, ich erwischte ihn kurz vor einer Konferenz.

»Kann ich Bildmaterial von euch haben?«

»Für was und für wen?«

»Nichts Aktuelles«, beschwichtigte ich. »Ich brauche

Detailaufnahmen. Zum Beispiel von den Steinen, mit denen Breidenbach erschlagen wurde. Ich schicke dir den Text, bevor er rausgeht.«

»Na gut«, sagte er knapp. »Und danke für das Moped.«

»Ich bin einer der erfahrensten Mopedsucher der Vulkaneifel«, erklärte ich bescheiden, aber er hatte das Gespräch schon weggedrückt.

Emma und Rodenstock hatten beide ganz graue Gesichter, wahrscheinlich keine Minute geschlafen. Sie hockten am Küchentisch und wirkten wie Kinder, die man bei einer schweren Sünde ertappt hat. Immerhin murmelten sie beide heiser »Guten Morgen«, sahen mich aber nicht an.

»Ich vergebe euch«, nickte ich und trank meinen Kaffee.

Zehn Minuten später ging es los, wir nahmen Emmas Wagen, weil sich darin besser schlafen ließ. Emma schnarchte schon, als ich den Verbinder nach Kradenbach nahm. Als ich in Daun an der Ampel halten musste, schlief auch Rodenstock.

Die Autobahn 48 über Koblenz hinaus bis Bendorf war ein Kinderspiel, es gab ausnahmsweise keine Baustelle. Weiter ging's auf der B 413 am Kloster Rommersdorf vorbei auf die Höhen des Westerwaldes, Dierdorf, Mündersbach, Höchstenbach.

»Schön ist es hier«, sagte Vera inbrünstig. »Man möchte alle paar Kilometer aussteigen. Wie heißen die Leute, zu denen wir fahren?«

»Glaubrecht«, gab ich Auskunft. »Johann Glaubrecht und Ehefrau Gabriele. Das weiß ich von den Kindern der Breidenbachs. Im Tal sechs, lautet die Adresse. Angeblich besitzt der Mann jetzt ein kleines Fuhrunternehmen.«

»Warum genau fahren wir überhaupt nach Hachenburg?«, wollte Vera wissen.

»Weil wir aus erster Hand erfahren wollen, wie Lamm und Still gearbeitet haben«, schnaubte Rodenstock von der Rückbank. »Glaubrecht hat gegenüber der Mordkommission behauptet, er habe das Geld für sein Unternehmen von einer Tante geschenkt bekommen. Die Tante hat die Geschichte sogar bestätigt.«

»Und Rodenstock ist besessen davon zu beweisen, dass Lamm seine Finger in dieser Geschichte hat«, kam Emmas trockener Kommentar.

»Das an sich ist noch keine kriminelle Handlung«, erwiderte ich. Ich war froh, dass es sie wieder gab, und drehte mich kurz um. Die beiden hockten auf der Rückbank und hielten Händchen, wie Kinder das so machen.

Es war keine Schwierigkeit, das Haus der Glaubrechts zu finden. Es lag in einer kleinen, hübsch und geräumig angelegten Siedlung, war zweistöckig, strahlend weiß verputzt und wirkte ein wenig wie ein Spielzeughaus.

»Allein die Hütte kostet mindestens dreihunderttausend«, sagte Emma.

»Da ist wenig draus zu machen«, wandte ich ein. »Schließlich haben sie ihr Häuschen in Thalbach verkauft.«

»Dieser Johann Glaubrecht ist doch auch von diesem Abi verprügelt worden, oder?«, fragte Rodenstock.

»Richtig«, nickte ich. »Wen hat der nicht verprügelt?«

Neben der Klingel stand *Westerwälder Eiltransporte*. Vera schellte und fast sofort wurde der Türsummer betätigt. Wir standen in einem kleinen Vorraum mit einer dunkelblauen Sitzgruppe.

In einer der Türen erschien eine schmale, blasse junge Frau und fragte lächelnd: »Was kann ich für Sie tun?«

»Das wissen wir noch nicht genau«, sagte Rodenstock aufgeräumt. »Sind Sie Frau Glaubrecht?«

»Ja, bin ich.« Ihre Augen wurden schmaler, ihr Mund auch.

»Wir kommen aus der Eifel«, sagte Rodenstock. »Wir würden uns gern mit Ihnen unterhalten.«

Sie musterte uns mit Misstrauen. »Wir erteilen aber keine Auskünfte mehr«, sagte sie leise. »Die Kriminalpolizei war ja schon hier. Der konnten wir auch nicht helfen.«

»Ich habe mit dem Leiter der Mordkommission gesprochen«, erklärte Rodenstock freundlich. »Ich weiß, dass die Herren hier waren. Trotzdem möchte ich Sie bitten, uns einige Auskünfte zu geben.«

»Das geht nicht.« Sie schüttelte bekräftigend den Kopf.

»Wirklich nicht. Und mein Mann ist auch gar nicht zu Hause.« Dann folgte hart: »Ich muss Sie auffordern zu gehen.«

Emmas Stimme kam wie ein sehr sanftes, beruhigendes Murmeln und im gleichen Moment wusste ich mit höchster Sicherheit, dass wir dieses Haus nicht unverrichteter Dinge verlassen würden.

»Hören Sie, junge Frau. Ich kann Ihre Nervosität sehr gut verstehen. Die Aussage Ihres Mannes, das Geld für die Gründung dieser Existenz sei Ihnen von Ihrer Tante geschenkt worden, taugt absolut nichts. Das wissen Sie. Uns macht es keine Freude, Sie in Ihrer Ruhe zu stören, aber wir haben zu klären, inwieweit sich Franz Lamm schuldig gemacht hat. Er hat Ihnen Geld gegeben, das steht außer Frage, und wir wissen ...«

»Lamm hat uns gar nichts gegeben«, sagte Gabriele Glaubrecht scharf.

»Nein, Lamm nicht.« Emma nickte gelassen. »Das war jemand, der mit Lamm nichts zu tun hat. Der Mann heißt Albert Schwanitz und ist von Beruf Bodyguard. Der Mann, der auch Ihren Mann verprügelt hat. Eines muss Ihnen klar sein: Die Zahlungen des Franz Lamm an Sie können nur legalisiert werden, wenn wir dokumentieren können, wie das Geld geflossen ist und warum. Das heißt: Sie müssen uns Auskunft geben, sonst droht das Finanzamt. Und ich brauche Ihnen nicht zu erklären, was das bedeutet. Dann kann Ihr Mann den Lkw zurückgeben und sich irgendeine Arbeit suchen.«

»Wer sind Sie eigentlich?«, fragte die Frau in der Tür nach einer Unendlichkeit. Ihr Gesicht war grau wie das eines Menschen, der keinen Ausweg sieht.

»Mein Mann hier ist Kriminalist. Er hilft der Mordkommission ganz offiziell. Herr Baumeister ist Journalist. Ja, und wir Frauen sind die Garnitur.«

Da lächelte Gabriele Glaubrecht zum ersten Mal, scheu und gleichzeitig belustigt. »Für eine Garnitur sind Sie aber nicht schlecht.«

»Wenn Sie Ihren Mann hinzuziehen wollen, dann machen Sie das doch«, sagte Emma hastig. »Dagegen ist nicht das

Geringste einzuwenden. Wir können ja einen Kaffee trinken gehen, bis er hier ist.«

Eindringlich sah Gabriele Glaubrecht Emma an. »Was wissen Sie wirklich?«

»Wir wissen, dass Sie Geld dafür bekommen haben, die Eifel zu verlassen, die Tragödie mit Ihren Kindern zu verdrängen, hierhin zu gehen.«

»Wir konnten sie nicht mehr lebendig machen«, sagte sie düster und ihr Mund zuckte. Dann hob sie den Kopf: »Wenn Sie bis zum Ende der Straße weitergehen, bitte, da ist ein kleines Bistro. Ich rufe dort an, sobald mein Mann hier ist.«

»Mein Name ist Emma«, murmelte Emma und schob uns aus dem Vorraum.

Wir betraten das kleine Bistro, das freundlich eingerichtet war und im Wesentlichen von Strohblumenarrangements beherrscht wurde. Wir bestellten Kaffee bei einem vielleicht vierzehnjährigen, sehr scheuen Mädchen, das vollkommen aus den Gleisen geriet, als Rodenstock bestellte: »Ich hätte gern geschäumte Milch.«

»Wie bitte?«

»Geschäumte Milch«, wiederholte Rodenstock.

»Die gibt es aber nur bei Cappuccino.«

»Haben Sie denn Milch?«

»Ja, natürlich.«

»Dann schäumen Sie sie doch einfach auf«, schlug er freundlich vor.

Sie starrte ihn an.

»Dann ohne geschäumte Milch«, seufzte er.

So dauerte alles ein wenig länger, und als wir die ersten Schlucke unserer jeweiligen Kaffeespezialität geschlürft hatten, trat das Mädchen wieder an den Tisch und sagte: »Da wird eine Emma verlangt.«

Emma stand auf und ging mit ihr. Nach ein paar Sekunden kam sie zurück und sagte: »Auf geht's.«

Ich bezahlte und gab dem Mädchen fünf Mark Trinkgeld. Von diesen Gästen würde sie noch ihren Enkeln erzählen.

Langsam spazierten wir die Straße entlang. Mich beschäftigten zwiespältige Gefühle: Die Sonne schien, die freundlichen Häuschen lagen friedlich zwischen Bäumen und Blumen. Neid und Habgier, Schuld und Sühne, Tod und Verderben passten einfach nicht hierher, und ich wusste, dass ein junges Ehepaar nicht nur zwei Kinder verloren hatte, sondern unter Umständen obendrein von Recht und Gesetz zur Verantwortung gezogen werden würde, obwohl sie endlich eine Art wackligen Friedens erreicht hatten.

»Ich denke, wir überlassen erst einmal Emma das Feld«, murmelte Rodenstock. »Sie ist ein guter Eisbrecher.« Er legte ihr den Arm um die Schultern.

Wir wurden von der Frau empfangen, die uns in das Wohnzimmer führte. Sie hatte sich umgezogen, trug nun schwarze Jeans, dazu ein schlichtes schwarzes T-Shirt. Sie hatte sich sogar ein wenig geschminkt.

Johann Glaubrecht saß auf einem ausladenden dunkelblauen Sofa an der äußersten Kante, als misstraue er dem Grund, auf dem er ging. Sein Lächeln wirkte verlegen und zeugte von höchster Unsicherheit. Er war groß und schmal, mit einem harten, kantigen Gesicht unter dunklen, wirren Haaren. Ein wenig wirkte er wie der Junge von nebenan, der niemandem ein Haar krümmen kann. Seine Augen waren dunkel, von undefinierbarer Farbe. Er trug einen Blaumann über einem dünnen schwarzen Pullover, seine Hände waren verdreckt und deuteten auf einen kräftig zupackenden Handwerker hin. Mit Sicherheit war er jemand, auf den Verlass war, dessen Wort man trauen konnte.

Er stand auf und reichte uns nacheinander die Hand. Wir murmelten unsere Namen und setzten uns dann auf die Sessel.

Munter sagte Emma: »Sie werden sich sicher wundern, dass wir gleich zu viert aufkreuzen, aber wir sind wie eine Familie. Mein Mann heißt Rodenstock. Er ist ein Kriminalist im Ruhestand. Mein Name ist Emma, ich bin Holländerin und ebenfalls bei der Polizei gewesen. Die Jüngste und Hübscheste dort ist Vera vom Landeskriminalamt, die hat sich allerdings beurlauben lassen und ist rein privat hier. Und das dort ist Siggi Baumeister, Journalist von Beruf, schreibt aber nichts über Sie ohne Ihr Einverständnis. Sie müssen uns keine Antworten geben, nichts verpflichtet Sie dazu. Sie haben mit Sicherheit von den traurigen Vorfällen in der Eifel gehört. Franz-Josef Breidenbach wurde ermordet, sein Freund Holger Schwed ebenfalls. Der Leiter der Mordkommission Kriminalrat Kischkewitz hat meinen Mann gebeten, einige Erkundigungen einzuziehen, weil die Kommission überlastet ist. Alles, was Sie uns sagen, geben wir also an die Kommission weiter. So, das war aber eine lange Einleitung.«

Gabriele Glaubrecht hatte bisher stramm und steif wie ein Soldat neben dem großen Sofa gestanden. Jetzt setzte sie sich, Kilometer von ihrem Mann entfernt, an das andere Ende des Möbels. Es wirkte beinahe rührend, zeigte aber auch, dass die beiden einander misstrauten und durchaus nicht einer Meinung waren.

Johann Glaubrecht beugte sich weit vor, stützte die Ellenbogen auf die Knie, nahm das Gesicht in die Hände, fragte Richtung Teppich: »Wie wird denn ... unsere Rolle in der Sache gesehen?« Seine Stimme war angenehm dunkel, zitterte aber ein wenig.

»Sie sind gewissermaßen der Anfang«, erklärte Emma. »Sicher ist das damals alles wie Kraut und Rüben durcheinander gegangen. Aber Sie sind eine Familie, die bezahlt wurde, damit sie Ruhe gab und die Eifel verließ.«

»Was für Beweise gibt es dafür?«, fragte die Frau.

»Soweit ich weiß, keine«, sagte die erstaunliche Emma. »Wir sind nicht hier, um Beweise zu finden. Wir sind hier, um diese Stimmung von damals einzufangen. Wir wollen erfahren, was wirklich geschehen ist. Wir sind von den Kindern der Familie Breidenbach über Ihr Schicksal informiert worden, die bekanntlich gegen den Fenster- und Türenhersteller Lamm vorgehen wollten. Wir wissen, dass die Kinder manches übertreiben, wir wissen auch, dass sie manches falsch zuordnen. Aber sie haben mit tödlicher Sicherheit Recht damit, dass diese Szenerie damals faul gewesen ist.«

»Unsere Kinder sind tot«, murmelte Johann Glaubrecht. »Sie waren ein Jahr und sechs Monate alt. Sie starben einfach so. Da macht man sich Gedanken.« Er schwieg.

»Wir sind nun in Therapie«, ergänzte seine Frau. »Beide. Das schafft man nicht ohne Hilfe.«

»Darf ich eine Frage stellen?«, fragte Rodenstock und er wartete, bis Emma nickte. »Hat Ihnen damals denn niemand geholfen?«

Johann Glaubrecht saß noch immer in der gleichen Haltung auf dem Sofa. Er hob nicht den Kopf. »Nein. Im Gegenteil, Lamm hat mich entlassen.«

»Wie bitte?«, fragte Vera.

»Das war sehr schlimm«, griff seine Frau ein. »Jonny, also mein Mann, ging mit der Bescheinigung der Ärzte zum Chef. Franz Lamm sagte, niemand könne beweisen, dass er mit seinem Scheißzeug, mit dem Vinyl, Schuld habe am Tod unserer Kinder. Johann solle den Mund halten und nicht drüber reden. Er, also Lamm, würde schon dafür sorgen, dass es uns für alle Zukunft gut geht.«

»Wer hatte Ihnen das mit dem Vinyl gesagt?«, fragte Emma.

»Erst war es nur Gerede.« Johann Glaubrecht rutschte etwas zurück. »Wie das in der Eifel so ist. Und hier auch. Es ist überall so. Die Leute redeten, aber keiner wusste etwas Genaues. Es hieß, man würde Grundwasserproben nehmen. Das sollte Breidenbach tun, er war ja dafür angestellt. Breidenbach sagte mir, es könne sein, dass Vinyl im Trinkwasser sei. Er sagte, er könne es nicht beweisen, aber wahrscheinlich sei das so. Die Ärzte stützten die Vermutung. Aber beweisen konnten sie es auch nicht. Dann wurde ein Sechsjähriger krank, nicht weit von uns. Mir war klar, dass da eine irre Sauerei ablief. Da sind wir zu einem Anwalt. Und weil wir dachten, es wäre nicht gut, zu einem Anwalt in Daun zu gehen, nahmen wir einen in Wittlich.«

»Was meinte der?«, fragte Emma.

Die Frau antwortete: »Er sagte uns, man müsse Geduld haben, aber Geduld würde sich auszahlen. Als Erstes verlangte er eine Anzahlung. Und dann ist er wohl zu Franz Lamm gegangen. Jedenfalls hat der daraufhin meinen Mann rufen lassen und ihm gesagt, er wäre fristlos gefeuert. Das mit dem Anwalt sei eine miese Tour. Und falls er beabsichtigte zu klagen, würde er das mit dem Lastwagen an die große Glocke hängen.« Sie sah ihren Mann an, der nicht einmal in ihre Richtung blickte. Offensichtlich erwartete sie, dass er weiterredete. Aber er schwieg verbissen.

Da fuhr sie fort: »Es war so, dass Jonny mit ein paar Promille einen Lkw in den Graben gesetzt hatte. Totalschaden. Und Lamm hatte gesagt: Schwamm drüber, das lassen wir über die Versicherung laufen.«

»Und dann kamen die Jugendlichen, also die mit ihrer Reportage für den Offenen Kanal«, knautschte Glaubrecht nun doch heraus.

»Und die sagten, man könne Lamm in der Vinylsache vielleicht doch überführen?«, fragte Emma.

»Richtig«, nickte Gabriele Glaubrecht. »Wir haben anfangs wirklich geglaubt, dass das klappen könnte. Ich bin zu Breidenbach nach Ulmen gefahren und habe ihn gefragt, ob man das tatsächlich nachweisen könne. Da habe ich den ersten Dämpfer bekommen. Er meinte: Vielleicht, aber so ein Verfahren würde Jahre dauern, Jahre über Jahre. Und weil Jonny gefeuert war, konnten wir ... wir mussten einsehen, dass es nicht ging. Wir waren total am Ende. Unsere Eltern konnten uns auch nicht helfen, die haben alle nichts an den Füßen. Wir hatten Rechnungen, wir mussten das Haus abzahlen. Na ja, dann bin ich jedenfalls ausgeflippt und landete im Krankenhaus. Ich hatte noch viel Glück.«

»Sie hat versucht, sich das Leben zu nehmen«, erklärte Johann Glaubrecht.

Es war eine einfache Aussage, aber sie nahm uns den Atem.

»Wie haben Sie es angestellt?«, fragte Emma in die Stille.

»Jonny hatte einen alten Revolver. Noch von seinem Vater. Ich habe versucht, mir ins Herz zu schießen. Das ging irgendwie schief.«

Johann Glaubrecht schüttelte in Gedanken den Kopf. »Sie holten sie ... sie holten sie ins Leben zurück. Und dann rief mich die Krankenversicherung an und sagte, wahrscheinlich würden sie nicht zahlen – ich kapierte es zuerst nicht. Aber dann verstand ich es. Und ...«

»Sie wurden zornig«, sagte Emma sachlich.

»Ja, ich wurde zornig. Ich hatte lange über alles nachgedacht und war zu dem Schluss gekommen: Lamm hat Fehler gemacht, Lamm steckt knietief in der Scheiße. Es ist gar nicht wichtig, ob wir gewinnen oder nicht. Es ist nur wichtig, dass jemand ihn angreift und nicht lockerlässt.« Er machte eine Pause und sah uns der Reihe nach an, als erwarte er einen Kommentar. Als niemand etwas sagte, fuhr er fort: »Ich rief Lamm an. Er wollte nicht mit mir reden. Erst als ich sagte: Ich zeige dich an, egal was passiert!, da ging es auf einmal. Ich fuhr zu ihm und mir war klar, ich muss nur deutlich machen, dass ... dass es mir ernst ist, dass ich es wirklich ...«

»Es fällt ihm immer noch schwer, davon zu erzählen«, sagte seine Frau und rutschte zehn Zentimeter näher an ihren Mann heran. »Er sagte nur: Ich zeige dich an! Mehr sagte er nicht, die ganze Zeit nicht. Lamm laberte und laberte. Und Jonny sagte immer nur: Ich zeige dich an. Immer nur diesen einen Satz. Das ging zwei Stunden so.«

»Wie endete das?«, fragte Emma sanft.

»Na ja, irgendwann bin ich einfach gegangen. In der Tür habe ich noch mal gesagt: Ich zeige dich an.« Er lächelte in der Erinnerung, aber es war ein freudloses Lächeln.

»Hat er während des Gespräches versucht, Ihnen Geld anzubieten?«

»Nein, nicht direkt. Er sagte nur, wenn ich Schwierigkeiten mit Gabrieles Versicherung hätte, würde er das Krankenhaus bezahlen. Wir Eifeler müssten doch zusammenhalten. Und wenn er vor den Kadi müsse, dann könne es sein, dass er die Lust am Betrieb verlöre. Dann würden alle zweihundert Mann im Regen stehen. Solche Dinge.«

»Sie gingen dann nach Hause, Ihre Frau lag noch im Krankenhaus. Wie ging es weiter?«

»Ich kriegte Arbeitslosengeld, ich hatte nichts zu tun, hing zu Hause rum und grübelte und grübelte. Tagsüber fuhr ich ins Krankenhaus zu Gabriele, aber wir redeten nicht viel, weil wir ... Und dann rief plötzlich *Water Blue* an, dieser neue Sprudelhersteller. Eine Frau. Sie sagte, ich solle am nächsten Morgen Punkt neun Uhr beim Geschäftsführer sein. Einem Mann namens Manfred Seidler, ich glaube, Doktor ist der. Ich fuhr hin, ich dachte, das kann nicht schaden. Und er saß da und sagte, er würde mich fertig machen, wenn ich seinen Vorschlag nicht annehmen würde. Ich dachte, ich bin im falschen Film. Er könne mir den Job eines Tanklastwagenfahrers besorgen. Sie hätten Wasser zu einer Filiale nach Belgien zu bringen. Nachts, immer nur nachts. Also, er bot mir den Job nicht an, er drohte, wenn ich den Job nicht nähme, würde ich fertig gemacht. Er legte mir einen Arbeitsvertrag vor. Was da drinstand, haute mich um. Da stand, dass ich ab Arbeitsantritt keine Rechtsmittel gegen meinen früheren Arbeitgeber Franz Lamm einlegen dürfte. Und wenn ich es trotzdem täte, dann würde ich den Job bei *Water Blue* sofort wieder verlieren.«

»Haben Sie eine Kopie dieses Vertrages?«, schnaubte Rodenstock. »Das ist kriminell.«

»Ja klar, habe ich die. Na ja, das sagte ich auch, dass das ja wohl kriminell sei. Und ich sagte ihm, er könne mich am Arsch lecken. Ich ging von *Water Blue* aus direkt zu dem Anwalt in Wittlich und kündigte das Mandat. Er hatte sowieso nichts getan, er war ein Weichei. Dann ging ich zur Staatsanwaltschaft und erstattete Anzeige. Ich dachte: Was anderes kann uns jetzt nicht mehr helfen.«

»Und dann?« Emma steckte sich einen ihrer stinkigen Zigarillos an.

»Passierte erst einmal gar nichts«, fuhr Gabriele Glaubrecht fort. »Wochenlang nichts. Ich war in der Reha an der Mosel. Eines Tages rief der Staatsanwalt an und fragte, ob wir nicht von der Anzeige wieder Abstand nehmen wollten. Ich antwortete: Nein, wollen wir nicht. Und ich fragte, wie er auf so eine Idee käme. Er sagte: Das gibt einen jahrelangen Rechtskrieg. Na und?, sagte ich und hängte ein. Wir begriffen, dass wir sie in die Klemme gebracht hatten. Sie kamen da nicht so einfach wieder raus. Sie hatten die Klage am Bein.«

Eine Weile herrschte Schweigen.

Rodenstock begann sehr vorsichtig: »Ich denke, wir kommen jetzt zum entscheidenden Punkt, nicht wahr?«

Johann Glaubrecht nickte heftig. »Deshalb muss ich etwas wissen: Wie weit zurück wird die Geschichte nun verfolgt, wo jetzt Morde eine Rolle spielen ... Ich meine, von den Ermittlern ...«

»Da die Morde vielleicht mit Lamm und *Water Blue* in Zusammenhang gesehen werden können, wird die Mordkommission alles von Ihnen wissen wollen«, erklärte Emma. »Schlichtweg alles. So wird auch untersucht werden, ob Lamm Ihnen Geld dafür zahlte, dass Sie verschwinden. Die Staatsanwaltschaft wird nichts auslassen, verlassen Sie sich drauf. Natürlich haben Sie beide überlegt, ob es nicht legal ist, nach dem Verlust von zwei kleinen Kindern Geld für einen neuen Lebensstart anzunehmen, nicht wahr?« Sie hielt unvermittelt inne.

Die Miene Johann Glaubrechts war maskenhaft starr, seine Frau nickte nachdenklich. Sie sagte: »Klar. Warum auch nicht? Lamm hat alles kaputtgemacht, was wir mal hatten und was wir mal ... waren.«

»Das ist verständlich«, murmelte Emma. »Sehen Sie, und die Staatsanwaltschaft wird wissen wollen, woher das Geld stammte. Todsicher war es rabenschwarzes Geld. Und damit ist die Finanzfahndung in dem Fall. Das kommt alles auf den Tisch. Wenn Sie heil aus dieser Geschichte rauskommen wollen, bleibt nur ein Weg: Sie müssen offen darüber reden. Was Sie hinterher vor Gericht aussagen, kann abgesprochen werden. Sie haben genug gelitten, jeder Beteiligte wird das zugeben. Aber versuchen Sie um Himmels willen nicht, irgendetwas zu verschleiern. Verstehen Sie, was ich meine? Sie werden durch den Dreck gezogen, wenn Sie jetzt nicht richtig reagieren. Ich kann Ihnen nur den Rat geben: Räumen Sie jetzt auf.« Emmas Mund wurde hart. »Sie haben keine andere Wahl.«

Es herrschte wieder minutenlanges Schweigen.

»Glauben Sie, dass wir dabei vernichtet werden?« Gabriele Glaubrecht sah Emma starr an.

»Das kann passieren«, antwortete sie geradeheraus. »Das Spiel vor Gericht ist brutal. Vor allem für die, die keine Hauptrolle spielen. Es wird so aussehen, als hätten Sie sich zwei tote Kinder bezahlen lassen. Wir hier wissen, dass das so nicht war. Dass das verbunden war mit vielen Verletzungen und Wut und Zorn und Traurigkeit. Der Verteidiger Lamms wird ohne Zweifel gut sein. Und er wird den Eindruck zu erwecken versuchen, dass Sie allein auf Geld aus waren, auf nichts anderes. Verstehen Sie das?« Sie wurde drängend.

Gabriele Glaubrecht nickte betulich. »Wir müssen reden, Jonny«, sagte sie dann leise. »Fang du an.«

Glaubrecht begann unvermittelt, als sei er es leid, immer Haken zu schlagen. »Wir wussten, Lamm hatte unsere Anzeige am Bein und kam da nicht so einfach wieder raus. Gabriele überblickte das besser als ich, sie sagte: Jonny, wir müssen hier weg! Ich verstand das nicht, fragte, wieso denn das? Sie antwortete: Wir haben bisher keine Hilfe gekriegt. Von niemandem. Wir haben unsere Kinder auf den Friedhof bringen müssen. Lamm wird immer der Stärkere sein. Wir müssen hier weg. Wir können nicht hier bleiben. Wir gehen dabei kaputt. Wir gehen allein deshalb kaputt, weil wir keinem mehr trauen können. Ich habe das hin und her überlegt. Dann bin ich wieder zu Lamm. Davon wusste meine Frau nichts.«

»Weiter, Jonny, mach weiter.« Gabriele Glaubrecht flüsterte.

»Ich habe Lamm gesagt: Die Anzeige bleibt bestehen. Mehr nicht. Dann habe ich mich rumgedreht und bin rausgegangen. Er sollte es einfach wissen. Am nächsten Tag kam dieser Schwanitz. Mein Vater besitzt ein kleines Stückchen Wald. Das musste ausgeputzt werden, wir hatten nach den Stürmen ziemlich viel Bruch drin. Und weil ich sowieso nichts zu tun hatte, bin ich mit Trecker und einem Hänger in den Wald. Dorthin kam Schwanitz.« Er schüttelte den Kopf und lächelte melancholisch. »Man sieht so was normalerweise nur im Fernsehen. Ich meine diese Brutalität. Du siehst es, aber es hat mit dem richtigen Leben nichts zu tun. Also, ich stehe da, habe eine kleine Tanne umgelegt und nehme die Äste ab. Abi steigt aus dem Auto, nickt mir freundlich zu und ich nicke zurück. Dann tritt er näher.

Und wie er vielleicht noch dreißig Zentimeter von mir weg ist, schlägt er mir aufs Maul, einfach so. Er fegt mir die vorderen zwei Schneidezähne weg. Die hatte ich plötzlich lose im Mund. Und ich bemerke, dass er schwarze Handschuhe trägt. Auch wie im Film. Ich wollte was sagen, das ging aber nicht, weil mein Mund voll Blut war. Abi sagte: Du gehorchst! Ab jetzt gehorchst du! Ich stand da, kriegte keine Luft und dachte dauernd, ich würde ohnmächtig. Er grinste und sagte noch mal: Du gehorchst! Dann schlug er wieder zu, rechts, links. Und immer wieder das ›Du gehorchst!‹. Irgendwann bekam ich einen Stoß und landete auf dem Tannenstamm. Dann war Abi auf mir und brach mir beide Beine. Ich weiß gar nicht, wie er das machte, so schnell ging das. Er stand auf und sagte ein letztes Mal wie ein Pauker: Du gehorchst!, drehte sich rum, ging zu seinem Auto und fuhr weg. Ich hatte mein Handy dabei und rief die Rettungsleitstelle in Daun. Ich konnte kaum sprechen, die dachten bestimmt, ich sei besoffen. Aber sie kamen. Da war ich längst ohnmächtig. Sie haben drei Stunden operiert und genäht, mein ganzer Kopf war wie eine Wunde. Jetzt trage ich ein komplettes Gebiss, ich habe keine Zähne mehr.« Glaubrecht machte eine Pause und fing in hilfloser Wut an zu schluchzen.

»Sie riefen mich in der Reha an«, fuhr Gabriele Glaubrecht fort. »Die Klinikleute sagten mir, ich dürfte nicht weg, ich würde alle Ansprüche verlieren. Aber das war mir egal. Ich dachte: Jetzt ist alles aus, jetzt hat Jonny keinen Mut mehr. Aber das Komische war: Wie ich in sein Zimmer komme, grinst er mich an. Dabei konnte er kaum den Mund öffnen.« Sie rückte jetzt ganz an ihren Mann heran und nahm seine Hand.

»Was haben Sie ausgesagt, was passiert ist?«, fragte Rodenstock.

»Dass ich von einem Unbekannten überfallen worden bin. Von einem Streuner. Die Polizei kam ins Krankenhaus und nahm das so auf.«

»Warum haben Sie nicht die Wahrheit erzählt?«, wollte Emma wissen.

»Das hätte doch keinen Sinn gemacht«, sagte Gabriele Glaubrecht. »Wenn wir Schwanitz beschuldigt hätten, dann hätte er zehn Zeugen benannt, dass er an dem Tag gar nicht im Wald bei meinem Mann gewesen sein konnte. Oder etwa nicht?«

»Wir haben Sie unterbrochen«, sagte Emma. »Wie ging es weiter?«

»Nach vier Wochen kam ich aus dem Krankenhaus raus. Ich habe meiner Frau gesagt: Ich ködere ihn und erschieße ihn dann einfach.«

»Sie hatten einen Plan?«, fragte Emma.

»Ja«, nickte er. »Ich wollte Franz Lamm noch mehr unter Druck setzen und rief den Staatsanwalt an, was denn mit unserer Anzeige geworden sei. Ob seine Nachforschungen zu irgendetwas geführt hätten. Wir riefen jeden Tag an, der wurde schon langsam irre. Aber er konnte ja schlecht zugeben, dass er gar nichts unternommen hatte. Wir glaubten, der Staatsanwalt würde irgendwann Franz Lamm informieren. Und tatsächlich meldete sich plötzlich Lamm wieder bei uns. Da war er fällig.«

»Das ist ja irre!«, hauchte Vera und nahm meine Hand.

»Ich traf mich mit ihm, alleine. Ich sagte, ich hätte die Schnauze voll von seinem ekelhaften Getue. Ich würde die Anzeige niemals zurückziehen. Höchstens dann, wenn er mir zweihunderttausend Mark in bar geben würde. Er war ganz aus dem Häuschen, behauptete, so viel Geld hätte er gar nicht, ich würde ihn ruinieren. Er warf mir vor, ich würde ihn nur aus Wut verfolgen. Ich ließ ihn toben und drohte, ich würde den Staatsanwalt übergehen und bei der Oberstaatsanwaltschaft in Koblenz aufmarschieren. Wir hätten alles dokumentiert und die in Koblenz würden bestimmt nicht seine Posaune blasen. Ich sagte, er hätte genau vierundzwanzig Stunden Zeit. Zweihunderttausend in bar und keine müde Mark weniger. Und er sollte sich davor hüten, den lieben Abi noch mal loszuschicken, denn beim nächsten Mal würde ich nicht warten, bis der zuschlägt, sondern gleich schießen. Ich hatte die Waffe dabei, ungeladen natürlich, und habe sie ihm unter die Nase gehalten. Ich sagte: Ich bin bis hierher gegangen und ich gehe jetzt bis zum bitteren Ende. Da hat er kapiert, dass es mir ernst war. Ich machte ihm klar: Du hast uns schlecht behandelt, Lamm. Jetzt bezahlst du dafür, jetzt ... O Scheiße, eigentlich hatte das alles mit Geld nichts zu tun. Es waren die Kinder.«

Er beugte sich wieder weit vor. Seine Frau legte den Arm um seine Taille und wollte ihn festhalten. Glaubrecht machte sich heftig los, sprang auf, ging zur Tür, die auf die Terrasse führte, und schlug mit der bloßen Faust durch die Scheibe. Es knallte wie bei einer Explosion.

Wir hielten den Atem an – es schien, als würde Glaubrecht jede Sekunde tot umfallen, es war kaum auszuhalten.

Von seiner Hand tropfte Blut auf die rötlichen Fliesen und bildete eine Lache.

»Haben Sie einen Arzt in der Nähe?«, fragte ich.

»Ja.« Gabriele Glaubrecht klang erstaunlicherweise nicht im Geringsten aufgeregt oder gar hysterisch. »Er ist ein Netter. Jonny, Jonny.« Sie nahm ihren Mann in die Arme.

»Die Nummer«, sagte Rodenstock fordernd.

Sie diktierte sie ihm und nannte einen Namen. Rodenstock telefonierte und verkündete ein paar Sekunden später: »Er kommt, zum Glück war er da.«

Es folgte eine wirre und chaotische Stunde. Der Arzt war jung und blass vor Überanstrengung. Er wollte Johann Glaubrecht unbedingt in ein Krankenhaus bringen lassen, flüsterte: »Das musste mal passieren.« Doch er ließ sich umstimmen und befahl: »Wir gehen in die Küche.«

Vera hockte in ihrem Sessel, hielt meine Hand fest, als könne sie allein nicht atmen, und stöhnte: »Unfassbar. Das ist unfassbar.« Emma saß aufrecht und ihr Gesicht wirkte auf einmal sehr alt, alle Muskeln waren angespannt. Rodenstock nahm sein Handy und ging hinaus in den Vorraum. Ich begleitete Glaubrechts und den Arzt in die Küche und sagte Unsinnigkeiten wie: »Das wird schon wieder.«

Glaubrecht setzte sich an den Tisch und legte die zerschnittene Hand auf die Platte, die sofort voller Blut war.

»Mal sehen«, murmelte der Arzt. »Kann sein, dass das ein bisschen pikst.« Es war eine so blöde Bemerkung, dass das

Schluchzen Gabriele Glaubrechts in ein kleines, nervöses Gelächter überging. Sogar ihr Mann grinste.

»Ich habe noch gar nicht zu Ende erzählt«, stellte Glaubrecht nicht ohne Vorwurf fest.

»Das können Sie anschließend«, murmelte der Arzt. Er arbeitete schnell und konzentriert, fädelte einen Faden in die Nadel und versorgte behutsam die Wunde.

Hinter uns setzte Gabriele Glaubrecht Kaffee auf und sagte plötzlich wütend: »Verdammt, jetzt ist sogar der Kaffeefilter voller Blut.«

Es war befreiend, als Johann Glaubrecht indirekt antwortete: »Entschuldigung. So was Blödes, eine neue Scheibe wird verdammt teuer.«

Die pragmatische Emma wischte schließlich, auf den Knien liegend, im Wohnzimmer die Fliesen sauber. Dabei keuchte sie: »Lasst uns ein paar Schnittchen machen, ich habe ein Loch im Bauch.«

Also wurden Schnittchen geschmiert, Rodenstock hatte sein ominöses Telefonat beendet und machte ein befreites Gesicht, Kaffee wurde ausgeschenkt, Vera brachte eine Platte mit Broten und Gabriele Glaubrecht teilte mit: »Der Arzt sagt, es ist nicht so schlimm, wie es aussieht, Jonny wird wieder okay. Ich bin so froh.«

Munter sagte Emma: »Vorsichtig, Kindchen. Ihr seid nicht über den Berg. Noch viel Arbeit für die Seele.«

»Ich weiß«, murmelte Gabriele Glaubrecht.

Endlich saßen wir wieder zusammen, Johann Glaubrecht mit einer dick bandagierten Hand neben seiner Frau, rechts von mir Vera und Emma, links Rodenstock.

Mit rauer Stimme fuhr Glaubrecht mit seinem Bericht fort. »Es war also so, dass Lamm nicht mehr ausweichen konnte. Wir hatten alles schriftlich dokumentiert, so gut wir das eben konnten. Und wir hatten Fotos gemacht.« Er grinste matt. »Irgendwann hatten wir für die Kinderfotos eine billige Kamera gekauft, so eine für Idioten, mit der man nichts falsch machen kann. Wir wussten ja, dass uns niemand glauben würde, jedenfalls nicht ohne Beweise. Wir haben alles fotografiert. Die Leute, die in der Sache eine

Rolle spielten, die Autos, mit denen sie fuhren, die Orte, an denen sie zusammenkamen. Wir haben alles und jeden. Lamm mit Auto, Abi mit Auto, seine Kumpel mit Autos, Still mit Auto, seinen Geschäftsführer, Doktor Manfred Seidler. Wir haben auch Lamms Prokuristen, wir haben auch Breidenbach, wie er unterhalb der Türen- und Fensterfirma Bodenproben nimmt, wir haben seine Kinder, als sie versuchten, eine Reportage für den Offenen Kanal zu machen. Wir haben sogar Breidenbachs Frau und diesen Holger Schwed zusammen mit Heiner Breidenbach und Karl-Heinz Messerich, das ist so ein Pennertyp, der manchmal mit Breidenbach zusammentraf. Wir sammelten das alles und warteten. Lamm musste sich melden, ich hatte vierundzwanzig Stunden gesagt und ...«

»Entschuldigung, Jonny«, unterbrach Emma, »was wollten Sie denn tun, wenn er sich nicht meldete?«

»Zur Oberstaatsanwaltschaft nach Koblenz gehen. Mit allen Fotos und mit unserem Bericht«, antwortete er. »Aber Lamm meldete sich ja. Er sagte, das Geld würde mir gebracht. Aber nicht nach Hause, sondern auf einen Parkplatz an der Autobahn 48 zwischen Trier und Koblenz in Höhe Mayen. Wir besorgten uns ein zweites Auto. Dann fuhr Gabriele vor und ich hinterher. Ich parkte so, dass Gabriele auf einer Böschung stehen und mich fotografieren konnte. Natürlich kam dieser Abi und Gabriele hat Bilder gemacht. Er reichte mir einen Koffer rein. So einen schmalen aus Aluminium. In dem Koffer war das Geld. Schwanitz fuhr wieder, ohne ein Wort gesagt zu haben.«

»Es waren tatsächlich zweihunderttausend Mark drin?«, fragte Emma.

»Richtig«, nickte er. »Wir verkauften das Haus, suchten hier ein neues. Die Bank in Daun war einverstanden.«

»Warum im Westerwald?«, fragte Rodenstock.

»Als Achtzehnjähriger habe ich hier mal zwei Jahre auf Montage gearbeitet. Mir hat die Gegend damals gefallen.«

»Was taten Sie mit dem Geld?« Es war ganz klar, dass Rodenstock an diesem Punkt nicht nachlassen würde.

Glaubrecht stand auf und trat an eine Schrankwand. Er

klappte ein Fach auf und entnahm ihm einen Aluminiumkoffer. Den legte er vor Emma auf den Couchtisch. »Sie können nachzählen, es sind auf Heller und Pfennig einhundertvierunddreißigtausend Mark. Wir haben dem Geld nur die Differenz zwischen dem Wert des Hauses in Thalbach und dem hier entnommen. Das hier war ein bisschen teurer. Ich habe alles, was das Geschäft betrifft, über einen Kredit bei der hiesigen Kreissparkasse finanziert. Sie können das Geld den ermittelnden Beamten geben, wir brauchen es nicht mehr.«

»Die sind bald hier«, nickte Rodenstock.

Emmas Stimme klang gleichgültig: »Wer von Ihnen beiden hatte die Idee, das Geld nicht anzutasten?«

»Gabriele«, antwortete Glaubrecht mit einem schmalen Lächeln. »Ich war ehrlich gestanden dafür, es auszugeben. Ich dachte, am besten ziehen wir nach Ibiza oder Mallorca. Da sind gute Handwerker oder vielleicht auch Transporteure gefragt.«

»Aber ich wusste, dass wir die Geschichte hier hinter uns bringen mussten«, murmelte seine Frau. »Jetzt wissen Sie alles und die Fotos können Sie auch haben.«

»Das ist fast zu schön, um wahr zu sein«, seufzte Vera. »Aber wir haben noch die zwei Toten.«

»Das ist richtig«, sagte Emma fest. »Und wie immer ist noch kein Mörder in Sicht und die Zusammenhänge werden auch nicht durchschaubarer.«

SIEBTES KAPITEL

Wir verließen die Glaubrechts, noch ehe die Abordnung der Kriminalisten aus Wittlich dort eintraf. Emma hatte darauf hingewiesen, dass es nötig sei, den Eheleuten die Möglichkeit zu geben, ein wenig auszuruhen, zu sich selbst zu finden. Eines war sicher: Der Geldkoffer würde die Beamten in höchstem Maße erfreuen.

Im Auto mochte niemand reden. Nur Rodenstock meinte ein wenig mürrisch: »Die Frau Breidenbach ist uns einiges schuldig. Ich würde gern wissen, wie viel sie wusste. Von der beabsichtigten Kündigung ihres Ehemannes, von Messerich und seinem merkwürdigen Verhältnis zu ihrem Ehemann, von den Glaubrechts, von Holger Schwed. Ich fürchte, meine Fragenliste wird sie kaum bis Weihnachten abarbeiten können.«

Nicht einmal Emma antwortete, wir waren erschöpft.

Als wir auf meinen Hof rollten, war es neun Uhr am Abend, die Nacht näherte sich, im Westen lagen helle, rosa Streifen über dem Himmel, das gute Wetter würde anhalten. Kurz sah ich einen Zaunkönig auf der Mauer und wie einen Blitz wieder verschwinden. Er suchte wohl ein Betthupferl. Satchmo und Paul kamen, um uns zu begrüßen, und irgendwo im Haus jaulte Cisco ganz erbärmlich.

Ich ging hinauf in mein Arbeitszimmer und hörte den Anrufbeantworter ab.

Anja und Uli vom *Stellwerk* in Monreal teilten gut gelaunt mit, dass sie in diesem Sommer vierzehn Tage ins Alentejo nach Portugal fahren würden und ob wir nicht Lust hätten mitzukommen. Minninger aus Daun mahnte die Begleichung der letzten Heizölrechnung an. Mein Banker murmelte müde, ich solle gefälligst endlich irgendwelche Finanzamtsbescheide einreichen, und die Kreisbibliothek beschwerte sich, ich solle ein gewisses Buch zurückbringen, sie hätten mir bereits dreimal geschrieben.

Mein Hund Cisco stand in der Tür, hielt den Kopf schief und sah mich nach dem Motto an: Warum sagst du nicht, dass du wieder da bist? Dann stürmte er auf mich zu und fegte eine Lampe vom Tisch. Nach dem Gepolter vernahm ich Julia Breidenbachs Stimme: »Also, da ist noch was. Ach so, hier ist Julia Breidenbach. Wir haben einen Arbeiter bei *Fenestra* kontaktet. Jetzt ist er nicht mehr bei *Fenestra*. Der hat erzählt, damals wäre ein Behälter mit Kunststoff ausgelaufen. Dieser Kunststoff enthielt Vinyl. Zum ersten Mal haben wir damit eine wirkliche Bestätigung für die Katastrophe. Ungefähr zweihundert Kilo sollen das gewesen sein. Na ja, Sie können uns ja anrufen, wenn es wichtig ist. Es ist jetzt vierzehn Uhr drei.«

Vera kam herein. »Ich weiß nicht, was du tust, aber ich gehe ins Bett.«

Ich versprach, dass ich gleich zu ihr stoßen würde. Aber es dauerte ein wenig länger, weil ich die bisherigen Ergebnisse in einen Recherchenbericht packte und den zu Conny und zur Mordkommission nach Wittlich faxte. Dann war auch für mich der Tag zu Ende, es war fast dreiundzwanzig Uhr.

Das lange und quälende Gespräch mit den Glaubrechts hatte das Ausmaß und die Auswirkungen der grausamen Affäre bloßgelegt, die unglaublich brutale Stimmung bei denen, die etwas zu verbergen hatten. Aber einen Weg zu dem Täter hatten wir dabei immer noch nicht entdeckt.

Mich beschäftigte am meisten die Frage, was Lamm und der Sprudelhersteller jetzt tun würden. Ob sie überhaupt etwas tun würden. Würden sie weiter schweigen, sich eingeln oder würden sie sich offensiv gegen die neuen Vorwürfe wehren?

Ich wurde gegen neun Uhr wach, weil Vera mich heftig rüttelte. Sie sagte: »Hier ist jemand für dich«, und hielt mir das Handy hin.

Es war Hermann Kreuter junior von der Vulkanquelle in Dreis. Munter sagte er: »Herr Baumeister, Sie wollten doch immer mal sehen, wie es unter der Erde aussieht, auf der wir wandeln. Wir haben eine Kamera runtergeschickt.«

»Wann kann ich kommen?«

»Na ja, wie wäre es mit jetzt sofort?«

»Viertelstunde. Ich bin da.«

Ich verzichtete darauf, mich zu rasieren, sondern fragte in die Runde, wen das auch interessierte, und natürlich wollten mich alle begleiten.

So fuhren wir zu viert zum nahe gelegenen Sprudel und erfuhren zu unserer Verblüffung in der Einleitung, dass ausgerechnet die Eifel ein grundwasserarmes Gebiet ist, dass nur in den Kalkmulden von Prüm, Gerolstein und Hillesheim, in den roten Sandsteinen des Kylltales und an der Lieser Grundwasser in genügender Menge zu finden ist.

»Wir haben eine fünfhunderter Bohrung filmen lassen«, berichtete der Wasserspezialist. »Gemeint sind Rohre mit fünfzig Zentimeter Durchmesser. Diese Bohrung ist alt, wir haben sie grundlegend erneuern müssen. Sie können hier von der Oberfläche senkrecht in die Erde gucken.«

Das Bild war verwirrend, es war so, als blicke man von oben in einen Topf kochendes Wasser.

»Das ist die Kohlensäure, die aus Spalten und Verwerfungen in das Wasser einströmt. Noch ist die Kamera nicht im Wasser, sondern befindet sich in dem Rohr oberhalb des Wasserspiegels. Sie sehen also an den Wänden das Rohr, das wird sich gleich ändern. Jetzt taucht die Kamera ein, dreht sich und Sie sehen glatte Flächen. Das ist Fels. Nun bewegen wir uns auf Stellen zu, die deutlich lockeres Material zeigen, sehr oft rot gefärbt von eisenhaltigen Stoffen. Das sind die Schichten, in denen sich Wasser aufhält und fließt. Da können Sie erkennen, wie Kohlensäure von der Seite eintritt.«

»Es gibt keine unterirdischen Seen oder großen Kammern voller Wasser?«, fragte ich.

»Nein, nicht hier in der Eifel. Sie müssen sich das so vorstellen, dass Wasser in den feinsandigen Poren festgehalten und angesaugt wird. Das Prinzip ist ähnlich dem eines Schwamms, der sich vollsaugt und dann das Wasser langsam wieder abgibt.«

»Was würde passieren, wenn Sie tiefer bohren?«, fragte Rodenstock.

»Es würde sich nicht viel ändern«, erklärte Kreuter. »Wir würden durch nahezu wasserundurchlässige Felsschichten bohren und dann wieder auf Verwerfungen stoßen, also auf Bruchgebiete, die Wasser führen.«

»Warum bohren Sie nicht tiefer?«, fragte Emma. »Vielleicht stoßen Sie ja auf ein Heilwasser besonderer Qualität.«

»Das hat etwas mit Selbstbeschränkung zu tun«, erwiderte er. »Wir nehmen im Durchschnitt pro Jahr einhundertdreißig Millionen Liter aus der Erde. Das reicht, um alle Kunden zu beliefern und genügend Brauchwasser für die Spülung der Flaschen zur Verfügung zu stellen. Es reicht, es ernährt uns. Und weil das noch lange so bleiben soll, bohren wir nicht wild. Was den meisten Menschen vollkommen abgeht, was sie gar nicht begreifen können, ist die Kostbarkeit des Wassers. Sie tun so, als hätten wir Wasser in Hülle und Fülle. Das haben wir aber nicht, wir müssen sorgsam damit umgehen.«

Die Kamera war jetzt auf zwanzig Metern Tiefe, fuhr durch glatte Felswände, stieß auf Schichten, die wie Geröll wirkten, in denen Kohlensäure wie Perlenschnüre in das Wasser eintrat.

»Habe ich das richtig verstanden, dass im Gebiet der alten Vulkane oft Grundwasser zu finden ist?«, fragte Rodenstock.

»Ja«, antwortete er. »Das stimmt.«

»Und was ist, wenn die Vulkane wegen der Steine und der Vulkanasche abgebaut werden?«

»Dann verlieren wir fast jedes Mal ein Wassergewinnungsgebiet«, stellte Kreuter lapidar fest. »Das ist ein Riesenproblem. Oder besser gesagt wird das einmal zu einem Problem werden.«

Nach einer halben Stunde fuhren wir wieder, voll gepackt mit Wissen um Wasser und seine Gewinnung.

Rodenstock zog sich mit Emma in die äußerste Ecke des Gartens zurück, Vera nahm ein Buch und legte sich in die Sonne, ich saß am Schreibtisch und wusste nichts Rechtes anzufangen. Der Fall schien mir mittlerweile verwirrend und aus einer endlosen Kette von »Ja, aber ...« zu bestehen. Ich war schläfrig, gleichzeitig nervös und konnte mich kaum konzentrieren.

Ich machte mich auf den Weg in meinen Garten. Emma schlief in einem Liegestuhl, Cisco ruhte auf ihrem Bauch und schnarchte leicht. Rodenstock blätterte in einem Bildband über das traumhafte Flüsschen Lieser.

»Ich weiß was«, flüsterte ich.

»Und?«, flüsterte er zurück.

»Ich werde mich bestechen lassen.«

Er dachte nach und meinte leise: »Du bist wahnsinnig!« Dann erhob er sich und wir setzten uns ins Wohnzimmer.

»Ich weiß, es ist riskant. Aber wir werden vorher Kischkewitz informieren. Ich werde so tun, als wisse ich außerordentlich viel, als sei ich total pleite und käuflich.«

»Aber welches Wissen soll dir irgendeiner dieser korrupten Hunde bezahlen?«

»Fakt ist doch, dass Breidenbach Arbeitsnotizen gemacht hat, siehe die Eintragung *Ausgerechnet Spa*. Ich kann behaupten, ich hätte sein Tagebuch. Und das werde ich ihnen verscherbeln.«

»Sie werden es sehen wollen.«

»Wenn sie gezahlt haben, wird es zu spät sein.«

Rodenstock wiegte den Kopf und überlegte eine Weile. »Das könnte klappen, das könnte sie provozieren. Das alles muss dokumentiert werden. Aber es hat immer noch Haken des Risikos.«

»Du lieber Himmel, was laberst du da?«

»Na gut. Und wie stellst du dir das konkret vor?«

»Ich muss an sie herangespielt werden, an Lamm, an Still, an Stills Geschäftsführer. So ganz genau weiß ich das noch nicht. Das Opfer Nummer eins heißt Franz-Josef Breidenbach. Wir kennen ihn, wir kennen die Familie, aber seine Rolle in dem Spiel kennen wir nicht. Wir wissen ja noch nicht einmal, mit wem er vögelte. Pass auf, Rodenstock, bei genauem Hinsehen gibt es eine Frage, die wir unbedingt klären müssen und die wir benutzen können, um Lamm und Co. zu provozieren. Die Frage lautet: Wie viel Geld haben sie Breidenbach geboten, wenn allein schon die Glaubrechts zweihunderttausend abzocken konnten? Können wir da nicht Breidenbachs Frau irgendwie einspannen?«

»Seine Frau wird uns auf keinen Fall helfen«, schüttelte Rodenstock sofort den Kopf. »Weil sie nicht helfen kann. Ihr Mann hat ihr wahrscheinlich nichts gesagt. Außerdem lautet die Frage nicht nur, wie viel ihm geboten wurde, sondern auch, ob er es angenommen, genauer: bekommen hat.« Er lächelte. »Du bist ein kluger Junge. Aber was ist, wenn du mit deiner Bestechlichkeit platt auf die Schnauze fällst? Du berücksichtigst nämlich nicht, dass Breidenbach das Geld möglicherweise bekommen hat und seine Frau es sich nach seinem Tod unter den Nagel gerissen hat. Möglicherweise hat die Geschichte die Form einer Burleske angenommen: Er kassierte und sie hat das Geld irgendwo im Kartoffelkeller versteckt … Nichts auf der Welt könnte sie dazu zwingen, das zuzugeben. Dabei wird es um mehr gehen als um eine Zusatzrente, mein Lieber. Jedenfalls, was immer wir Maria Breidenbach bieten: Sie wird sich nicht einspannen lassen, glaub mir das.«

»Warum nicht?«, fragte ich aufgebracht. Wenn Rodenstock mir mit seiner blöden Klugheit meine Wunschvorstellungen zerdepperte, hasste ich ihn wie ein Sechzehnjähriger seinen Vater.

»Verdammt noch mal, Baumeister, hast du die Welt, in der wir uns seit Tagen bewegen, mal mit Abstand betrachtet? Du bist doch ein helles Köpfchen. So ziemlich alle reden, schwätzen dummes Zeug, geben an wie ein Sack Seife, streiten ab, kehren den Saubermann raus, wenden sich vertrauensvoll an uns. Nur diese Frau hält sich total bedeckt. Warum? Nun, die Erklärung könnte banal sein: weil sie sich immer raushält. Es könnte aber auch sein, dass sie das Geld erbeutet hat, für das ihr Mann sein Schweigen verkaufte. Nein, wir müssen die Sache anders angehen.«

»Lass um Gottes willen die Kinder raus«, mahnte ich vorbeugend.

»Ich denke nicht an die Kinder!«, blaffte er empört. »Ich denke an den seltsamen Alltag des Franz-Josef Breidenbach. Was wollen wir eigentlich? Wir wollen filmen und abhören, wie dir jemand viel Geld für etwas bezahlt, das nicht existiert. Warum wollen wir das? Weil wir Kischkewitz damit zwei Monate Arbeit ersparen und die Korruption durchsichtig machen können. Und für dich als Journalisten wäre das ein wahrhaft fantastisches Sahnehäubchen. Wie wahrscheinlich ist es, dass Breidenbach Geld genommen hat? Und wenn, wofür genau, was war seine Gegenleistung? Schweigen, das Gutachten und Nichtstun. Und das hat mit seinem Arbeitsalltag zu tun. Seine Frau und seine Kinder wissen von diesem Alltag auch nicht das Geringste. Wir haben hören müssen, dass die Breidenbach'sche Ehe eine langweilige Routineangelegenheit war. Gleichzeitig wissen wir von seiner Sekretärin, dass Breidenbach aus dem Dienst scheiden wollte. Im Herbst dieses Jahres. Er freute sich darauf, die Aussage ist eindeutig. Was wollte er anschließend machen, mein kluger Baumeister, wie wollte er weiterleben? Vorruhestand in Daun? Niemals!«

»Du hast Recht«, gab ich zu. »Wahrscheinlich ist die Familie über vieles überhaupt nicht informiert. Ich muss von einer anderen Seite kommen. Aber von welcher?«

»Von der Seite des Geldes«, grinste Rodenstock. »Von der Seite ist es immer am einfachsten. Du behauptest, du hast in seinen Unterlagen Notizen gefunden, Notizen, die belegen, dass er Geld bekommen hat. Du selbst bist pleite, siehst keine Zukunft in der Eifel und willst verschwinden. Die Notizen kosten soundso viel. Wir lancieren das, indem wir einen V-Mann der Kripo an Schwanitz kleben. Und wir präparieren den Steinbruch – das scheint mir ein geeigneter Treffpunkt –, du machst ein trauriges Gesicht und schiebst die Nummer durch.«

»Okay, schick mir Schwanitz in den Steinbruch. Oben auf die Felsnase. Genau gegenüber befindet sich eine deutlich niedrigere Steinbarriere, quer liegender Basalt. Da kannst du jemanden hinstellen, der alles aufnimmt.«

»Gut, ich besorge dann jetzt die Technik.«

»Und ich brauche nun zwei, drei Stunden Ruhe. Ich fahre zur Alten Mühle nach Plein, hocke mich an die Lieser und lasse den lieben Gott einen guten Mann sein. Vielleicht kommt Vera ja mit.«

Rodenstock grinste endlich wieder. »Dann wünsche ich der Familie einen geruhsamen Nachmittag. Aber noch was, Baumeister: Stell dir den Spaß nicht einfach vor. Wenn du übertreibst, werden sie dich vor unseren Augen zum Krüppel machen.«

»Schon gut, Papa, schon gut.«

Eine Viertelstunde später brachen wir auf und Vera sang lauthals neben mir: »Männer sind Schweine …«

Ich wählte die Strecke Daun–Manderscheid–Großlittgen, eine der schönsten Strecken der Eifel, ein Eintauchen in endlose Wälder. Vera summte und hielt die Augen geschlossen, ihr Gesicht war ganz gelöst. Zuweilen legte sie mir die Hand auf den Oberschenkel. Die ganze Welt roch nach Sommer.

Plötzlich sagte sie mit leichtem Zorn: »Glaubst du nicht, dass dein Versuch, diese Leute der Bestechung zu überführen, unnötig ist? Klar, es ist wichtig und ideal, einen solchen Vorgang aufgezeichnet zu haben, aber lohnt sich das Risiko?«

»Es lohnt sich«, behauptete ich. Natürlich war ich mir nicht sicher.

Als wir hinter Plein die lange, steile Kehre herunterrollten, um in das Tal der Lieser einzubiegen, murmelte sie: »Es ist sehr gut, dass ich dich habe.«

Vera war begeistert von der Talenge, in der die Mühle liegt. Steilhänge mit dichtem Wald, eine hochstehende Sonne, die auf den schnell eilenden Wassern tanzte, in schattigen Löchern stehende Regenbogenforellen, eine blonde Wirtin, die lächelnd fragte: »Süßes oder Derbes?«

In solchen Momenten kann man wirklich glauben, unsere Welt sei heil und in Ordnung.

Wir aßen zusammen von einem Teller, wir bedienten einander. Dann bezahlten wir und wollten am Fluss entlanggehen.

»Nicht links, nicht über die Brücke«, sagte ich.

»Aber hier geht es nicht weiter«, sagte sie.

»Geh nur«, sagte ich. »Es geht weiter.«

Vera erreichte die letzte Felsnase und blickte in ein Wasserloch. Geradeaus tanzte das Sonnenlicht.

»Du willst mich verscheißern«, murmelte sie unsicher.

»Nicht die Spur«, sagte ich und sprang in das Wasser. Es war kühl, es war ein gutes Gefühl. »Siehst du da die kleine Insel?«

»Da stehen gelbe Blumen«, nickte sie.

»Schwertlilien«, sagte ich. »Komm schon. Das trocknet alles wieder.«

Da sprang sie mir nach.

Die Insel war winzig, vielleicht fünfzehn Schritt in der Länge, nicht mehr als sechs breit. Auf ihr stand eine Erle, die einen irisierenden Schatten warf. Daneben lag ein alter gestürzter Baum, eine Krüppeleiche, vollkommen mit Moos überzogen, das so grün leuchtete, dass es kaum zu ertragen war. Und steil und sehr trotzig ragte ein Basaltstück mannshoch, mit lohegelben Schwefelalgen besetzt und warf einen scharfen Schatten auf das Wasser. Es war eine kleine, romantische, perfekte Welt, aufgebaut für uns, für uns ganz allein, und ich dachte: Wenn ich jetzt die Augen schließe und wieder öffne, dann ist das alles weg.

Eine schnelle, huschende Bewegung auf dem Basaltstein – eine Eidechse schoss durch das Sonnenlicht, verharrte den Bruchteil einer Sekunde, hob das Köpfchen und war wieder verschwunden. Können Eidechsen schwimmen?

Ich zog meine Jeans aus und legte sie auf den Stein.

»Was ist, wenn da drüben jemand entlanggeht?«, fragte Vera unsicher.

»Das ist mir scheißegal«, gab ich zur Antwort. »Und ich hoffe, es ist ihm auch scheißegal.«

»Ich habe auch einen quatschnassen Hintern«, murmelte sie. »Das ist angenehm, wenn man im Wasser ist, aber hier in der Sonne geht einem auf diese Weise alles verloren.«

»Zieh die Hose aus, bevor es so weit kommt«, sagte ich. »Das ist unser Planet, wenigstens für ein oder zwei Stunden. Sieh mal, die Insekten. Wie sie in der Sonne tanzen.«

»Wirst du mir nun endlich etwas von dir erzählen?«

Ich erinnerte mich, dass Rodenstock mal festgestellt hatte, wir seien gute Freunde, fast so etwas wie Vater und Sohn. Aber dass ich erstaunlich schweigsam sei und er eigentlich wenig von mir wisse.

»Sofort«, antwortete ich und war Vera dankbar für ihre Frage. »Ich habe eine Zeit lang so viel Schnaps gesoffen, dass ich in Tokio oder Hongkong oder Adelaide war und nicht mehr wusste, mit wem ich da gesprochen hatte und aus welchem Grund. Ich habe neulich alte Reisepässe gefunden, in die die Kolumbianer mir einen Einreisestempel hineingedrückt haben. Ich weiß, ich suchte in den Armensiedlungen am Rande von Bogota nach jungen Müttern, die ihre frisch geborenen Babys in die Mülltonnen warfen. Das alles weiß ich noch, aber ich weiß nicht mehr, ob diese Reportage jemals irgendwo gedruckt wurde. Ich hatte Angst vor dem Leben, ich hatte sogar Angst vor einer roten Ampel.«

»Was soll denn das jetzt an diesem schönen Fluss?« Sie war verwirrt.

»Wir recherchieren eine Mordsache, an der uns vieles wie das totale Chaos vorkommt. Ich habe Verständnis für Chaos, ich komme aus dem Chaos.« Ich wusste nicht, ob sie das begreifen würde, doch Vera verstand, was ich sagen wollte.

»Ach so. Aber du bist doch gar kein ängstlicher Typ.« In ihrer Stimme war immer noch Erstaunen.

»Glaub mir einfach«, sagte ich. »Nimm es so, wie ich es sage.«

»Das mache ich«, murmelte sie nach einer Weile.

Wir blieben zwei Stunden auf diesem Eiland unserer Glückseligkeit. Dann wurden die Schatten länger, die Sonne verkroch sich hinter den Baumwipfeln, das Leben auf der anderen Seite unserer Träume kehrte zurück und wir nahmen es an.

Kurz vor Manderscheid erwischte uns Rodenstock mit dem Handy. »Da ist doch dieser Jeansknopf am Tatort gefunden worden. Armani-Jeans, erinnerst du dich? – Gut, wahrscheinlich gehört er Abi Schwanitz, denn der trägt nur Armani und ist auch noch stolz darauf.«

»Also war er am Tatort«, stellte ich fest.

»So sieht es aus«, sagte Rodenstock. »Somit war er selbst derjenige mit dem Richtmikrofon. Wahrscheinlich wollte der Sprudelmensch wissen, was Breidenbach tun würde. Oder ob er sein Wissen mit jemandem teilte. Das Richtmikrofon haben wir organisiert, eine Kamera auch. Wann kommt ihr zurück?«

»Jetzt. Wir sind auf dem Weg.«

»Na dann, bis gleich. Ach so, da ist noch etwas. Kischkewitz und die Mordkommission haben herausgefunden, dass Abi Schwanitz ein sehr reges Sexualleben hat. Er hat eine Schwäche für die Damen in den Wohnmobilen an den Autobahnauffahrten. Die mögen den Typen aber gar nicht, weil er manchmal zuschlägt, wenn sie nicht tun, was er will. Du weißt schon, Rosi eins bis Rosi vier.«

»Das ist aber mal eine schöne Geschichte.« Ich musste lachen und kappte die Verbindung.

»Kann ich, Erhabener, an deiner Heiterkeit teilhaben?«, fragte Vera.

»Sicher«, grinste ich. »An den Autobahnauffahrten auf die A 1 und die A 48 gibt es ein paar Dienerinnen der Liebe. Die haben da kleine Wohnmobile auf Parkplätzen oder in der Mündung von Waldwegen stehen und bedienen ermüdete Transporteure oder gestresste Reisende in Herrenunterbekleidung. In der höchst sittsamen Eifel bedeuten diese ausgesprochen lustigen Typen ständiges Bauchweh für einige hohe Verwaltungsbeamte. Vor allem die vereinigte Meute zum Schutz von Anstand und Moral, also Pfarrer, christliche Abgeordnete, ein paar Oberstudienräte und sauertöpfische Jungfern haben immer schon getuschelt, ob man diese Schmeißfliegen der Gesellschaft nicht des Waldes verweisen soll. Klugerweise haben sie das bisher noch nicht getan, sonst hätten sie sich auch zum Lacher der Nation gemacht. Die Damen wechseln natürlich oft, weshalb ich sie der Einfachheit halber durchnummeriert habe. Rosi eins bis Rosi vier. Zum Teil sind sie mit CB-Funk ausgerüstet. Wenn man sie abhört, empfängt das lauschende Ohr etwa folgendes Gespräch: Schätzchen, ich komme gleich mit zwanzig Tonnen Sprudel am Arsch bei dir vorbei. Wie sieht es aus? Bist du schön biegsam? Antwortet die Schöne: Bist du Erich oder Christoph? Na egal. Ja, ich bin gut drauf, ein kühles Bier gibt es auch. Und ich hoffe auf viel Kleingeld! Und dann gibt es noch eine schöne Geschichte. Ein äußerst katholischer Sechzigjähriger, der vor lauter Katholizismus so aussah, als habe er gerade in eine Zitrone gebissen, ging zweimal am Tag mit seinem Hund Gassi. Und zwar auf dem Parkplatz von Rosi drei. Die grüßte ihn immer ganz freundlich und er muffelte zurück. Im Dorf hieß es nach ein paar Wochen: Also, dass der Paul es nötig hat, jeden Tag zweimal zur Nutte zu gehen, hätten wir ja nicht gedacht. Na ja, wir wussten es immer schon: Die Ehe ist tot! Tatsache ist, dass der Muffelkopp gar nicht begriffen hatte, was Rosi drei da unermüdlich trieb. Die Ehefrau vom Muffelkopp schrammte eng an einem Herzinfarkt vorbei, als eine gute Freundin ihr riet, sie solle sich mal um ihren Mann kümmern, der sei ja dauernd bei dieser Nutte. Es war dem Mann nicht beizubringen, welchen Beruf Rosi hat. Egal, seit diesen Tagen kann er nicht mehr durchs Dorf gehen, ohne begrinst zu werden. Und der Hund muss sich jetzt woanders erleichtern.«

»Eine schöne Geschichte«, lachte Vera.

»Irgendwann wird sich ein Verein zur Reinhaltung des deutschen Waldes gründen. Der Brutalo Abi Schwanitz hat eine Schwäche für die Rosis.«

»Das ist keine kriminelle Handlung«, mahnte Vera.

Rodenstock hatte gekocht, harte Eier in Senfsoße, Salzkartoffeln, Salat. Es schmeckte herzergreifend und niemand von uns sagte ein Wort.

Es wurde kein langer Abend, Rodenstock zog sich als Erster zurück, dann bemerkte Vera, sie sei rechtschaffen müde, und so hockte ich mit Emma allein am Teich. Sie kraulte die Katzen, ich den Hund.

»Wir machen was verkehrt«, murmelte sie. »Etwas stimmt nicht.«

»Aber was? Wir kennen doch nun schon ein paar Leute mit höchst ehrbaren Mordmotiven.«

»Nein, nein, das meine ich nicht. Dass sie alle Breidenbach zum Teufel gewünscht haben, ist klar. Aber Breidenbach hatte Geschlechtsverkehr, wie man das so ekelhaft sportlich ausdrückt. Wir haben keinen Schimmer, wer die Frau ist. Nun frage ich mich: War es überhaupt eine Frau?«

»Breidenbach? Schwul? Oder bisexuell? Deshalb der Stricher Karl-Heinz Messerich? Weiß nicht. Es gibt einiges, was dagegen spricht. Zu viel Brutalität im Spiel.«

»Na, hör mal«, widersprach Emma sanft, »du weißt genau, wie brutal Probleme auch unter Schwulen ausgetragen werden können.«

»Schon. Aber Breidenbach ist ein typischer Vertreter einer bestimmten Sorte Mann. Einer von denen, die sich für die Jugend engagieren, in Sportvereinen gleichermaßen wie in der Freiwilligen Feuerwehr. Es gibt in der Eifel und anderswo genügend Fälle, in denen einsame Ehefrauen die Frage stellen, ob ihr Mann mit ihnen verheiratet ist oder mit der

Jugendabteilung des Sportvereins. Und bis jetzt hat sich in diesen beiden Mordfällen keine Homosexualität gezeigt.«

»Wie sagte ein alter Professor immer? Leute, man kann Flöhe und Wanzen haben!«

»Alles? Es soll um schwule Verhältnisse und Wirtschaftskriminalität, um ökologische Schweinereien, Trinkwasservergiftung, Bestechung und um Babytod gehen? Das wäre eine verrückte Mischung.«

»So verrückt ist das nicht«, sagte sie langsam. »Das ist das Leben. Es ist eine Gemengelage, die die Nachforschungen schwierig macht, und denkbar ist das.« Sie schlug sich auf die Schenkel. »Mach es gut, mein Lieber.«

»Du auch.«

Ich blieb hocken und beobachtete die Nacht.

Als mein Handy schrillte, war es gegen elf Uhr, eine schmale Mondsichel stand über dem Turm der Kirche.

»Ja, bitte, Baumeister hier.«

Eine Männerstimme, hoch und aufgeregt: »Sie sind doch dieser Journalist aus Brück, oder? Ja, hier ist die Försterei in Hillesheim. Also, da ist was Verrücktes passiert, das muss ich Ihnen erzählen.«

»Langsam, mein Freund, langsam. Ich laufe Ihnen nicht weg. Was ist denn passiert?«

»Die Rotte Wildschweine im Eichengrund, also querab vom Steinbruch in Kerpen. Die Rotte hat einen ... Menschen gefressen.«

»Können Sie das wiederholen?«

»Mein Chef hat gedacht, wir rufen Sie mal an. Vielleicht hat das ja was mit Breidenbach zu tun. Den kannten wir hier alle.«

»Wieso haben Wildschweine einen Menschen gefressen?«

Der Mann atmete gepresst. »Es ist so, dass die Jäger zurzeit keine Wildschweine schießen dürfen. Oder anders: Sie dürfen schießen, aber sie dürfen sie nicht selbst aufbrechen. Wegen der Wildschweinepest. Sie bringen sie zu uns, zur Försterei. Wir brechen sie auf, weil der Veterinär untersuchen muss, ob die Tiere in Ordnung sind. Und gestern Abend haben wir zwei Schweine gekriegt. Eine Bache, einen

Keiler. Wir waren im Holz und hatten keine Zeit, deshalb haben wir die erst heute Abend aufbrechen können. Sie haben beide Menschenteile im Magen und im Darm. Und Kleidungsreste und Lederreste von den Schuhen. Und da dachten wir, wir rufen Sie mal an. Vielleicht hat das ja etwas mit Breidenbach zu tun …«

»Danke, das war eine gute Idee. Wo sind Sie jetzt?«

»In der Försterei. Die Polizei hat mein Chef auch schon angerufen.«

»Dann kommen gleich die Beamten von der Mordkommission. Erzählen Sie sonst niemandem etwas davon. Wo genau sind die Tiere erschossen worden?«

»Das war in der Suhle an Eckermanns Kreuz.«

»Wo ist das denn?«

»Na ja, ein Kreuz steht da nicht mehr. Ein Bauer, der Eckermann hieß, hatte da ein Kreuz aufgestellt. War ein Versprechen an die Heilige Jungfrau Maria. Das Kreuz ist irgendwann verfault und Eckermanns gibt es auch nicht mehr. Tja, und seitdem heißt die Stelle bei uns Eckermanns Kreuz. Ja, wie kann man das beschreiben?«

»Langsam«, mahnte ich erneut. »Ist das irgendwo in der Gegend vom Kerpener Steinbruch?«

»Genau! Wenn Sie an der Strumpffabrik hochfahren zwischen den Feldern, dann ist links die Einfahrt in den Steinbruch. An dieser Stelle fahren Sie geradeaus bis oben auf die Kuppe. Da geht ein Weg quer rüber über Weideland zu einem Waldrand. Alter Buchenbestand. Da müssen Sie durch, da gibt es keinen Weg. Dann kommt ein Schonungsgebiet. Ziemlich dicht. Geradeaus durch. Dort wird es sumpfig. Sie kommen in eine Senke. Alles voll Matsch. Das ist die Suhle. Da sind sie geschossen worden.«

»Haben Sie jemanden, der sofort dorthin gehen kann?«

»Wieso das?«

»Sie müssen die Suhle absperren, Mann!«

»Da ist doch sowieso kein Mensch.«

»Das sagt ihr Eifler immer und dann gibt es mehr Zuschauer als bei einer Kinopremiere. Schicken Sie jemanden hin. Sofort. Haben Sie ein Bier im Eisschrank?«

»Ja, warum?«, fragte er verwirrt.

»Halten Sie sich daran fest, bis die Polizei eintrudelt.«

»Eigentlich muss ich ja aufräumen. Ist ja alles von Abfällen dreckig und Blut an den Fliesen und so. Und die Gedärme ...«

»Nehmen Sie bloß keinen Wischmopp in die Hand! Es geht um einen Mordfall. Räumen Sie nichts weg!«

»Na ja, ich dachte, vielleicht haben diese Kripoleute es gern ein bisschen sauberer. Das ist eine große Schweinerei hier«, seufzte er.

Ich wählte Rodenstocks Handynummer, in der Aufregung geschah das ganz automatisch. »Sie haben wahrscheinlich Karl-Heinz Messerich gefunden. Die Wildschweine haben ihn gefressen.«

»Willst du mich verscheißern?«

»Zieh dich an, es ist Chaos im Karton. Die Polizei ist schon verständigt. Försterei in Hillesheim und eine Suhle ... Na ja, zieh dir erst mal was an den Hintern.«

Als ich das Haus betrat, stand Emma schon in der Küche und ließ einen Kaffee durchlaufen. »Vera ist auch wach. Hast du Gummistiefel für mich?«

»Ja. Zwar ein bisschen groß, aber es wird gehen.«

»Karl-Heinz Messerich den Wildschweinen zum Fraß vorgeworfen. Das ist ein Titel für die BILD. Jetzt kommt Bewegung in das Spiel.« Sie summte *My way*.

Mit den Worten: »Wer hat Gummistiefel für mich?«, kam Rodenstock herein, gefolgt von Vera, die sagte: »Das ist mal ein netter Abend. Wer hat Gummistiefel für mich?«

Not schafft Sprache.

Wir teilten uns. Rodenstock und Emma fuhren zur Försterei, Vera und ich zur Wildschweinsuhle.

»Das ist eigentlich genial«, meinte Vera. »Leichenbeseitigung auf die besondere Art. Das heißt doch, dass der Täter gewusst haben muss, dass Wildschweine Aasfresser sind.«

»Nicht nur das. Er muss auch die Suhle kennen. Und er muss verdammt kräftig sein. Denn er musste die Leiche über weite Strecken tragen.«

Die Nacht war lau, kein Wölkchen am Himmel. Ich fuhr

ohne Eile, Wildschweinsuhlen können nicht fortlaufen. Hinter Kerpen schnürte ein Fuchs im Straßengraben und hob nicht einmal den Kopf, als wir vorbeirollten. Ich steuerte den Wagen am Eingang des Steinbruchs vorbei auf die Höhe, dann in einem Neunzig-Grad-Winkel nach rechts und wir holperten über einen Wiesenstreifen bis zur vollkommenen Schwärze des Waldrandes.

»Hier habe ich Schlehen gepflückt, um einen Aufgesetzten zu machen.«

»Ausgerechnet du?« Sie grinste und wurde dann unvermittelt ernst. »Allein würde ich hier nicht herumstehen wollen.«

»Das kommt von der Dunkelheit und den dir unbekannten Geräuschen. Wenn du weißt, was die Geräusche bedeuten, verschwindet die Angst. Nimm die Taschenlampe. Wir müssen hier hinein.«

»Geht da kein Weg durch?«

»Wildschweine als Straßenbauer sind unbekannt.«

»Und wenn die auf uns warten und angreifen?«

»Dann stellst du dich artig vor und verstrickst sie in hinhaltende diplomatische Bemerkungen.«

Ein Tier schrie sehr hoch. Es hörte sich nach Tod an.

»Ich glaube, ich bleibe im Wagen«, sagte Vera. »Meine Nerven sind zurzeit nicht so gut.«

»Das war möglicherweise eine Schleiereule, die eine Maus geschlagen hat.«

»Eine Maus? Niemals macht eine Maus einen derartigen Lärm.«

»Das machen sie, wenn es ums Leben geht. Also, los jetzt.«

Anfangs, zwischen den hohen Stämmen der Buchen, ging es problemlos voran. Aber schon nach vierzig Metern war der Hochwaldstreifen zu Ende und der Hang wurde steiler. Wir hatten die Schonung erreicht.

»Pass jetzt auf, hier stehen Vogelbeeren und junge Birken, die Äste peitschen. Halte dich dicht hinter mir und beleuchte den Boden, sonst liegst du auf der Nase.«

»Und was ist, wenn ich auf ein Wildschweinbaby trete?«

»Das heißt Frischling. Dann entschuldigst du dich. Vorsicht, da sind alte Baumstümpfe. Nicht drauftreten, die sind vollkommen morsch.«

Ich hatte diesen guten Rat noch nicht ganz ausgesprochen, als es mich erwischte. Ich verhakelte mich in einem Brombeergerank und stürzte kopfüber in eine Weißtanne. Irgendetwas schrammte schmerzhaft über meine linke Wange.

Das schien eine gute Therapie gegen Veras Angst zu sein, denn sie begann sofort vollkommen haltlos zu lachen. »Mit dir kann man was erleben!«

Ich rappelte mich auf. »Ich bin einer der fähigsten Trapper der Vulkaneifel«, erklärte ich hoheitsvoll und stakste vorsichtig weiter.

Nach vielleicht hundert Metern wurde der Hang extrem steil und endete in einem kleinen Talkessel, vor uns standen hohe Kiefern und Eichen.

Ich roch Tabakrauch und rief: »Sind Sie die Abordnung der Försterei?«

»Ja, sicher«, antwortete jemand aus dem Dunkel. »Das Beste ist, Sie gehen scharf links. Streckenweise ist die Suhle bis zu einem Meter tief. Wenn Sie drin stecken bleiben, ist es zu spät.«

Ich wandte mich nach links. Dann sah ich den Mann. Er hockte auf einem Baumstumpf und rauchte.

»Waren Sie dabei, als die Tiere hier geschossen wurden?«

»Nein, war ich nicht.« Er mochte achtzehn Jahre alt sein. »Die sind auch nicht hier geschossen worden. Das war in einer anderen Dickung, rund fünfhundert Meter weiter. Aber die Tiere waren hier drin. Und dahinten ist was zu sehen.«

Ich leuchtete die Suhle ab.

»Das ist meine Freundin Vera«, stellte ich vor. »Ich bin Siggi Baumeister. Wie stark ist diese Rotte?«

»Na ja, schwer zu sagen. Bestimmt drei Bachen und zwei Keiler, schätze ich. Mit den Würfen vom letzten Jahr vielleicht zwölf oder vierzehn Tiere. Nehmen Sie meinen Scheinwerfer, der ist besser.« Er reichte mir einen ziemlich großen Kasten. »Wenn Sie auf die Mitte der Schlammfläche halten, dann sehen Sie einen Schuh. «

»Stimmt.«

»Rechts davon ist was Rotes.«

»Sehe ich auch.«

»Das ist wahrscheinlich ein T-Shirt oder so etwas Ähnliches.«

»Ich ziehe den Schuh mal raus«, sagte ich naiv.

»Das würde ich nicht tun«, meinte der Forstmann freundlich gelassen. »Der Fuß steckt nämlich noch drin.«

»Mein Gott!«, schrillte Vera.

Er grinste unverhohlen. »Ich möchte nicht wissen, was die Kriminalisten noch alles im Schlamm finden. Ich habe ja keine Ahnung von Polizeiarbeit, aber jetzt weiß ich, was ich mit meiner nächsten Leiche mache.«

Vera lachte nervös.

»Wie weit sind wir hier von den nächsten Häusern entfernt?«, fragte ich.

»In jede Richtung ungefähr tausend Meter«, sagte er. »Hier kommt keiner hin. Nicht mitten in der Nacht.«

»Da würde ich nicht drauf wetten«, erwiderte ich. »Schließlich ist der Tote ja auch hierher gekommen. Und jemand hat teuflisch klar die Idee gehabt, so einen Mord zu vertuschen. Wir hatten nur Schwein, Wildschwein, sonst nichts.«

»Das ist richtig«, gab er nach ein paar Sekunden zu.

»Sind Sie Jäger?«

»Ja.«

»Was machen Sie beruflich?«

»Ich will Forstwirtschaft studieren. Wobei das im Grunde vergebens ist. Es gibt nämlich keine Stellen.«

»Kannten Sie Breidenbach?«

»Natürlich. Wer in der Gegend kannte den nicht?«

»Kennen Sie auch seinen Sohn, den Heiner?«

»Sicher, klar. Und die Julia. Und Holger Schwed. Fehlt eigentlich nur noch Karl-Heinz Messerich, dann ist die Mannschaft perfekt.«

»Das da im Schuh ist wahrscheinlich ein Rest von Messerich«, sagte ich leichthin. »Wieso Mannschaft?«

»Na ja, der Breidenbach machte viel mit jungen Leuten. Naturführungen und solche Dinge.«

Ich überlegte, wie weit ich gehen konnte, und offensichtlich wurde Vera von dem gleichen Gedanken getrieben.

»Uns beschäftigt etwas«, sagte sie offen. »Kurz vor seinem Tod im Steinbruch hatte Breidenbach Geschlechtsverkehr. Das ist bewiesen. Wir wissen aber nicht, mit wem er ein Verhältnis hatte. Fällt Ihnen eine Frau ein, die infrage kommen könnte?«

Er lachte unterdrückt. »Nein. Ob Sie da je etwas herausfinden werden? In der Eifel schweigen die Leute über so was.«

»Ich möchte noch weitergehen«, sagte ich. »Könnte es sein, dass Breidenbach bisexuell oder schwul war?«

Er war verblüfft. »Das höre ich zum ersten Mal.«

»Hm. Na, dann wollen wir mal wieder. Wir fahren nun zur Försterei.«

Er nickte und zündete sich eine neue Zigarette an. »Passen Sie auf, dass Ihnen nicht schlecht wird.«

»Ach du lieber Gott«, seufzte Vera.

Wir kletterten den Hang hinauf und stiegen wenig später in den Wagen. Es war jetzt kurz vor eins und angenehm kühl.

»Sieh einer an«, sagte Vera ungläubig.

Ich folgte ihrem Blick. Eine Frau stand da und hatte links eine Ziege an der Leine und rechts einen Hund. »Mein Gott, die Klara, das Klärchen. Was macht die hier um ein Uhr nachts?«

»Was machen wir hier?« Vera lachte leise. »Endlich mal ein völlig normaler Mensch.«

»Also ›völlig normal‹ ist wahrscheinlich die Untertreibung des Jahres.«

Wir stiegen aus und ich erinnerte mich an unsere letzte Begegnung. Sie hatte behauptet, den toten Breidenbach auf den Steinen liegen gesehen zu haben. Und dass in jener Nacht viele Menschen unterwegs gewesen wären, was immer ›viele Menschen‹ bedeuten mochte.

»Wir haben die Fotosammlung der Glaubrechts nicht dabei«, dachte ich laut nach.

»Doch, haben wir«, sagte Vera. »In meinem Rucksack hinter dem Sitz. Es ist duster hier, wir können nichts erkennen.«

»Wir setzen uns ins Auto. Klara! Guten Morgen. Was machst du hier um diese Zeit?«

»Spazieren gehen. Immer unterwegs«, erwiderte sie und murmelte dann: »Schöner Peter. Siggi.«

Die Promenadenmischung neben ihr benahm sich freundlich und wackelte mit dem Schwanz. Die Ziege, eine ältere Dame, betrachtete uns ruhig mit ihren faszinierenden Balkenaugen und meckerte nicht einmal. Die drei wirkten irgendwie rührend, Boten aus einer anderen Welt.

»Hallo, Klara«, sagte Vera.

»Hallo, Vera.« Sie hatte unsere Namen behalten, wahrscheinlich hätte sie unsere Unterhaltung von vor ein paar Tagen ziemlich genau wiedergeben können.

»Meisje hat mich geweckt. Das ist Meisje, meine älteste Ziege. Sie passt immer auf, wenn jemand hochfährt. Meisje ist holländisch, Meisje heißt Mädchen. Was ist hier los?«

»Wildschweine haben einen Menschen gefressen, einen toten Menschen. Dort unten in der Suhle«, erklärte ich.

»An Eckermanns Kreuz«, nickte sie verständig und nicht im Geringsten erschrocken. »Wildschweine fressen alles. Besonders die Säue, wenn sie Frischlinge führen. Sie fressen alles, was sie finden. Auch Menschen.« Sie schien sich an etwas zu erinnern. »Achtundvierzig war das. Wir hatten viel Wild, viele Schweine, viele Säue. War ein gutes Eicheljahr. War sehr kalt, aber ein gutes Eicheljahr. Kam ein Strolch aus Köln, war ziemlich jung. Wollte Kartoffeln haben und so jet. Ich wollte nichts geben, war nicht gut, der Strolch. Hatte ein Gewehr dabei. War ein Soldatengewehr, kein Jagdgewehr. Ist runter ...«

»Moment«, sagte Vera. »Was ist so jet?«

»So was«, antwortete ich. »Mach nur weiter, Klara.«

Sie lächelte breit. »Ist der Strolch runter in die andere Suhle. Unten im Greisenbüsch. Hat auch geschossen, habe ich gehört. Muss irgendetwas passiert sein. Weiß nicht was. Haben wir gefunden Knochen vom Strolch und später andere Sachen. Patronen und so was. Ja, Schweine fressen alles. War hier auch so?«

»Genau«, nickte ich. »Erinnerst du dich? Du hast gesagt, da waren viele Menschen in der Nacht unterwegs, als Breidenbach starb.«

»Ja«, erwiderte sie einfach.

»Wir haben Fotos. Komm, schau sie dir an, vielleicht erkennst du jemanden.« Ich ging vor ihr her, öffnete die Wagentür und schaltete die Leselampen ein.

Sie stieg nicht ein, sie blieb draußen stehen und schaute auf die Sitzfläche, auf der Vera die Fotos ausbreitete. Dann drückte sie mir die Leinen von der Ziege und dem Hund in die Hand. Sie beugte sich vor, war brennend interessiert. Wir hörten nur noch ihre scharfen Atemgeräusche, mit denen sie eine Strähne ihres grauen Haares aus dem Gesicht blies.

»Viele Leute«, sagte sie versonnen.

»Also, das hier ist Breidenbach«, begann Vera, »Breidenbach mit seinem Mountainbike. Dann sind da seine Kinder, Heiner und Julia. Mit einer Fernsehkamera. Der da ist der Franz Lamm, das Abi Schwanitz, hier Messerich. Das muss Messerich sein, er hatte ein Moped, orangefarben. Dann ist hier die Frau vom Breidenbach mit ihrem Golf-Cabrio. Der Mann dort dürfte der Sprudelmann Rainer Still sein. Und hier ist Holger Schwed. Auch mit einem Fahrrad. Den Mann da kenne ich nicht.«

Klara hatte bei jedem Namen genickt, als seien das alles alte Bekannte. Jetzt murmelte sie: »Das ist Seidler.«

»Der Geschäftsführer von *Water Blue*«, ergänzte ich.

Mir wurde plötzlich klar, dass wir seit Tagen über diese Leute sprachen, aber einige von ihnen noch gar nicht gesprochen hatten. Das ärgerte mich, der Ärger loderte als kleine, brennende Flamme in meinem Bauch.

»Wer war in der Nacht oben im Steinbruch, als Breidenbach starb?«, fragte Vera eindringlich.

Klara stützte den Kopf mit dem wenigen weißen Haar in die Hände und schnaufte ein wenig vor Unsicherheit. Dann richtete sie sich auf, trat einen kleinen Schritt zurück und legte sich beide Hände vor den Mund.

Sie betete: »Oh, Heilige Jungfrau. Dass ich nicht lüge. Steh mir bei.« Dann wandte sie sich zu mir. »Ist wichtig, nicht?«

»Sehr wichtig«, nickte ich. »Aber lass dir Zeit. Wir haben Zeit.«

»Sage ich erst, wer überhaupt da war? Kann ich erst sagen?«

»Ja, klar«, bestätigte Vera.

»Der war da, oft!« Sie griff zu und fächerte die Fotos mit unglaublichem Geschick auf, als würde sie einen Taschenspielertrick vorführen. Sie zog Abi Schwanitz aus dem Stapel. »Dann war da: der! Auch oft!« Sie fächerte wieder und Messerich kam zum Vorschein. »Der!« Mit großer Sicherheit fischte sie nach Rainer Still, dem Sprudelfabrikanten, dann nach seinem Geschäftsführer. »Und dieser hier, Franz Lamm! Lamm mehrmals. Macht Fenster und Türen. In Thalbach. Guter Katholik.« Ihre Hand zitterte über die Fotos. »Der auch. Oft.« Sie deutete auf Holger Schwed.

»Diese Leute waren immer dann im Steinbruch, wenn Breidenbach im Steinbruch war?«, vergewisserte ich mich.

Sie nickte heftig.

»Alle? In diesem Sommer?«

»Ja.«

»Jetzt die Nacht, in der Breidenbach starb«, forderte Vera aufmunternd.

»Also, der!« Klara deutete auf ein Foto von Abi Schwanitz. »Großes Auto, braunes Auto. Habe ich gehört.«

»Was heißt, du hast es gehört? Hast du den Motor gehört?«

»Ja, habe ich den Motor gehört. Ich höre gut, sehr gut.«

»Was ist mit dem?«, fragte ich und hielt ihr ein Bild von Karl-Heinz Messerich mitsamt seinem Moped hin.

»Ja, habe ich gehört. Moped. Vielleicht anderer Weg. Nicht gesehen. Ist das der Wildschweinmann?«

»Wahrscheinlich«, murmelte Vera. »Sehr wahrscheinlich.«

Klaras Hand suchte wieder in den Fotos. »Der!«, sagte sie ohne Zögern: Holger Schwed.

»Hast du ihn gehört oder gesehen? Kam er an deinem Haus vorbei?«, wollte ich wissen.

»Er kam vorbei«, sagte Klara. »Und dann ...« Ihre Hand fuhr wieder über die Bilder hinweg und zupfte ein Foto hervor. »Die auch.«

»Aber das ist Frau Breidenbach!«, widersprach Vera explosiv.

»War sie wirklich oben im Steinbruch?« Auch ich war erstaunt.

»Sie war da. Und sie war auch nicht da.«

»Was heißt das?«, fragte Vera.

»Sie ... sie kam und fuhr vorbei. An meinem Haus vorbei. Dann hielt sie.«

»Und, was tat sie?«, fragte ich.

»Nichts«, antwortete Klara. »Gar nichts tat sie.«

»Stieg sie aus?«, fragte Vera.

»Nein. Das Auto stand da, sie blieb drin.«

»Wie lange blieb sie dort? Wie viel Uhr war das?«, fragte Vera behutsam.

»Ich weiß nicht. Die Uhrzeit weiß ich nicht. Sie stand da. Eine Stunde oder so. Kann auch mehr gewesen sein. Schlimme Nacht.«

»Und dann hat sie gewendet und ist wieder weggefahren?« Lass es nicht abreißen, Baumeister, frag weiter!

»Ja, so war das. Hat kein Licht angemacht, kein Autolicht.«

»Und wann bist du in den Steinbruch gegangen?«

»Ganz früh. War noch Nebel am Bach unten. Sehr früh. Fünf Uhr.«

»Was hast du da oben noch gesehen?«

»Der hier war weg!« Sie deutete auf Abi Schwanitz. »Der auch.« Das war Karl-Heinz Messerich.

»Und Breidenbach lag auf den Steinen?«

»Ja. Nein, nicht auf den Steinen. Die Beine waren unter den Steinen.«

»Was hast du gemacht? Bist du zu ihm hingegangen?«

»Ja, bin ich. Ich habe gefühlt. War aber kalt, sehr kalt. War tot.«

Wir schwiegen eine Weile.

»Das ist sehr verwirrend. Das mit Frau Breidenbach ist sehr verwirrend.« Vera zündete sich eine Zigarette an.

»Sind viele Wege. Kann man auf vielen Wegen rauf und auf vielen Wegen weg«, murmelte Klara bedeutsam. »Ich muss heim wegen Frühgebet. In saecula saeculorum.« Sie sagte noch etwas, was wir nicht verstanden. Dann nahm sie mir die Leinen aus der Hand und machte sich geruhsam auf den Weg. Mit schlafwandlerischer Sicherheit spazierte sie über die holprige Wiesenstrecke davon.

»Was soll das mit der Frau vom Breidenbach?«, fragte Vera.

»Ich weiß nicht. Aber Klara taugt sowieso nicht als Zeugin. Jeder Richter würde sie ablehnen. Schon allein die Behauptung, sie könne Motoren nach dem Klang unterscheiden, macht sie unglaubwürdig. Aber ich glaube ihr. Maria Breidenbach war aus irgendeinem Grund in der Nacht hier, ein paar hundert Meter vom Steinbruch entfernt.«

»Wir werden ihr das vorhalten!«, sagte sie wild.

»Das macht keinen Sinn«, widersprach ich. »Sie wird den wahren Grund, warum sie hier war, nicht sagen. Sie wird behaupten: Ich war so unruhig, ich konnte nicht schlafen. Sie wird sagen, ach, weiß der Teufel, was. Sie wird alles Mögliche sagen und dieses alles Mögliche wird mit der Tat in keinerlei Zusammenhang stehen.«

»Du bist so ekelhaft realistisch«, murmelte sie. »Auf zu den Resten des Herrn Messerich.«

»Wenn er es überhaupt ist.«

Es gibt Szenen, die man sich ersparen sollte, weil sie so viele Schrecken bergen, dass es für zwei Leben reicht.

Der kleine Schlachtraum in der Försterei war weiß gekachelt und wurde von blauem Neonlicht unbarmherzig ausgeleuchtet. Draußen vor diesem Raum hockten ein paar Männer in den weißen Überzügen der Mordkommission beieinander und rauchten, grüßten freundlich und konnten sich die Bemerkung nicht verkneifen: »Bleibt lieber draußen, das da drinnen ist nicht so schön.«

Tatsächlich war es schlimm und der Gestank nahm uns den Atem.

Die Fliesen waren blutbeschmiert, drei Männer in Gummischürzen und mit Plastikhauben fledderten die Reste der

Tiere und sammelten auf einem großen Tisch, was sie für die Reste von Karl-Heinz Messerich hielten. Alle drei trugen einen Mundschutz und von Zeit zu Zeit wandten sie den Kopf beiseite, als sei die Belastung zu groß. Sie sammelten kleinere Knochen, größere Knochen, halb verdaute Reste, undefinierbare Anhäufungen von blutigem Gewebe, Knöpfe, Schnallen, Lederstücke, Tuchreste.

Rodenstock tauchte neben Vera auf. »Sie versuchen, das Gebiss zusammenzusetzen. Das könnte etwas bringen, weil sie den Zahnarzt aufgetrieben haben, der Messerich behandelt hat. Bis jetzt sieht alles danach aus, als sei es tatsächlich Messerich. Das Alter scheint auch zu stimmen. Kommt mit, der Hausherr hat Emma und mir einen Schnaps spendiert. Das war auch verdammt nötig.«

Einer der drei Männer rief plötzlich: »Hier ist noch ein Zahn. Menschlich. Schneidezahn oben. Das könnte der sein, den wir suchen.«

Wir drängten uns an dem langen Tisch vorbei, ängstlich bemüht, nichts zu berühren.

»Das ist ja der blanke Horror«, flüsterte Vera. Sie war leichenblass.

Rodenstock führte uns in ein holzgetäfeltes Zimmer, in dem Emma und ein Mann im Grün des Försters beisammensaßen und miteinander plauderten.

»Eine Freundin, Vera. Und Siggi Baumeister«, stellte uns Rodenstock vor.

Wir begrüßten den Förster und ich fragte: »Was ist mit Kischkewitz?«

»Er kommt«, anwortete Rodenstock. »Aber erst später. Er hat hier wenig zu bestellen. Es kommt darauf an, was die Männer in den Tieren finden, ob es zur Identifizierung ausreicht. Wir haben ausgemacht, dass diese Wildschweingeschichte nicht an die Presse gegeben wird, bis wir endgültig wissen, wer der Tote ist.«

»Kann ich auch einen Schnaps haben?«, fragte Vera etwas zittrig. »Das war zu viel für meine Nerven.«

Es folgte eine dieser völlig nichts sagenden, dümmlichen Unterhaltungen, wie nur Menschen sie fertig bringen. Gelegentlich murmeln sie ein Wort, nur um kenntlich zu machen, dass sie noch atmen. Menschen, die viel lieber für sich allein sein würden, weil sie ununterbrochen an diesen langen entsetzlichen Tisch denken müssen, von dem sie nur durch eine dünne Wand getrennt sind.

Emma war die Spezialistin für den Diskussionsbeitrag: »Entsetzlich!«

Rodenstock bevorzugte ein fast gehauchtes: »Ja, ja!«

Vera hatte es mit: »Oh, mein Gott!«

Der Förster, ein durchaus intelligenter und freundlicher Mensch, blickte in die Runde und steuerte nachdenklich »Merkwürdiges Schicksal!« bei, das er in erstaunlichen Variationen modulieren konnte.

Als ich mich dabei ertappte, in ein nicht enden wollendes »Nä, nä!« auszubrechen, schaltete ich vorübergehend mein Gehirn wieder ein und sagte schüchtern: »Nehmt es nicht übel, Leute, aber ich muss jetzt ins Bett.«

Sofort knipsten alle den amöbenhaften Geisteszustand aus und nickten lebhaft. Wir verabschiedeten uns, quetschten uns erneut an dem Tisch vorbei durch den unsäglichen Gestank, erreichten unsere Autos und fuhren in wilder Flucht vom Hof.

»Das ist doch bescheuert«, schimpfte ich. »Wir sind doch erwachsene Menschen! Wir müssen doch nicht so einen Schwachsinn von uns geben, wir können doch auch mal schweigen.«

Vera lachte, sagte aber zunächst nichts. Schließlich murmelte sie: »Es ist doch nur Ausdruck unserer Hilflosigkeit, wenn wir so herumstammeln. Karl-Heinz Messerich hat nach seinem Tod etwas erreicht, was er zeitlebens niemals erreichen konnte. Er hat uns schockiert, Baumeister, besser: geschockt. Wer war er? Ein Heimkind, herumgestoßen, ein Kleinkrimineller, ein Stricher. Jemand, dem der christliche Breidenbach finanziell unter die Arme griff, ihm Tickets für einen Flug nach Kreta bezahlte. Ein Loser, wie er im Buche steht. Und dieser Loser kriegt plötzlich Bedeutung, weil Breidenbach ermordet wurde. Dieser Loser wird, Zufall oder nicht, in diesen Strudel hineingerissen, wird getötet und den

Wildschweinen zum Fraß vorgeworfen. Er endet in blutigen Fetzen und wird damit auf der Titelseite der BILD ganz groß herauskommen. Ich glaube, Baumeister, dass er jemand war, den wir zu seinen Lebzeiten nicht wahrgenommen hätten. Das macht mich ganz sprachlos. Das und das Blut und dieser ekelhafte Gestank.«

Darauf gab es nichts zu sagen. Ich strich ihr über das Haar.

Nachdem wir die Wagen auf meinem Hof abgestellt hatten, meinte Rodenstock zu mir: »Wir müssen noch reden, bevor wir ins Bett gehen. Wir müssen alles ein wenig anders angehen. Emma meint, wir haben einige Dinge nicht genügend durchdacht.«

»Stimmt«, nickte ich. »Aber ich fürchte, wir werden heute nicht mehr weiterkommen. Ich ... gut, lass uns reden.«

Es war schon fast drei Uhr und meine Müdigkeit machte es mir schwer, diszipliniert zu sein. Wir hockten uns ins Wohnzimmer, Emma zündete sich umständlich einen Zigarillo an, Rodenstock eines seiner pechschwarzen Ofenrohre, Vera holte sich einen Wein.

»Wir haben Klara getroffen«, berichtete ich. »Die alte Frau, die auf dem Weg zum Steinbruch das letzte kleine Haus bewohnt. Sicherlich keine Person, die die Staatsanwaltschaft zur Zeugin machen würde. Klara hat einige der Leute identifiziert, die in der Nacht von Breidenbachs Tod im Steinbruch waren. Und sie hat ausgesagt, dass Maria Breidenbach in jener Nacht mit ihrem Cabrio vorbeikam, dann aber stehen blieb, nicht weiterfuhr. Das heißt, dass die Frau des Opfers aus irgendeinem Grund dort oben war, aber keinen Kontakt zu ihrem Mann suchte. Warum?«

»Wer war denn im Steinbruch?«, fragte Emma sachlich.

»Mit Sicherheit Holger Schwed und Karl-Heinz Messerich. Klara sagt, auch Abi Schwanitz sei dort gewesen. Aber die beiden letzten hat sie nur anhand der Motorengeräusche identifiziert und ich weiß nicht, inwieweit wir der alten Frau so eine Leistung wirklich zutrauen können.«

Emma hob den Zeigefinger, eine Geste, die ich noch nie bei ihr erlebt hatte. »Maria Breidenbach kam mit ihrem Cabrio, hielt an, blieb eine Weile stehen und fuhr dann wieder. War das die Aussage?«

»Nicht ganz«, griff Vera ein. »Klara sagte, dass Maria Breidenbach möglicherweise eine volle Stunde dort gestanden hat, vielleicht sogar länger.«

»Ist es möglich, dass sie sich ihrem Mann wieder annäherte?« Rodenstock sprach betulich. »Wir haben gehört, dass die Ehe auf dem Talboden war. Vielleicht war Maria Breidenbach dort, um mit ihrem Mann zu reden? Hat sich dann aber nicht getraut, in den Steinbruch zu fahren, hat es sich anders überlegt und kehrtgemacht.«

»Es kann noch etwas anderes bedeuten«, ergänzte Emma. »Sie stand dort, weil sie auf etwas wartete.«

»Aber auf was?«, fragte ich.

Emma kniff die Augen zu Schlitzen zusammen. »Auf den Krach, den die Felslawine machte, als sie herabdonnerte.«

»Warum?«, fragte Rodenstock hohl in die Stille.

Emma sah mich an, dann Vera. »Vergesst nicht, was wir als ziemlich gesichert betrachten. Breidenbach hat sich vorbereitet, im Herbst aus dem Dienst zu scheiden. Und seine Sekretärin glaubt, dass er diesen Schritt nicht mit seiner Familie besprochen hat. Und er hat sich auf den Tag gefreut, an dem er ausscheiden würde. Er hat den Eindruck gemacht – und korrigiert mich, wenn ich etwas Falsches sage –, als freue er sich riesig auf sein neues Leben.«

»Das ist richtig«, nickte Vera.

Emma legte die Hände zusammen und stützte das Kinn darauf. »Was bedeutet das?«

»Es bedeutet, dass er allein gehen will. Ohne Familie. Irgendwohin.« Ich kratzte mir den Kopf.

»Nein, nicht allein«, lächelte Emma schmal. »Nicht allein.«

»Ich verstehe deinen Gedankengang nicht«, sagte Rodenstock leise. »Erkläre uns das.«

»Es kann sein … oder anders. Breidenbach gibt kurz vor seinem Tod Messerich für seinen Flug nach Kreta Geld. Messerich soll dort beim Bau eines Hauses helfen. Einem Deutschen. Richtig?«

»Mein Gott«, stöhnte Vera. »Breidenbachs Haus. Natürlich, Breidenbachs Haus auf Kreta.«

»Das glaube ich«, nickte Emma. »Vielleicht erklärt das, weshalb Maria Breidenbach in der Nacht bis kurz vor den Steinbruch fuhr, dort parkte und dann wieder umkehrte.«

»Sie ist dahinter gekommen«, sagte ich. »Natürlich, sie ist ihm auf die Schliche gekommen. Sie wollte mit ihm reden.«

»Oder sie hat den Plan gefasst, ihn mit der Lawine zu töten. Und sie stand da, um zu hören, dass die Lawine auch pünktlich abging.« Emma hatte ihr unschuldigstes Gesicht aufgesetzt.

»Moment, Moment«, sagte ich hastig. »Jetzt werden wir unlogisch. Breidenbach ist nicht durch die Lawine getötet worden. Stattdessen hat jemand einen Steinbrocken genommen und seinen Schädel zertrümmert.«

»Richtig«, nickte Emma bedächtig. »Etwas ist schief gegangen, aus dem Ruder gelaufen. Aber was?«

»Damit ich dich nicht falsch verstehe«, sagte Vera. »Du nimmst an, dass Maria Breidenbach in der Todesnacht ihres Mannes in der Nähe des Tatortes war, weil sie auf die Lawine wartete. Das heißt, dass sie von den Plänen ihres Mannes erfahren hat. Das heißt auch, dass sie begriffen hat, dass der Mann ihre Familie zerstören wollte. Und um das zu verhindern, wollte sie ihn töten oder töten lassen.«

»Du hast es kapiert«, sagte Emma sanft.

»Das ist richtig spannend«, bestätigte Rodenstock. »Aber welche Konsequenz ziehen wir daraus? Doch nicht die, dass wir jetzt zu Frau Breidenbach marschieren und sagen: Rücken Sie mit der Wahrheit raus, wir wissen, dass Sie in der Nähe des Steinbruchs waren! Sie wird das abstreiten, und niemand kann das Gegenteil beweisen. Die Zeugenschaft der alten Klara taugt nichts. Jeder Anwalt wird eine siebenundneunzigjährige Frau als Zeugin mit Erfolg ablehnen.«

»Ich fange an zu begreifen, was Emma denkt.« Ich stopfte mir eine Winslow aus der 200er Crown-Serie, die zu schwierigen Denkprozessen passte. »Da gibt es Dinge, die nicht erklärbar sind. Zum Beispiel, dass Breidenbach Schwanitz nicht anzeigte, nachdem der ihn verprügelt hat. Breidenbach wusste: Ich verlasse die Eifel sowieso, also können mich alle kreuzweise am Arsch lecken. Wenn Emma sagt, im Steinbruch lief etwas schief, rührt das von der Frage her: Wie passen der Tod von Schwed und Messerich in unser Wissen?«

Emma strahlte. »Das meine ich, genau das. Und ich glaube, ich habe noch eine interessante Theorie. Seid ihr bereit?«

»Du machst mich ganz klein mit deinem so kühl funktionierenden Hirn«, murmelte Vera. »Lass es hören, Frau!«

Emma rückte sich zurecht, als habe sie einen Vortrag zu halten. »Wir sind bisher auf viele und unterschiedliche finanzielle Interessen und Verzweigungen gestoßen. Der Sprudelfabrikant Still schöpft Wasser aus einem nicht genehmigten Brunnen und verdient sich dumm und dämlich. Der Türen- und Fensterhersteller Lamm schafft sich unliebsame Mitwisser durch Bestechung vom Hals. Breidenbach bezahlte jemanden, der ihm ein Haus auf Kreta baute. Eine verrückte Gemengelage. Als Breidenbach sich entschloss, sich pensionieren zu lassen, muss ihn der Gedanke an Geld stark beschäftigt haben. Ein Mann wie er lässt seine Familie nicht unversorgt zurück. Und Breidenbach wusste, dass sein Chef von Lamm bestochen wurde. Das brachte ihn dazu, von seinem Vinyl-Gutachten Kopien zu machen, denn damit versetzte er sich selbst in die königliche Lage, bestechlich zu sein. Meiner Meinung nach hat er Geld genommen. Die Folge dieser bestechlichen Haltung ist: Breidenbach ist tot. Und die Leute um Still und Franz Lamm können eigentlich nur noch eines im Kopf haben: die Frage, wo das Geld ist!«

»Einspruch, Euer Ehren!«, murmelte Rodenstock. »Breidenbach wird es auf eine Bank eingezahlt haben. Damit ist es unerreichbar für Still und Lamm.«

»Falsch, Euer Ehren«, widersprach seine Gefährtin. »Er hat es bar bekommen und es liegt irgendwo. Einzahlung auf eine Bank war ihm verboten, seine Ehefrau ist Bankerin, sie hätte ihm dahinter kommen können.«

In den folgenden Sekunden vollkommener Ruhe schrillte Rodenstocks Telefon. Ärgerlich brummte er: »Es ist vier Uhr nachts!« Dann hörte er zu. Es dauerte nicht lang.

Er sah uns an und sagte: »Die Breidenbachs sind überfallen worden. Vier Männer haben das Haus auf den Kopf gestellt. Kischkewitz bittet uns, nach Ulmen zu fahren, wir sollen die Familie beruhigen. Es dauert noch etwas, bis er da sein kann.«

»Ich sagte es doch: Die suchen den Zaster!« Emma grinste über das ganze Gesicht.

ACHTES KAPITEL

Wir sahen uns an, zogen die Münder breit, ächzten, als würde ein schweres Schicksal unseren Weg blockieren.

»Ich bleibe hier«, verkündete Emma. »Ich bin eine alte Frau, gebeugt vom Alter und langsam sinnverwirrt.«

»Baumeister, komm«, murmelte Rodenstock ergeben. »Eine weitere Stunde auf meinen nahen Tod hin.«

Nachdem beide Frauen uns wiederholt versichert hatten, wir seien wahre Helden, aufopfernd und dem Staat treu ergeben, fuhren wir los.

»Glaubst du auch, dass sie Geld gesucht haben?«

»Das ist gut möglich, obwohl es ein wenig verzweifelt erscheint, Geld ausgerechnet in Breidenbachs Haus zu suchen«, meinte Rodenstock.

»Wo könnte Breidenbach das Geld versteckt haben, wenn er es wirklich nahm?«, grübelte ich.

»Das ist die Frage. Im Steinbruch möglicherweise. Es wäre interessant zu wissen, wann es ihm übergeben wurde. Wenn er es im Frühsommer bekommen hat, dann befindet es sich möglicherweise schon auf Kreta. Und dort wahrscheinlich auch nicht auf einer Bank. Dann hat er das Geld mitgenommen, als er mit seinem Sohn Heiner und Holger Schwed Urlaub machte.«

»Was hältst du von Emmas Gedanken, dass Breidenbach schwul ist?«

»Ein interessanter Ansatz«, antwortete er kurz angebunden. »Viele Männer werden sich erst spät über ihre wahre sexuelle Neigung klar. Das ist nichts Ungewöhnliches.«

Wir zogen durch Kelberg, passierten die Ampel und erreichten die B 257, eine gefährlich schnelle Bahn. Als ich in der ersten tiefen Senke bei rund zweihundert Stundenkilometern war, mahnte Rodenstock: »Ich spreche nicht zuweilen von meinem kommenden Tod, um hier an einer Leitplanke zu enden.«

Ich entschuldigte mich und fuhr ein wenig moderater.

Vor dem Haus der Breidenbachs in Ulmen sah es aus, als gäbe es etwas zu feiern. Die Straße war voll geparkt, das Gebäude hell erleuchtet. Schon im Garten standen Gruppen von Menschen, die sich eifrig unterhielten und uns betrachteten, als seien wir die Wiedergeburt der übelsten Gangster.

»Wir räumen erst mal auf!«, beschloss Rodenstock wütend.

Wir betraten das Haus durch die sperrangelweit offene Eingangstür. Überall freundliche Nachbarn, überall Leute, die neugierig die einzelnen Zimmer inspizierten.

Eine ungefähr vierzigjährige Blondine, aufgetakelt wie für eine Wagner-Oper, strahlte uns an. »Das Haus«, erklärte sie, »hat eine schlechte Ausstrahlung, eine ganz schlechte Ausstrahlung.«

»Aha!«, sagte Rodenstock ohne Betonung. »Dann darf ich bitten, dass Sie es verlassen.«

Im Wohnzimmer saßen Menschen auf allem, was einmal Stuhl, Sofa, Sessel oder Sitz genannt werden konnte. Sicherlich mehr als dreißig Leute.

»Darf ich bitten, das Haus zu verlassen!«, röhrte Rodenstock nun sehr laut. »Sie, Frau Breidenbach, und die Kinder bleiben hier. Alle anderen bitte ich zum Ausgang.«

Die Blonde hinter uns meinte heiter und aufgeräumt: »Das wird schon wieder. Die schlechte Ausstrahlung kriegen wir in den Griff.«

Ich drehte mich um und fauchte: »Hören Sie mit diesem esoterischen Scheiß auf! Wenn Sie einen Harzer Roller riechen, werden Sie auch noch behaupten, er fühle sich nicht wohl unter Menschen.«

Plötzliche Stille kehrte ein.

»Das hier ist ein Tatort«, stellte Rodenstock fest. »Und ich wünsche, dass Sie sofort das Haus verlassen.«

Es war immer noch still. Doch die Leute gingen, die Blonde eingeschlossen, und alle waren sehr, sehr beleidigt.

»Das tut mir Leid, aber das ist Nachbarschaftshilfe. Wir konnten nichts dagegen machen.« Maria Breidenbach war verlegen. Sie hockte auf einem Sofa, neben ihr die beiden Kinder.

»Schon gut«, sagte Rodenstock freundlich. »Wieso ist niemand von der Polizei hier? Sind Sie persönlich angegriffen worden?«

»Nein. Das nicht. Diese ... diese Männer haben kein Wort gesprochen. Die Polizei ist wohl noch unterwegs.«

»Wie haben die das hier gemacht? Mit Äxten?«, fragte ich.

Heiner Breidenbach schüttelte den Kopf. »Nein, mit schweren Hämmern.«

Ich ging langsam durch das Haus. Wer immer die Gangster waren, sie hatten kaum ein Möbelstück verschont. Sie hatten alles brutal zerschlagen und vor allem die Rückwände der Schränke zertrümmert, wahrscheinlich, um etwaige Geheimfächer zu entdecken. Und es gab kein gepolstertes Möbelstück, das nicht aufgeschlitzt war. Ja, sie hatten etwas gesucht.

Als ich in das Wohnzimmer zurückkehrte, sagte Rodenstock gerade gedankenschwer: »Ich hoffe, Sie sind nun bereit, etwas mehr zur Sache zu sagen. Bisher sind Sie als Leidtragende behandelt worden. Ich denke, das muss nun ein Ende haben.«

»Das verstehe ich nicht«, entgegnete Heiner Breidenbach schnell.

»Das verstehen Sie sehr wohl«, widersprach ich. »Sie haben Ihren Vater verloren, das ist bitter. Aber Sie wissen mehr, als Sie bisher erzählt haben. Heiner Breidenbach, wie standen Sie zu Karl-Heinz Messerich?« Ich registrierte aus den Augenwinkeln, dass Rodenstock sehr zufrieden mit mir war.

»Was soll diese Frage?« Maria Breidenbachs Stimme klang jämmerlich.

»Messerich ist wahrscheinlich zur gleichen Zeit getötet worden wie Ihr Mann«, erklärte Rodenstock. »Auch im Steinbruch.«

»Er war ein Schnorrer«, stieß Julia verächtlich hervor. »Papa, das weiß ich, hat ihm manchmal Geld geschenkt. Aber Papa war sowieso viel zu gutmütig.«

»Messerich war ein Schweinehund.« Heiner Breidenbach klang wütend. »Ich gehe jede Wette ein, dass er auch von Abi Schwanitz Geld genommen hat.«

»Wie kommen Sie denn darauf? Und wofür?«, wollte ich wissen.

»Ich habe die beiden zusammen gesehen. In Daun, in der Kneipe.«

»Nun gut«, murmelte Rodenstock wieder freundlich, »die beiden waren zusammen in einer Kneipe. Aber was hat das damit zu tun, dass Schwanitz Messerich Geld gegeben hat? Warum sollte er ihm Geld geben?«

»Um etwas Mieses über meinen Vater zu erfahren«, bellte der junge Mann zurück.

»Wusste er denn etwas Mieses?«, hakte ich nach.

Heiner antwortete in Schleifen, nicht direkt. »Mieses hatte der immer drauf!«

»Ein Beispiel!«, forderte Rodenstock.

Der junge Mann senkte den Kopf. »Na ja ...«

»Ich weiß, dass er meinen Vater ständig um Geld angebettelt hat«, ging Julia dazwischen.

»Das ist nichts Mieses«, stellte ich leichthin fest. »Wie auch immer, kommen wir zu Ihrem heutigen Besuch. Wie viele Männer waren es?«

»Vier«, antwortete Maria Breidenbach. »Sie schellten. Ich weiß gar nicht, wie spät es war. Ich öffnete, weil ich dachte, es sei noch mal die Kripo. Sie drückten die Tür auf, gingen an mir vorbei. Der Letzte verriegelte die Tür wieder. Sie rannten los, einer blieb bei mir. Dann kamen zwei mit den Kindern zurück. Sie schubsten uns ins Wohnzimmer, sprachen kein Wort, sie stellten drei Stühle an die Wand da. Wir mussten uns draufsetzen. Und dann ging es los. Sie zogen die Schubladen aus den Schränken und drehten sie um. Sie zertrümmerten die Möbel, Stück um Stück, es war ... es war irrsinnig laut. Irgendwann waren sie fertig. Und dann fuhren sie einfach wieder weg. Sie hatten Autos. Zwei Autos.«

»Hat jemand auf die Kennzeichen der Autos geachtet?«, fragte Rodenstock.

»Nein«, antwortete Maria Breidenbach.

»Was glauben Sie, was die wollten?«, fragte Rodenstock.

»Das weiß ich nicht.« Ihre Nerven gaben nach und sie begann laut zu weinen.

»Die haben was gesucht«, sagte Heiner Breidenbach. »Die müssen was gesucht haben.«

»Wie kommen Sie darauf?«, fragte Rodenstock.

»Weil sie nicht in die Schubladen guckten, sondern in die leeren Schublöcher, sie guckten, was dahinter war. Den Schreibtisch meines Vaters haben sie auf der Rückseite zertrümmert. Die müssen Geheimfächer oder so was gesucht haben.«

»Wahrscheinlich«, nickte Rodenstock. »Haben Sie eine Idee, was so interessant für diese Männer sein könnte?«

»Vielleicht die Gutachten im Fall Lamm und im Fall *Water Blue*«, schniefte Maria Breidenbach in ein Taschentuch. »Aber das hätten sie einfacher haben können. Die Kopien von diesen Gutachten sind unter der Jahreszahl 2001 in einem ganz normalen Ordner abgelegt. Den haben sie nicht mal angeguckt. Was wollten die bloß von uns, verdammt noch mal! Die können von mir aus das ganze Haus haben, samt Inhalt.«

Rodenstock sah auf die Uhr. »Meine Kollegen werden gleich hier sein. Eine Frage noch, Frau Breidenbach. Was würden Sie sagen, wenn jemand behaupten würde, Sie in der Nacht des Mordes an Ihrem Mann in der Nähe des Steinbruchs gesehen zu haben? In Ihrem Golf-Cabrio.«

Die Kinder, das war nicht zu übersehen, waren erschrocken und zugleich maßlos erstaunt, sie starrten ihre Mutter mit großen Augen an.

Maria Breidenbach reagierte, wie zu erwarten war. Sie kniff die Augen zu schmalen Schlitzen zusammen, nichts verriet ihre Stimmung. »Du lieber Gott, wer behauptet denn so was? Ich war hier.«

»Die Frage dürfen wir nicht beantworten«, log Rodenstock. »Also, Sie waren hier im Haus?«

»Ja natürlich. Fragen Sie die Kinder. Es regnete in Strömen, ich war die ganze Nacht hier. Was sollte ich draußen?« Sie wirkte wie zu Eis gefroren.

»War ja nur eine Frage«, sagte Rodenstock freundlich. »Sie haben keinen der Männer erkannt, die Sie überfallen haben?«

»Nein«, sagte Julia Breidenbach. »Das hätten wir doch längst gesagt.«

Rodenstock ging Richtung Tür. »Wenn meine Kollegen gleich da sind, dann werden wir weitersehen.«

Maria Breidenbach sagte tonlos: »Dass ich in der Nacht in der Nähe vom Steinbruch gewesen sein soll, wirft mich aus der Bahn. Aber eigentlich war das ja absehbar ... In der Eifel wird viel geredet, und wenn nichts los ist, dann redet man was los.«

Ich stellte mich neben Rodenstock, betrachtete das zertrümmerte Wohnzimmer und wünschte mir eine Eingebung.

»Das Beste ist, Sie trinken einen Früchtetee«, sagte Rodenstock leise. »Haben Sie einen Früchtetee da?«

Ich hatte noch nie eine derartig dämliche Bemerkung in einer solchen Situation von ihm gehört und beinahe hätte ich schallend gelacht. Aber im Bruchteil von Sekunden begriff ich die Gleise, auf denen er jetzt fahren wollte: die Gleise absoluter Harmlosigkeit.

»Es wird tatsächlich unverantwortlich viel geredet«, gab ich freundlich von mir. »Wir haben noch zwei Gerüchte gehört, von denen wir wissen, dass nichts, aber auch gar nichts dahinter steckt. Das erste Gerücht lautet, dass Ihr Mann im Herbst in den Vorruhestand gehen wollte. Ist das richtig?«

Verbittertes Schweigen breitete sich aus.

»Das höre ich zum ersten Mal«, sagte Maria Breidenbach schließlich eisig.

»Das kann nicht sein«, sagte Heiner Breidenbach mit ganz trockener Stimme.

Julia Breidenbachs Hände beschrieben einen Kreis. »Die Menschen hier können einem wirklich auf den Geist gehen. Wenn jemand davon gewusst hätte, dann doch wir. Oder nicht?«

»Da hast du Recht«, nickte Rodenstock leutselig wie ein Landpfarrer.

Dann sah er mich an. »Was war doch gleich das zweite Gerücht?«

»Wie bitte?«, fragte ich dämlich. »Ach so, ach ja, da wird geredet, Ihr Mann hätte Geld genommen, viel Geld. Wir wissen nicht, von wem. Aber es wird wohl auf Rainer Still und Franz Lamm hinauslaufen. Können Sie sich so was vorstellen?«

Es gab keine Sekunde des Erstaunens. Wie aus der Pistole geschossen antwortete Maria Breidenbach: »Das haben wir auch schon gehört. Und zwar von meinem Mann. Er sagte mal beim Frühstück, aber das ist lange her, dass er sich reich schweigen könnte, wenn er die Gutachten verschwinden ließe. Dabei hat er gelacht. Nein, er hat kein Geld genommen. Ich regle die Finanzen hier im Haus, ich müsste das wissen. Und ich kenne ihn genau. So etwas hätte er nicht gemacht. Niemals. An der Stelle war er immer ganz Beamter.« Der letzte Satz klang beinahe stolz.

Eine trügerische Ruhe griff um sich. Die Breidenbachs hatten Rodenstock und seine zuweilen hinterhältigen Methoden bisher nicht erlebt. Man sah den dreien die Erleichterung an. Unangenehme Behauptungen waren in den Raum gestellt worden, doch sie hatten vehement Stellung beziehen können, sie hatten in ihrem Protest sehr tiefe Familiengefühle entwickelt, nun fühlten sie sich glückselig wie eine Einheit, die den Kampf gegen ein grausames Schicksal erfolgreich bestanden hatte.

Rodenstock nahm einen langen Anlauf. »Ehe ich es vergesse, ein Rat an die Kinder. Ich hoffe, ihr habt nichts dagegen, wenn ich euch duze. Ich weiß, dass ihr tief betroffen seid. Ich weiß, dass ihr von einer furchtbaren Angst besetzt seid. Angst vor dem, was war, und Angst vor dem, was noch kommen wird. Glaubt mir, dass ich das beurteilen kann, denn ich erinnere mich an meine Jugend und ich habe selbst Kinder. Deshalb, wenn wieder Menschen auftauchen, die euren Vater als Schwulen beschimpfen, dann seid stark und reagiert nicht.«

Maria Breidenbach starrte ihre beiden Kinder fassungslos an. Diese waren leichenblass geworden, hoben nicht den Blick.

Nach einer Unendlichkeit stammelte Julia: »Abi Schwanitz hat gesagt, mein Vater sei eine schwule Sau.« Sie weinte lautlos.

Heiner Breidenbach beugte sich vor. »Und Messerich hat mich mal betrunken angeschrien, ich hätte keine Ahnung von meinem Vater. Ich habe gar nicht verstanden, was er sagen wollte. Dann behauptete er, mein Vater liebe ihn.«

»Mein Gott!«, hauchte Maria Breidenbach. »Warum habt ihr mir davon nie etwas erzählt?« Auf einmal begriff sie, dass ihre Kinder sehr einsam waren, und sie griff nach ihnen, als müsse sie sie vor dem Ertrinken retten.

»Wir gehen jetzt«, sagte ich. »Bitte lassen Sie keine Nachbarn mehr rein. Und warten Sie auf die Beamten.«

Als wir vor die Tür traten, war der Tag gekommen. In einem Weidengebüsch lärmten Spatzen und eroberten die Umgebung. Schnell wie ein Blitz schoss ein Turmfalke hinüber zum Maar, seine Schreie waren hoch und betrunken vor Lebenslust.

Sechs Uhr morgens zeigte die Uhr, als wir Brück erreichten. Das Dorf lag still unter einer frühen warmen Sonne, meine Katzen grüßten uns, hatten allerdings keine Zeit, allzu höflich zu sein. Es war ihre Jagdzeit. Cisco schoss die Treppe herunter, bellte aber nicht. Wahrscheinlich war ihm klar, dass die Herrschaft bis in die Puppen schlafen würde.

»Sollen wir trotzdem das Bestechungsdrama durchziehen?«, fragte Rodenstock auf der Treppe.

»Aber ja«, sagte ich. »Ich möchte mein Gesellenstück ablegen. Ich möchte schmierig und käuflich sein.«

Er lachte unterdrückt. Das war ein Leben, wie es ihm gefiel.

Vera weckte mich, indem sie sagte: »Du darfst Herrchen wecken.«

Mein hochbeglückter Hund pflügte durch das Bett und suchte nach meinem Gesicht. Er wurde fündig und behandelte es auf eine typisch hündische Art, ziemlich feucht. Ich hatte keine Chance.

»Es ist zwölf und Rodenstock ist schon lange auf.«

»Rodenstock ist ein charakterloser Verräter. Ich stehe nur auf, wenn ich eine Tasse Kaffee kriege. Jetzt.«

Sie brachte mir Kaffee, blieb aber nicht für eventuell notwendige Übergriffe auf der Bettkante sitzen. So musste ich die Strapaze auf mich nehmen, ins Bad zu gehen, um mich mittels Wasser in einen angenehmen Mitteleuropäer zu verwandeln.

In der Küche herrschte Konferenzstimmung und das verhagelte mir den Tagesbeginn.

Ich wollte mir ein Butterbrot schmieren und schnell wieder verschwinden, aber Emma sagte energisch: »Wir erklären dir jetzt den Plan, Baumeister. Sag Bescheid, wenn du irgendetwas nicht verstehst. Jemand von der Kriminaldirektion Wittlich, der bisher nicht öffentlich in Erscheinung getreten ist, wird dem Sprudelhersteller verzapfen, dass du ein Tagebuch des Franz-Josef Breidenbach gefunden hast. Zwei Seiten daraus sind verschwunden. Und da du Journalist bist, suchst du die jetzt. Im Steinbruch. Weil du vermutest, dass Breidenbach diese Seiten bei sich trug. Wir werden also in den Steinbruch fahren und dich oben auf die Felsnase postieren. Du wirst verbittert und traurig aussehen. Und der Informant wird der Gegenseite stecken, dass du pleite bist und unbedingt Geld brauchst. Und dass du mit einem solchen Fund ein Schweinegeld verdienen könntest. Hast du das drauf?«

»Und wann soll das passieren?«

»Jetzt.«

»Und ihr glaubt, dass das klappt?«

»Es war deine Idee«, grinste Rodenstock. »Du wolltest das so. Ich finde die Idee gut, falls dich das beruhigt.«

»Ich muss verrückt gewesen sein«, murmelte ich.

»Das ist ein Dauerzustand«, befand meine Gefährtin. »Wir haben die Technik abgesprochen. Das Mikro ist winzig und arbeitet drahtlos. Ich befestige es an einem Ast einer kleinen Eiche, die direkt am Steilabfall steht. Du kannst dich also bewegen. Das Aufnahmegerät platzieren wir genau gegenüber, sodass der gesamte Steinbruch zwischen uns ist. Das dürften etwa einhundertfünfzig bis zweihundert Meter sein. Das Mikro schafft das mühelos. Ein Mann der Fahndung bedient eine Kamera, die nicht größer ist als zwei Zigarettenschachteln und die einen Zoom hat, dass wir auch die Pickel auf deiner Nase noch sehen können. Rodenstock und Emma fahren mich jetzt dahin. Wir bereiten alles vor, ich bleibe beim Aufnahmegerät. Unsichtbar für dich. Denk dran, ich kann nicht eingreifen. Auch für eine Waffe ist die Distanz zu groß. Niemand wird dir helfen können. Bleib also vornehm und zurückhaltend und vor allem friedfertig. Du kommst in einer halben Stunde nach. Ist das okay?«

»Ja, ja. Macht es nicht so feierlich. Mehr als ein Versuch ist es nicht.«

»Du musst ihn reizen«, mahnte Rodenstock. »Aber achte darauf, dass dein Gegner seinen Jähzorn in Schach halten kann. Reize ihn, aber reize ihn so, dass er spricht und nicht zuschlägt.«

»Ihr macht mir richtig Mut. Nun haut schon ab.«

Der Appetit auf das Butterbrot war mir vergangen. Die drei brachen auf und ich trödelte herum. Mein Hund erwartete etwas von mir und ich schenkte ihm meine Schnitte. Ich hielt ihm einen Vortrag.

»Du musst verstehen, dass diese verdammten Laiendetektive glatt bereit sind, mich zu opfern. Für Gesetz und Ordnung und Vaterland und alle solche Sachen. Ein Mikrofon in einem Baum! Das musst du dir mal vorstellen. Das hört sich an wie ein Elefant auf einem Strohhalm. Ich weiß wirklich nicht ... Verdammt noch mal, du hörst gar nicht zu!«

Cisco leckte sich ausgiebig die Schnauze, was darauf schließen ließ, dass er ein zweites Butterbrot für eine gute Idee hielt.

Ich füllte meine Tabaktasche, wählte ein paar Pfeifen aus, steckte ein paar Pfefferminzbonbons ein und suchte mich damit zu beruhigen. Dann fuhr ich ganz locker in meinen wahrscheinlichen Untergang.

Ich parkte meinen Wagen ungefähr dort, wo der Offroader gestanden hatte, als Breidenbach erschlagen wurde, stieg aus, benahm mich nicht sonderlich heimlich und trottete auf die Steilwand zu. Eine Weile blieb ich dort stehen und schaute über das Land, das unter der Sonne lag. Ich sah Vera nicht, hörte nur den Gesang der Vögel und, weit entfernt, die Geräusche einiger Laster, die an Ahütte vorbei zur A 1 rollten oder dem Zementwerk Rohstoff brachten.

Ich versuchte, das Mikrofon zu entdecken, was einige Zeit in Anspruch nahm. Vera hatte es in einer Astgabel in ungefähr einem Meter Höhe angebracht.

Sicherheitshalber postierte ich mich etwas seitlich darunter, legte mich mit aufgestütztem Ellenbogen in das alte, duftende Laub und sinnierte vor mich hin. Nach einer halben Stunde stand ich auf, machte ein paar Schritte, um zu entspannen, und legte mich dann wieder.

Als eine Stunde vergangen war, sagte ich: »Ich weiß ja nicht, ob du mich hörst, aber ich gebe es auf. Das hat alles keinen Zweck, das ist doch Pipifax.«

Selbstverständlich reagierte Vera nicht, winkte mir nicht einmal mit einem Taschentuch zu. Die zweite Stunde verging. Mittlerweile hätte ich meine Umgebung blind malen können, mein Selbstvertrauen war gegen null gesunken.

Natürlich würden sie nicht so dämlich sein, auf die Geschichte von zwei fehlenden Seiten aus einem Tagebuch hereinzufallen.

Doch dann tat sich etwas. Von weit her war ein starker Motor zu hören, der sich schnell bewegte. Dann herrschte wieder Stille.

Als Schwanitz zwischen den Bäumen auftauchte, war ich aufrichtig froh. Er trug hellblaue Jeans und ein weißes T-Shirt mit der reizenden Aufschrift *fuck you*. Er grinste sein Modelgrinsen, war augenscheinlich gut gelaunt und eröffnete: »So sieht man sich wieder.«

»Guck mal an!«, sagte ich. »Was treibt Sie denn in den Dschungel?«

»Ehrlich gestanden, Langeweile«, sagte er und setzte sich mir gegenüber in den Schneidersitz. »Haben Sie gefunden, was Sie suchen?«

»Wie bitte?«

»Ich habe was läuten hören, dass Sie Breidenbachs Tagebuch gefunden haben. Und dass zwei Seiten fehlen.«

»Wer, verdammt noch mal, hat Ihnen das verraten?«

»Informantenschutz«, grinste er. »Im Ernst, haben Sie sie«

»Nein, habe ich nicht. Aber vielleicht sind die zwei fehlenden Seiten auch nicht so wichtig. Das Tagebuch ist auch so interessant genug.«

»Was steht denn drin?« Er verlagerte sein Gewicht von der rechten auf die linke Arschbacke.

»Das werde ich Ihnen nicht erzählen. Aber eines kann ich Ihnen verraten: Sie kommen auch drin vor.«

»In welchem Zusammenhang?«

»Sie haben Breidenbach verprügelt. Und Breidenbach war sauer und hat was Mieses über Sie eingetragen. Von wegen Wikinger mit dem Hirn einer Stechmücke.«

Abi war betroffen und tanzte augenblicklich am Rande der Wut. Das dauerte vielleicht zwei bis drei Sekunden, dann fing er sich wieder.

»Breidenbach war ein Arschloch!«, befand er sachlich. »Der Mann war das schroffste Weichei, das man sich vorstellen kann. Außerdem habe ich ihn gar nicht verprügelt. Wenn ich jemanden wirklich verprügele, sieht das anders aus. Ich habe ihm nur ein paar gescheuert.«

»Warum haben Sie seinen Kindern gesagt, er sei eine schwule Sau?« Ich tanzte bewusst, verließ ein Thema, sprang auf ein anderes. Rodenstock hatte mir gepredigt: »Wenn du bei dieser Vorgehensweise die Kontrolle behältst, bist du besser als jeder Verdächtige. Er wird sich nämlich nicht merken können, was er im Einzelnen sagt, und er wird bei dem Hickhack unsicher.«

»Habe ich das?«, fragte Abi zurück.

»Haben Sie«, nickte ich.

»Na ja, das ist doch die Wahrheit.«

»Abi Schwanitz, Sie sind doch kein Schänder von Kinderseelen. Was immer Breidenbach war, so etwas sagt man Kindern nicht.«

»So ist die Welt nun mal. Auf mich nimmt auch kein

Schwein Rücksicht. Und diese verdammten Jugendlichen haben Franz Lamm ganz schön zugesetzt.« Er lachte erheitert. »Die haben Lamm einen Manchester-Kapitalisten genannt. Das muss man sich mal vorstellen! Manchester-Kapitalisten ... Was soll das eigentlich sein?«

»Das ist eine frühe Form des Kapitalismus, besonders scharf und rücksichtslos. Mit Kinderarbeit bis zum Umfallen und so. Wieso waren Sie eigentlich so dämlich und haben den Glaubrechts zweihundert Riesen von Franz Lamm übergeben?«

»Moment mal!« In seinem Gesicht machte sich Verblüffung breit. »Ich soll den Glaubrechts zweihundert Riesen übergeben haben? Habe ich nicht, Mann, und schon gar nicht von Lamm. Ich habe einen Alukoffer gekriegt und bei Glaubrechts abgeliefert. Was drin war, weiß ich nicht, geht mich auch nichts an. Und ich habe den Koffer vom Doktor gekriegt, nicht von Lamm.«

Arbeitsteilung!, dachte ich. »Mit Doktor meinen Sie den Geschäftsführer von *Water Blue*?«

»Korrekt.«

»Und wieso haben Sie zu den Breidenbachs vier Männer geschickt, die das Haus verwüsteten?«

»Davon habe ich gehört. Aber das waren nicht meine Leute, so dumm bin ich nicht. Ich weiß nicht, wer das war. Was wollten denn diese Männer?«

»Das wüsste ich auch gerne. Sie haben kein Wort gesagt nur die Möbel zerschlagen. Der junge Breidenbach meint die hätten etwas gesucht. Sie sind immer noch hinter dem Geld her, dass Ihr Chef Breidenbach zahlte, nicht wahr?«

Die Haut über Abis Wangenknochen straffte sich. Etwa gepresst sagte er: »Sie stellen dauernd Fragen. Ist das hie ein Verhör oder was?«

»Entschuldigung.« Ich lachte. »Nein, ich kann Sie nich verhören. Würde ich auch gar nicht wollen. Ich bin kei Bulle. Ich stelle Fragen, weil ich Journalist bin. Ich weiß dass Breidenbach bezahlt wurde. Aber ich weiß nicht, wi viel er gekriegt hat. Das ist so ziemlich das Einzige, was ic nicht weiß.«

»Ich verstehe nicht, wovon Sie reden«, sagte er schroff. Seine gute Laune war dahin. Unentwegt spielten seine Finger Klavier auf seinen Oberschenkeln. An den Handkanten hatte er breite, widerlich gelbe Hornhautstreifen. Wahrscheinlich war er einer von den kraftvollen Männern, die schon vor dem Frühstück Ziegelsteine zerdeppern und dann mit Tränen in den Augen auf ein lobendes Wort des Trainers warten.

Schalte zurück, Baumeister! »Um auf die schwule Sau zurückzukommen: Hatten Sie Beweise für diese Unterstellung?«

»Messerich hat so was erzählt. Aber wenn du ihn bezahlst, sagt der alles, was du hören willst. Nicht nur einmal hat er behauptet, dass er was mit Breidenbach hätte. Und dann gab es ja noch diesen Studenten, der zerquetscht worden ist. Zwischen ihm und Breidenbach soll auch was gelaufen sein.«

»Gibt es dafür Beweise?«

»Ach, bei diesen rassisch versauten Typen brauchst du keine Beweise. Du siehst sie an und du weißt, was Sache ist.«

»Also war der zerquetschte Holger Schwed rassisch versaut?«

»So was sehe ich. Wenn du im Knast warst, kann dir keiner mehr was vormachen. Aber ich hab sogar beobachtet, wie sie Händchen gehalten haben.« Er hatte sich wieder beruhigt und hielt den Deckel auf seinem Jähzorn und seinen Ängsten. »Jetzt müssen Sie mir mal 'ne Frage beantworten. Wie ist das hier in der Eifel als Journalist? Ich meine, hier ist doch nichts los. Kann man so leben?«

»Hhm«, machte ich lang gezogen. »Na ja, ein Eldorado ist das nicht. Aber trotz allem ist hier viel los. Ich kann leben, allerdings keine großen Sprünge machen und nicht in New York frühstücken. Warum wollen Sie das wissen?«

»Nur so«, antwortete er. »Interessiert mich. Wenn Sie über diesen Fall schreiben, was verdienen Sie da?«

»Gerade so viel, um zwei bis drei Monate gut leben zu können.«

»Was würden Sie machen, wenn Sie mal einen richtig großen Schluck tun könnten?«

»Vielleicht in den Süden fahren. Spanien oder so. Oder

Kreta. Warum nicht Kreta?« Ich nahm ein trockenes Eichenblatt zwischen die Finger und zerbrach es.

»Kreta ist richtig gut«, nickte er. »Da gibt es an der Südseite noch Strände, da bist du auf zweihundert, dreihundert Meter ganz allein.«

»Und da gingen Breidenbach und Holger Schwed Händchen haltend spazieren, nicht wahr?«

»So war es«, bestätigte er einfach. Dann begriff er, was er gesagt hatte, und beeilte sich hinzuzufügen: »War ja ein reiner Zufall. Ich hatte keine Ahnung, dass die da waren. Ich hab ein paar Tage relaxt, muss auch mal sein.«

»Wann war denn das?«

»Ende Mai, nein, warte mal, Juni. Erste Hälfte Juni.«

»Wo auf Kreta?«

»Breidenbach gesehen habe ich in Aspros Potamos. Ich selbst war in Makrigialos. Winziges Nest, aber billig und gut. Du kannst den Frauen in die Höschen fassen und alle gucken weg.« Er hielt das für einen Witz und lachte breit. Unvermittelt brach er ab und fragte: »Könnten Sie nicht mal eine Finanzspritze gebrauchen?«

Diese direkte Art verblüffte mich und ich starrte ihn verwundert an.

»War ja nur eine Frage«, murmelte er. »Ich kann mir vorstellen, dass ein paar Herren, die ich kenne, das Tagebuch von Breidenbach gerne mal lesen würden.« Er lachte wieder. »Das wäre so eine Art Leihgebühr.«

»Breidenbach hat viele Schwierigkeiten bereitet, nicht wahr?«

Abi nickte. »Der war doch verrückt. Rein in die Kartoffeln, raus aus den Kartoffeln. Nein, meine Herren, ich nehme kein Geld. Nein, meine Herren, ich bin Beamter. Nein meine Herren, ich bin unbestechlich. Aber über eine Million könnten wir reden. Ich sage doch, ein Weichei, ein Warmduscher. Rassisch versaut.«

»Ach, der ist auch rassisch versaut. Hm, eine Million« murmelte ich. »Gut gemacht, Breidenbach.«

Er wedelte hastig mit beiden Händen. »Das mit der Million war doch nur ein Beispiel. Ich weiß nicht, wie viel Geld geflossen ist. Muss aber ein Batzen gewesen sein. Jetzt kann man ja drüber reden. Breidenbach ist platt und das Geld ist weg. Wieso soll man nicht darüber sprechen?« Er beruhigte sich selbst, aber in ihm schien der Verdacht zu reifen, dass das alles nicht so lief, wie er sich das vorgestellt hatte.

»Die Sache ist ja gut für Ihren Chef und Franz Lamm gelaufen. Nicht nur Breidenbach ist nun still, sondern auch andere wichtige Zeugen wie Holger Schwed und Karl-Heinz Messerich sind verschwunden. Die Glaubrechts sagen sowieso nichts mehr. Nur den Chef von Breidenbach, den wird es erwischen.«

Er sah mich amüsiert an. »Sie haben über richtig große Fälle noch nie geschrieben, was? Breidenbachs Chef braucht sich keine Sorgen zu machen. Ich weiß, wie so was läuft, wenn man in den richtigen Kreisen verkehrt. Dann kriegt der Mann einen guten Job in der Privatwirtschaft und freut sich auf die Pension. So einfach funktioniert das.«

»Das stimmt auch wieder«, gab ich zu. »Wie sah das aus mit Holger Schwed? Wer war so unheimlich brutal und hat den jungen Mann an der Betonmauer zu Tode gequetscht?«

»Moment, Moment. Soweit ich weiß, war das mit Holger ein Unfall. Sagt doch die Polizei, oder nicht?«

»Sagt sie. Aber sie ermittelt wegen Mordes. Vorsätzlichem Mord. Besonders schwerer Fall. Das Auto, das da stand, musste fünf Meter zurücksetzen, um Holger überhaupt berühren zu können. Fünf Meter! Das war Absicht, das kann kein Unfall gewesen sein.«

Er wollte dichtmachen: »Na ja, Sie müssen das ja wissen.«

»Ich weiß das«, nickte ich. »Aber ich weiß so wenig über diesen Holger Schwed. Wie war er so?«

»Na ja, in Frankfurt sagten wir Mücke zu so einem. Er war kein besonderer Typ. Ich meine, er hatte eben beschissene Eltern. Bei so welchen lernst du ja nicht leben, du lernst nur überleben. Vielleicht war er Breidenbachs Solostricher oder so. Jeder muss ja sehen, wo er bleibt. Also, was ist, verkaufen Sie das Tagebuch? Mein Chef würde sich freuen. Er würde viel Geld rüberkommen lassen.«

»Wieso ist das so wichtig für ihn?«, fragte ich direkt.

»Na ja, es wird Gerichtsverfahren geben, das ist mal sicher. Lamm ist dran wegen dieses Zeugs, das ins Wasser gelangt sein soll. Und meinen Chef können sie drankriegen, weil ihm mal der Bohrer zu tief gerutscht ist ...«

»O nein«, unterbrach ich ihn wütend. »Junge, du musst mich hier in Gottes schöner Welt nicht verscheißern. Dein Chef ist nicht dran, weil ihm der Bohrer zu tief gerutscht ist, was ein niedlicher Ausdruck für eine kriminelle Handlung ist. Dein Chef ist dran, weil er die zu tiefe Bohrung jede Nacht anzapft und jede Nacht Millionen Liter Sprudel nach Belgien schafft und dort und anderswo als Billigwasser verscherbelt.«

Ich sprach immer langsamer und tiefer, und einen Augenblick lang befürchtete ich, Abi würde einfach zuschlagen, aufstehen und gehen. Ich kannte diese hitzigen Typen, die in jedem Kiez der Welt zu Hause sind und die sämtliche Auseinandersetzungen ihre Lebens am liebsten mit bloßen Fäusten oder wenn nötig auch mit Schießeisen austragen. Ich bremste mich und schob nach: »Das soll jetzt nicht so klingen, als sei ich sauer auf dich. Bin ich nicht. Wahrscheinlich bin ich sauer auf mich selbst, weil ich nie an der Kasse stehen und das Bare in meine Tasche schieben konnte. Es geht mir wie dir: Ich ackere und andere machen die große Kohle.«

Er begriff und wurde plötzlich sanftmütig. »Tja, so ist das eben. Unsereiner kann sich nur an einen Hai hängen und von den Abfällen leben. Was wollen Sie denn nun für dieses Tagebuch haben?«, kam er zum Punkt.

»Habe ich nicht drüber nachgedacht. Erst mal war ich froh, dass ich es überhaupt entdeckt habe. Es war in seinem Büro versteckt. Da steht alles Mögliche drin. Zum Teil wirklich schlimme Sachen. Hm, ich denke, die Blätter haben den Wert eines kleinen Häuschens. So dreihunderttausend. Aber: Das kannst du deinem Chef ausrichten: nur Schwarzgeld. Was anderes kommt mir nicht in die Tüte.« Nimm es und schluck es.

»Kann man denn mal ein Stück lesen? Das muss mein Chef schon, nicht wahr?«

»Kann er.«

Irgendwo in unserer Nähe rauschten NATO-Bomber über den Himmel, schnell und tief. Die Jungen spielten Fangen.

»Sag mal«, wechselte ich noch mal das Thema, »was ist eigentlich in der Nacht von Donnerstag auf Freitag passiert? Und erzähl mir nicht, du seist nicht hier gewesen. Also, was war hier los?« Ich grinste, so fröhlich ich konnte.

Abi starrte mich intensiv an und überlegte lange. Schließlich erwiderte er mit Blick in das Eifler Himmelsblau: »Meine Leute wollten wissen, was Breidenbach vorhatte. Nicht dass wir was gegen ihn hatten, aber wir wollten nur sichergehen. Sonst nix.«

»Schön. Und wen traf er an dem Abend?«

»Na ja, Schwed und dann Messerich.«

»Und das mit dem Felsabgang war eine Panne, was?«, ich grinste wieder.

»Und wie!«, sagte er und grinste ebenfalls. »Weißt du, ich habe das Mikro an einer langen Leine runtergelassen und hatte Kopfhörer auf, um die Aufnahmen kontrollieren zu können. Doch der Regen war so laut, dass ich kaum etwas verstand. Und irgendwann verstand ich gar nichts mehr. Ich fluchte und trat näher an den Rand.« Er deutete mit der linken Hand auf die Abbruchkante. »Und plötzlich hat ein Stein nachgegeben und ist runtergeknallt. Und dann war nur noch Chaos. Ich habe die Klamotten zusammengepackt und bin abgehauen.«

»Wie spät war es denn da?«

»Ziemlich genau elf Uhr«, gab er locker Auskunft. »Bei Tina war noch auf und ich habe mir einen Grog nach dem anderen bestellt, damit ich keine Erkältung kriege.«

»Wer war denn um diese Zeit noch unten am Zelt?«

»Breidenbach und Messerich. Schwed war schon weg, die rassisch versaute Bande nicht mehr komplett.«

»O Mann, hör mit diesem Scheiß von rassisch versaut auf. Das geht mir auf den Keks.«

»Aber ein deutscher Mann tut so was nicht!« Jetzt war er privat und ehrlich empört. Für mich war er wie ein Rückfall in schlimme Zeiten.

»Ich würde an deiner Stelle nicht auf den deutschen Mann pochen. Dann würde der deutsche Mann ja seine Gartenzwerge vögeln und dabei die bundesdeutsche Flagge wehen lassen. Sag mal: Glaubst du wirklich, dass irgendein Mensch dir abkauft, dass du schon um elf Uhr verschwunden bist? Abi, lieber Abi, nun erzähl dem Onkel Siggi endlich, was wirklich geschehen ist.«

Was immer im Einzelnen in ihm vorging: Im Bruchteil dieser Sekunden begriff er, dass er das Gespräch überhaupt nicht unter seiner Kontrolle hatte. Dass irgendwas mit ihm passierte, dessen Konsequenzen er nicht absehen konnte. Der Junge, für den eine scharfe Waffe nicht mehr als ein Arbeitsgerät war, hatte verstanden, dass er aufs Kreuz gelegt worden war.

In seinem Gesicht begann es zu zittern, leicht, aber unübersehbar. Und er fixierte mich starr. Dann schoss seine Rechte vor und landete einen einzigen Treffer.

In meinem Hirn explodierte etwas und entgegen landläufigen Meinungen sah ich keinen einzigen Stern, nicht die Spur funkelnder Lichter, sondern nur ein dunkles, schwarzes Loch, das mich gnädig aufnahm.

Ich wurde wach, weil Vera sehr nervös »He, Baumeister!« haspelte und mir dabei leicht auf den Brustkorb schlug. »He, Baumeister!«

Ich wollte was sagen, aber das gelang nicht. Die Schmerzen waren intensiv, aber nicht zu lokalisieren. Der ganze Kopf schien betroffen.

»He, Baumeister«, flehte Vera erneut.

Ich murmelte wenigstens ein »Oh«, etwas war in meinem Mund und ließ mich nicht sprechen. Ich wollte die Hand zum Gesicht führen, aber Vera sagte erschrocken: »Fass es nicht an! Gleich kommt Hilfe.«

»Wieso?«, wollte ich fragen, aber meine Sprache gehorchte mir nicht. Es schien mir durchaus nicht ungewöhnlich, bei einer Auseinandersetzung mit einem kriminellen Menschen eins auf die Nase zu kriegen, wenn ich mich falsch benahm. Warum stellte sich Vera so an?

Ich versuchte es friedlich und führte die rechte Hand dicht vor mein Gesicht.

Vera verstand sofort. »Du bist voller Blut. Die Nase sieht gebrochen aus. Aber eigentlich ist das mit deinem Mund viel schlimmer. Er hat dir die oberen Schneidezähne ausgeschlagen. Sie stehen in den Mund rein, deshalb kannst du auch nicht sprechen. Oh, Lieber, schmerzt es sehr?«

Ich wollte Aspirin sagen, ich wollte fragen, was für Hilfe käme, wollte aufstehen, aber nichts ging. Alle meine Muskeln reagierten nur mit einem Zittern und jede Kraft hatte mich verlassen. Jetzt wusste ich aus eigener Erfahrung, warum dieser Abi als so brutal beschrieben worden war – er hatte überhaupt keine Selbstdisziplin. Und er war in körperlicher Höchstform.

Vera zündete sich eine Zigarette an. »Willst du mal ziehen?«

Ich nickte und sie hielt mir die Zigarette an den Mund. Ich musste husten, der Schmerz wurde stärker.

Plötzlich konnte ich reden, zumindest etwas sagen, was sie verstand.

»Wer kommt denn?«

»Dein Arzt, Detlev Horch. Das war ja eine irre Unterhaltung«, sagte sie hastig. »Abi ist also schon auf Kreta auf Breidenbachs Spuren gewandelt. Kreta ist wohl der Schlüssel. Ich wollte schon immer mal nach Kreta. Scheiße, wo bleibt der Arzt?« Sie schluchzte auf, schniefte in ein Taschentuch. »Warum bist du denn so wütend geworden? Ach, na ja, wäre ich auch.«

»Mir geht es schon besser«, erklärte ich.

»Du bist ein Arsch!«, erwiderte Vera in heller Wut.

Plötzlich stand neben ihr ein Mann, der beruhigend sagte: »Alles ganz fantastisch, das ist erste Sahne auf dem Film.«

»Das ist der Kameramann«, erklärte Vera überflüssigerweise.

Als Detlev mit seinem Notfallkoffer durch die Bäume gelaufen kam und einigermaßen erschrocken fragte: »Was treibst du schon wieder?«, war ich so erleichtert, dass ich erneut vorübergehend den Geist aufgab.

Im Rettungswagen, der über eine Wiese holperte, wurde ich wieder wach. Detlev bemerkte, dass ich die Augen geöffnet hatte, und murmelte: »Sich in deinem Alter noch zu prügeln ist aber mehr als heikel.«

»Ich habe mich gar nicht geprügelt«, nuschelte ich.

»Still, reden tut weh.«

Was sie alles mit mir anstellten, nachdem wir endlich im Krankenhaus angelangt waren, weiß ich nicht mehr. Ich kam mir auf jeden Fall wie eine lebende Preisliste vor. Abwechselnd stand, lag oder saß ich, wurde auf einem beinharten Vehikel herumgefahren, vorübergehend irgendwo geparkt, dann weitergerollt, von dem Vehikel gehoben, auf einen Tisch gelegt, über dem grelles Licht brannte.

Die Menschen um mich her schienen auf meine Meinung und meine Schmerzen kein sonderliches Gewicht zu legen. Ich hörte freundliches Gemurmel: »Das haben wir gleich!« – »Herz- und Kreislaufprobleme nicht aufgetreten. Kaum Schockwirkung.« – »Nieren soweit okay. Befund an der Leber geht klar. Keine Fraktur im Bereich der Beine.« – »Was ist mit dem Schädel?« – »Der Nasenbeinbruch ist glatt. Keine Trümmer. Zwei Klammern im Bereich der oberen Lippe innen gesetzt.« – »Soweit erkennbar kein Milzriss, müssen wir sicherheitshalber aber noch mal genau abklären. Wir sollten uns umgehend den Kieferbereich vornehmen. Da muss jemand eine Eierhandgranate reingelegt und abgezogen haben.«

Ich wollte sie korrigieren und erklären, dass es keine Eierhandgranate, sondern Abi Schwanitz gewesen war. Ich wollte zu verstehen geben, dass er meine Nieren und meine Leber nicht angetastet hatte. Und meine Milz schon gar nicht. Wo sitzt eigentlich die Milz und wozu ist sie gut? Vor allem wollte ich sie bitten, dass sie mich endlich in Ruhe lassen sollten.

Aber sie taten alle so, als existierte ich gar nicht. Und niemand schien zu begreifen, dass ich Schmerzen hatte und mich ekelhaft fühlte.

Der absolute Höhepunkt war eine eilig vorbeischwebende Nonne mit Engelsgesicht, die kurz stehen blieb, mich musterte und dann verständnisvoll nickte. »Ja, junger Mann, der Straßenverkehr heutzutage ist wirklich mörderisch.«

Ich wurde wieder auf eine rollende Unterlage verfrachtet, verfiel für einige Zeit in wohltuendes Dösen und fand mich in sitzender Position wieder. Die Lampe über meinem Kopf war grell und ich musste die Augen schließen.

Jemand stellte außerordentlich freundlich fest: »Ich bin der Zahnarzt.«

Wie schön für Sie, dachte ich.

»Mein Name ist Stefan Hoffmann. Wissen Sie, was mit Ihnen passiert ist?«

Ich nickte.

»Und Sie verstehen mich und begreifen, was ich sage?«

Ich nickte wieder. Ich wollte meine Augen öffnen und langte matt nach dem Scheinwerfer über mir.

»Oh, Entschuldigung«, reagierte der Arzt sofort und schob das Licht zur Seite.

»Hat Ihr Gegner eine Waffe benutzt? Einen Knüppel? Einen Schlagring oder so was? Einen Totschläger?«

Jetzt konnte ich sein Gesicht sehen. Vom Äußeren her war er unstreitig ein netter Kerl und so jung, dass ich ihm am liebsten zum Einjährigen gratuliert hätte. In der Straßenbahn hätte ich ihm zweiundzwanzig Jahre gegeben, was angesichts des Titels Zahnarzt unrealistisch war. Unter einem Lockenkopf saß ein freundliches Gesicht mit einer kühlen, sachlichen Brille, Menschen zugewandt wie ein gütiger kleiner Mond. Wahrscheinlich wurde er von älteren Damen mit Vorliebe »mein Junge« genannt. Seine Augen verströmten den Schimmer unbedingter Zuversicht. Das entschieden positivste Signal dieses Gesichtes war, dass sein Besitzer offensichtlich wusste, was er tat und über was er redete.

»Ich frage deshalb«, fuhr er fort, »um einschätzen zu können, mit welcher Kraft Sie getroffen wurden.«

»Kein Instrument«, sagte ich. Die Worte zischten merkwürdig.

»Dann hat Ihr Gegner nun ein Problem mit dem Handgelenk. Und wahrscheinlich auch eins mit den Fingerknöcheln«, stellte er fest. Dann kam er zu seiner eigentlichen

Aufgabe. »Ich habe hier eine Röntgenaufnahme. Wenn Sie freundlicherweise mal genau hinsehen, dann entdecken Sie hier am Oberkiefer zwei flache Konturen. Das sind zwei Schneidezähne. Allerdings nicht in voller Pracht stehend, sondern in einem Winkel von fast neunzig Grad nach hinten gebogen. Mit anderen Worten, die werde ich gleich entfernen müssen, sie sind nicht mehr zu retten.« Er lächelte. Wahrscheinlich hätte ich ihn als Kind zum heiligen Nikolaus gemacht. »Das war die schlechte Neuigkeit. Jetzt kommt die bessere. Ich kann sofort Kunststoffersatz einsetzen, sodass wir Sie in die Menschheit zurückentlassen können, wenngleich nicht ganz in alter Pracht. Und im Übrigen ...«

»Entlassen ist ein schönes Wort«, unterbrach ich ihn.

»Ja«, sagte er im Ton eines gütigen Landpfarrers. »Aber ausschlafen sollten Sie schon. Ihr Schädeltrauma ist nicht von schlechten Eltern. Wir können nun eine komplette Betäubung machen oder aber eine lokale. Ich bin für die lokale, sie ist wesentlich risikoloser.«

»Lokal«, entschied ich mutig.

»Gut.« Er grinste frech. »Der Mann muss Sie richtig gehasst haben.«

»Hat er«, nickte ich. »Und nun spritzen Sie endlich ...«

Er nickte: »Es pikst ein bisschen, weil ich sehr tief reingehen muss, um die Nerven zu erwischen. Ein bisschen ist das wie ein Blindflug.«

Der Blindflug pikste überhaupt nicht, ich spürte nichts. Stattdessen zog eine lauwarme weiche Wattewolke in mein Hirn und ließ die Welt ganz harmlos erscheinen. Ich verlor jedes Gefühl für Zeit, während der Arzt dicht über mir an meinem Gesicht herumarbeitete.

Das Ende der Prozedur registrierte ich kaum. Mir ging es gut, ich hatte keine Schmerzen. Wieder wurde ich transportiert und geriet scheinbar in ein richtiges Bett. Jemand machte sich an meinem Arm zu schaffen, dann schlief ich ein.

Ein paarmal wurde ich geweckt, nahm wahr, dass ich allein in einem Zimmer lag, bekam eine Spritze und entfloh dieser Welt wieder mit Lichtgeschwindigkeit.

Ich träumte. Nichts Wesentliches, aber Eindrucksvolles. Mal näherte sich Abi Schwanitz meinem Gesicht mit einem wahnwitzig rotierenden Pürierstab, dann kam Vera ins Zimmer, sündhaft schön in einem durchsichtigen Outfit und darunter selbstverständlich nackt, wie es sich für einen anständigen Machotraum gehört.

Die Schwestern weckten mich, weil ein gewisser Rodenstock samt Ehefrau mich sprechen wolle. Ob es stimmen würde, dass es sich um einen Freund handelte.

Die beiden kamen mit einem Grinsen herein, sodass ich kurz die Vision hatte, auf der Entbindungsstation zu liegen. Emma trug einen gewaltigen Blumenstrauß vor dem Busen und knutschte mich, als hätte ich vor auszuwandern.

»Du siehst gut aus«, sagte Rodenstock rau.

»Das stimmt nicht. Ich weiß, wie ich aussehe. Ich werde erst richtig schön, wenn sie mir einen neuen Kopf annähen. Wie sind die Bandaufnahmen eigentlich geworden? Und das Video?«

»Klar und deutlich«, sagte Emma und setzte sich auf die Bettkante. »Vera lässt dich grüßen. Sie hat deinen Wagen genommen und ist nach Mainz gerauscht, um einige Klamotten und andere Sachen aus ihrer Wohnung zu holen. Sie ist mit den Nerven nicht so ganz sauber. Sie macht sich Vorwürfe, weil sie meint, sie sei zu spät gekommen, als der Abi dich versemmelt hat.«

»Das Ganze wäre auch passiert, wenn sie neben mir gesessen hätte. Gibt es Neues in unserem Fall?«

»Wenig.« Rodenstock stand vor dem Fenster und starrte hinaus in die Sonne. »Die Mordkommission hat sämtliche Beteiligte eingesammelt und vernommen und ihnen ein Verbot erteilt, die Gegend zu verlassen. Mehr konnte Kischkewitz im Moment nicht tun. Es ist noch zu vieles ungeklärt. Und etwas hat Kischkewitz verunsichert: Nachdem sie Lamm kassiert hatten, sagte der im Verhör plötzlich, ohne das weiter zu kommentieren oder zu begründen: Ich liebe euch Bullen, ihr seid gerade rechtzeitig gekommen. Jetzt fragen wir uns, was er damit gemeint haben könnte. Immerhin konnte die Identität des Toten, den die Wildschweine gefressen haben, anhand der Zahnanalyse geklärt werden. Es handelt sich zweifelsfrei um Karl-Heinz Messerich. Sogar der Offroader, mit dem Holger Schwed zu Tode gequetscht wurde, ist inzwischen sichergestellt worden. Es handelt sich um ein Fahrzeug aus der Flotte des Sprudelherstellers. Aber es ist noch nicht klar, wer es an diesem Tag fuhr.«

»Was ist mit Breidenbachs Familie?«

»Kischkewitz hat seine Zurückhaltung aufgegeben und sie ordentlich in die Mangel genommen. Wir wissen nun, dass die beiden Kinder maßlos enttäuscht von ihrem Vater waren. Anfangs hatte er wohl den Eindruck erweckt, er würde die Kreuzzüge gegen Lamm und den Sprudelhersteller unterstützen wollen. Aber dann zog der Vater den Schwanz ein. Es ist ihnen nicht erklärbar, warum er einen Rückzieher machte. Die Ehefrau Maria hat zugegeben, dass die Ehe seit vielen Jahren nur noch auf dem Papier existierte. Sie seien ein Versorgungsteam gewesen, nicht mehr, sie schilderte ihren Alltag als ausgesprochen öde und unbefriedigend. Kischkewitz' Leute haben sie auch nach den angeblich homosexuellen Vorlieben ihres Mannes befragt. Sie sagte, schwul sei er wohl kaum gewesen, aber es könne durchaus sein, dass die seelischen Zuwendungen, die sie sich für sich selbst wünschte, nun den jungen Männern zugestanden worden seien. Breidenbach sei sowieso jemand gewesen, der sexuell nicht besonders aktiv und attraktiv war. Sie lehnt die Vorstellung, er sei bestechlich gewesen, rigide ab. Sie sagte einen Satz, der mich irgendwie überzeugt: Selbst wenn er sich hätte bestechen lassen wollen, hätte er nie den Mut gehabt, sich tatsächlich bestechen zu lassen. Und Maria Breidenbach bestreitet nach wie vor, dass sie in jener Nacht in der Nähe des Steinbruchs war.«

»Gibt es was Neues über Holger Schwed, über das Motiv, warum er umgebracht wurde?«

»Nein«, sagte Emma. »Sag mal, wie geht es dir denn eigentlich?«

»Ganz gut. Anscheinend wächst wieder alles zusammen, was zusammengehört. Ich weiß nur gar nicht, wie ich aussehe. Hast du einen kleinen Spiegel dabei?«

Natürlich fand Emma einen in ihrem unergründlichen Handtäschchen und reichte ihn mir. Es dauerte eine Weile, bis ich damit umgehen konnte. Ich sah fantastisch aus, ungefähr so, als sei ich von einem zornigen Baggerfahrer beiseite geräumt worden.

»Das ist ja grauenhaft!«

»Da hättest du dich mal am ersten Tag sehen sollen«, meinte Rodenstock milde.

Ein furchtbarer Verdacht stieg in mir auf. »Wie lange liege ich denn schon hier?«

»Es ist der fünfte Tag«, säuselte Emma. »Du hast dich richtig ausgeschlafen. Sehr vernünftig.«

»Krankenhäuser sind hinterhältig.«

»Dein Schädeltrauma war beachtlich«, wandte Rodenstock ein. »Es war wirklich riskant, dich eher in die Welt zurückzuholen. Aber jetzt wird es ja bald.«

»Bald? Ich will sofort hier raus!«

»Das geht nun wirklich nicht, es ist gegen Abend, gleich bekommst du dein Essen, dann kriegst du erneut ein Spritzchen und dann tust du das, was du nun gut kannst: pennen.«

»Ich kriege kein Essen, ich kriege nur Süppchen. Was macht dein Häuschen, Emma?«

»Der Architekt hat die ersten Zeichnungen geschickt. Sehr schön, sehr edel, sehr großzügig. Und sie sagen mir, dass ich von Morden im Moment die Nase voll habe. Ich will endlich mein Haus bauen.«

Rodenstock hatte Glück und musste nicht darauf eingehen, denn sein Handy gab Laut. Er sagte: »Ja?«, und hörte eine Weile zu. Dann versenkte er das Gerät wieder in der Tasche seines Jacketts. »Wir müssen los, meine Liebe, Franz Lamm hat versucht, sich umzubringen.«

»Ich komme mit!«, sagte ich entschlossen, schwang mich aus meinem Bett und fiel platt auf die Nase. Jetzt sah ich einige Sterne, aber nur kurzfristig. Ich kam erst wieder zu Bewusstsein, als sie mich gepackt hatten und jemand sagte: »Dieser Stiesel, dieser bekloppte!«

»Binden Sie ihn an«, empfahl Rodenstock. »Er ist ein potenzieller Selbstmörder. Mach's gut, bis morgen.«

Sie banden mich nicht fest, aber sie kamen erneut mit einer Spritze.

Als ich das nächste Mal aufwachte, war es Nacht und neben meinem Bett stand Vera und hielt eine Art Blumenstrauß in der Hand.

»Die gab es an der Tankstelle«, sagte sie. »Nicht schön, aber von Herzen. Wie geht es dir?«

»Es geht wieder.«

»Emma hat mir erzählt, du wolltest aufstehen, aber das klappte nicht ganz.«

»So ähnlich. Wie war es in Mainz?«

»Eigentlich nett. Vor allem schnell. Ich habe einen Korb voll Klamotten geholt und hier bin ich wieder. Lamm hat versucht, sich zu erschießen, weißt du das schon? Ist aber noch mal gut gegangen. Er liegt auch hier auf diesem Gang, irgendwo weiter hinten.«

»Das mit Lamm verstehe ich nicht. Weshalb wollte er sich das Leben nehmen? Er ist ein Sauhund, aber eigentlich doch ein netter Sauhund.«

»Angeblich hatten er und Still einen Riesenzoff.«

»Deshalb gleich Selbstmord?«

»Wir werden es schon noch erfahren«, beruhigte sie mich. »Wahrscheinlich sind ihm die Nerven durchgegangen. Du siehst schon besser aus. Ich habe mir ziemliche Sorgen gemacht.«

»Wie viel Uhr ist es denn?«

»Nach Mitternacht. Sie haben mich ausnahmsweise reingelassen.«

»Du solltest jetzt in unser gemeinsames Bett steigen, du siehst erschöpft aus.«

»Ich halte es warm«, versprach sie.

In der Tür erschien der Kopf einer Nachtschwester. »Schluss jetzt, ihr beiden.«

Vera nickte, küsste mich dahin, wo es nicht so wehtat, und schwebte davon.

Ich begann sofort zu üben, indem ich mich im Bett aufsetzte, die Beine baumeln ließ und tief und kontrolliert atmete. Nach einer Weile ging es und ich stellte mich hin. Das war schon riskanter, denn mein Kreislauf spielte sofort ein wenig verrückt. Ich hielt mich am Bett fest. Das nächste Ziel war die Fensterbank, die ich problemlos erreichte, obwohl ich einen kleinen Bogen laufen musste, weil meine Beine nicht richtig gehorchten. Dann zurück zum Bett, ein wenig ausruhen, zurück zur Fensterbank. Das Ganze fünfmal. Mein Kreislauf schien jetzt zu funktionieren, allerdings atmete ich wie eine asthmatische Dampfmaschine.

Ich öffnete das Fenster, Luft strömte über meinen Heldenkörper und ich dachte erst, sie würde mich umbringen. Aber es ging zusehends besser.

Jemand hatte fürsorglich einen Bademantel in das kleine Bad gehängt. Ich zog ihn über und trat auf den Gang.

Es war so, wie ich erwartet hatte: Auf dem Flur saß ein unendlich gelangweilter Polizeibeamter und bewachte ein Zimmer, dessen Tür sperrangelweit aufstand. Geschätzte Entfernung: zehn Meter.

Von hinten näherte sich der Nachtdrachen und zischte: »Das geht aber nicht!«

Ich setzte mein Missionarslächeln auf und sagte: »Sie haben keine Ahnung, was alles geht. Ich liege jetzt fünf Tage still, das schmeißt den besten Kreislauf. Ich mache nur ein paar Schritte hin und her. Machen Sie sich keine Sorgen.«

»Haben Sie eine Ahnung!«, erwiderte sie dumpf, verschwand aber, ohne handgreiflich zu werden.

Ich ging vorsichtig auf den Polizisten zu. Er war ein fülliger Mann mit einem beachtlichen dunklen Schnäuzer in einem sehr freundlichen Gesicht, vierzig Jahre alt vielleicht. Er starrte mir entgegen und sagte nach sechs Schritten: »Nicht weiter, bitte!«

Ich stoppte und zeigte auf die Tür. »Franz Lamm, nicht wahr?«

»Richtig. Woher wissen Sie das?«

»Ich arbeite an dem Fall mit. Ich bin der, der von Abi Schwanitz verprügelt worden ist.«

»Ach! Furchtbar, diese Großstadttypen. Man sollte die zwingen, mit einer roten Laterne rumzulaufen. Kommen hierher und spielen sich auf wie Graf Koks.«

»Ist er bei Besinnung?«

»Ja. Aber Sie dürfen nicht rein. Sie sind doch Journalist, oder?«

»Erst einmal bin ich Patient«, sagte ich und machte ein paar weitere Schritte.

»Lamm ist ein tragischer Fall«, seufzte der Beamte. »Unter die Frankfurter Würstchen gefallen. Scheißstädter. Ich hoffe, sie kriegen die, die das mit Breidenbach gemacht haben.«

»Sicher.« Ich war jetzt weit genug gelaufen, um in das Zimmer hineinsehen zu können.

Lamm lag, den Oberkörper ziemlich aufrecht und mit einem schneeweiß verbundenen Kopf, in seinem Bett. Schläuche verbanden ihn mit zwei Infusionsständern.

»Das hat er nicht verdient«, murmelte ich.

»Weiß Gott nicht«, sagte der Polizist. »Gibt fünf Dörfern Arbeit. Und jetzt das!«

Lamm hielt die Augen geschlossen.

Ich machte zwei Schritte in den Raum hinein, aber so, dass der Polizist mich kontrollieren konnte.

Lamm öffnete die Augen und erkannte mich augenblicklich. Er begann zu weinen. Natürlich, sie hatten ihm Mittel gegeben, die Körper und Seele entspannten.

Der Polizist stand plötzlich neben mir, protestierte jedoch nicht.

»Was ist, Franz?«, fragte ich zaghaft.

»Das Schwein«, sagte er erschöpft. »Das Schwein versucht mich zu übernehmen. O Gott, dieses Schwein.« Er verlor nun gänzlich die Fassung, seine Welt war zersprungen wie eine Kugel aus dünnem Glas.

NEUNTES KAPITEL

»Was ist, wenn ihn das zu sehr aufregt?«, flüsterte der Polizist neben mir.

»Er weint und das schafft Erleichterung«, sagte ich.

»Das ist auch wieder richtig«, nickte er. »Wir können ja im Zweifelsfall die Schwester rufen.«

»So ist es.« Ich starrte auf das zuckende Bündel, das einmal der große Franz Lamm gewesen war.

»Was war denn eigentlich los?«, fragte ich. »Wieso wolltest du dich aus der Welt blasen?« Ich trat neben sein Bett und sah auf ihn herunter.

Der Polizist stellte sich auf die andere Seite und wirkte besorgt.

Lamm stammelte: »Das wollte ich wirklich. Ich habe doch nichts begriffen, ich habe anderthalb Jahre nichts begriffen.« In diesen Sekunden wirkte er uralt.

»Was ist passiert, Franz?«, fragte nun auch der Polizist. »Du kannst es ruhig erzählen, du weißt doch, wer ich bin.« Etwas linkisch setzte er hinzu: »Irgendwann musst du mal reden, Franz.«

Eine Sekunde gab Lamm sich Ruhe und sah den Polizisten an. »Karl«, sagte er dann. Er griff nach mir und bekam die linke Seite des Bademantels zu fassen. »Baumeister, ich war ein Arschloch.«

»Nun mal langsam«, sagte ich wütend und griff seine Hand. »So schnell wirst du kein neues Arschloch. Du musst erst mal das alte abschaffen, und das dauert. Erzähl.«

»Der Still«, schluchzte er, »der Still. Er macht alles kaputt.«

Ich fürchtete, dass er sich in Wortfetzen verlieren würde, und das wollte ich nicht dulden. Ich musste ihn treiben. Das war gut für ihn und das war gut für mich.

»Es ging mit Breidenbach los, nicht wahr?«

Lamm nickte. »Ja, so fing das an, damals im Mai. Es war ein Hickhack, Breidenbach wusste nicht, was er wollte. Plötzlich signalisierte er, er würde die Eifel gern verlassen, für immer. Aber wir müssten ihm dabei helfen. Finanziell helfen. Wir fragten: Was kostet das? Und er antwortete: Achthunderttausend, keine Verhandlung. Still schlug vor: Jeder vierhunderttausend, weil das billiger ist als eine Armee von Rechtsanwälten. Germaine meinte auch, das wäre ein Schnäppchen.«

»Wer ist denn Germaine?«, fragte der Polizist.

»Ach, Germaine«, seufzte Lamm. »Ich könnte ein Buch darüber schreiben.«

»Du sollst kein Buch schreiben, du sollst erklären, wer Germaine ist. Sonst kapieren wir die Geschichte nicht.«

»Germaine? Wer ist Germaine?« Er schloss die Augen. »Ein Traum.«

Für einen Kaufmann aus der Eifel war das eine seltene Beschreibung.

»Eine schöne Frau?«, fragte der Polizist eifrig.

»An dich herangespielt?«, ergänzte ich. Dann grinste ich den Polizisten an, er war wirklich gut.

Lamm hielt die Augen geschlossen. »Kann man so sagen«, nickte er mühsam. »Sie ist eine von Stills Frauen oder jedenfalls lebt sie ... also, sie ist ... er brachte sie zum Golfen mit. Klein, zierlich, ungefähr dreißig. Angeblich Französin, aber das ist egal. Still sagte, sie wäre eine Katze, ich könnte sie haben.«

Für ein paar Minuten war es ruhig. An der Wand hing ein Kunstdruck, irgendeine Uhr tickte.

»Du bist ja ein noch größeres Arschloch, als ich geglaubt habe! Sie stellte also dein Leben auf den Kopf«, sagte ich.

»Das kannst du ruhig zugeben«, bemerkte der Polizist gutmütig. Er setzte hinzu: »Wir sind ja unter uns.« Damit log er nicht einmal, denn er würde schweigen.

»Sie war ... Du musst dir das so vorstellen, dass du plötzlich wieder anfängst zu leben. Plötzlich machte alles wieder Spaß, plötzlich machte sogar der Betrieb wieder Spaß. Sie war wie ein Kind und sie sagte, sie gehöre mir. Sie machte freiwillig, wovon ich immer geträumt habe. Still schlug vor, ich solle ihr eine Wohnung mieten. Das tat ich. In Cochem an der Mosel, ich trinke gern Wein.« Lamm schüttelte den Kopf über sich selbst, das Aufwachen war so schwer. »Eines Tages habe ich Schwanitz bei ihr getroffen. Der wurde pampig. Er sagte, sie sei sowieso eine Nutte und wieso ich mich so anstellen würde. Da war ich zum ersten Mal am Ende. Das ... das ist erst ein paar Wochen her.«

»Franz«, mahnte ich, »du musst schon entschuldigen, aber wir müssen wieder auf das Geld zurückkommen. Achthunderttausend hat Breidenbach gesagt. Wie hat er die bekommen und von wem? Ich kann nachfühlen, dass Germaine wehtut, aber das ist jetzt nicht so wichtig. Wie ist das mit dem Geld gelaufen?«

»Ja ...«, murmelte er nachdenklich. »Also, Breidenbach hat die achthunderttausend gekriegt. Bar, zwei kleine Taschen voll. Ich bin ein anderer Typ als Still, ich bin eher konservativ. Ich habe vierhunderttausend nicht einfach so irgendwo rumliegen. Still hat das. Ich sagte, ich brauche eine Weile, ehe ich vierhunderttausend zusammenhabe. Er sagte: Lass den Quatsch, ich zahle die achthundert Riesen und du gibst mir das Geld, wenn du es hast.« Lamm seufzte tief und sprach mit trockener, rauer Stimme weiter. Nun hatte er die Weinerlichkeit überwunden. »Ich war wie vernagelt. Ich habe überhaupt nicht verstanden, was da abging. Breidenbach bekam also die achthundert Riesen. Aber Still sagte schon damals: Breidenbach wird mir das Geld sowieso zurückgeben müssen. Wir haben gelacht, aber ich habe nicht begriffen, wie das laufen sollte. Dann flog Breidenbach in den Urlaub, nach Kreta, und Abi Schwanitz hinterher. Er kam ohne Geld zurück und meinte, Breidenbach müsse das Geld hier irgendwo in der Eifel versteckt haben. Jedenfalls war es weg.«

Der Polizist fragte: »Was war mit dieser Germaine?«

»Wir haben uns wieder vertragen. Sie sagte, sie ... sie liebt mich und will bei mir bleiben. Das Leben erschien mir wie eine rosa Wolke. Dann musste ich die Glaubrechts bezahlen, ich wollte nicht riskieren, dass es tatsächlich zur Anklage kam. Aber Glaubrechts wollten zweihunderttausend, keine Mark drunter. Ich verkaufte ein Haus. Und weil es ... na ja, es musste schnell gehen, daher konnte ich es nur unter Wert verkaufen.«

»Still kaufte dein Haus, nicht wahr?«, dachte ich laut mit.

Ich begann zu begreifen, was diesem Mann widerfahren war.

»Ja, natürlich, Still kaufte es. Und dann geschah die Sache im Hunsrück. Da gab es einen Konkurrenten, der keine Erben hatte. Der bot mir seinen Laden an. Guter, solider Betrieb. Aber ich brauchte schon wieder Geld. Dreihunderttausend. Still gab mir das Geld, so wie man der Bedienung ein Trinkgeld gibt. Er sagte wieder: Gib es mir zurück, wenn du es hast.«

»Und jetzt schuldest du ihm bald eine Million Mark, richtig?« Ich hielt seine Hand ganz fest. »Wann hat er dich in die Zange genommen?«

»Gestern Abend. Er kam vorbei und wollte sein Geld. Ich habe es nicht, sagte ich. Du musst mir Zeit geben. Das geht nicht, sagte er, ich brauche es jetzt. Na ja, es ging eine Weile so hin und her. Und plötzlich sagt er: Franz, ich kauf mich mit dem Geld bei dir ein. Überschreib mir die Anteile an deinem Betrieb.« Lamm verlor die Stimme und schluchzte wieder, er warf den Kopf hin und her, als würde er ernsthaft damit rechnen, im Boden zu versinken.

»Heilige Scheiße«, flüsterte der Polizist. »Der ist fertig.«

»Kann man sagen. Aber Lamm ist ein Riesenarschloch. Und am Ende zahlen auch Arschlöcher die Rechnung«, nickte ich. »Franz, wie ging es weiter?«

Er schnäuzte sich wütend und laut in ein weißes Taschentuch. »Gar nicht«, antwortete er kühl. »Plötzlich war mir klar, was Still die ganze Zeit gewollt hatte. Meinen Betrieb. Einen soliden Betrieb mit soliden Gewinnen. Er wollte nie was anderes. Von Anfang an. Das ist seine Masche, so macht er Geld mit Geld.«

»Hast du ihn rausgeschmissen?«, fragte ich.

»Musste ich nicht. Er lachte mich aus, sagte knallhart: Ich schicke dir meine Anwälte! Das war es dann.«

»Hast du jemals eine Schuldanerkenntnis unterschrieben, einen Schuldschein, irgendwas?«

»Nein!«

»Dann kommst du doch da wieder raus!«, sagte ich.

»Wie denn?«, fragte er verblüfft.

»Mithilfe der Mordkommission«, erklärte ich. Ich war mir nicht sicher, aber ich sah, was die Hoffnung mit ihm machte. Seine Augen bekamen wieder Glanz.

»Ja!«, rief der Polizist erleichtert. »Klar, kein Schuldschein, kein Geld, keine Schuld. Verstehst du das denn nicht?«

»Nein«, sagte Lamm etwas düpiert.

»Wo ist deine Frau?«, fragte ich.

»Irgendwo im Hessischen. Bei einer Freundin. Mit der hatte ich Zoff, die hat was gerochen.«

»Die muss herkommen«, sagte ich. »Sofort.«

»Nicht doch«, wehrte er sich. »Ich bin froh, dass die nicht zu Hause ist.«

»Franz«, drängte der Polizist, »der Mann hat Recht. Ach Gott, mit dir ist im Moment ja nicht zu reden. Ruf sie einfach an.«

»Franz, du musst jetzt aufräumen, du sagst aus. Einverstanden?« Ich wollte ihm keine Zeit zum Nachdenken geben. »Weißt du, wer Breidenbach getötet hat?«

Er sah mich an, als tauche er aus einem Albtraum auf. »Breidenbach. Ich weiß nicht, ich denke, Schwanitz und seine Truppe. Oder diese Einsatzgruppe aus Frankfurt, von der Still immer redet. ›Legionäre‹ nennt er sie. Wer ... Still hat getobt.« Unvermittelt kicherte er. »Da kassierte Breidenbach für sein Schweigen achthunderttausend. Und weil die ganze Sache trotzdem aufgeflogen ist, wollte Still das Geld zurückhaben und war sich sogar sicher, dass er es kriegt. Doch dann war Breidenbach der Bessere. Er hat den Zaster verschwinden lassen. Still hat getobt. Ich dachte, der kriegt einen Schlaganfall.«

»Was weißt du über Holger Schweds Tod?«

»Na ja, oben am Sprudel haben sie über die Geschichte geredet. Sie haben sich amüsiert und gesagt, sie hätten ihn auf die Zwölf getroffen, genau auf die Zwölf.«

»Wer hat das gesagt?«

»Ich weiß nicht mehr. Schwanitz war es jedenfalls nicht. Ein anderer aus seiner Truppe.«

»Und was ist mit Karl-Heinz Messerich?«

»Was soll mit dem sein?«, fragte er zurück.

»Auch tot, ermordet. Im Steinbruch, wo auch Breidenbach umkam.«

»Der hat auch manchmal bei mir im Betrieb ausgeholfen. Aber die Arbeit hatte er nicht erfunden. Ermordet? Wieso denn das?«

»Möglicherweise hat er Breidenbach erpresst«, überlegte ich.

»Dann hat Breidenbach erst Messerich getötet und ist dann selbst ermordet worden? Das glaubt doch kein Mensch!«

»Sicher ist jedenfalls inzwischen, dass Messerich an dem Abend im Steinbruch war, genauso wie Abi Schwanitz. Dann war noch jemand dort, mit dem Breidenbach sexuellen Kontakt hatte. Franz, hast du jemals davon gehört, dass Breidenbach eine Geliebte hatte oder aber eine Frau kannte, mit der er möglicherweise intim war, wie man das so schön nennt?«

»Es hieß immer, er hätte was mit seiner Sekretärin. Aber ich weiß nicht einmal, von wem ich das habe. Ich habe immer noch nicht verstanden, was das mit meiner Frau soll. Warum soll die herkommen?«

»Weil du da draußen einen Vertreter brauchst, weil es für dich jetzt gegen Still gehen muss. Weil jemand mit den Anwälten reden muss. Und weil, verdammt noch mal, diese blöde Geschichte mit Germaine vom Tisch muss.« Ich spürte, dass ich wütend wurde.

»Germaine ist doch weg. Längst wieder in Frankfurt. O Gott, was habe ich mir da angetan? Ich bin hingefahren. Vor ein paar Tagen war ich da.« Er hatte keine Tränen mehr.

»Und?«, fragte der Polizist unnachgiebig.

»Das war ein Haus, draußen auf den Taunus zu. Ein Puff. Und Germaine war der Star. Du konntest sie kaufen. Tausend pro Stunde, dreitausend pro Nacht.«

»Hast du mit ihr gesprochen?«, wollte ich wissen.

Er schüttelte heftig den Kopf. »Nein, konnte ich nicht, wollte ich nicht. Im Empfangsraum lagen Mappen mit Fotos der Frauen drin. Bei Germaine stand etwas von einer echten Französin, die es dir echt und französisch macht. Nur so ein Scheiß.«

Ich wandte mich an den Polizisten: »Würdest du die Mordkommission benachrichtigen? Wende dich direkt an Kischkewitz. Er muss Leute herschicken. Das hier muss zu Protokoll.«

»Mache ich.« Er verließ das Zimmer.

»Glaubst du wirklich, ich komme da raus?«, fragte Lamm.

»Ja. Nicht ohne Narben, aber du kommst raus. Du musst nur deine Aussage machen. Nichts verschweigen. Es wird dir dann auch besser gehen. Du wirst deinen Betrieb sicher nicht verlieren.«

»Der Betrieb«, sagte er nachdenklich. »Ich bin stolz darauf. Mein Vater hat damit angefangen, Fenster und Türen zu machen. Aus Holz. Ich habe den Betrieb übernommen. Der darf einfach nicht kaputtgehen.«

»Erzählst du mir, wie das Vinyl ins Trinkwasser gelangen konnte?«

Er nickte, schloss die Augen. »Das passierte an einem Wochenende. Im Betrieb war nur ein Lehrling. Der sollte eine Halle aufräumen. Dabei kippte ihm ein Großbehälter um, weil er mit dem Hublader nicht sauber fahren konnte. Das Schlimmste war, der Kerl hat nichts gesagt. Aus Angst, ich würde ihn anscheißen oder rausschmeißen.« Er grinste schräg, sagte nichts mehr.

»Ich muss jetzt gehen.«

»Wieso bist du eigentlich hier?«

»Schwanitz hat mich vertrimmt. Dein Exfreund Still ist eine richtig miese Existenz. Mach es gut, Lamm, und denk dran, dass du noch gebraucht wirst.«

Ich ging in mein Zimmer zurück und legte mich auf das Bett. Ich starrte gegen die Decke und dachte, dass wir schon eine Menge erfahren hatten, Kreuz- und Querverbindungen kannten. Aber dann wurde mir klar, dass wir dem Mörder immer noch keinen Schritt näher gekommen waren.

Irgendwann schlief ich ein, wurde aber schnell wieder mit einem jähen Schrecken wach, weil ich geträumt hatte, ich würde in einem Range Rover auf den Steilabfall im Kerpener Steinbruch zurasen, die Bremsen versagten und ich schoss in den Abgrund, haltlos in den Tod.

Ich zog mir einen Sessel ans Fenster und starrte hinaus in das Tal Richtung Weidenbach und Manderscheid.

Ein fröhliches »Guten Morgen, der Herr!« weckte mich. Eine junge Frau stellte mein Frühstück neben das Bett: zwei Esslöffel Griesbrei.

Ich rasierte mich. Das Gesicht tat fast gar nicht mehr weh, dafür erzählte ein jeder meiner Knochen etwas von der Nacht im Sessel. Anschließend stopfte ich mir eine Pfeife und ging hinaus, um eine Stelle zu suchen, wo ich rauchen konnte. Unten im Empfang war das scheinbar erlaubt, denn dort saß eine Horde unrasierter, unausgeschlafener Männer, die an ihren Zigaretten saugten, als sei das ein Allheilmittel.

Unvermittelt schoss Kischkewitz wie eine Kugel in die Halle, sprach hastig zu der Dame am Empfang und zog samt zwei Kollegen weiter. Dann bemerkte er mich, grinste und steuerte auf mich zu.

»Baumeister, Held meiner Träume, wie geht es dir? Du siehst aus wie der arme Lazarus, richtig schön.«

»Willst du zu Lamm?«

»Klar. Wie geht es ihm?«

»Gut, denke ich. Er ist wütend. Wie steht es mit einem Mörder?«

Er kniff die Augen zu schmalen Schlitzen zusammen. »Kannst du dir doch denken: beschissen. Aber wenigstens sind jetzt auch die Kollegen der Zollfahndung, der Staatsanwaltschaft für Wirtschaftsvergehen in Koblenz und der Steuerfahndung Trier beschäftigt. Grüße deine Familie. Und vielen Dank, der Staat wird dir einen Orden verleihen.«

»Ich brauche Informationen von dir, wenn ich schreibe.«

»Dann werde ich da sein.« Er nickte und entschwand mit wehendem Mantel.

Um neun Uhr hatte ich eine Unterredung mit meinem Oberarzt, dem ich klar machte, dass ich unmöglich länger in diesem gastlichen Haus logieren konnte.

»Es ist aber riskant«, warnte er mich. »Ich würde Sie gern noch ein paar Tage hier behalten.«

»Das geht nicht«, widersprach ich.

»Nun gut, aber ich gebe Ihnen Tabletten mit, die Sie unbedingt regelmäßig einnehmen müssen.«

»Einverstanden«, nickte ich und bedankte mich für die Hilfe.

Gegen zehn Uhr stand ich in Unterhosen in meinem Zimmer, als es zaghaft klopfte. »Hereinspaziert.«

Es war Albert Schwanitz. Vor dem Bauch trug er einen großen Blumenstrauß: blaue Iris und lachsfarbene Gerbera. Er lächelte, soweit die Grimasse ein Lächeln genannt werden konnte. Mit Freude registrierte ich, dass irgendein Heilkundiger seine rechte Hand in einen bombastischen Verband gewickelt hatte.

»Die Ratten verlassen das sinkende Schiff«, stellte ich trocken fest. »Ich bin dabei zu gehen, du kannst dir die Blumen sparen.«

Er sagte nichts, blieb in der Tür stehen.

Ich stieg in meine Jeans. »Du kannst dir etwas Gnade verdienen. Sag mir, was in jener Nacht im Steinbruch wirklich geschah. Dass einer deiner Kumpane den armen Holger Schwed umgenietet hat, weiß ich verbindlich. Auf die Zwölf habt ihr ihn getroffen. Was seid ihr für Arschlöcher!«

Ich wünschte: Hoffentlich stürmt er gegen mich vor, hoffentlich richtet er hier ein Chaos an. Hoffentlich verwüstet er das Zimmer so, dass das ganze Krankenhaus zusammenläuft.

Aber er sagte immer noch nichts, bewegte sich nicht, stand einfach da mit der Gärtnerei in den Händen.

»Bist du stumm geworden? Setz dich wenigstens und schließ die Tür. Und noch etwas zu deiner Information: Der Chef der Mordkommission sucht dich. Er ist hier im Krankenhaus.«

»Das weiß ich«, sagte er endlich rau. »Ich geh gleich zu ihm.«

»Willst du den Zeugen der Anklage spielen?«

»Kommt drauf an.«

»Auf was?«

»Na ja, ob ich einen Deal machen kann.« Das erzählte er so, als handle es sich bei der Oberstaatsanwaltschaft um einen Kramladen, was viele Kenner allerdings tatsächlich behaupten.

Er setzte sich vorsichtig auf einen Stuhl. »Ich wollte fragen, wie es dir geht.«

»Besser. Gib die Blumen her. Du schwitzt an den Händen, davon gehen sie kaputt.« Ich ließ Wasser in das Waschbecken laufen. Bei Blumen bin ich immer pingelig. »Du warst es, du hast Breidenbach erschlagen, nicht wahr?«

»Nein«, widersprach er ruhig und mit starrem Gesicht. »Habe ich nicht. Ich war gar nicht unten bei ihm.«

»Nur oben auf der Felsnase?«

»Ja!«, nickte er.

»Pass auf, Abi. ich habe keine Zeit für irgendwelche Mätzchen, ich will nach Hause. Wir wissen, dass Breidenbach von ungefähr siebzehn Uhr bis zwei Uhr morgens im Steinbruch war. Dann starb er. Das sind neun Stunden. Viel Zeit also. Wann bist du dort gewesen und wann bist du wieder gegangen?«

»Ich war so gegen acht Uhr abends da. Ich wusste, dass Messerich kommen würde, und wir wollten wissen, was sie miteinander sprachen.«

»Woher hast du gewusst, dass Messerich kommen würde?«

Er sah mich an, als sei mein Verstand nicht ganz in Ordnung. »Na, ich habe ihn doch dahin geschickt.«

»Warum ist er nicht nach Kreta geflogen, wie geplant?«

»Weil ich ihm davon abgeraten habe. Er sollte für mich zu Breidenbach gehen. Ich hatte für ihn für Samstag einen Flug nach Kreta gebucht. Von Frankfurt aus.«

»Also gut, er sollte zu Breidenbach in den Steinbruch. Wann kam er dort an?«

»Auch um acht Uhr. Das war so abgesprochen.«

»Und? War schon jemand anderes da, außer Breidenbach?«

»Ja, Holger Schwed.«

»Moment. Hast du an dem Abend auch Maria Breidenbach gesehen?«

Er war irritiert. »Nein. Wieso? War die auch da?«

»Wenn ich es wissen würde, würde ich nicht fragen. Holger Schwed muss den Steinbruch lebend verlassen haben. Wann war das?«

»Um zehn Uhr.«

»Und bis dahin hockten die zu dritt in dem Zelt?«

»Korrekt.«

»Warum genau warst du eigentlich da? Was sollte Messerich für dich tun?«

»Er sollte versuchen herauszubekommen, was Breidenbach mit dem Geld gemacht hatte. Still, mein Chef, wollte es wiederhaben. Wir suchten das Geld.«

»Deswegen warst du vorher schon auf Kreta?«

»Richtig. Aber da ist es nicht.«

»Erst zahlt ihr ihm das Geld, dann wollt ihr es wiederhaben. Ist das nicht irgendwie verrückt?«

»Na ja, eigentlich schon. Aber Breidenbach hatte für etwas kassiert, das nun trotzdem rauskam. Wir sind davon ausgegangen, dass Breidenbach mit dem Geld sofort von der Bildfläche verschwinden würde. Aber das Arschloch wusste mal wieder nicht, was er eigentlich wollte. Und stückweise und gerüchteweise sickerte dann alles durch. Und deshalb wollte Still das Geld wiederhaben.«

Ich nickte. »Weiter. Über was haben sie gesprochen?«

»Über die Zukunft. Also Breidenbachs Zukunft. Er wollte mit Holger Schwed zusammen auf Kreta leben. Messerich sollte ihm ein Haus bauen, oder zumindest dabei helfen. Aber Schwed war dagegen. Er beschimpfte Messerich. Irgendwie hatte ich den Eindruck, dass Schwed und Messerich um Breidenbach kämpften. Jedenfalls hat Schwed gegen zehn Uhr das Zelt verlassen, sich auf sein Fahrrad gesetzt und ist abgehauen.«

»Wer hat jetzt die Bandaufnahme?«

»Mein Chef.«

»Und über das Geld ist nicht geredet worden?«

»Kein Wort.«

»Und dann hast du die Lawine ausgelöst? Um wie viel Uhr war das?«

»So um elf Uhr. Das sagte ich doch schon.«

»Richtig, das sagtest du. Und um elf Uhr war Messerich noch bei Breidenbach im Zelt?«

»Korrekt.«

»Und warum bist du abgehauen?«

Er grinste schief. »Na, wegen des Krachs. Was glaubst du, was das Gestein für einen Lärm machte, als das runterdonnerte. Das muss man noch in Kerpen gehört haben. Mir war das zu riskant, ich habe die Fliege gemacht.«

»Du bist nicht runtergegangen zum Zelt, um nachzugucken, ob denen was passiert ist?«

»Nein.«

»Wer hat Holger Schwed auf dem Gewissen?«

»Einer aus meiner Truppe. Aber das war keine Absicht. Er ist von der Kupplung abgerutscht. Sagt er jedenfalls. Das ist der gewesen, den deine Frau verprügelt hat. Steirich. Ich schwöre dir, er hatte keinen Auftrag.«

»Das Ergebnis war also: Ihr habt vollkommen umsonst achthunderttausend Mäuse gezahlt. An Breidenbach, der jetzt tot ist und das Geld irgendwo versteckt hat. Stimmt das?«

»Nicht ganz. Es war eine Million.«

»Wie denn das?«

»Breidenbach hat zweihunderttausend nachverlangt. Für Holger Schwed, damit der auch den Mund hält. Und er hat sie gekriegt.«

»Hat Maria Breidenbach von der Sache gewusst?«

»Ich glaube, zuerst nicht. Aber sie war kürzlich bei Still. Und der hat ihr gesagt, wenn sie das Geld findet und zurückgibt, darf sie zwanzig Prozent davon behalten. Wenn sie es findet und nicht zurückgibt, würde sie ihres Lebens nicht mehr froh.«

»Vielleicht hat sie es gefunden und keiner bekommt es mit.«

»Da kann man dann nichts machen«, nickte Abi düster.

»Wo ist Still im Moment?«

»Der ist weg. Nachdem das mit Lamm gestern schief gegangen ist, ist er abgehauen. Er haut immer ab, wenn es heiß wird.«

»Weißt du, wohin?«

»Er hat eine Menge Freunde. Überall auf der Welt. Ich schätze, er ist zu den Philippinen. Bei den Aufständischen. Er hat sich da eingekauft, hat ihnen ein paar Waffen spendiert.«

»Warum bist du eigentlich hier? Weshalb erzählst du mir das alles?«

»Weil Schluss ist«, antwortete Abi. »Die Sache ist vorbei. Ich weiß, wann Schluss ist. Jetzt ist Schluss. Still hat sich nicht nur hier unbeliebt gemacht. Er hat auch noch einen bulgarischen Paten am Arsch. Den hat er gelinkt mit einer Lieferung Kokain. Es wird nicht lange dauern, dann ist Still eine Leiche, freikaufen kann er sich bei dem Bulgaren nicht. Bulgaren sind stur, denen geht es um die Ehre.«

»Schade eigentlich, ich hätte ihn gern kennen gelernt, meine Sammlung an hochkarätigen Idioten ist noch nicht komplett«, überlegte ich.

»Zeit zu gehen«, meinte Abi und stand auf.

Wir gaben uns nicht die Hand.

Ich rief zu Hause an und bat, mir ein Auto zu schicken.

Vera war fünfzehn Minuten später da und knutschte mich dermaßen heftig ab, dass ich Schmerzen im Gesicht hatte, als ich mich in mein Auto setzte.

»Rodenstock und Emma sind mit dem Architekten bei ihrem Haus in Heyroth. Und dann wollen sie noch irgendwohin fahren, Möbel bestellen. Nach Maß, natürlich. Man gönnt sich ja sonst nix. «

»Ist das nicht ein wenig früh?«

»Emma ist nicht zu stoppen. Was machen wir?«

»Wir fahren ins Landcafé nach Kerpen, essen Schmalzbrote und starren in die Gegend. Das ist das Intelligenteste, was du im Augenblick von mir verlangen kannst.«

»Gut«, sagte sie zufrieden. »Die Nächte ohne dich waren sehr lang.«

»Ich fühle ganz ähnlich, aber ich habe mich nicht getraut, das zu sagen.«

Wir fuhren also direkt nach Kerpen und erwischten einen Platz in der Sonne. Es gab Schmalzbrote, eine hervorragende Minestrone, Wein und Kaffee.

Nach einer Weile begann Vera vorsichtig: »Mein Vorgesetzter hat mich angerufen. Er will, dass ich wieder anfange zu arbeiten. Er sagt, er braucht mich und will sich dafür einsetzen, dass ich beruflich weiterkomme.«

»Das freut mich für dich.«

»Ich bin mir aber nicht sicher, ob ich das will.«

»Du musst das ja nicht heute entscheiden«, sagte ich hilflos.

»Das ist richtig«, sie wirkte erleichtert.

»Lass uns heimfahren.«

»Sollen wir noch bei Emma und Rodenstock in Heyroth vorbeischauen?«

»Das machen wir.« Ich fühlte mich überfahren von der Vorstellung, dass Vera bald wieder in der Hauptsache abwesend sein könnte. Wusste nichts mehr zu sagen und hatte den Eindruck, eine Barriere baute sich zwischen uns auf. Hätte Vera in diesen Augenblicken mit mir schlafen wollen, hätte ich todsicher scheinbar fröhlich und unbeschwert trompetet: »Sicher, warum nicht« – so wie man einer Verkäuferin an der Fleischtheke zustimmt, wenn sie fragt, ob es hundert Gramm mehr sein dürfen.

Vera musterte mich lange und stellte dann gnadenlos fest: »Das sind so Augenblicke, in denen wir nichts miteinander anfangen können, nicht wahr?«

»Das scheint so«, nickte ich. »Lass uns zu Emma fahren, damit ich Neues über das rot karierte Bauernleinen erfahren kann.«

Die Dame des Hauses, der ich Bezahlung signalisiert hatte, erlöste uns.

Wir fuhren schweigend zu dem Häuschen am Waldrand und erlebten gerade noch, wie sich der Architekt in einen unverschämt schönen, feuerwehrroten Mercedes schwang, die alte Pagodenform, die niemals aus der Mode kommt.

Von dem alten Bauernhaus standen nur noch die Umfassungsmauern, aus Feldsteinen gefügt. Innen war es leer geräumt wie ein Körper, dem man nur die Haut gelassen hat. Emma stand mit einem Zeichenblock auf der rechten Giebelseite, an der Längsseite zum Wald rutschte Rodenstock auf den Knien herum und maß etwas aus. Beide waren vollkommen versunken in ihre jeweilige Arbeit.

»Hi!«, rief Vera gut gelaunt. »Warum baut ihr eigentlich nicht einen hölzernen Wintergarten auf die rechte Giebelseite? Ihr hättet viel mehr Raum und es würde luftiger wirken.«

Emma sah auf. »Hallo, ihr zwei. Baumeister! Dich zu sehen tut gut. Ich habe schon gehört, dass du sogar im Krankenhaus nach bösen Menschen suchst. An einen Wintergarten, meine Liebe, habe ich auch schon gedacht. Aber diese Seite weist nach Nordwesten, zu wenig Licht. Und dann hat mein Geliebter gesagt, dass es die Architektur zerschlägt. So schrecklich das ist, er hat Recht. Wir wollen ja nicht die postmoderne Türmchen- und Erkerarchitektur bereichern.«

Rodenstock umarmte mich. »Gut, dass du wieder da bist. Mir ist heute zum ersten Mal bewusst geworden, dass das Haus keinen Keller hat. Es ist auf blankem Fels gebaut worden. Und ich frage mich, ob wir jetzt einen Keller ausschachten oder die Versorgungseinheiten in einem kleinen Anbau unterbringen sollen.«

»Wenn du zusätzliche Dämmschichten und eine Fußbodenheizung einbaust, brauchst du keinen Keller«, sagte ich. »Wenn du mit einem zentralen Kachelofen heizen willst, solltest du die Hälfte des Hauses unterkellern. Das wird reichen.«

»Wir frieren leicht, wir sind sehr alte Leute«, meinte Emma.

»Dann müsst ihr unterkellern«, entschied ich.

»Wir wollten gleich noch in unsere alte Wohnung an der Mosel, Klamotten holen. Zu dem Möbelfritzen kommen wir heute nicht mehr. Ihr habt also euer Reich für euch ganz allein.«

»Das ist schön«, sagte Vera.

Emma hob den Kopf und lächelte.

»Wie wollen wir weiter verfahren?«, wurde Rodenstock geschäftsmäßig.

»Ich würde gern noch mal mit Maria Breidenbach sprechen. Möglicherweise hat sie eine Million in bar gefunden.«

»Wie schätzt du nach den jüngsten Erkenntnissen die Situation am Tatort ein?« Rodenstock betrachtete den Fußboden oder das, was vom Fußboden übrig geblieben war.

»Vermutlich gab es gegen elf Uhr in der Nacht einen Break an diesem Tatort. Abi ging, Holger Schwed war schon weg. Ob Maria Breidenbach sich schon in der Nähe aufhielt, wissen wir nicht. Wir wissen, dass etwas passierte, und anschließend war Messerich tot. Und seine Leiche wurde zur Suhle geschaffen. Aber: Wie gelang es dem Täter oder den Tätern, den toten Messerich in die Wildschweinsuhle zu verfrachten? Dort gibt es keine ausgebauten Feldwege, man muss quer durch einen Hochwaldstreifen und eine Schonung. Nach meiner Schätzung beträgt die Strecke mehr als einen halben Kilometer. Nachts bei strömendem Regen ist das verdammt weit. Und Messerich war schwer, weil tot. Es sei denn, er ist erst in der Suhle getötet worden und nicht im Steinbruch.«

»Daran habe ich noch gar nicht gedacht!«, sagte Emma hell.

»Das bedeutet«, dozierte ich weiter, »dass Messerich in Begleitung eines zweiten Menschen zur Wildschweinsuhle marschiert ist. Warum sollte er das aber getan haben?«

»Weil der andere Messerich gegenüber vielleicht angedeutet hat, dass irgendwo dort die Million versteckt ist.« Emma geriet in Fahrt. »Messerich wusste von dem Geld. Also?«

»Gut, akzeptieren wir das so«, murmelte Rodenstock. »Breidenbach schafft es, Messerich in Richtung Wildschweinsuhle zu lotsen. Dort tötet er Messerich und kehrt dann zurück in den Steinbruch. Und dann gibt es eine neue Situation, denn eine andere Person muss kommen, die Breidenbach erschlägt.«

»Seine Frau«, sagte Emma ohne Fragezeichen.

»Wieso?«, fragte Vera kühl, als redeten wir über Rechenaufgaben.

»Das habe ich schon einmal angedeutet. Die Frau verliert alles. Die Kinder werden bald beide endgültig das Haus verlassen. Die Frau sieht sich also vielen Jahren relativer Einsamkeit gegenüber. Sie weiß, dass der Ehemann sich heimlich pensionieren lässt. Und sie weiß, er wird seine Pension nicht mit ihr verleben, sondern anderswo, mit anderen Menschen. Sie ist total ausgegrenzt, hat zwar einen Arbeitsplatz bei der Bank, der aber auch keine Herausforderung mehr bietet. Was hat sie also noch vom Leben? Sie hat einen langen, einsamen Weg ins Altenheim vor sich, nichts sonst.

Möglicherweise weiß sie, dass ihr Mann bestechlich ist. Möglicherweise hat sie das Geld tatsächlich gefunden. Aber: Was soll sie damit anfangen, wo alle ihre Träume zerbrochen sind? Und nun möchte ich eine Warnung aussprechen. Wir laufen nämlich Gefahr, Fehler zu machen.«

»Da bin ich aber gespannt«, murmelte Vera.

»Darfst du sein«, nickte Emma. »Abi Schwanitz will einen Schlussstrich unter die schreckliche Affäre ziehen. Weil die Ära Still für ihn vorbei ist. Nun muss man doch fragen: Hat der Mann einen Grund zu lügen. Hat er nicht!, scheint es auf den ersten Blick. Bei genauerem Hingucken sehe ich allerdings eine Menge Leute, die ihre Handlungen rechtfertigen müssen, weil sie Gerichtsverfahren zu erwarten haben. Abi Schwanitz behauptet, ein Kollege habe Holger Schwed totgefahren. Ein Kollege, nicht aber Abi Schwanitz selbst! Das klingt wie ein Eingeständnis, aber entspricht es der Wahrheit? Oder hat Schwanitz das nur ausgesagt, um sich selbst möglichst sauber darzustellen?« Sie sah ihren Rodenstock an. »Habe ich Recht?«

»Du hast Recht«, nickte er. »Mach nur weiter.«

Sie fuhr fort: »Ein weiterer Punkt verunsichert mich, und damit komme ich zur Begründung meines Verdachtes: Nach Aussage der fast hundert Jahre alten Klara hat Maria Breidenbach in der Nacht, in der Breidenbach getötet wurde, unweit des Klara-Hauses geparkt, dort eine Stunde lang gestanden, dann gewendet und ist wieder verschwunden. Wohlgemerkt und zum tausendsten Mal erwähnt: Es regnete in Strömen. Es war also sehr dunkel. Jetzt stellt euch die alte Frau vor, die vielleicht das Licht in ihrem Haus nicht anknipste, um ungestörter beobachten zu können. Stellt sie euch vor. Sie hat garantiert nicht auf die Uhr geschaut, um festzuhalten, wie lange Maria Breidenbach in ihrem Auto sitzt. Wie oft, liebe Leute, ist es schon passiert, dass ein Mensch eine Szene beobachtet, von der er glaubt, sie zu kennen. Und die doch vollkommen anders ist, als er glaubt. Vielleicht hat da wirklich eine Weile ein Golf-Cabrio gestandern, aber vielleicht war das gar nicht das Cabrio der Breidenbachs.« Sie schnippte mit den Fingern. »Wobei ich auch glaube, dass es das Breidenbach'sche Auto war. Aber ich behaupte: Die alte Klara beobachtete Maria Breidenbach in ihrem Auto und wusste nicht, dass Maria Breidenbach dieses Auto längst verlassen hatte. Maria Breidenbach kam an, stieg aus und ging zu Fuß hoch zum Steinbruch. Sie war nur sekundenlang zu sehen, denn nach weniger als fünfzig Metern konnte sie Buschwerk erreichen. Die alte Klara beobachtete also ein leeres Auto. Und selbstverständlich wurde das im Laufe der Zeit langweilig. Vielleicht war Klara gerade pinkeln und verpasste so, dass Maria Breidenbach zurückkam, in ihr Auto stieg und abfuhr.«

»Ich fühle mich leicht verprügelt«, seufzte ich.

»Oh«, sagte die reizende Emma, »es kommt noch schlimmer. Du hast Rodenstock berichtet, dass Abi Schwanitz – nach eigener Angabe – den Steinbruch um elf Uhr verlassen hat. Wer sagt dir eigentlich, dass das stimmt? Vielleicht hat ja Schwanitz Breidenbach geholfen, Messerich zu töten und zur Wildschweinsuhle zu bringen? Schwanitz nämlich schließt eine Lücke: Er ist stark, er ist jemand, der Messerich mühelos transportieren konnte. Richtig? Na ja, macht nicht solche trüben Gesichter.« Sie lachte.

Über Rodenstocks Gesicht zog ein breites Grinsen. »Darf ich vorstellen: Meine Frau!« Er war mächtig stolz. Während er in all den Jahren unser Advokat des Teufels gewesen war, übernahm diese Rolle immer häufiger seine Emma. Und Emma warnte mal wieder bestürzend deutlich: Glaubt den Menschen auch dann nicht, wenn ihr sie sympathisch findet und ihre Aussagen logisch nachvollziehbar sind. Glaubt ihnen erst, wenn sie Beweise bringen.

»Wir fahren«, sagte ich erschöpft.

Wir winkten den beiden zum Abschied zu.

Oben auf der Höhe zwischen Heyroth und Brück fragte Vera: »Sagst du mir jetzt, was da vorhin in dir war?«

»Kann ich«, nickte ich. »Ich hatte plötzlich Angst, dass du gehen wirst. Einfach so. Eben liegst du noch in meinem Bett, dann bist du von einer Sekunde zur anderen fort.«

»Ach, Baumeister, Liebling«, murmelte sie und legte den Kopf an meine Schulter.

Wir verbrachten einen, wie die klassischen Musiker sagen, anschwellenden Abend. Mein Hund Cisco hatte ebenso wenig Zugang zu uns wie meine Kater. Die Bande blieb draußen, es war eine laue Nacht.

Am nächsten Morgen um sieben Uhr fand ich die Küche bereits besetzt. Emma und Rodenstock waren zurückgekehrt, hatten sich reingeschlichen und wirkten einsilbig.

Rodenstock saß am Tisch und blätterte teilnahmslos in der Tageszeitung. Eines war sicher: Er las nicht.

Emma stand an der Spüle und drehte einen Schwamm endlos in einem dreckigen Topf herum. Auch das war sicher: Sie säuberte nicht.

»Hätten die Hoheiten die Güte, mich zu bemerken?«, fragte ich. »Würden die Durchlauchtigsten mir möglicherweise einen guten Tag wünschen? He, was ist los?«

»Nichts«, muffelte Rodenstock.

»Ha!« Emma drehte sich zu ihm und starrte ihn böse an. »Natürlich ist da was los. Plötzlich sagt mir Rodenstock, in dieser entsetzlichen Wohnung an der Mosel, ich soll das Haus allein bauen. Für ihn sei es zu spät. In einem Alter, in dem andere auf einer Pflegestation vegetieren, soll man sich kein neues Haus kaufen.«

»Ist doch so«, knurrte Rodenstock.

»So eine – wie heißt der Ausdruck bei euch? – so eine Knalltüte!«, schrie Emma.

»Haltet die Luft an. Erst prügelt ihr euch darum, wer das Häuschen bezahlen darf, und jetzt soll es gleich eine Pflegestation werden!«

»Richtig, ganz richtig!«, keifte Emma. »So was!«

»Du hältst den Mund, Prinzessin Unschuld. Wenn Rodenstock sich nach Pflegestation fühlt, dann fühlt er sich beschissen. Hast du ihn mal nach seinem Befinden gefragt?« Es war gut, dass kein Geschirr auf dem Tisch stand. »Ihr seid vollkommen irre!« Ich brüllte, um mir einen guten Abgang zu verschaffen. Und ich knallte die Tür ordentlich hinter mir zu.

Das war dumm, denn jetzt kam ich nicht mehr an einen frischen Morgenkaffee. Ich ging ins Schlafzimmer und beschritt die Honigtour. »Stern meines Lebens, Stern meines Morgens! Ich streichle dich, ich lobpreise dich, ich möchte, dass du mir einen Kaffee holst.«

»Was machst du für ein Theater?«, fragte Vera. »Ich hol mir selbst auch einen.«

»Rodenstock und Emma haben einen rostigen Nagel in ihrer Beziehungskiste und der quietscht zurzeit ziemlich laut.«

»Das macht nichts, Kaffee geht vor«, stellte sie fest und entschwand.

Nach etwa zehn Minuten kehrte sie tatsächlich mit zwei Bechern Kaffee zurück, die sie auf ihrem Nachttisch deponierte, was eigentlich immer ein gutes Zeichen war. Aber sie ließ mich nicht an den Kaffee ran, sondern setzte sich sehr aufrecht auf das Bett und hielt mir einen Vortrag.

»Baumeister, es stimmt doch, dass wir im Wesentlichen nur ein Leben haben, nicht wahr? Was jenseits ist, wissen wir nicht, da zu wenige Leutchen von dort zurückkommen und es keine verlässlichen Aussagen über diese Landschaft gibt. Wenn wir also nur ein Leben haben, dann sollten wir die Kräche – oder die Krachs? – möglichst kurz gestalten, nicht wahr? Ich habe Rodenstock gesagt, dass ich ihn für einen großen Dummkopf halte, was keine Auszeichnung ist, weil es sehr viele davon gibt. Und Emma habe ich gesagt, dass sie auch ein Dummkopf ist, wenn auch ein etwas kleinerer, weil sie nicht begreift, dass er manchmal depressive Ausrutscher hat, und weil Schimpfen keine Lösung ist. Könntest du mich jetzt bitte in den Arm nehmen, mit mir schlafen, mich wieder in den Arm nehmen, mit mir schlafen und so weiter und so fort? Und könntest du das jetzt tun und nicht erst in zwei Minuten, oder so?«

»Aber ja!«, sagte ich erfreut. »Du solltest dir aber in Zukunft deine Puste für etwas anderes aufheben als für derartige Volksreden.«

Das Gebimmel des Telefons begann zwei Stunden später und offensichtlich hatte jemand auf der automatischen Wahlwiederholung Klavier gespielt, denn es hörte nicht auf.

Ich fluchte und rannte in das Wohnzimmer.

»Baumeister hier.«

»Sind Sie der Journalist Baumeister?« Es war eine schmeichelnde, sonore, Respekt heischende Stimme, männlich.

»Der bin ich.«

»Mein Name ist Seidler. Ich bin der Geschäftsführer von *Water Blue* bei Bad Bertrich. Besser gesagt ich war der Geschäftsführer. Da einige Unsicherheiten in der Informationslage der Öffentlichkeit aufgetreten sind, gebe ich heute Abend um 18 Uhr eine Pressekonferenz. Hier im Hause. Ich möchte Sie herzlich dazu einladen.« Entweder war er gut bei Schnauze oder er hatte seinen Spruch auswendig gelernt.

Vor allem aber war er die nächste Ratte, die das sinkende Schiff verließ. Das war ein in der Wirtschaft und Politik gängiges Verhalten, das beim Fußvolk niemanden mehr erstaunte, aber ich mochte es trotzdem nicht.

»Ich habe um 18 Uhr keine Zeit«, sagte ich. »Ich weiß sowieso nicht, ob Sie mir noch etwas Neues sagen können. Bestenfalls könnte ich um 13 Uhr eine Stunde opfern.«

»Dann kommen Sie um 13 Uhr, dann ziehe ich Sie einfach vor.«

»Na gut«, schloss ich ab. »Um 13 Uhr dann.«

Ich brüllte in den Flur: »Der Seidler stellt sich um 13 Uhr zur Besichtigung bereit. Will jemand mitfahren?«

»Ich«, schrie Emma von irgendwoher.

»Ich ziehe ein kurzes Röckchen an«, meldete sich Vera aus dem Bad.

»Ich werde Boxershorts tragen und ein weißes Leibchen mit sehr weitem Ausschnitt.« Rodenstock stand grinsend auf der Treppe.

»Willkommen im Leben«, sagte ich. »So mag ich dich.« Dann riskierte ich einen Zusatz: »Du solltest zu einem Arzt gehen und mit ihm über deine Depressionen reden. Vielleicht reichen ja auch ein paar Johanniskrautpillen.«

»Meinst du?« Er starrte irgendwohin. »Ich gehe mir ja selbst auf den Keks.«

Wir fuhren gegen halb eins und gackerten wie die Hühner, erzählten uns dämliche Witze, die uns so einfielen, und nahmen das Leben absolut nicht ernst.

Bis wir hinter Mehren die Autobahn querten und Rodenstock ernst wurde: »Wir besichtigen also nun Dr. Manfred Seidler. Und wann, bitte, besichtigen wir endlich einen Mörder?«

»Ein bisschen Geduld«, beschwichtigte Emma zuversichtlich.

Das Verwaltungsgebäude der *Water Blue* war zwar klein, aber äußerst edel. Ein viereckiger Block, abgedeckt mit blau spiegelndem Glas, eine richtig sündhaft teure Angelegenheit.

Der Parkplatz war gähnend leer, bis auf einen schwarzen Mercedes Kompressor. Ich hatte kurz den Eindruck, als habe die umgebende Natur den Atem angehalten und nehme nun einen langen Anlauf, um den Platz zurückzuerobern.

Zwei große Glastüren schwangen automatisch nach links und rechts.

Seidler kam uns entgegen, ein schmaler, kleiner, zäher Mann mit länglichem, sonnenstudiobraunem Gesicht und dunklem, attraktiv mit grauem Schimmer versehenen Haar. Gekleidet in Grau, mit eleganter weinroter Krawatte und grauer Weste. Seine Augen waren bemerkenswert. Was immer er sagte, was immer er an Gefühlen ausdrücken wollte, diese Augen waren Echsenaugen und spielten nicht mit, blieben starr, fast hypnotisch, unbeteiligt und hart wie dunkle Kiesel.

»Seien Sie herzlich willkommen«, sagte er mit einer leichten, nur angedeuteten Verbeugung. »Hier herrscht leider Stille, wir sind stillgelegt. Kommen Sie herein.«

Er reichte uns die Hand, schaute dabei jedem prüfend ins Gesicht.

Auch die kleine Halle war eindrucksvoll mit einer riesigen Sitzgarnitur in schwarzem Leder ausgestattet. Mannshohe Grünpflanzen standen in Gruppen, auf der rechten Seite eine geschwungene, aus Holz gefertigte Empfangstheke, gähnend leer. Vier Lichtspots leuchteten Vitrinen aus Acryl, in denen unzählige Flasche standen, die Produkte des Hauses, grell aus.

»Wir gehen in den ersten Stock«, sagte Seidler. »Ich darf vorgehen.«

Er beherrschte den Trick, die Treppe seitlich gedreht hinaufzusteigen, sodass er die Stufen und uns gleichzeitig im Auge behalten konnte.

Ich hatte plötzlich eine deutliche Erinnerung an meine Kindheit, weil ich früher davon geträumt hatte, später einmal ein so perfekter, höflicher, mächtiger Mann zu werden.

Er ging uns voraus durch eine Tür in ein großes Arbeitszimmer. Raymond Chandler hätte mit Sicherheit formuliert: groß wie ein Tennisplatz. Alles war blau, ein beruhigendes dunkles Blau. Der riesige Schreibtisch mit einer blauen Lederunterlage, der Stuhl davor mit blauem Leder überzogen. Rechts davon eine Sitzecke in blauem Tuch.

»Nehmen Sie Platz. Was möchten Sie trinken? Ich habe alles vorbereitet.«

Wir entschieden uns für Wasser und er goss uns ein. Dann setzte er sich. Er sprach leise. »Wenn Sie einverstanden sind, möchte ich einige Sätze zum grundsätzlichen Verständnis der Situation sagen. Ich will damit Ihren Fragen keineswegs ausweichen, sondern nur Feststellungen treffen, die sich auf mich selbst und meine Rolle in diesem sicherlich fragwürdig anmutenden Spiel beziehen.«

Am kleinen Finger der rechten Hand trug er einen beachtlichen Diamanten, der zuweilen aufblitzte.

»Ich bin seit Gründung dieser Firma Geschäftsführer und ich habe mit Datum von heute fristlos gekündigt. Ich lege allerdings Wert auf die Feststellung, dass mein Vertrag mit Herrn Still noch weitere vier Jahre Geltung hat und infolgedessen in voller Höhe ausbezahlt werden muss. Meine Anwälte sind bereits eingeschaltet. Ich war zuständig für den technischen und den wirtschaftlichen Teil des Unternehmens.«

»Wenn ich Sie richtig verstehe«, unterbrach ihn Rodenstock rücksichtslos und energisch, »dann wollen Sie uns erzählen, dass Sie von den kriminellen Machenschaften in dieser Firma und rund um diese Firma keine Kenntnis hatten?«

Seidler lächelte betrübt und schnurrte: »Das ist in der Tat der Kern meiner Aussage. Und ich kann das beweisen.«

Emma seufzte und sah ihn strahlend an. »Wie wollen Sie, mein Lieber, so etwas beweisen, wenn Ihr Arbeitgeber und andere Zeugen das Gegenteil behaupten?«

»Durch Unterlagen, gnädige Frau, durch Dokumente.«

»Kriminelle Handlungen sind selten in Unterlagen ersichtlich«, wandte ich ein. »Und noch seltener ist die Unkenntnis einer kriminellen Handlung dokumentiert.« Der Kerl ärgerte mich.

»Verzetteln wir uns nicht«, mahnte Rodenstock väterlich. »Fahren Sie fort, Herr Doktor Seidler, mich interessiert, was Sie zu sagen haben.«

»Danke.« Er zupfte an seinen blütenweißen Manschetten. »Es begann damit, dass wir die alten Bohrlöcher einer Generalüberholung unterziehen mussten. Dabei wurde ein Fehler gemacht. Es wurde zu tief gebohrt ...«

»Moment«, sagte Vera. »Das war doch wohl kein Fehler, das war Absicht.«

»So sehe ich das heute auch«, nickte er. »Aber damals glaubte ich an einen Fehler. Ich erfuhr erst durch ein Gespräch mit dem leider so plötzlich ums Leben gekommenen Chemiker Breidenbach, dass eine Absprache mit dem Wasserwirtschaftsamt nicht stattgefunden hatte. Der Eigentümer von *Water Blue,* Herr Still, sagte, die zu tiefe Bohrung sei kein Problem, er werde mit dem Amt sprechen. Das ist jedoch nie geschehen. Und das wusste ich nicht.«

»Sie wussten also auch nicht, dass auf Veranlassung von Still Bestechungsgelder gezahlt wurden?«, fragte Vera.

»Richtig«, antwortete er. »Zumal offensichtlich Gelder dafür verwendet wurden, die nicht aus den Kassen dieser Firma stammten. Aus den Kassen dieser Firma ist keine müde Mark in derartige ... in derartige kriminelle Vorgänge geflossen.«

»Woher stammten denn dann die Gelder?«, wollte Emma wissen.

»Nun, das müssen Sie Herrn Still fragen.« Seidler grinste wie ein Haifisch.

»Das können wir nicht«, erklärte ich. »Still ist weg. Wenn er Pech hat, findet ihn der bulgarische Pate, den er geleimt hat. Und eine Leiche ist schwierig zu befragen, nicht wahr? Wissen Sie, wo sich Still zurzeit aufhält?«

»Nein. Er besitzt ein Privatflugzeug. Ich wurde über sein Reiseziel nicht unterrichtet.«

»Na, das sind Zustände.« Ich sah ihn freundlich an. »Abi Schwanitz sagte mir unlängst, Still sei wahrscheinlich in Fernost. Na ja, das Bundeskriminalamt wird es richten.«

»Kommen wir zurück auf Franz-Josef Breidenbach«, meinte Emma träge. »Sie sprachen davon, dass er plötzlich ums Leben gekommen ist. Halten Sie das nicht für eine Verniedlichung? Der Mann wurde erschlagen, ermordet.«

Ein Lächeln huschte über sein Gesicht. »Wissen Sie, das klingt so brutal, meine Sprache ist etwas filigraner.«

»Na gut, Sie filigraner Formulierer«, Emmas Stimme klang richtig gemütlich. »Kommen wir zu Albert Schwanitz. Einer seiner Leute gibt gerade vor der Kripo zu, dass er aus Versehen, peinlich, peinlich, von der Kupplung rutschte und Holger Schwed mit seinem Wagen zerquetschte. Und alle erzählen, dass der Betrieb hier wie eine große Familie funktionierte. Auch Schwanitz meint, dass Sie von allem wussten. Wissen Sie was, guter Mann? Sie lügen.«

»Wahrscheinlich«, sagte ich, »wussten Sie auch nichts von den Wassertransporten nach Belgien, oder?«

»Doch«, gestand Seidler eifrig und offenkundig nicht einmal wütend, dass Emma ihn einen Lügner genannt hatte. »Das wusste ich. Ich wusste von Überkapazitäten der Quelle, aber ich wusste nicht, dass das Wasser aus der zu tiefen Bohrung stammte.«

Rodenstock machte »Hm, hm« und kratzte sich auf dem Schädel. »Mein lieber Doktor Seidler, wir sind hierher gekommen, um den Mann zu erleben, der unserer festen Überzeugung nach den Laden hier steuerte, wenn Still außer Haus war. Sie gelten als besonders harter Brocken, als hartleibiger Mensch. Nun streiten Sie Tatsachen ab, die Sie als Geschäftsführer hätten wissen müssen, es sei denn, Sie sind eine Strohpuppe, eine vollkommene Niete, die nur zur Dekoration auf den Stuhl gesetzt wurde. Und so schätze ich Sie nicht ein. Sehen Sie, da erscheint Rainer Still persönlich bei dem Fenster- und Türenhersteller Franz Lamm und fordert Gelder ein, von denen er weiß, dass Lamm sie nicht hat. Weil dem so ist, will Still die Firma von Lamm. Und nun sagen Sie, davon hätten Sie nichts gewusst.«

»Natürlich wusste ich davon!«, schnappte Seidler. »Das ist doch der Punkt. Ich wusste davon, aber ich hatte keine Ahnung, dass das mit einer kriminellen Handlung in Zusammenhang zu sehen ist.«

»Vor so viel Unschuld verbeugen wir uns«, sagte Vera in die Stille. »Und ich denke, wir gehen. Mir ist das einfach zu blöde.«

»Richtig«, nickte Emma.

Seidler hob die rechte Hand in die Höhe, den Zeigefinger steil ausgestreckt, seine Stimme streckte sich und kam eine Oktave höher. »Ich sagen Ihnen und ich gebe Ihnen mein Ehrenwort, dass ...«

»Doktor Seidler!«, sagte Rodenstock scharf. »Hören Sie auf, den Nichtwisser zu spielen. Das kauft Ihnen kein Mensch ab. Ich kann verstehen, dass Sie versuchen, Ihre Haut zu retten. Das ist Ihr gutes Recht. Aber gehen Sie nicht davon aus, dass außer Ihnen nur Idioten die Welt bevölkern. Und nun entschuldigen Sie uns, wir finden den Ausgang allein.« Er lächelte freudlos. »Wissen Sie was? Sie müssen sich doch jetzt eine neue Existenz aufbauen. Was halten Sie davon, in Berlin im Bundestag Workshops mit dem Titel anzubieten: Ich habe von allem nichts gewusst! Die Leute brauchen so was!«

Wir marschierten im Gänsemarsch hinaus und Seidler blieb tatsächlich sitzen, den Kopf gesenkt.

»Wir sollten bei Breidenbachs vorbeifahren«, schlug Emma entschlossen vor. »Es ist nicht weit und vielleicht ist sie ja zu Hause. Die Frau interessiert mich.«

Niemand sprach dagegen, also steuerte ich unseren Kahn nach Ulmen. Das Haus der Breidenbachs schien verlassen, kein Auto vor dem Haus, sämtliche Rollläden unten, ein düsteres Stück Architektur. Wir schellten trotzdem.

Maria Breidenbach öffnete und sagte abwehrend: »Das passt mir im Moment aber gar nicht, wir räumen gerade auf.« Und im gleichen Atemzug: »Na gut, wenn Sie nicht zu lange brauchen.«

Wir schlängelten uns durch die kleine Vorhalle, die immer noch voller zertrümmerter Möbel stand.

»Entschuldigung«, sagte Maria Breidenbach, »aber wir haben uns verbunkert, weil alle Nachbarn und Bekannten uns besuchen wollten, aber dann kommt man ja zu nichts. Nehmen Sie doch Platz.« Sie bedeutete den beiden Kindern im Hintergrund zu verschwinden. Dann setzte sie sich auf einen Küchenstuhl und zündete sich eine Zigarette an. »Ich habe seit zwanzig Jahren nicht mehr geraucht, jetzt hilft es mir.«

»Hat die Kripo Sie erneut angehört?«, wollte Rodenstock wissen.

»Angehört?«, empörte sie sich. »Die fragten mich, wo das Geld ist, das mein Mann bekommen hat. Ob ich es gefunden hätte und verschwinden ließ. Die sind doch verrückt!«

»Wir haben gehört, Frau Breidenbach, jemand von der Firma *Water Blue* habe Sie aufgefordert, das Geld zu suchen und gegen zwanzig Prozent Beteiligung zurückzugeben.« Emmas Stimme klang freundlich und sachlich.

»Das müsste ich doch wissen, oder?«, fragte sie scharf.

»Allerdings«, nickte Emma. »Und Sie waren wirklich nicht in der Nähe des Steinbruchs, als Ihr Mann ums Leben kam?«

»War ich nicht«, sagte sie. »Die Kinder lagen in ihren Betten und schliefen. Ich habe abends bis ungefähr zehn Uhr mit einer Freundin telefoniert, dann bin ich ins Bett. Ich kann sogar sagen, welches Buch ich gelesen habe.«

»Welches?«, fragten Vera und ich gleichzeitig.

»*Die Schatten schlafen nur* von Leenders, Bay, Leenders. So was lese ich gerne.« Das kam schnell und ohne Überlegung.

»Sie wussten also nichts davon, dass Ihr Mann sich bezahlen ließ?«, fragte Rodenstock. »Und haben keine Ahnung, wo er das Geld versteckt haben könnte?«

»Nein. Zweimal nein.« Ihr Gesicht färbte sich zunehmend rot. Es sah aus, als könnte sie ein Problem mit ihrem Blutdruck bekommen.

»Frau Breidenbach, meine nächste Frage wäre die nach der

Pensionierung Ihres Mannes. Er hat das ja bekanntlich heimlich vorbereitet. Haben Sie gar nichts gemerkt?« Emma sprach leise und vertraulich.

»Das hat mich die Kripo auch dauernd gefragt. Nein. Franz-Josef hat mit mir nicht mehr geredet, verstehen Sie?« Sie sah sich um. »Hier war es so kalt wie in einem Eisschrank. Das ging schon seit Jahren so. Die Kinder und ich hatten gehofft, dass er wenigstens etwas gegen die Trinkwasservergifter unternehmen würde. Aber nein, selbst da hat er irgendwie dichtgemacht, tat so, als ginge ihn das alles nichts an, als berühre ihn das nicht. Er hat über nichts mehr mit uns gesprochen. Jedenfalls über nichts Wichtiges.«

Emma sah uns an und murmelte: »Ich denke, das reicht, lasst uns fahren. Haben Sie recht herzlichen Dank, Frau Breidenbach.«

»Oh, bitte, ich habe Ihnen ja gar nicht helfen können.«

Als wir im Wagen saßen, sagte Emma nachdenklich: »Sie muss die Hölle auf Erden gehabt haben.«

»Ob Breidenbach das Geld so versteckt hat, dass seine Familie eine reelle Chance hat, es zu finden?«, überlegte Rodenstock. Und antwortete selbst: »Nein, nach allem, was wir über ihn erfahren haben, glaube ich, dass er sich einen Platz gesucht hat, auf den die Leute, die ihn besonders gut kannten, nie im Leben kommen konnten.«

»Bekommt man so viele Geldscheine eigentlich durch den Zoll? Oder sieht man das Geld mithilfe der Röntgengeräte?«, fragte ich Vera.

Sie überlegte einen Augenblick. »Nein. Man sieht es nicht, wenn man nicht gezielt darauf angesetzt wird. Falls du jetzt an Kreta denkst: Du weißt doch, was für ein Andrang herrscht, wenn diese Urlaubsbomber gefüllt werden. Und die Maschinen starten und landen fast im Minutentakt, kein Mensch kann auf so etwas achten. Außerdem ist der Flughafen in Iraklion ein kleiner Provinzflughafen, der den Verkehr, dem er ausgesetzt ist, kaum noch schlucken kann. Ich bin inzwischen auch davon überzeugt, dass Breidenbach das Geld auf Kreta versteckt hat. Es dorthin zu bringen, muss ein Kinderspiel gewesen sein.«

»Wer fliegt?«, fragte Rodenstock sachlich.

»Vera und Baumeister«, entschied Emma rasch. »Die beiden sind noch jung genug, das durchzustehen. Wir sind nicht mehr katastrophenfest, mein Lieber. Und wir besitzen ein Häuschen, das gebaut werden will.«

ZEHNTES KAPITEL

Mitten im Sommer dieses deutsche Land in Richtung der okkupierten Südländer zu verlassen ist ein schwieriges Unterfangen, die Sonne war restlos ausverkauft, nichts ging mehr.

Wir versuchten es über Brüssel, Frankfurt, Düsseldorf, Köln/Bonn, wir versuchten es vergebens. Erst mithilfe des Reise-Bills in Daun gelang es Vera schließlich doch noch, einen etwas verzwickten, aber immerhin Erfolg versprechenden Weg nach Süden aufzutun. Wir starteten vom entzückenden Provinzflughafen Saarbrücken, auf dessen permanenter Baustelle sich die Massen, die nach Mallorca wollten, quetschten. Von dort ging es weiter Linie nach Mailand, wo wir zum Sprung nach Kreta ansetzten. Das war umständlich, teuer und ermüdend, und bereits ab Mallorca diente ich mit wechselnden Körperteilen Vera als beständiges Kopfkissen. Die wiederum diente aufdringlich schnarchend der Erheiterung der Massen.

Bei einbrechender Nacht trennten wir uns über Iraklion mit etwas zu viel Gas vom Himmel, küssten die Vordersitze, schossen an Baggern und ähnlichem Kleingetier vorbei – auch in Iraklion wurde gebaut. Die Passagiere klatschten begeistert Beifall und ich dachte, dass bei mir niemand klatscht, wenn ich mit meinem Wagen in eine Parklücke gleite.

Vera und ich bestiegen ein vorher bestelltes Kleinstfahrzeug der Marke ›Nur Mut!‹, das wir auf einem großen Parkplatz unter etwa sechshundert Fahrzeugen heraussuchen mussten, weil der Mann am Schalter verständlicherweise keine Zeit hatte, uns den Weg zu zeigen.

Meine kluge Gefährtin bemerkte lapidar: »Bis jetzt war die Reise scheiße!«

Ich konnte nicht widersprechen und nahm mit Freude wahr, dass sie sich den Fahrersitz einrichtete.

»Also los!«, sagte sie wütend und gab Gas. Das Fahrzeug erreichte eine beachtliche Geschwindigkeit, fuhr aber nicht eigentlich, sondern gurkte vielmehr und ließ uns jede leere Zigarettenschachtel in den Lendenwirbeln spüren.

Wir wussten, dass wir zunächst ostwärts bis Agios Nikolaos zu fahren hatten, um dann an einer Schmalstelle die Insel in Richtung Ierapetra zu durchqueren. Wie hatte doch Abi Schwanitz gesagt: ›Breidenbach gesehen habe ich in Aspros Potamos. Ich selbst war in Makrigialos.‹

Trotz erhöhter Energie fuhr Vera leider nur bis Malia, weil sie nämlich die Schnellstraße verpasst hatte und sich nun durch die Dörfer an der Nordküste fressen musste. Das heißt, eigentlich waren es keine Dörfer, eigentlich war es eine unendlich lang gestreckte Meile, auf der gegen Abend unzählige Betrunkene das Leben heiter und schön fanden und Gyros Pita futternd das nächstgelegene ›Dancing‹ ansteuerten. Und es war eine unendliche Meile in orgiastischen Farben gehaltener Plakatwände.

In Malia riss Vera dann unser Gefährt nach rechts in eine schmale Gasse, stieß um ein Haar zahllose Ständer mit Ansichtskarten um und brachte den Wagen zum Stehen.

»Ich kann nicht mehr, Baumeister«, stellte sie fest. »Ich will ein Bett.«

Und – welch ein Wunder – zweihundert Meter weiter hatte jemand ein Schild aufgestellt: *Rooms!* Darunter stand *Wir sprechen holländisch, belgisch, englisch, deutsch!* Und *Eisbein!* und *Bratkartoffeln!*

Der Wirt war ein kleiner Mann, vierzig Jahre alt, der unentwegt lächelte und kein Wort der Sprachen verstand, mit denen er draußen angab. Er begriff allerdings trotzdem, dass wir ein Bett suchten. Und er hatte eins, wollte das Geld aber sicherheitshalber im Voraus.

Das Zimmer war ein schmales Handtuch mit einem leidlich breiten Bett, einem winzigen Tisch und zwei Stühlen

Ein Schrank hatte keinen Platz, aber wir brauchten ja auch keinen.

»Ich habe überhaupt keine Lust mehr auf den Fall Breidenbach«, nörgelte Vera und untersuchte das Bett auf Wanzen, Läuse, Flöhe und ihre sämtlichen griechischen Spielarten. »Immerhin ist es sauber«, murmelte sie versöhnt.

Etwa in dem Moment sagte eine Frau hinter mir schrill: »Ich weiß nicht, Karl-Heinrich, wieso wir Sabine mitgenommen haben! Kaum sind wir hier, raucht sie und will in die Disko.«

Ich drehte mich um, Vera drehte sich um. Da war niemand. Aber die Wand zum Nebengelass war aus Rigips, ohne jede Dämmung.

Karl-Heinrich antwortete bittend: »Lass das Kind doch!«

»Das ist mal wieder typisch!«, keifte die Frau zurück. »Du wirst ihr erst Eis spendieren und anschließend Geld für einen Joint!«

Karl-Heinrich antwortete gemütlich: »Wenn wir sie zu Hause gelassen hätten, würde sie jetzt mit einem Joint im Wohnzimmer hocken.«

»Niemals!«, sagte seine andere Hälfte wild.

»Wieso fliegen die Leute nach Kreta, um hier ihre Kinder zu erziehen?«, fragte meine Gefährtin.

»Was ist, wenn sie einem Mann in die Hände fällt?«, fragte die Frau.

»Was soll's?«, gab Karl-Heinrich elegisch zurück. »Irgendwann passiert das eben. Wieso nicht mit fünfzehn ein netter Grieche?«

»Ein Ausländer?«, kam es empört zurück.

»Ruhe!«, brüllte Vera zornig und donnerte mit einem nackten Fuß gegen die Wand.

Daraufhin war es ruhig und wir dösten ein. Der paradiesische Zustand dauerte allerdings nur kurz und wurde von einem plötzlich anschwellenden und beängstigenden Keuchen beendet. Eine Frau schrie hoch: »Ja! Ja! Ja! Jaahhh!«, dann war es still, bis es wenig später wieder von vorn losging.

»Ich sehne mich nach einem Straßengraben mit dickem Gras«, hauchte Vera.

Wir beschlossen, sofort auszuziehen, und bemühten uns dabei, leise zu sein, obwohl das gänzlich überflüssig war. Das Haus war voller Leben und Karl-Heinrich stritt immer noch mit seiner Frau. Inzwischen ging es um die erdbewegende Frage, ob Sabine überhaupt noch Jungfrau war. Er war der Meinung: Nein. Die Mutter schwor Stein und Bein, dass die Tochter nicht einmal wisse, wie ein nackter Mann aussehe. Ich hätte Sabine gerne mal kennen gelernt.

Der Tag würde schön und heiß werden, das war sicher. Wir zockelten an der Küste entlang und schwiegen uns gründlich aus. Hätte uns in diesem Moment jemand begeistert erzählt, dass Kreta die Insel des unendlichen Vergnügens wäre, wir hätten ihm wahrscheinlich beide eine gelangt.

Die Straße wand sich landeinwärts auf Neapoli zu, und als ich einen Feldweg bemerkte, hinter dem ein dunkelgrünes Gehölz aufragte, beschloss ich zu halten und griechische Erde zu küssen.

»Ich habe die Nase voll«, erklärte ich. »Lass uns eine Weile rasten.«

Wir nahmen auf einem Flecken verdörrtem Gras Platz und überließen uns ganz allmählich und genussvoll unserer Müdigkeit.

Ich wurde wach, weil die Sonne zu intensiv schien. Das Auto war weg, Vera auch. Mein Nasenrücken fühlte sich an wie frisch vom Grill.

Als Vera wieder herantuckerte, hatte sie in einem Korb einen Haufen Schätze: Weißbrot, Käse am Stück, eine Flasche Apfelsaft, eine Flasche Weißwein und ein Plastikschälchen voll Tsatsiki.

»Diese Insel ist toll«, schwärmte sie. »Sieh dich mal um!«

»Hast du einen feurigen Griechen gefunden?«

»Oh, mehrere. Wir sollten nicht allzu heftig nach dem Geld suchen, das lenkt zu sehr von den Schönheiten ab.«

»Das Geld hatte ich bereits wieder vergessen. Kriege ich jetzt ein Frühstück oder was das sein soll?«

Wir aßen etwas, packten den Rest ins Auto und machten uns wieder auf den Weg über die steinige Insel voller Olivenhaine, voller Farben und Hitze.

Ich dachte heiter: Die Götter müssen es gut mit uns meinen. Denn wir sind hier.

Von Agios Nikolaos ging es kurvenreich durch die Hügel bis Ierapetra, dann nach Osten bis Makrigialos. Das von uns gesuchte Dorf musste landeinwärts liegen. Aspros Potamos bedeutet so viel wie ›Weißer Fluss‹. Aber wir fanden keinen weißen Fluss, nur ein tief eingeschnittenes, trockenes enges Flusstal, das sich endlos und steil in die hochragenden Berge hineinzog, besetzt und teilweise zugewuchert von wunderschönen alten Bäumen, Oliven, Pinien, Pflaumen, Pfirsichen und einem großblättrigen Baum, dessen Namen ich nicht wusste. Ein Märchen am Rande des Mittelmeeres. Es kam mir so vor, als hätten wir die Tür zur lauten und übervölkerten Welt hinter uns geschlossen.

Vera murmelte: »Hoffentlich dauert es lange, bis wir das Geld finden.«

Ich starrte auf den weißen Fluss, in dem kein Tropfen Wasser war. »Stell dir vor, Breidenbach hat es irgendwo eingegraben. Dann finden wir es ohnehin nicht. Wir brauchen Hilfe. Wo ist wohl dieses Dorf?«

Glücklicherweise erschienen zwei junge Frauen, die braun gebrannt und schwitzend den asphaltlosen, staubigen Weg entlangspazierten, auf dem wir standen. Sie trugen Rucksäcke, derbes Schuhwerk, bunte Röcke und Blusen. Freundlich grüßten sie.

»Sorry«, sagte ich, »I'm looking for a small village called Aspros Potamos ...«

»Sie können ruhig deutsch sprechen«, sagte die Kleinere freundlich. »Aspros Potamos ist ein Dorf, das es eigentlich gar nicht mehr gibt.«

»Das fängt ja gut an«, murmelte Vera.

»Nicht verzagen«, mahnte die Größere. »Sie stehen direkt davor, man kann es wegen der Bäume nicht sehen. Ich vermute, Sie wollen zu Aleca.«

»Genau!«, sagte ich erfreut, obwohl ich mich nicht erinnerte, diesen Namen jemals gehört zu haben

»Der gehört quasi das ganze Dorf«, erklärte die Kleinere. »Das klebt da am Hang. Zwölf viereckige Häuschen, sehen aus wie ockerfarbene Spielzeugklötze. Wenn Sie Gepäck dabeihaben, wird es allerdings ziemlich schwierig, die ganzen Treppen dort drüben hochzusteigen. Fahren Sie besser außen rum. Zurück auf die Hauptstraße, dann kommen Schilder.«

»Ich nehme die Treppen«, entschied Vera und verschwand hinter einem Felsen. Wie ich sie kannte, wähnte sie sich an ihrem Traumplatz, und die Million, die wir jagten, interessierte sie nur noch eingeschränkt.

Ich versuchte also, den Pudding zu umkreisen, verfuhr mich etwa achtmal und landete dann doch mit einem Erleichterungsseufzer auf einem Parkplatz, der so aussah, als könne er Alecas Parkplatz sein. Drei Vehikel parkten zwischen einem Moped und einem Motorrad, zwei kleine, uralte Kombis und ein Wägelchen ähnlich dem, das ich fuhr. Ich machte mich auf die Suche nach Vera und fand sie auf einer Steinmauer sitzend und geistesabwesend ins Tal schauend, an dessen fernem Horiont das Meer unnahbar und silbrig gleißend schimmerte.

»Breidenbach hatte Recht. Wenn man Geld genug hat, sollte man hier leben.«

»Hast du diese Aleca aufgetan?«

»Ja. Sie hat eine Tochter namens Myrto, die mir mitteilte, dass Aleca schläft. Bis etwa vier Uhr. Dann können wir sie sprechen.«

»Bekommen wir denn hier ein Bett?«

»Ja. Aber es gibt nur begrenzt elektrischen Strom aus einer Solaranlage. Eigentlich reicht der wohl gerade für dic Eisschränke. Und das Wasser der Duschen ist kalt. Aber Gasherde haben sie und Kerzen. Wir können das vierte Haus haben, wenn wir wollen. Willst du?«

»Selbstverständlich.«

»Dann setz dich zu mir.«

So saßen wir da und starrten im Schatten eines Olivenbaumes in die Ferne, rauchten, tranken Mineralwasser und fanden das Leben ganz erträglich.

»Was ist, wenn wir hier nicht weiterkommen?«

»Dann fliegen wir mit dem nächstmöglichen Flieger wieder heimwärts.«

»Wie sollen wir es gleich angehen?«, fragte sie.

»Wir erzählen dieser Aleca den Fall, legen ihr die Fotos vor, die wir haben, und warten, ob sie uns was erzählen will und kann. Und wenn wir Schwein haben, können wir einmal an den Strand und ins Meer hüpfen.«

»Glaubst du, dass die Uhren hier langsamer gehen?«

»Nein, eigentlich nicht. Sie gehen vollkommen anders.«

Auf einmal stand Aleca neben uns und sagte sehr freundlich: »The lady and her gentleman. What can I do?«

Sie war eine schlanke, kleine Frau, vielleicht fünfzig oder fünfundfünfzig Jahre alt. Unter dunklem, von silbernen Fäden durchzogenen kurzem Haar lag ein alles beherrschendes Lächeln auf ihrem dunkelhäutigen Gesicht. Sie sah aus, als sei sie den ganzen Tag im Freien, und sie war eine schöne Frau. Sie trug enge Leggins mit einem Tigerfellmuster und eine dunkelblaue einfache Bluse. Und sie schien wie ein Mensch, dem niemand etwas vormachen kann, der schon alles im Leben gesehen hat, was ein Mensch sehen kann.

Wir sprachen englisch, sie beherrschte die Sprache perfekt und zog ungemein schnell Schlüsse aus dem, was wir ihr sagten. Die Frau war nicht nur schön, sie war auch klug.

Sie bat uns in ihr eigenes kleines Haus, das sich von den anderen nur unwesentlich unterschied. Wir saßen in einem schneeweiß gekälkten Raum, der spärlich, aber geschmackvoll möbliert war. Auf dem Tisch brannten drei Kerzen in irdenen Haltern.

Ich machte es mir einfach und zog das Kuvert mit den Fotos, die uns Rodenstock mithilfe der Mordkommission zusammengestellt hatte, aus der Tasche und breitete sie vor ihr aus. Ich erzählte, dass wir nicht gekommen seien, um Ferien in ihrem wunderschönen kleinen Dorf zu machen. Leider. Wir seien gekommen, weil jemand Tausende von Kilometern entfernt Franz-Josef Breidenbach mit einem Steinbrocken erschlagen habe. Und ein anderer, den sie auch kenne, Holger Schwed, sei von einem irren Autofahrer an einer Betonmauer zerquetscht worden.

Ihre Reaktion war erstaunlich. Ihr Mund zuckte und mir war nicht klar, ob sie weinen oder lachen wollte. Schließlich lächelte sie, nickte und murmelte: »Das ist schrecklich, aber nicht sehr erstaunlich. Sie waren ein wunderbares Liebespaar, wissen Sie. Wer hat es getan? Seine Ehefrau?«

»Das wissen wir nicht«, sagte Vera. »Unter anderem deshalb sind wir hier. Wie liefen die Ferien der Deutschen ab? Was machten sie so?«

»Sie waren ein paar Wochen hier«, antwortete sie. »Sie kümmerten sich um das Haus, diskutierten miteinander, hielten Händchen, gingen spazieren, planten. Was man so tut, wenn man ein Haus bauen will.«

»Wo ist dieses Haus?«, fragte ich.

»Auf dem Berghang gegenüber, fünfhundert Meter von hier entfernt. Da haben Sie ja auch ein Foto des deutschen Jungen, der da mitbaute. Hier, der.« Sie hielt uns das Bild hin. Es war Karl-Heinz Messerich. »Der wollte in diesen Tagen wiederkommen und hier wohnen. Er sollte am Haus weiterarbeiten.«

»War der auch hier, als Breidenbach, sein Sohn und Holger Schwed hier waren?«

»Nein. Der Sohn und Schwed mochten ihn nicht. Er war hier, bis sie kamen, und sollte jetzt wiederkommen.«

Sie goss Vera und sich selbst von dem Rotwein nach. »Das ist höchst bedauerlich. Breidenbach war ein interessanter Mann, er wusste viel von der Natur. Er wollte für immer hier leben, wie er sagte.«

»Mir ist es ein Rätsel, wie der Sohn von Breidenbach das aushalten konnte: sein Vater mit einem Lover, der sein bester Freund gewesen ist«, überlegte Vera. »Verstehen Sie, was ich meine?«

»O ja«, lächelte Aleca. »Aber, sehen Sie, Breidenbach und sein Lover, wie Sie ihn nennen, waren ein Paar. Der Sohn lebte in einem anderen Haus, getrennt von den beiden. Nun ja, sie gingen manchmal zusammen essen, aber selten. Und sie sprachen wenig miteinander. Ich weiß, dass das Vate Breidenbach großen Kummer machte. Er unterhielt sich ma mit mir darüber.« Sie zuckte die Achseln. »Sehr viele meine Gäste reden mit mir über ihre Probleme. Das hat hier beste Tradition. Breidenbach erzählte mir traurig, dass er eigent lich seinen Sohn mit hierher genommen habe, um mit ihm über seine, na ja, seine sexuellen Befreiungen zu sprechen. Aber der Sohn wollte nichts davon hören, der Sohn hielt sich abseits. Ein paarmal brachte er ein holländisches Mädchen hierher und verbrachte die Nacht mit ihm. Eines Morgens schimpfte der Vater, das gehe zu weit. Zufällig bekam ich das mit. Heiner antwortete: Halt die Schnauze! Gerade du solltest die Schnauze halten! Das ist doch sehr deutlich, oder?«

»Und wie verhielt sich Holger Schwed?«

»Holger? Oh, ein netter Junge. Nun, Holger wollte mit Vater Breidenbach hier leben. Da oben in dem neuen Haus. Holger sagte, Heiner müsse selbst entscheiden, ob er sein Freund bleiben könnte.«

»Ich habe noch eine Frage«, sagte ich, »und dann gehen wir erst einmal. Wahrscheinlich hat Breidenbach eine große Geldsumme bei sich gehabt. Haben Sie eine Idee, wo er das Geld versteckt haben könnte?«

»Oh!«, machte sie mit spitzen Mund, zündete sich erneut eine Zigarette an, trank von ihrem Wein. »Breidenbach hatte hier einen Spitznamen. Wir nannten ihn Brother Cash.« Sie lachte in tiefen kehligen Lauten. »Er bezahlte alles bar, jeden Handwerker, und ging dauernd Geld wechseln, unten an der Hauptstraße. Aber wo er Geld versteckt haben könnte, weiß ich nicht. Wollen Sie nicht zum Abendessen kommen? So gegen neun?« Sie kicherte und murmelte: »Geld verstecken! Geld verstecken!«

Wir nahmen ihre Einladung dankend an und gingen zu unserer Herberge. Dort packten wir die Reisetaschen aus und stiegen heroisch unter die kalte Dusche, die allerdings äußerst erfrischend war.

»Willst du den Ort besichtigen?«, fragte ich.

»Nein. Ich will diesen einfachen Raum genießen, auf dem Bett liegen und davon träumen, den ganzen Sommer hier zu verbringen.«

»Das ist bescheiden«, sagte ich. »Darf ich dabei neben dir liegen?«

»Ja. Aber nur, wenn keine Übergriffe erfolgen.«

»Keine Übergriffe«, versprach ich.

Nach derartig dämlichen Versprechungen fragt man sich immer, weshalb man dafür Atem verschwendet hat.

Vera lag rauchend neben mir und starrte gegen die Decke, nur bekleidet mit ihrer Haut. »Was glaubst du, Baumeister?«

»Was meinst du?«

»Na ja, was denkst du über den Sohn?«

»Er muss gänzlich hilflos gewesen sein.«

»Viel schlimmer«, ergänzte sie. »Er muss gewusst haben, dass die Welt der Familie Breidenbach wie eine Bombe explodiert. Ich frage mich, wieso er sich zu dieser Reise überreden ließ. Dieser Trip muss für ihn nichts als eine über Wochen dauernde Erniedrigung gewesen sein.«

»Vielleicht glaubte er, noch etwas retten zu können. Vielleicht hoffte er, sein Vater und Schwed würden sich verkrachen und sich dann trennen. Ich weiß nicht. Vielleicht hat er sogar mit dem wahnwitzigen Gedanken gespielt, seinen besten Freund Holger Schwed von einem Felsen zu stürzen oder im Meer zu ersäufen. Oder gar beide zu töten.«

Sie wälzte sich sehr schnell zu mir herum. »Glaubst du, dass du immer mit mir leben kannst? Auch wenn ich manchmal ein Biest bin?«

»Ich bin der Meinung, wir sollten es versuchen«, antwortete ich.

Das war das Aus sämtlicher dämlicher Versprechungen. Und es war die einzige Möglichkeit, uns vor dem zu schützen, was wir entfernt aufschimmern sahen, ohne ein Wort darüber zu verlieren.

Um sieben Uhr kleideten wir uns an, setzten uns in unsere gemietete Nuckelpinne und rauschten zu Tal nach Makrigialos, um das Meer aus der Nähe zu sehen.

Der Ort zog sich mehr als drei Kilometer in die Läng und bestand im Wesentlichen aus einer wilden Aneinander reihung höchst verschiedener Häuser, von denen eine Men ge im Rohbau stecken geblieben waren und möglicherweis erst von den Enkeln zu Ende gebaut werden würden – ode nie. Der Hafen, klein, unbedeutend und sehr malerisch, wa genauso Badeplatz wie der kiesige Strand von Ost bis Wes

Es gab ein gewaltiges Hotel mit den Ankündigungen sämtlicher Spaßmöglichkeiten, die Menschen heute geboten werden müssen. Es war voll mit Holländern, Schweden und Engländern, die allesamt einen etwas verbiesterten Eindruck machten, als sei Urlaub ein Problem, das man schnell hinter sich bringen muss – mit möglichst guten Noten.

In jedem vierten Bau befand sich ein Tante-Emma-Laden, der den ganzen griechischen Charme verströmte und auf engstem Raum alle Herrlichkeiten anhäufte, die wir für unseren Alltag unbedingt brauchen. Vom Quietscheentchen bis hin zum Rasierschaum, vom deutschen Camembert bis zum griechischen Fladenbrot, nichts fehlte. Man konnte sogar Plastikblumen aus Korea kaufen und Schnaps aus Taiwan. Wir entdeckten einladende Kneipen, Restaurants und bistroähnliche Einrichtungen, die auf ihren Werbetafeln mit dem Begriff der ›Internationalen Küche‹ spielten. Das alles erweckte bei mir den Eindruck, dass die Inselbewohner vom Tourismus vollkommen wehrlos im Schlaf überrascht worden waren und nun zusehen mussten, wie sie in dem Chaos überleben konnten, das sich, Jahr für Jahr aus dem Norden einfliegend, über sie stülpte wie eine solide, luftdichte Plastiktüte.

Wir tranken etwas bei einem Wirt, den alle Michalis nannten und der Vera das erste Glas Rotwein spendierte und dabei in reinstem Pidginenglisch betonte, der kretische Wein sei der absolut beste der Welt und glücklicherweise gäbe es davon so wenig, dass sie ihn bequem auf der Insel vernichten könnten. Er schoss, unermüdlich Liebesbeteuerungen murmelnd, zwischen seinen Gästen umher und war ein freundlicher, ständig scherzender, kugeliger Mann, dessen Augen große Klugheit verrieten, die er aber offenkundig für seine Landsleute reservierte.

»Was überlegst du?«, fragte mich Vera.

»Dass Deutsche mal versucht haben, dieses Land zu erobern, dass sie es verheerten und verwüsteten. Und vor allem viele Griechen töteten.«

»Die augenblickliche Form der Eroberung bringt beiden Seiten etwas«, lächelte sie.

»Ich weiß nicht«, sagte ich. »Aber hör nicht auf mich, ich bin mies und melancholisch drauf.«

»Wenn du hier Geld verstecken wolltest, wo würdest du das tun?«

»Die Sommer sind heiß, daher muss ich es so unterbringen, dass es nicht verbrennen kann. Also nicht in einem Gebäude, aber auch nicht auf den Freiflächen irgendwo an den Berghängen. Breidenbach war ein Naturfreak, kannte die Eigenheiten dieser Insel sehr genau. Im Winter und Frühjahr schießen hier unendliche Wassermassen ins Meer, sodass es überall feucht ist und die Wege zu wilden Bächen werden. Wo ist es nicht feucht, wo kann das Geld keinen Schimmel ansetzen? Es muss sicher sein vor Nagern, vor Mäusen zum Beispiel, oder vor Vögeln, die aus dem Papier dankbar ihr Nest formen würden. Breidenbachs Zukunft hing von diesem Geld ab. Es musste ständig verfügbar sein. Dann droht die Einführung des Euro, er musste also die Möglichkeit haben, es vorher tauschen zu können. Ich glaube nicht, dass er es der Bank von Griechenland anvertraute. Vielleicht hat er es in Portionen geteilt und diese Portionen irgendwo getrennt untergebracht, sodass er jederzeit und unauffällig an das Geld herankonnte. Die Möglichkeiten sind endlos. Lass uns jetzt Breidenbachs Paradies besichtigen, dann kommen wir noch rechtzeitig zum Essen.«

Wir versuchten, auf den Hang zu gelangen, der jenseits des Tales von Alecas kleinem Dorf lag. Nach drei Anläufen erwischte ich endlich den richtigen Feldweg.

Das Haus war, wie alle einfachen Häuser für die ursprünglich in der Landwirtschaft tätigen Familien, in Würfelform gebaut und hatte drei Räume. Eine Küche, ein Raum für die Nacht, ein zweiter für den Tag. Breidenbach hatte vorgehabt, den Grundriss als Viereck zu belassen, aber um das mindestens Vierfache zu vergrößern. Das erkannte man an den in Stahlbeton aufgeführten Grundmauern, die noch nicht höher als dreißig Zentimeter waren.

Eine kleine Betonmischmaschine rostete vor sich hin, ein Haufen Sand, ein Haufen Steine, ein Haufen feiner Kies und über allem eine ganze Sammlung zerbrochener Träume.

Wortlos fuhren wir wieder. Die Sonne stand inzwischen gelbrot als riesiger Ball am Himmel.

Aleca hatte einen Choriatiko gemacht, den weltberühmten griechischen Hirtensalat, sehr bunt, mit weißen Käsewürfeln. Dazu ein Pastizio, einen Nudelauflauf mit Gehacktem, viel Knoblauch und feinen Kräutern. Auf dem Tisch brannten die drei Kerzen, in einer kleinen, schmalen Vase standen violette Blumen, deren Namen ich nicht kannte. Zwischen dem Ort unten am Meer und diesem kleinen Haus im Berg lag eine ganze Welt.

»Ich habe mir die Sache überlegt«, sagte sie gedankenvoll. »Man erwartet von Freunden und Wirtsleuten, dass sie schweigen. Aber Breidenbach, Karl-Heinz Messerich und Holger Schwed sind tot. Ein wirklich schlimmes Fiasko. Ich habe mich dabei erwischt, dass ich es nicht glauben will. Vermutlich sind Sie daran interessiert zu erfahren, wie die Stimmung hier war.« Sie schaute uns nicht an, sie erwartete keine Zustimmung. »Aber, bitte, nehmen Sie doch.«

Sie selbst nahm nichts, hatte nicht einmal einen Teller vor sich stehen, rauchte nur unentwegt Zigaretten der Marke Silk.

»Ich habe dieses Dorf vor vielen, vielen Jahren gekauft und wieder aufgebaut. Auch heute noch ist es ein kraftvoller Ort, ein seltener Ort. Hier sind die zu Hause, die sich nicht jeder Regel beugen, die noch nachdenken. Sie nennen sie im Deutschen Aussteiger oder Unangepasste. Ich bin selbst so. Wir Griechen haben unliebsame Erfahrungen mit Touristen gemacht. Einige Inseln bei uns genossen und genießen den Ruf, reine Herbergen für Homosexuelle oder Lesben zu sein. Natürlich ist das Quatsch, denn die Zahl der so genannten Normalen überwiegt. Jedenfalls habe ich Erfahrung mit Männern wie Breidenbach und Schwed. Breidenbach selbst kam seit sechs Jahren jedes Jahr. Manchmal sogar zwei- oder gar dreimal. Er war hier zu Hause. Schon sehr früh, so vor vier Jahren, sagte er zu mir: Aleca, hier könnte ich mein Leben leben und beschließen. Das höre ich von vielen, aber bei ihm war es angestrebte Realität. Er mietete immer dasselbe Haus, und in diesem Jahr hat er das Haus gleich für das ganze Jahr gemietet, weil er nicht wusste, wann er zurückkehren würde. Er war absolut kein Typ, der Frauen oder Männer anbaggerte, wie Sie das so nennen. Als er mit Schwed hier auftauchte, dachte ich gleich: Das gibt Ärger! Ich meine nicht Ärger für mich, sondern Ärger für seine Familie. Unzweideutig liebten sich die beiden. Im Prinzip halte ich das immer für erfreulich, ganz gleich, wer von der Liebe erwischt wird. Aber Breidenbach war sehr konservativ, ein deutscher Beamter. Und von seiner Familie, seiner Frau und den Kindern, hatte er mir oft erzählt. Meistens übrigens positiv. Jetzt war da ein Geliebter und es war der Sohn dabei. Ich wusste instinktiv, dass es in einer Tragödie enden musste ...«

»Warum Tragödie?«, unterbrach Vera.

Sie lächelte. »Nun ja, es gibt Schwule, die immer schon schwul waren. Das ist normal und ihr Leben verläuft im Grunde auch schrecklich normal. Dann aber gibt es Typen wie Breidenbach, die ihre Homosexualität sehr spät entdecken und die damit natürlich ihre Familie zerstören. Zur Tragödie kommt es aber vor allem dadurch, dass diese gealterten Homosexuellen sich oft junge Geliebte suchen. Und diese jungen Geliebten gehen eines Tages, sie gehen einfach fort. Und ich denke, Holger Schwed war so ein Typ. Er wäre eines Tages weggegangen und hätte Breidenbach in großer Einsamkeit zurückgelassen. Das war das, was ich sah.«

»Wie verbrachten sie nun ihre Tage?«, fragte ich.

Sie überlegte. »Wenig abwechslungsreich«, antwortete sie dann. »Der Sohn lebte sein eigenes Leben. Er hatte ein eigenes Haus, war nie mit seinem Vater zusammen, der mit Schwed in einem anderen Haus wohnte. Da waren gewaltige Spannungen. Der Sohn fuhr morgens hinunter zum Strand und kam selten vor dem späten Abend zurück. Der Vater und Schwed frühstückten auf der Terrasse und machten sich dann zu Fuß auf den Weg den Fluss hinauf, der jetzt um diese Jahreszeit trockengefallen ist. Die beiden marschierten meistens hinauf nach Pefki. Wenn Sie den Fluss hinaufschauen, sehen Sie dort oben, viele Kilometer entfernt, eine schneeweiße Kirche auf einer Bergspitze. Das ist die Kirche von Pefki. Jeden Tag gingen Breidenbach und Schwed das Flusstal hinauf und wanderten dann nach links oder rechts in die Berge. Abends kamen sie wieder, hockten auf ihrer Terrasse, tranken Wein. Und fünfzig Meter weiter hockte der Sohn und tat das Gleiche.«

»Das ist ja furchtbar«, murmelte Vera.

Aleca schien das deutsche Wort zu kennen und nickte lebhaft. »Furchtbar«, wiederholte sie.

»Hat es irgendein Ereignis gegeben, das Sie besonders im Gedächtnis behalten haben?«, fragte ich weiter.

»Nein«, sagte sie. »Nein, so etwas gab es nicht. Außer natürlich mit diesem Mann hier.« Sie griff in unser reichhaltiges Fotoarchiv und zog ein Bild von Abi Schwanitz heraus. »Der Mann kam hier an, wohnte aber nicht hier. Er hatte ein Zimmer unten in Makrigialos. Er kam hier herauf, trödelte herum und versuchte ganz offen mit jedem von den dreien in Kontakt zu kommen. Ich habe von den Gesprächen nichts verstanden, mein Deutsch ist schrecklich schlecht. Aber sie schienen sich gut zu kennen. Und ich habe nur mitgekriegt, dass dieser Mann auf dem Foto hier Geld von Breidenbach wollte. Breidenbach benahm sich abweisend. Dann habe ich eines späten Abends den Mann erwischt, wie er versuchte, in das Haus von Breidenbach und Schwed zu kommen. Er fummelte an dem Schloss herum. Ich habe ihn rausgeschmissen.« Sie lachte in der Erinnerung.

»Und Breidenbach wollte jetzt im Herbst kommen und sein Haus fertig bauen?«, fragte Vera.

»Richtig. Er hat mich vor etwa sechs Wochen angerufen und gesagt: Aleca, noch in diesem Jahr werde ich dein Nachbar. Mein Weihnachtsbaum wird ab sofort immer in Griechenland stehen.«

»Hat er einen Aluminiumkoffer unter seinen Gepäckstücken gehabt?«, fragte ich.

»Das weiß ich nicht. In dem Haus, das er hier gemietet hat, steht nichts, es ist leer. Ich habe sauber gemacht, daher weiß ich das.«

»Also jeden Tag Aufbruch in Richtung Pefki, richtig?«

»Genau. Aber das ist eigentlich nichts Besonderes. Leute,

die gern wandern, benutzen immer den Weg nach Pefki, um in die Berge zu kommen.«

Wir wurden gestört. Erst erschien ein Schweizer Ehepaar, das stolz vier Fische zeigte, die es irgendwo im Meer geangelt hatte. Dann ein belgisches Paar, das eine Stunde lang davon erzählte, wie es ihnen in Bangkok und im Hindukusch ergangen war, in Thailand und auf Borneo. Die Frau raspelte unentwegt: »Und die Menschen, sage ich euch, sind so was von liiiiehhb!« Später stellte sich heraus, dass das Paar sich trennen wollte und auf einer Weltreise die Frage zu beantworten suchte, ob sie es vielleicht doch noch mal miteinander versuchen sollten.

Als wir durch die hereinbrechende Nacht zu unserem Haus gingen, fragte Vera: »Müssen wir eigentlich wirklich nach diesem blöden Geld suchen?«

»Ja«, bestimmte ich. »Wenn wir es nicht tun, kommen andere her. Also, warum sollen wir es nicht probieren? Wir geben uns einfach einen Tag Zeit. Dann fahren wir wieder.«

»Ich würde gern wiederkommen.«

»Ich auch.«

Wir duschten, weil es immer noch so warm war. Wir legten uns nackt auf das Bett, wir klammerten uns aneinander, aber wir liebten uns nicht. Die Stimmung war gekippt, Trostlosigkeit machte sich breit.

Wir wachten früh auf und aßen die Reste der Mahlzeit, die noch vom Vortag übrig geblieben war.

Als wir draußen in der Sonne standen, starrten wir erst einmal die Schlucht hinauf, in der möglicherweise das versteckt war, was wir suchten.

Den ersten Kilometer liefen wir auf einem ordentlichen Schotterweg, aber irgendwann wand er sich am jenseitigen Hang hinauf. Wir verließen ihn und gingen durch das Flussbett, das von gewaltigen, abgeschliffenen Felsen umgeben war.

»Worauf müssen wir eigentlich achten?«

»Such nach einer Höhlung. Und zwar in einer Höhe, die oberhalb jedes voraussichtlichen Wasserstandes liegt, also mindestens zwei bis drei Meter hoch. Und noch etwas

Wenn Breidenbach das Geld hier irgendwo versteckt hat, dann wahrscheinlich an einem Ort, an dem eine natürliche Lüftung möglich ist. Natürliche Lüftung heißt, dass die Scheine zwar nass werden können, aber auch wieder trocknen, wenn der Wind hindurchfährt.«

Wir vermuteten das Versteck an mindestens zwanzig Stellen, Höhlungen, Spalten, Felsbändern. Wir fanden nichts. Nach zwei Kilometern wollten wir aufgeben, weil es immer hoffnungsloser erschien, in einer Steinwüste einen bestimmten kleinen Stein zu finden, dessen Aussehen wir nicht mal kannten. Ich fragte mich, ob Breidenbach bestimmte Landmarken als Orientierungshilfe zur Bedingung seines Versteckes gemacht hatte: große Felsen mit charakteristisch stehen Pinien, vielleicht einen Schatten, der zu einer bestimmten Zeit seinen Schatz bedeckte oder auf ihn hinwies. Dann dachte ich, dass Breidenbach so etwas nicht gebraucht hatte. Da er jahrelang hier herumgewandert und -gekraxelt war, konnte das Geld überall sein. Und überall hieß: irgendwo im Umkreis von fünfzig oder hundert Quadratkilometern oder noch mehr. Kreta ist groß.

»Wir müssen nicht nach Löchern suchen«, murmelte Vera plötzlich. »Wir müssen Stellen finden, an denen er mit Holger Schwed Liebe machte.«

Ich verstand zwar die Logik nicht, aber vielleicht war das eine Möglichkeit. »Hast du so eine Stelle gesehen?«

»Ja. Aber da sind wir längst vorbei. Ungefähr fünfhundert Meter hinter uns.«

Wir gingen also zurück. Vera zeigte mir den Platz, den sie meinte. Da befand sich, umgeben von großen Felsbrocken, auf einem Fleck mit viel Schatten, Gras, das noch nicht ganz verdorrt war. Und es gab noch etwas anderes: eine vertikale Rinne, die sich das Wasser durch diese Erde gebahnt hatte.

»Wenn er es hier versteckt hat, dann zeigte ihm die Rinne, bis zu welcher Höhe das Wasser steigt. Was musste Breidenbach weiter beachten?«

Vera grinste. »Er musste darauf achten, dass kein anderer, der diesen lauschigen Platz aufsuchte, auf die Idee kommen konnte, dass hier ein Schatz verborgen ist.«

»Schülerin, erste Klasse, die Note eins. Was bedeutet das?«

»Das Versteck muss höher liegen, als ein großer Mann reichen kann. Es muss sogar in einer solchen Höhe sein, dass niemand, der hier aus Übermut herumklettert, es zufällig entdecken kann«, sagte sie. »Und deshalb ist es auf dem Felsen dort. Der ist glatt, niemand kann rauf. Und von oben kommt auch niemand heran.«

»Sehr schön. Dann sieh zu, dass du da raufkommst.«

»Na denn.« Vera sah sich um und kletterte auf den Nachbarfelsen, konnte aber von dort nicht springen. Sie versuchte es von einem anderen Felsen, aber auch der Sprung war nicht zu schaffen. Sie erklomm einen großen Basaltbrocken, der oberhalb des Felsens lag, zu dem sie hinwollte. Dann sprang sie und landete sicher, sie ging in die Hocke und hielt sich an der Schrägen fest.

»Hier ist eine Spalte. Aber sie ist mit anderen Steinen verschlossen.«

»Sind die Steine beweglich? Leicht genug, sie anzuheben?«

»Ich denke«, sagte sie und begann, Steine herauszuwuchten und sie neben mir niederfallen zu lassen. Die Steine waren relativ schwer, zehn bis fünfzehn Kilo etwa. Aber sie rollten gut, weil das Wasser sie in Millionen Jahren rund geschliffen hatte.

»Hier ist nichts«, rief sie.

»Wie kommst du jetzt wieder runter?«

Sie war einen Augenblick lang unsicher, stand etwa drei Meter über mir.

»Pass auf«, sagte sie mit einem kurzen Lachen. Dann machte sie einen Satz, griff meine Arme und ich federte sie ab, so gut das ging.

»Ich habe die Nase voll«, sagte ich.

»Wir werden so schnell keinen Flug kriegen«, meinte sie.

»Wir kriegen einen. Es gibt immer Leute, die ihren Urlaub verlängern.«

Wir schlenderten langsam zurück zu Alecas Dorf.

»Ich sehe mir Breidenbachs Häuschen an«, meinte Vera. »Ich will sehen, wie er und Schwed gewohnt haben.«

»Das ist gut«, nickte ich.

Aleca fuhrwerkte im Erdreich unter einem Olivenbaum herum. »Ich pflanze Blumen«, erklärte sie. »Mittagsblumen.«

Ich bat sie um den Schlüssel zu Breidenbachs Haus und sie erwiderte, er hinge an einem großen Brett vor ihrem Haus, die Nummer sechs.

Der Wohnwürfel war unserem ganz ähnlich, nur war er größer und geräumiger, hatte zwei Schlafräume und eine größere Küchenecke. Die mächtig dicken Wände aus Feldstein waren schneeweiß gekälkt, das Mobiliar dunkel und solide.

»Das wäre doch etwas für uns«, sagte Vera hell.

Ich ging umher, öffnete die Schränke und die Schubladen: Breidenbach hatte nichts hinterlassen.

Die weiße Decke war durchzogen von schweren, hölzernen Balken, die vom Alter dunkel geworden waren. Nur ein Balken, über der Küchenecke, war neueren Datums und hatte noch nicht die dunkle Tönung angenommen.

»Da hat Herr Breidenbach selbst dran gearbeitet«, sagte Aleca von der Tür her. »Es regnete rein. Diese Flachdächer sind problematisch. Aber Breidenbach konnte das, er besserte es ganz fachmännisch aus.«

»Kann man auf diesem Dach umhergehen und sich in die Sonne legen?«, fragte ich.

»Das geht«, sagte sie. »Aber kein Mensch tut es.«

»Ich steige mal da rauf«, verkündete ich. Ich ging aus dem Haus und entdeckte, dass ich bequem und leicht über die Terrassenmauer auf das Dach gelangen konnte. Obendrauf hatte sich Gras festgesetzt. Die Balken und die Zwischenfugen waren mit einer soliden Teerpappe überzogen, auf der Kies aufgebracht worden war, dann Erde.

Ich kletterte wieder hinunter. Die Frauen saßen am Esstisch und vertrieben die muffige heiße Luft mit dem Qualm ihrer Zigaretten.

Ich nahm die Silvano aus der Weste, stopfte sie und zündete sie an.

»Als Breidenbach den Balken neu setzte, hat er da Hilfe gehabt?«, fragte ich.

»Ja, natürlich«, antwortete Aleca. »Holger. Die beiden waren schnell. Breidenbach war ein guter Handwerker. Auch als ich Schwierigkeiten mit den Sonnenkollektoren hatte, hat er sie repariert. In einem anderen Haus war der Abfluss verstopft. Er reinigte ihn. Solche Arbeiten machten ihm Spaß.«

Dann bemerkte ich einen Nagelkopf in dem neuen Balken. Und zwei lange, feine Linien. »Er hat den Balken auch gestrichen, nicht wahr?«, fragte ich.

»Oh, das muss man hier als Erstes. Es gibt Schädlinge, die hier gut gedeihen und das Holz fressen.«

»Ja«, murmelte ich, nahm einen Stuhl und kletterte dann auf das solide Holzregal, auf dem alle möglichen Küchenutensilien standen. »Wenn es irgendwo ist, ist es hier.«

Ich nahm den Nagelkopf zwischen Daumen und Zeigefinger und versuchte, ihn zu schieben. Er bewegte sich nicht. Dann zog ich daran – und eine Klappe schwang widerstandslos nach unten auf. Im Balken war ein Hohlraum. Ich griff hinein.

»Oh, là là«, rief Aleca erheitert. »Die Geheimnisse des Franz-Josef Breidenbach.«

Acht längliche Pakete, jedes so groß wie zwei nebeneinander liegende Briketts, waren mit einem dunkelgrauen textilen Stoff umwickelt.

Während ich Vera die Pakete anreichte, sagte ich: »Das Zeug kenne ich. Eine Firma im Bergischen stellt das her. Dieser Stoff hält, glaube ich, fünfzehnhundert Grad aus und ist absolut wasserdicht.«

»Und was macht ihr jetzt damit?«, fragte Aleca, noch immer spöttisch.

»Wir kaufen uns ein Schleckeis«, sagte Vera.

Beide Frauen lachten laut und aufgeregt.

»Ich mache ein Paket auf. Das ist mit irgendwas verklebt« erklärte Vera dann.

»Oh, warte«, sagte Aleca und holte ein Küchenmesser.

»Das Loch ist nun leer. Kein Schriftstück, kein Abschiedsbrief, kein Testament. Absolut nichts.« Ich stieg von Regal und Stuhl.

»Geld: Tausender, Fünfhunderter, Hunderter.«

»Jetzt seid ihr reich«, sagte Aleca.

»Moment mal«, sagte ich. »Eigentlich gehört es dir. Es ist dein Haus.«

Beide Frauen waren plötzlich still. »Na sicher!«, hauchte Vera dann.

»Ich will das Zeug nicht«, sagte Aleca heftig. Sie stand auf und murmelte: »Ich gehe weiter meine Mittagsblumen pflanzen. Das ist eine verrückte Geschichte.«

Eine Stunde später hatten wir das Geld gezählt und saßen etwas verwirrt vor diesem Reichtum.

»Wir müssen heimfliegen«, sagte ich. »Bemühe du dich um einen Flug, ich melde mich zu Hause.«

Vera ging und ich rief Rodenstock an.

»Heh!«, sagte er erleichtert. »Wie steht es im Süden?«

»Wir haben das Geld gefunden. Es sind siebenhundertsechzigtausend Mark. Wir kommen mit der nächsten Möglichkeit heim.«

»Sag mir Bescheid, wo und wann ihr landet, ich hole euch ab. Und? Was denkst du jetzt?«

»Ich denke, Breidenbachs Sohn hat ihn getötet. Er hatte ein sehr starkes Motiv.«

Rodenstock am anderen Ende schwieg eine Weile. »Was ist mit der Tochter? War sie daran beteiligt, weiß sie es? Wir müssen noch viele Fragen klären, bevor wir uns sicher sein können.«

»Das ist mir klar. Und wie geht es bei euch in Brück?«

»Beschissen«, antwortete er trocken. »Aber das erzähle ich euch, wenn ihr hier seid.«

»Ach, Rodenstock, raus damit«, forderte ich.

»Na gut. Es gibt ein Buch *Vulkaneifelheimat* von einem Mann namens Franz-Josef Ferber und es enthält alte Fotos aus dem Landkreis Daun von 1900 bis 1950 ...«

»Ein sehr schönes Buch«, unterbrach ich ihn.

»Ja, mag sein«, nuschelte er. »Also, gestern Mittag zieht sich mein Weib in den Garten zurück und blättert darin. Plötzlich steht sie restlos erschüttert vor mir und sagt: Ich will das Haus nicht mehr, Rodenstock! Was ist passiert?, frage ich. Es stellt sich heraus, dass auf Seite 120 dieses Buches ein Foto aus Heyroth zu sehen ist. Es zeigt die Familie des Volksschullehrers Barbie. Und es zeigt einen kleinen Jungen namens Klaus Barbie. Der gleiche, der im Zweiten Weltkrieg als Schlächter von Lyon berühmt wurde. Jetzt sagt die Jüdin an meiner Seite: Ich will das Haus nicht, ich will nicht nach Heyroth. Emma ist völlig am Ende.«

»Ach, du Scheiße«, murmelte ich. »Na ja, ich rufe an, wenn wir wissen, wo wir landen. Sollen wir das Geld mitbringen?«

»Ja klar«, antwortete er.

Vera kehrte mit der Nachricht zurück, dass wir schon am Abend Platz in einer Maschine nach Frankfurt bekommen könnten. Ich erzählte ihr von Emmas Kummer und sie war ebenso betroffen wie ich.

Nachdem wir uns von Aleca verabschiedet hatten, brachen wir auf. Wir gaben den Wagen ab, hockten im endlosen Strom der Touristen in Iraklion und waren erschöpft. Vera schlief im Flugzeug wieder die ganze Zeit, den Kopf an meiner Schulter.

Die Menschen um mich herum tranken viel, lärmten, fanden alles Mögliche sehr witzig und ein fetter kleiner Junge verhandelte mit einer Stewardess eine halbe Stunde lang über eine Uhr. Er sagte: »Mein Vater bezahlt. Und ich finde die Uhr klasse. Aber gibt es die auch mit einem anderen Armband?« Die Stewardess sagte »Nein«, aber der Junge wollte sie unbedingt dazu bewegen, das Band einer anderen Uhr zu verwenden. Die junge Frau war genervt und die Umsitzenden lachten, weil der Junge nicht aufgab. Und während er redete, fraß er schmatzend irgendein Süßzeug aus der Tüte und sein Vater strahlte vor Stolz.

Rodenstock erwartete uns am Ausgang, schubste uns vorwärts in eine Tiefgarage. »Emma hat eine Portion Spaghetti mit Öl und Knoblauch vorbereitet. In diesem Koffer ist das Geld?«

»Ja«, sagte Vera. »Lieber Himmel, bin ich müde.«

»Hat Kischkewitz die Kinder schon vernommen?«, fragte ich.

»O nein«, erwiderte er. »Er will nichts falsch machen. Das wird eine schwierige Kiste, eine ganz schwierige Kiste. Niemand außer uns und der Mordkommission weiß bis jetzt von dem Verdacht.«

»Nun hat sich diese ganze chaotische Geschichte zu einer Familientragödie verengt«, seufzte Vera, als wir längst auf der Autobahn waren.

»Das kann man so sehen«, nickte Rodenstock und wechselte die Fahrbahn, um einen Lkw zu überholen. »Und immer noch ist gar nicht sicher, wer Breidenbach tatsächlich getötet hat. Wir können immer noch nicht ausschließen, dass Maria Breidenbach die Tat beging.«

»Aber wie soll die den toten Messerich in die Wildschweinsuhle befördert haben können?«, fragte Vera scharf.

»Vielleicht gar nicht. Vielleicht tat sie es auch gemeinsam mit ihrem Mann, bevor der getötet wurde.«

»Glaubst du denn inzwischen, dass Abi gegen elf Uhr vom Tatort verschwand? Können wir ihn als Mörder wirklich ausklammern?«, fragte ich.

»Ich neige zu einem Ja«, sagte er. »Die Auftraggeber von Schwanitz hatten Breidenbach viel Geld bezahlt. Es konnte nicht in ihrem Interesse liegen, ihn zu töten. Ganz einfach, weil das zum einen zu viel Aufsehen erregt hätte, zum anderen war Breidenbach der Schlüssel zu dem Geld. Solange sie es nicht zurückhatten, machte sein Tod keinen Sinn.«

»Was wäre denn, wenn wir Maria Breidenbach zu einem Gespräch bitten würden?«, fragte Vera.

»Das ist zu früh«, widersprach Rodenstock hastig. »Wir müssen jetzt genau überlegen, was wir tun. Ein einziger falscher Zug und wir enden in einer Sackgasse.«

»Verdammt noch mal!«, explodierte Vera. »Was soll diese Vorsicht? Es geht um Mord. Wenn wir den Verdacht haben, dass die Kinder oder ein Kind, dass die Ehefrau oder die Ehefrau zusammen mit einem Kind oder beiden Kindern es getan hat, muss man sie zum finalen Verhör bitten!«

Eine Weile herrschte Schweigen. Rodenstock wechselte wieder die Spur.

»Denk doch mal nach, junge Frau«, begann er im Stakkato. »Ein Mann bricht aus seinem biederen Leben als Familienvater aus, erlebt sein Coming-out, hat eine Liebesgeschichte mit dem besten Freund des Sohnes. Die Familie geht daran kaputt, weil sie sich nicht ausspricht, jeder ist mit seinem Kummer allein. Nun wird der Vater getötet. Von der Ehefrau und, oder von einem Kind, von beiden Kindern. Dahinter steckt ein unglaubliches Gefühlschaos, was da durchlebt wird, das kann zu einem geradezu erschlagenden Trauma führen, zu einer solch starken seelischen Erschütterung, dass die Überlebenden nur eine Möglichkeit haben, damit fertig zu werden: Sie müssen das Geschehen so schnell wie möglich verdrängen. Und zwar so total, dass ihr Hirn diese Erinnerung perfekt ausblendet. Die Nacht im Steinbruch darf nicht mehr existieren. Kannst du mir folgen?«

»Ja«, antwortete Vera.

»Sich zu erinnern ist für diese Menschen mit geradezu unfassbaren Schmerzen verbunden. Infolgedessen werden sie alles tun, um sich nicht erinnern zu müssen. Du kannst Menschen, die so etwas durchlebt haben, nicht einfach mit deinem Verdacht konfrontieren, du kannst überhaupt nicht abschätzen, was dann passiert, was das mit ihnen macht.«

Das Schweigen dauerte diesmal sehr lange. Rodenstock fuhr einhundertachtzig Stundenkilometer, wirkte wieder ruhiger und konzentriert.

»Du meinst«, sagte Vera nachdenklich, »dass die Mordkommission vor der Tür steht und möglicherweise gar nicht reingelassen wird.«

»Neulich habe ich etwas von so einer totalen Verdrängung gelesen«, erinnerte ich mich. »Ich nenne es jetzt mal das Kosovo-Syndrom. Es ging um eine ekelhafte Szene: In einem großen Munitionsdepot steht auf einem großen, marktähnlichen Platz eine Fünfzehnjährige. Das Mädchen wird vierundzwanzig Stunden lang von rund zweihundert Soldaten missbraucht. Ein traumatisches Erlebnis, wie es schlimmer kaum sein kann. Das Gehirn des Mädchens schaltet sich während des Vorganges gewissermaßen selbst aus. Das Mädchen verdrängt diese vierundzwanzig Stunden so perfekt, dass nicht einmal seine Albträume einen Rückschluss auf dieses Verbrechen zulassen. Es gibt nur Erinnerungsfetzen. Und die tauchen erst auf, wenn das Mädchen etwas ganz Bestimmtes riecht. Männlichen Samen zum Beispiel. Das Mädchen erleidet Panik, Angstzustände, kommt mit seiner Umwelt nicht mehr zurecht, kann zärtliche Gefühle nicht empfinden, aber auch nicht annehmen, scheint sozial vollkommen deformiert. Das heißt, das Mädchen steht vor einer Zukunft, die im Wesentlichen von krankhaften Zuständen seiner Seele belastet sein wird.«

»Genau so etwas befürchte ich in unserem Fall.« Rodenstock nickte heftig. »Menschen, denen so etwas widerfahren ist, stehen ständig vor der Gefahr des totalen Zusammenbruchs. Aber es kann auch zu massiven Drogen- und Alkoholproblemen führen, weil der Patient in jedem Fall zunächst einmal erlebt, dass Drogen und Alkohol mindestens zeitweise helfen können, diese verrückten, unbegreiflichen und für ihn selbst ja auch nicht erklärbaren Zustände zu unterdrücken. So ein Verdacht, wie wir ihn hegen, ist der Albtraum jeder Mordkommission, weil es das Ende jeder Aufklärungsarbeit bedeutet, das allerletzte, endgültige Aus: Man kommt nicht an die Menschen ran, kann sie nicht angehen.« Er machte eine Pause und murmelte dann: »Ich würde euch bitten, mit Emma vorsichtig umzugehen. Sie läuft völlig neben der Spur.«

Als wir auf meinen Hof rollten, standen Emma und Cisco in der Tür, die Katzen schossen heran, um sich an unseren Beinen zu reiben.

»Na, mein Mädchen«, umarmte Emma Vera.

»Das ist irgendwie Scheiße«, sagte Vera heftig. »Ich kann gar nicht glauben, dass wir es im Grunde mit einer so trivialen Tragödie zu tun haben.«

»Ja, ja«, nickte die kluge Emma. »Die Trivialität von Verbrechen ist oft enttäuschend. Baumeister, mein Lieber. Bist du auch melancholisch?« Sie umarmte auch mich.

»Jede Menge«, sagte ich wahrheitsgemäß. »Aber ich habe gehört, es gibt Spaghetti der besonderen Sorte?«

»Ja. Und nun kommt rein.«

Es wurde ein kurzes Essen, aber ein gutes.

Emma berichtete scheinbar aufgeräumt von einer gewissen Tante Amalie, die sich bei ihr gemeldet hatte mit der Frage, ob Emma zurzeit einen reichen Ehemann habe, der möglicherweise ein Interesse daran haben könnte, ein altes amerikanisches Bauernhaus im Shenandoah Valley nahe Washington D. C. zu übernehmen, zu restaurieren und es so für den Clan zu erhalten.

»Tante Amalie«, erklärte Emma, »ist aus einer Seitenlinie, in der mein Cousin Albert den Oberboss spielt.«

»Wie viele Tanten hast du eigentlich?«, fragte Rodenstock.

»Etwa zwanzig. Natürlich sind das nicht alles echte Tanten, ich muss sie nur so nennen. Und von Zeit zu Zeit spülen sie mir Häuser oder alten Schmuck oder etwas in der Art in meine Haushaltskasse. Einer der Gründe, ihr Lieben, weshalb alte jüdische Clans nicht untergehen, ist ihr oberster Grundsatz: Selbst wenn du Emma von Herzen hasst, lass das Geld in der Familie!« Sie lachte, aber das Lachen kam nicht von Herzen.

»Und was machst du jetzt mit dem alten Bauernhaus?«, fragte ich.

»Na ja, jetzt muss ich jemanden im Clan finden, der es kauft. Ich denke da an die alte Tante Albertine, die mir neulich am Telefon sagte, sie würde gern Florida verlassen, weil es dort zu heiß ist, zu viele Mücken gibt, zu viele Touristen und zu viele Klimaanlagen, die dauernd kaputt sind.« Emma wurde ernst. »Wisst ihr, das sind ausnahmslos alte Leutchen, deren Eltern und Großeltern ursprünglich in Europa lebten und hier sehr glücklich waren, bis ein Mensch namens Hitler daherkam und die Juden ausrottete, weil er Angst vor ihnen hatte. Verdammt, entschuldigt bitte, das wollte ich nicht.« Sie senkte den Kopf.

»Du darfst das«, murmelte Rodenstock. »Und du has Recht. Wir können uns das Haus in Amerika ja mal anse hen.«

Sie bedachte das und nickte. »Warum nicht? Wir lade Vera und Baumeister ein und fliegen zu viert dorthin.« Fas flüsternd fügte sie hinzu: »Rodenstock, ich will das Haus i

Heyroth doch. Im Talmud steht irgendwo, dass du überall auf die Spuren deiner Feinde triffst. Das Haus, in dem Klaus Barbie in Heyroth seine Kindheit verbrachte, gibt es nicht mehr. Ich habe mich erkundigt.«

Rodenstock räusperte sich. »Das ist gut«, sagte er rau.

»Jetzt habe ich endlich eine Zukunft«, sagte Vera lächelnd. »In Heyroth steht mein zweiter Weihnachtsbaum.«

Wir lachten befreit und Cisco sprang vor lauter Begeisterung auf den Küchentisch und fegte dabei eine Schüssel mit Knoblauchöl auf die Fliesen. Alles wurde noch lustiger, weil Cisco aufgeregt und gut gelaunt durch das Knoblauchöl lief und es über den ganzen Boden verteilte. Nach dem Motto ›Immer auf die Kleinen!‹ wurde ich ausersehen, die Schweinerei zu beseitigen. Ich brauchte eine gute halbe Stunde.

Vera lag im Dunkeln neben mir und sagte: »Irgendwie beneide ich Emma um diese riesige Familie. Ich habe so etwas nicht. Hast du so etwas?«

»Nein. Aber du darfst nicht vergessen, dass diese riesige Familie mehr als drei Viertel ihrer Mitglieder verloren hat. Sie haben furchtbar dafür bezahlen müssen, Juden zu sein. Emma hat einmal gesagt, dass sie bestimmte Jahre nicht erwähnen darf, das ist ein Tabu, ein Schatten, der niemals zu bestehen aufhört. Eine Medaille hat immer zwei Seiten. Geht es dir etwas besser?«

»Mir geht es immer besser, wenn ich lachen kann.«

»Sehr schön «, sagte ich. »Kannst du bitte zu mir rutschen, damit ich zu Hause bin?«

Als Rodenstock vorsichtig meine Schulter berührte, war draußen heller Tag, aber es war erst fünf Uhr in der Früh. Er bedeutete mir aufzustehen und wartete im Wohnzimmer.

»Folgendes: Maria Breidenbach hat mich angerufen. Heiner ist seit gestern Mittag spurlos verschwunden. Wahrscheinlich mit seinem Fahrrad unterwegs. Sie hat mich unterrichtet, weil sie meint, die Mordkommission würde sie für verrückt halten, wenn sie ihren erwachsenen Sohn als vermisst meldet. Ich habe selbstverständlich gefragt, ob etwas

Außergewöhnliches vorgefallen ist. Sie sagt, nein. Die kleine Julia hat angeblich auch keine Ahnung, wo ihr Bruder sein könnte. Was hältst du davon?«

»Erstens solltest du sofort Kischkewitz informieren. Und zweitens sollten wir sicherheitshalber das tun, was du längst beschlossen hast: in den Kerpener Steinbruch fahren.«

»Gut«, nickte er. »Aber wir wecken die Frauen nicht. Emma braucht ihren Schlaf.«

Wir fuhren ein paar Minuten später, schwiegen uns an und waren voll von der beängstigenden Erwartung, Heiner Breidenbach zu finden.

Diesmal nahm ich einen anderen Weg als sonst und kann noch heute nicht sagen, warum ich das tat. Ich fuhr an der Südseite der alten Strumpffabrik einen ausgefahrenen Feldweg zwischen Wald und Wiesen hoch und hielt vor dem schmalen, schluchtartigen Eingang zur untersten Sohle des Steinbruchs an.

»Was glaubst du, wo ist er, wenn er hier ist?«

»Keine Ahnung«, antwortete ich. »Wir sollten leise sein. Vielleicht haut er ab, wenn er uns hört.«

Vor uns flogen zwei Eichelhäher um eine lang geschossene Weide herum und balgten sich. Rote Wegschnecken hatten ihre silberne Spur gezogen, das Summen der Erdwespen wirkte laut und aufdringlich, ein Kohlweißling taumelte um die lilafarbene Blüte einer Ackerwitwenblume, kurzstielige rosafarbige Malven standen im Kalkrasen, dazu Glockenblumen von zartem Blau. Ich fragte mich, ob dieser Platz jemals wieder so unschuldig wie vor Breidenbachs Tod sein konnte. Wahrscheinlich nicht, denn jeder Tod wirft einen langen Schatten.

Wir gingen langsam den geschwungenen Weg hinauf zur zweiten Sohle, doch Heiner Breidenbach fanden wir nicht und nirgendwo stand sein Fahrrad.

»Ein Bilderbuchmorgen«, murmelte Rodenstock. »Wo könnte Heiner sonst sein?«

»Keine Ahnung. Wir sind bisher nicht tief in ihn hineingekrochen. Bis jetzt wissen wir nur, dass er gelitten hat wie ein Tier.«

Er nickte. »Diese Kinder schienen die Leidtragenden einer großen Affäre zu sein, jetzt sind sie plötzlich mögliche Täter.« Er schnaufte unwillig.

Wir blieben vor der Schautafel stehen, die die Eifel-Touristik hier aufgestellt hatte, um den Wanderer zu belehren, dass hier die Uferriffe des Urmeeres verlaufen waren, in der schräg liegenden Schichtung unterhalb der Steilwand wunderbar zu sehen, dreihundert Millionen Jahre her.

»Was kam danach?«, fragte Rodenstock und deutete auf die Tafel.

»Die Wüste«, sagte ich. »Als das Meer sich zurückzog, das Wasser verschwand, herrschten hier extrem trockene und heiße Bedingungen. Die ganze Eifel war eine lebensferne, wilde rote Wüste. Später gerieten diese roten Sandmassen unter den Druck der wilden Bewegungen der Erdkruste und der Druck formte aus den Sanden den Sandstein. Den Menschen gab es noch nicht, der Mensch tauchte erst viel später auf und viele Jahrtausende lang traute er sich nicht in diese Landschaft hinein. Hier herrschten Vulkane, hier war feuriges Land, es herrschte ständig Lebensgefahr.«

»Wir Menschen sind schon sehr bedeutungslos«, sinnierte er.

»Eigentlich nicht«, widersprach ich. »Wir schaffen es immerhin, den Planeten klimatisch aus dem Gleichgewicht zu bringen und wahrscheinlich am Ende zu zerstören. Wir sind schon richtig gut darin und wir werden immer besser.«

Wir machten uns wieder auf den Weg und spazierten langsam auf den Ausgang der ersten Sohle zu. Als wir auf den breiten Feldstreifen zwischen den Waldungen hinaustraten, sahen wir ihn.

Heiner ging als dunkle Silhouette über unseren Horizont, ungefähr vierhundert Meter von uns entfernt. Sein Mountainbike schob er neben sich her, bewegte sich beschwingt und leicht und schlug im rechten Winkel die Richtung auf uns zu ein.

»Er war bei der Wildschweinsuhle«, sagte ich leise. »Lass uns verschwinden, er sieht so aus, als sehe er sich alles noch mal an.«

»Ich bin so froh, dass er lebt«, seufzte Rodenstock. »Ich hatte ein trübes Gefühl.«

Wir gingen ein wenig zurück und blieben versteckt zwischen jungen Hainbuchen stehen.

»Sollen wir ihn ansprechen?«

»Aber ja«, sagte ich. »Möglich, dass er nicht mit uns reden will, aber er ist ja ein höflicher Mensch.«

Heiner Breidenbach hatte nach meiner Einschätzung bis zu dem Punkt, an dem wir standen, noch etwa zweihundert Meter zurückzulegen. Aber wir sahen ihn nicht mehr und es waren inzwischen mehr als zehn Minuten vergangen.

»Wahrscheinlich ist er doch nach Westen abgebogen. Dort sind bessere Straßen. Ich rufe die Mutter an, damit sie schon mal beruhigt ist.« Ich wählte die Breidenbach'sche Nummer und Maria Breidenbach hob sofort ab. »Baumeister«, sagte ich. »Heiner ist beim Steinbruch. Es ist alles okay.«

»Wie gut«, stöhnte sie erleichtert. »Danke schön.«

»Na gut«, murmelte Rodenstock. »Dann lass uns heimfahren und frühstücken. Ich habe Lust auf Würstchen und Rührei mit Schinken und derartig luxuriöses Gedöns.«

Wir schlenderten durch den Steinbruch zurück und ich stopfte mir die klobige Vario von Danske Club. Als ich sie anzündete, sah ich ihn oben auf der Steilwand stehen. Die Pfeife fiel mir aus der Hand.

»Hallo, Heiner!«, rief ich laut. »Ihre Mutter hat sich Sorgen gemacht. Wollen Sie sie anrufen? Ich habe ein Handy hier. Das wäre gut.«

Er stand vollkommen bewegungslos und gab nicht zu erkennen, ob er mich gehört hatte, ob er uns sah.

»Heh, Heiner!« Rodenstock war meinem Blick gefolgt. »Gut, dass wir Sie treffen. Haben Sie einen Moment Zeit für uns?«

»Sollen wir heraufkommen?«, fragte ich. »Kein Problem.«

Er neigte den Kopf. Jetzt sah er uns.

»Ach, Sie!«, sagte er. Dann hob er den Kopf und starrte wieder geradeaus. Er wirkte wie eine Puppe, immer noch fast bewegungslos.

»Ja, wir«, nickte Rodenstock.
»Die Welt ist so laut«, sagte Heiner seltsam fern.
»Wir können reden«, drängte Rodenstock.
»Nicht mehr reden«, kam es tonlos. »Nicht mehr reden.«
»Oder Sie fahren nach Hause und wir treffen uns dort«, schlug Rodenstock unsinnigerweise vor. Er versuchte verzweifelt, etwas aufzuhalten, was wohl nicht aufzuhalten war.
Plötzlich verschwand Heiner von der Kante der Steilwand.
»Scheiße!«, fluchte Rodenstock heftig.
Da erschien er wieder, trug sein Mountainbike vor sich her. Ohne Vorwarnung warf er es zu uns herunter, es schepperte schwer, als es aufschlug und noch ein paarmal auf und ab tanzte.
Dann sprang er.
Neben mir schrie Rodenstock: »Nein!«
Heiner sprang nicht einfach, er hechtete sich regelrecht in die Tiefe. Er drehte sich kaum, kam kopfüber unten an, verschwand mit einem scheußlichen Klatsch hinter einem Felsbrocken. Dann war es totenstill.
»Warum habe ich ihn nicht angeschossen?«, fragte Rodenstock verzweifelt.
»Weil du gar keine Waffe bei dir hast. Du hast nie eine bei dir. Flipp jetzt nicht aus. Lass uns nach ihm sehen.«
»Ich nicht«, sagte er schwer atmend. »Ich kann nicht.«
Ich balancierte über die großen Brocken. Heiner war tot, seine Augen weit offen, sein Schädel deformiert. Er wirkte rührend wie ein hilfloses Kind. Und genau das war er zuletzt wohl auch gewesen.
Ich ging zu Rodenstock zurück. »Er ist tot. Ruf die Mordkommission.«
»Warum?«, fragte er.
»Wir hätten ihn nicht stoppen können«, erklärte ich. »Das weißt du. Komm zurück in die Welt, Rodenstock. Ich brauche dich, Emma braucht dich, Vera braucht dich. Werd nicht elegisch.«
Er atmete pfeifend ein und aus. »Wir haben Fehler gemacht.«

»Natürlich haben wir Fehler gemacht.« Ich versuchte zittrig, die Pfeife anzuzünden, ließ es dann sein.

Rodenstock schwankte und setzte sich auf einen Felsblock. »Ich kann Kischkewitz nicht anrufen. Mach du das.«

»Das solltest aber du machen«, beharrte ich. »Du bist im Job!«

Er nickte und nahm sein Handy. Er sagte schwammig: »Kischkewitz bitte.« Dann hörte er kurz zu. »Er ist in einer Konferenz?«, schrie er. »Verdammte Scheiße, dann holen Sie ihn da raus! Sitzen Sie auf Ihrem Hirn?«

Es dauerte eine Weile, bis er matt berichtete: »Rodenstock hier. Der junge Breidenbach hat sich im Steinbruch von dem Felsen gestürzt. Eben, vor ein oder zwei Minuten. Er war nicht aufzuhalten, wir konnten nichts tun. Und jetzt hole zu ihrem Schutz sofort die Mutter und Julia. Sonst läuft alles vollkommen aus dem Ruder. Und schick Leute her. Wir bleiben so lange hier.« Er hörte wieder zu, bis er fortfuhr: »Du weißt doch, wie das ist. Er hat sich vor meinen Augen getötet. Das ist furchtbar, sage ich dir, einfach furchtbar. Ich bin zu alt für so eine Scheiße.«

Wir entfernten uns dreihundert bis vierhundert Meter von der Unglücksstelle und hockten uns auf einen Wiesenweg. Rodenstock qualmte eine seiner dicken Zigarren, ich nuckelte an meiner Pfeife. Wir sprachen kein Wort. Eine Stunde später schossen die Kripoleute in einem irrwitzigen Tempo die Asphaltbahn zwischen den Feldern hoch, als gelte es, Leben zu retten.

»Na denn«, murmelte Rodenstock hohl.

Eine weitere Stunde später kam der Leichenwagen, um Heiner Breidenbach abzuholen. Die Protokolle waren diktiert, wir fühlten uns erschöpft und leer, rollten nach Hause und setzten uns in den Garten, um umherzustarren und den Frauen sehr zögerlich zu berichten, was geschehen war.

Als Vera bei dem Versuch, mich zu trösten, sagte: »Das hätte er sowieso getan«, brüllte ich sie an: »Das hilft nicht, verdammt noch mal, das hilft nicht!«

ELFTES KAPITEL

Ich habe an den Rest dieses Tages nur unklare Erinnerungen und Rodenstock geht es wohl genauso. Irgendwann gab es etwas zu essen, irgendwann fand ich den Weg ins Schlafzimmer, irgendwann lag Vera neben mir, sagte nichts und hielt mich einfach fest.

Doch ich konnte nicht schlafen, stand wieder auf, lief im Haus herum, kraulte den Hund, schlenderte durch den Garten, starrte auf die dunkle Fläche des Teiches, ging wieder zurück in das Schlafzimmer und lauschte auf Veras ruhigen Atem.

Ich beschimpfte Heiner Breidenbach, weil er aufgegeben hatte, ich beschimpfte seinen Vater, weil er seine Kinder verlassen hatte, ich war wütend und traurig zugleich. Ich verfluchte Maria Breidenbach, weil sie wohl die Kraft nicht aufgebracht hatte, diese Familie dazu zu bringen, miteinander zu reden. Irgendwann in der Nacht schlief ich im Wohnzimmer auf dem Sofa ein, spürte aber noch, dass Cisco still neben mich kroch, als wollte er mich nicht wecken. Und ich erinnere mich daran, dass ich plötzlich erschrocken entdeckte, dass alle Fehler, die ich den Toten und Lebenden vorwarf, irgendwann auch meine Fehler gewesen waren ... *der werfe den ersten Stein.*

Ich wurde wach, als Vera leise hereinkam und mir einen Becher Kaffee vor die Nase stellte. Ich fühlte mich besser, die Melancholie hatte sich verabschiedet.

»Komm raus in den Garten, die Sonne scheint, der Tag sieht unverschämt gut aus. Emma und Rodenstock haben draußen gedeckt.«

»Wie geht es Rodenstock?«

»Viel besser, er grinst schon wieder und verkackeiert die ganze Welt. Sie wollen gleich nach Heyroth fahren, weil da irgendein Bagger zugange ist und weil das so spannend ist. Und heute Mittag kommt Kischkewitz vorbei, um ein wenig zu schwätzen.«

»Weißt du, was mit Maria Breidenbach und Julia ist?«

»Maria Breidenbach ist zusammengebrochen. Die Ärzte sagen aber, sie wird es schaffen. Julia Breidenbach haben sie in der Psychiatrie weggeschlossen. Sie wollten jedes Risiko vermeiden. Denn es gibt immer noch Unklarheiten. Inzwischen ist ein zweiter Zeuge aufgetaucht, der Maria Breidenbach in der Tatnacht in der Nähe des Steinbruchs gesehen hat. Aber nicht bei dem Haus der alten Klara, sondern auf der anderen Seite des Steinbruchs hinter dem Areal, wo heute noch Kalkstein gebrochen wird. Der Zeuge ist ein Bundeswehrsoldat. Er hat das Golf-Cabrio auf einem Feldweg stehen sehen. Maria Breidenbach saß hinter dem Steuer. Er hat sich gewundert und sich deshalb die Autonummer gemerkt. Erst parkte sie also auf Klaras und anschließend auf der anderen Seite.«

»Was soll das bedeuten?«

»Möglicherweise hat sie das Ganze gesteuert. Möglicherweise hat sie die Kinder scharf gemacht. Nicht um den Vater zu töten, sondern um ihm einen Denkzettel zu verpassen. Möglicherweise ... Ach Gott, wir tappen nach wie vor im Dunkeln. Wir wissen nicht, wer von den dreien Breidenbach erschlagen hat, wissen nicht wirklich, weshalb Heiner Breidenbach sich umgebracht hat. Vielleicht war es ihm einfach nur unmöglich, mit all den Zerstörungen weiterzuleben, die sein Vater angerichtet hat. Vielleicht war er dabei, als sein Vater getötet wurde, vielleicht konnte er damit nicht leben. Vielleicht hat er auch Messerich getötet und in die Suhle geschleppt, vielleicht, vielleicht, vielleicht.« Sie hielt inne und sah in den Garten hinaus. »Wir haben nur noch ein Fenster in diese dunkle Nacht im Steinbruch. Und das heißt Julia. Wenn jetzt irgendeiner einen Fehler macht, ist das Fenster für immer verschlossen. Das habe ich jetzt verstanden.« Sie sah mich an.

Wenig später gingen wir in den Garten hinaus. Rodenstock hielt die beiden Katzen auf dem Schoß, Emma las den *Trierischen Volksfreund*, irgendwo weit weg krähte ein Hahn und über dem Teich herrschte heftiger Betrieb. Zwei Feuerschwanzlibellen vollzogen einen runden Kopulationsflug un den Frühstückstisch und landeten zielsicher auf den Brotscheiben. Mein Hund Cisco lag im Efeu an der Mauer und schlief den Schlaf des Gerechten.

Von Osten flog das Wildentenmännchen heran, beschrieb eine weite Schleife bis zur Einflugschneise zwischen den Häusern und pflügte endlich in einem eleganten Sturzflug meinen Teich. Dort schüttelte es die Flügel aus, drehte den Hals und steckte den Kopf ins Gefieder – Frühstückspause.

»Probier den Zimthonig«, sagte Emma. »Er ist so gut, dass ich nur mit Mühe das Glas ungeleert lassen konnte.«

»Dein Freund, der Psychiater Matthias, hat Maria Breidenbach unter seine Fittiche genommen«, berichtete Rodenstock. »Er ist der Meinung, dass wir ruhig mit ihr reden können. Sie ist im Krankenhaus in Wittlich. Nur die Tochter Julia ist tabu, an die kommt zurzeit niemand heran, auch nicht Kischkewitz. Ich sagte ihm, wir würden vielleicht gegen Abend kommen.«

»Okay«, nickte ich. »Gibt es einen Abschiedsbrief von Heiner?«

»Nein«, antwortete Rodenstock.

»Unsere Hoffnung heißt Julia«, murmelte Emma. »Dabei denke ich nicht an eine Verhandlung vor Gericht, sondern mich treibt Neugier, reine Neugier.«

»Wissen wir, was Maria Breidenbach ausgesagt hat?«, fragte ich weiter.

»Nicht im Einzelnen«, antwortete Rodenstock. »Du bist jetzt ungeduldig, nicht wahr?«

»Natürlich. Ich will endlich Klarheit darüber, was im Steinbruch geschehen ist.«

»Du solltest dich ablenken, zum Beispiel mit uns zum Haus fahren«, sagte Emma.

»Nicht heute«, wehrte ich ab.

Sie fuhren zu dritt, ich blieb zurück und war froh, allein zu sein. Ich hockte mich auf einen Stein am Teich und rief Matthias an. Ich hatte Glück, ihn zwischen zwei Therapiestunden zu erwischen.

»In welcher Verfassung ist Maria Breidenbach?«

»In keiner guten«, antwortete er sibyllinisch. »Die Frau

hat zu viel durchleiden müssen. Sie bekommt nun starke Medikamente.«

»Weißt du, was sie in jener Nacht im Steinbruch erlebt hat?«

»In etwa, Kleinigkeiten ausgenommen. Willst du was drüber schreiben? Ich darf dir nichts sagen und zitieren darfst du mich erst recht nicht. Das musst du einfach wissen.«

»Ich schreibe jetzt noch nicht. Erst wenn die Geschichte ein Ende gefunden hat. Hast du auch Julia in Behandlung?«

»Ja. Aber sie weiß noch nichts von ihrem Bruder. Ich möchte damit noch warten.«

»Was hat die Mutter denn nun gesagt?«

»Mutter und Kinder hatten an jenem Abend das erste Mal ein Gespräch, in dem es um die Probleme mit dem Vater ging. Zu diesem Zeitpunkt hatte der Vater das Haus in Ulmen bereits verlassen und befand sich im Kerpener Steinbruch. Die Kinder bestanden darauf, den Vater zur Rede zu stellen, damit endlich einmal Klarheit in der Familie herrschte. Die Mutter sagt, sie habe über einen Zeitraum von mindestens drei Jahren immer wieder versucht, mit ihrem Mann zu reden, war aber stets auf Ablehnung gestoßen. Sie erhielt lediglich die Antwort, die Ehe sei sowieso tot, daher ginge sie sein Leben nichts mehr an. Er würde zu seinen Verpflichtungen stehen. Damit meinte er wohl die wirtschaftliche Verpflichtung ihr und den Kindern gegenüber. Der Mann hatte absolut dichtgemacht. An diesem Abend nun beschlossen die Kinder, mit dem Vater endlich über alles zu reden. Du musst wissen, dass der Vater eine Identifikationsfigur war, die Leitfigur. Wenn so eine Leitfigur plötzlich ihre sexuell angestammte Rolle verlässt, in diesem Fall sich also als Schwuler outet, ist das für Kinder nicht so einfach zu bewältigen. Erst recht, wenn der Betreffende das Gespräch verweigert. Es gab eine erhitzte Diskussion mit der Mutter. Die beiden Kinder waren am Ende der Ansicht, der Vater sollte die Eifel so bald wie möglich verlassen, egal wohin. Er sollte die Familie in Ruhe lassen. Die Mutter versuchte die Gemüter zu besänftigen und versprach, den Vater zu bitten, mit ihnen zu reden. Aber offensichtlich kam das sehr halbherzig. Denn als die Mutter später am Abend, etwa zwischen 23 und 24 Uhr in die Zimmer der Kinder schaute, waren die weg. Die Mutter setzte sich in ihr Auto und fuhr Richtung Steinbruch. Aber sie stoppte vorher, stieg nicht aus, war vollkommen verkrampft und verängstigt und sah sich außerstande, ihrem Ehemann gegenüberzutreten. Sie wechselte die Position. Zuerst stand sie in Kerpen, dann auf der anderen Seite des Steinbruchs. Etwa um vier Uhr morgens fuhr sie nach Ulmen in ihr Haus zurück. Die beiden Kinder waren bereits dort, lagen in den Betten und schliefen augenscheinlich. Beide Kinder waren geduscht und im Keller lief die Waschmaschine mit den Klamotten, die sie am Tag zuvor getragen hatten.«

»Glaubst du, dass die Kinder den Vater töteten?«

»Sie waren zumindest bei dem Vater, als er starb. Aber was genau geschehen ist, weiß ich noch nicht. Alles hängt davon ab, ob Julia je bereit sein wird, sich zu erinnern.«

»Meinst du, sie wird?«

»Das weiß kein Mensch«, antwortete Matthias. »Wir nennen das eine posttraumatische Bewusstseinsstörung, die jetzt von Julia Besitz ergriffen hat. Sie hat keine Erinnerung an diese Nacht. Ich muss jetzt eine ziemlich miese Rolle übernehmen.«

»Wieso das?«

»Na ja, ich muss dem Kind zu einer Erinnerung verhelfen, damit es später bestraft werden kann!«

»Wie lange dauert es denn normalerweise, bis die Erinnerung sich wieder einstellt?«

»Das hängt von sehr vielen Faktoren ab. Julia lebt in einem Haus mit tausend Türen und sie wird jede einzelne Tür für uns öffnen, wenn wir richtig vorgehen und wenn sie sich überzeugen lässt, dass wir ihr helfen, sie befreien wollen.«

»Und die Ergebnisse leitest du weiter an die Mordkommission?«

»Ja, an die Staatsanwaltschaft. Wenn ich etwas Entscheidendes weiß, sag ich dir Bescheid.«

Ich legte mich in den Schatten der kleinen Esskastanie und war plötzlich voller Zuversicht. Matthias würde es möglich machen, dass das Mädchen mit ihrer Vergangenheit leben konnte. Ich fragte mich, was in zehn Jahren über diese Familie erzählt werden würde. Würde es heißen: Der Vater war bestechlich und schwul? Oder würde man sagen: Die Kinder töteten den Vater aus abgrundtiefem Hass? Oder würde es heißen: Die Familie redete nicht mehr miteinander und das war ihr Tod? Wahrscheinlich von allem ein wenig. Franz Lamm würde sich durchbeißen, der Sprudelhersteller war ohnehin verschwunden und würde sich sein Leben lang verächtlich über diesen Landstrich äußern. Abi Schwanitz und seine Truppe würden in der Verhandlung Befehle vorschieben und sich dennoch nicht ganz dahinter verstecken können.

Als Kischkewitz in den Garten stolzierte und laut einen fröhlichen Tag wünschte, war ich auf der Liege eingedöst.

»Wo ist der Rest der Truppe?«

»In Emmas und Rodenstocks Haus. Keller und Heizung planen, die Zukunft planen. Wie geht es dir?«

»Na ja, meine Frau meint, ich sehe aus wie der Tod hoch zu Ross.«

»Da hat sie Recht. Habt ihr die Akte schon geschlossen?«

»Natürlich nicht, wir sammeln noch Fakten und Aussagen. Aber es kommt nicht mehr viel dabei herum. Wir müssen jetzt warten. Ein wüste Anhäufung verschiedenster Verstöße gegen die Gesetze, garniert mit vier Todesfällen.« Er seufzte.

»Wenn du einen Kaffee willst, da auf dem Tisch steht die Kanne. Hast du heute frei?«

»Heute und morgen. Hast du nicht einen Schnaps für mich?«

»Habe ich.« Ich stand auf und ging ins Haus, um ihm das Gewünschte zu holen.

Als Kischkewitz vorsichtig daran nippte, fragte ich: »Wie schätzt du das ein: Wird Julia je vor einem Richter stehen müssen?«

»Niemals«, antwortete er sehr sicher.

»Mir kommt das so vor, als sei da ein Krieg abgelaufen.«

»Richtig. Leider war es ein wortloser Krieg gegen das

Schweigen. Wenn ich die Akte schließe, machen wir eine Fete.«

»Das wäre schön. Ich glaube übrigens nicht, dass die Mutter im Auto sitzen geblieben ist. Ich denke, sie hat etwas mitbekommen.«

»Manchmal denke ich das auch«, nickte er. »Aber sie wird nichts darüber sagen, bevor nicht Julia ihre Geschichte erzählt hat.«

»Wie kommt eigentlich der Geschäftsführer von *Water Blue* bei dir weg?«

»Überhaupt nicht!«, strahlte er. »Der Mann wusste von allem, wirklich von jeder Schweinerei im Umfeld des Sprudels. Und er tritt in jedes Fettnäpfchen, das wir vor ihm aufstellen.«

Sein Handy gab liebliche Töne von sich. Verärgert schimpfte Kischkewitz: »Ich habe ausdrücklich gesagt, ich will auf keinen Fall gestört werden.«

Trotzdem hörte er dem Anrufer zu und begann hastiger zu atmen. Nachdem er das Gespräch beendet hatte, starrte er auf die Kirche nebenan und blinzelte. »Julia Breidenbach«, murmelte er tonlos. »Sie ist verschwunden, einfach weg. Seit heute Morgen gegen elf Uhr. Ich hatte einen Beamten vor ihrer Tür postiert. Doch der Mann hat sich zur Schwester gesetzt und gemütlich ein Tässchen Kaffee getrunken. Als er zurückkam, war sie weg. Dieser Idiot, dieser Holzkopf!« Er wedelte mit beiden Händen. »Ich muss weg, Baumeister.« Er schoss buchstäblich auf das Gartentor zu, stoppte, drehte sich und fragte: »Wo würdest du suchen?«

»Gute Frage. Wenn sie zu Fuß unterwegs ist, wird sie irgendwo in den Wäldern zwischen hier und Wittlich stecken«, überlegte ich. »Hat sie ein Fahrrad genommen? Oder ein Moped?«

»Weiß ich nicht, verdammte Scheiße, ich weiß gar nichts. Ich will nicht noch eine Leiche, ich hasse diesen Fall.«

»Was trägt sie denn?«

»Ihre eigenen Klamotten, vermute ich mal. Ich schiebe den Kerl persönlich durch den Fleischwolf!« Endlich rannte er zu seinem Auto und startete mit durchdrehenden Rädern.

Ich ging ins Haus und versuchte noch mal Matthias zu erreichen, aber er war nicht zu sprechen. Ich versuchte Rodenstock zu erreichen, sein Handy war besetzt. Veras Handy lag auf dem Nachttisch im Schlafzimmer. Emmas Handy schien nicht eingeschaltet.

Baumeister, dreh jetzt nicht durch. Gehe logisch vor. Sie entwischt aus dem Krankenhaus. Wo liegt dieses Krankenhaus? In den nördlichen Ausläufern von Wittlich. Sie wird die Innenstadt meiden und sie ist am richtigen Punkt der Stadt, wenn sie nach Norden will. Und sie will nach Norden, Richtung Daun, Richtung Ulmen. Sie wird in ihrem Elternhaus nicht aufkreuzen, aber sie wird in die Gegend wollen, wo sie zu Hause ist. Den Steinbruch wird sie nicht anpeilen, das wäre zu schmerzlich. Aber sie wird in diese Gegend zu kommen versuchen, falls sie sich nicht vorher … ja, falls sie sich nicht vorher das Leben nimmt. Denk auch das ruhig durch, Baumeister, denk in Ruhe an die Möglichkeit, dass sie sich das Leben nehmen will. Sie ist also am Nordrand der Stadt und sie will nach Norden. Welchen Weg nimmt sie?

Ich rannte die Treppe hinauf in mein Arbeitszimmer und legte den Autoatlas vor mich.

Wenn sie nach Norden geht, nimmt sie das Tal der Lieser. Sie wird das kennen, jeder Naturfreak kennt das. Ihr Vater wird sie hundertmal mitgenommen haben. Wie viele Kilometer hat sie vor sich? Luftlinie ungefähr fünfundzwanzig Kilometer. Wenn sie sämtliche Bögen des Flusses mitnimmt, wird sie fünfunddreißig Kilometer zu laufen haben. Und sie wird nur langsam vorankommen, denn jede Gruppe von Wanderern wird sie zwingen zu warten, und das Tal ist stellenweise so eng, dass sie sich oft verstecken muss.

Ich wusste, dass westwärts von Niederöfflingen und Oberöfflingen der Fluss die steilsten und engsten Kehren durchlief. Steil und eng war es auch bei Eckfeld. Es war wahrscheinlich am aussichtsreichsten, die Burgen in Manderscheid anzufahren und dann flussaufwärts zu gehen, Julia entgegen.

Ich dachte daran, einen Zettel auf den Küchentisch zu legen, ließ es jedoch sein. Rodenstock würde schnell genug erfahren, wo ich steckte. Ich sprang in meinen Wagen und fuhr los.

Ich kam nicht gut voran, es waren zu viele Lkw unterwegs. Als ich an der alten Mühle, im Loch der Lieser unterhalb der Niederburg parkte, war es drei Uhr, die Sonne stand hoch und es war heiß. Ich machte mich unverzüglich auf den Weg und musste mich entscheiden, ob ich rechts oder links des Flusses gehen sollte. Ich entschied mich für das rechte Ufer.

Es machte wenig Sinn, den Trampelpfad neben dem Flusslauf entlangzugehen, denn den würde sie vermeiden. Sie würde oben am Hang langlaufen und den Uferpfad nur benutzen, wenn es keine andere Möglichkeit gab.

Ich ging langsam los.

Als mir eine Gruppe junger Wanderer entgegenkam, drückte ich mich hinter einen Felsen und sie bemerkten mich nicht. Ich erreichte einen kleinen Kessel, in dem eine zweite Gruppe gerade Rast machte und unter viel Geschrei und Gejohle Kartoffelsalat verdrückte.

Ich umging den Kessel, indem ich den Hang hinaufkletterte und dann parallel zum Fluss weiterlief.

Nach einem weiteren Kilometer erschien mir mein Vorhaben absolut sinnlos. Julia konnte sich in der Natur vermutlich viel besser bewegen als ich, vor allem geräuschloser. Wahrscheinlich würde sie mich längst entdeckt haben, ehe ich sie sah. Es würde ein Leichtes für sie sein, mich ins Leere laufen zu lassen.

Vielleicht benutzte sie einen ganz anderen Weg, vielleicht war sie risikobereit genug, sich auf der Straße zu bewegen, einen Autofahrer anzuhalten, sich mitnehmen zu lassen. Vielleicht wollte sie doch in den Steinbruch und war längst dort. Vielleicht war sie auch schon tot.

Ich schwitzte und fühlte mich elend, ich hatte Kopfschmerzen, litt an einem pulvertrockenen Mund.

Als ich Julia traf, war es für uns beide gleichermaßen überraschend. Sie lag unter einem vorspringenden Felsen zur Hangseite hin auf dem Rücken und sah mich mit erschreckten Augen an.

»Okay«, sagte ich unendlich erleichtert, »du lebst. Alles andere ist scheißegal.« Ich setzte mich neben sie.

Sie hatte sich das Gesicht mit Erde verschmiert und ihr weißes T-Shirt durch den Dreck gezogen, bevor sie es wieder übergestreift hatte. Sie trug Jeans und Turnschuhe, rot und nicht verschnürt.

»Ich nehme an, das Krankenhaus war furchtbar«, sagte ich, nur um etwas zu sagen.

Langsam entspannte sie sich. Ich merkte das an ihren Füßen, die sich langstreckten.

»Es war wie in einer Todeszelle«, sagte sie tonlos. »Nichts drin, nur dieses komische Bett.« Dann, nach vielen Sekunden, setzte sie hinzu: »Hast du was zu essen bei dir?«

»Nichts. Wir könnten irgendwo was kaufen.«

»Ist nicht so wichtig. Weißt du, wo meine Mutter ist?«

»Sie liegt in dem Krankenhaus, aus dem du geflüchtet bist«, antwortete ich.

»Und mein Bruder?«

Lieber Himmel, was antwortest du jetzt, Baumeister?

Lüg nicht! Wenn sie dich bei einer Lüge erwischt, ist es aus. Und wenn sie aufspringt und davonläuft, kriegst du sie nie wieder.

»Er ist abgestürzt. Im Steinbruch.«

Sie bedeckte die Augen mit der rechten Hand. »Er hat gelitten wie ein Tier«, sagte sie seltsam klar. »Seit er auf Kreta war. Was ist da eigentlich passiert?«

»Dein Vater hat mit Holger Schwed gelebt und mit Heiner nicht geredet. Das muss furchtbar gewesen sein. Das war es wohl.«

»Hat er … hat er gelitten, ich meine, Schmerzen gehabt?« Sie setzte sich aufrecht mit dem Rücken zu mir.

»Nein. Er hat nichts gespürt.«

»Und Mama?«

»Sie hatte einen Zusammenbruch. Das alles war einfach zu viel für sie. Wolltest du auch in den Steinbruch?«

»Nein. Ich friere.« Sie nahm einen kleinen Kiesel hoch und rollte ihn auf der Handfläche. »Heiner hat gesagt, das Leben wäre scheiße.«

»Wenn wir zwanzig Meter weitergehen, dann ist da eine Lichtung mit Sonne.«

»Das ist gut.« Sie stand auf und lief vorweg. In der Sonne setzte sie sich auf einen Baumstumpf. »Ich weiß gar nicht, wohin ich soll. Nur nicht mehr in dieses Krankenhaus. Hast du lange auf mich gewartet?«

»Nein. Ich bin eben erst unten in Niedermanderscheid angekommen. Ich habe vermutet, dass du an der Lieser entlanggehst.« Ich legte mich auf den Rücken und schloss die Augen.

»Sind die Bullen hinter mir her?«, fragte sie sachlich.

»Todsicher«, murmelte ich. »Aber ob sie dich hier suchen, das wage ich zu bezweifeln. Sie wissen zu wenig von dir.«

Hatte sie nun diese posttraumatische Bewusstseinsstörung? Was konnte ich falsch machen? Ich fühlte mich hilflos.

»Werden die mich bestrafen, weil ich abgehauen bin?«

»Um Gottes willen«, antwortete ich. »Im Gegenteil. Alle wollen, dass du lebst und klarkommst. Wir wissen einfach nicht, wie wir dir helfen können.«

»Kennst du Aspik? Manchmal wird Fleisch in Aspik gegessen, Schwartemagen, Sülze und so was. Das Zeug ist so eklig glasig. Ich fühle mich wie in Aspik. Hast du Zigaretten dabei?«

»Nein. Nur eine Pfeife. Willst du mal Pfeife rauchen?«

»Klar, warum nicht.«

Ich stopfte ihr eine ganz kleine Pfeife von Big Ben.

»Das Blöde ist«, sagte sie seltsam heiter, »dass ich auch noch meine Tage gekriegt habe. Ich habe nichts bei mir.«

Ich reichte ihr ein Päckchen Papiertaschentücher, die ich in der Weste bei mir trug. »Das wird etwas helfen.«

Sie sagte artig danke und ging ein paar Schritte in den Wald hinein hangabwärts. Mir stockte der Atem, als ich mir vorstellte, sie würde zwanzig Schritte auf den Felsen hinauflaufen und dann springen. Aber sie kehrte zu mir zurück und sagte: »Wenn ich die Tücher behalten kann … das wäre gut.«

»Na sicher.«

Sie setzte sich neben mich auf einen dicken trockenen Ast. »Hast du Kinder?«

»Nein. Ich habe keine Familie. Manchmal wünsche ich mir eine.«

»Würdest du mit denen reden? Mein Vater hat nicht mit uns geredet. Abi Schwanitz hat mir gesagt, mein Vater sei eine schwule Sau. Von andern habe ich das auch gehört. Ich wusste, sie haben vielleicht Recht, aber so etwas durften sie nicht sagen.«

»Was war mit deinem Bruder? Habt ihr denn auch nicht miteinander geredet?«

»Nein, eigentlich nicht. Manchmal machte er so Andeutungen. Messerich sei auch ein Schwein. Messerich ist tot.«

Ich hielt den Atem an, mir war schlecht. Wenn sie wusste, dass Messerich tot war, dann gab es an dieser Stelle vielleicht eine Tür zu ihrer Seele.

»Ja, das ist richtig«, sagte ich etwas zittrig.

»Stimmt das, dass Abi dir die Zähne eingeschlagen hat?«

»Das ist wahr«, nickte ich. »Seitdem trage ich Kunststoff im Maul. Es war ziemlich schmerzhaft. Und es ist noch nicht ganz verheilt und tut jetzt noch manchmal weh. Aber Abi hat bei allen möglichen Gelegenheiten zugeschlagen. Er schlägt sich sozusagen durchs Leben.«

Sie grinste und legte sich ebenfalls auf den Rücken, die Arme ganz locker ausgestreckt. »Du wirst die Bullen nicht rufen?«

»Nein, das werde ich nicht.«

»Was soll ich denn jetzt machen? Nach Hause will ich nicht mehr.«

»Das kann ich verstehen. Vielleicht hast du eine Freundin oder einen Freund, bei dem du leben kannst?«

»Nein.« Sie kaute auf einem Grashalm herum.

»Das wird sich alles finden«, sagte ich behutsam. »Es wird einen Ort geben, an dem du frei leben kannst. Jedenfalls wollen das alle, die von der Geschichte wissen. Du wirst Unterstützung bekommen.«

»Aber sie wissen nichts von meinen Schmerzen.«

»Nein, aber vielleicht können sie es lernen.«

»Wenn wir zu einer Kneipe gehen, würdest du mir was zu essen kaufen?«

»Klar.«

»Du hast ein Handy dabei und rufst die Bullen.« Jetzt war ihr Mund verkniffen.

Ich zog das Handy aus der Tasche und warf es weit den Hang hinunter. »Ich rufe niemanden.«

»Sollen wir dann jetzt losgehen?«, fragte sie. Aber sie stand nicht auf, bewegte sich nicht einmal.

Nach einer Weile begann sie zu erzählen, als sei ich nicht da. »Wir sind an dem Abend zum Steinbruch, weil wir mit meinem Vater sprechen wollten. Wir wollten ihm sagen, was er alles kaputtgemacht hat und dass er abhauen soll, möglichst weit weg von uns. Es war furchtbar. Es regnete und wir sahen, dass er nicht allein war. Er sprach mit jemandem. Mit Messerich. Der war mit im Zelt. Heiner zog das Zelttuch weg. Und da lagen sie ... und sie machten es. Es war so was von schlimm, es war total das furchtbarste Gefühl, das ich je hatte.« Sie zupfte einen neuen Grashalm aus einem Moosplacken und nahm ihn in den Mund. »Und dann stürmte Messerich raus und brüllte, wir sollten abhauen, das sei ... das sei nichts für kleine Kinder aus der Eifel. Und dann nahm Heiner einen Stein und schlug zu. Messerich versuchte sich wehren, aber Heiner war wie von Sinnen. Mein Vater stand völlig starr daneben. Dann war Messerich tot und mein Vater begann zu schreien. Wir sollten weggehen. Sein Leben ginge uns nichts mehr an. Und er wollte nicht mehr mit uns leben, uns nicht mehr sehen. Wir sollten ihn in Ruhe lassen und wir seien Mörder ... Ja, so war das.« Sie schwieg und wälzte sich herum auf den Bauch.

Matt sagte ich: »Du brauchst mir das alles nicht zu erzählen, wenn du das nicht willst.«

Sie hatte nicht zugehört, sie war in ihrer Welt. »Heiner ging auf ihn zu. Ich habe Heiner noch nie so erlebt. Er hatte immer noch den Stein in der Hand. Und mein Vater sah mich an und ich schrie und rannte weg. Ich rannte ziemlich weit, ich weiß nicht wohin. Und nach einer Weile ging ich wieder zurück, weil ich Heiner nicht allein lassen wollte.

Und da lag mein Vater auf dem Haufen Steine und Heiner sagte ganz wild: Das Schwein ist auch tot! Aber niemand soll ihn finden zusammen mit diesem Messerichschwein! Und wir schafften Messerich auf meinem Moped rüber, über das Feld zur Wildschweinsuhle. Wir ließen ihn dort, weil wir wussten, dass Wildschweine alles fressen. Sogar Messerich. Wir haben das Zelt zerrissen und unter die Steine gepackt. Wir haben dann nicht mehr drüber geredet. Glaubst du, dass Heiner im Himmel ist?«

»Das weiß ich nicht. Und eure Mutter hat davon nichts mitbekommen?«

Sie schüttelte den Kopf. »Ich denke, sie ahnte was, aber sie fragte nicht. Sie schwieg. Sie hat ja immer geschwiegen.«

Es war still. Eine Haubenmeise hüpfte auf einem Haselstrauch herum und linste neugierig zu uns her. Als sie herausfand, dass wir keine Gefahr für sie waren, begann sie schallend zu schreien.

»Können wir jetzt gehen?«, fragte Julia. »Ich bin wirklich hungrig.«

Krimis von Jacques Berndorf

Eifel-Blues
ISBN 978-3-89425-442-1
Der erste Eifel-Krimi mit Siggi Baumeister

Eifel-Gold
ISBN 978-3-89425-035-5
Der zweite Eifel-Krimi mit Siggi Baumeister

Eifel-Filz
ISBN 978-3-89425-048-5
Der dritte Eifel-Krimi mit Siggi Baumeister

Eifel-Schnee
ISBN 978-3-89425-062-1
Der vierte Eifel-Krimi mit Siggi Baumeister

Eifel-Feuer
ISBN 978-3-89425-069-0
Der fünfte Eifel-Krimi mit Siggi Baumeister

Eifel-Rallye
ISBN 978-3-89425-201-4
Der sechste Eifel-Krimi mit Siggi Baumeister

Eifel-Jagd
ISBN 978-3-89425-217-5
Der siebte Eifel-Krimi mit Siggi Baumeister

Eifel-Sturm
ISBN 978-3-89425-227-4
Der achte Eifel-Krimi mit Siggi Baumeister

Eifel-Müll
ISBN 978-3-89425-245-8
Der neunte Eifel-Krimi mit Siggi Baumeister

Eifel-Wasser
ISBN 978-3-89425-261-8
Der zehnte Eifel-Krimi mit Siggi Baumeister

Eifel-Liebe
ISBN 978-3-89425-270-0
Der elfte Eifel-Krimi mit Siggi Baumeister

Eifel-Träume
ISBN 978-3-89425-295-3
Der zwölfte Eifel-Krimi mit Siggi Baumeister

Eifel-Kreuz
Hardcover, ISBN 978-3-89425-650-0
Der dreizehnte Eifel-Krimi mit Siggi Baumeister

Die Raffkes
Berliner Banken-Thriller mit Jochen Mann
ISBN 978-3-89425-283-0

Jacques Berndorf/Christian Willisohn

Otto Krause hat den Blues

CD, 73 Minuten

ISBN 978-3-89425-497-1

€ 15,90/sFr 30,50

»Er ist nicht nur einer der besten Blues- und Boogie-Pianisten und -Sänger weit und breit, Christian Willisohn setzt sich auch mit Notenbüchern für den Nachwuchs und mit einem eigenen Label für Kollegen ein. Und er hat sich jetzt mit Jacques Berndorf, dem bekannten Eifel-Krimi-Autoren, auf ein spannendes literarisch-musikalisches Experiment eingelassen. Auf der Hörbuch-CD ›Otto Krause hat den Blues‹ erzählen die Reibeisenstimmen der beiden ein Bluesmärchen. Willisohns eigens dafür komponierte Stücke gehen nahtlos in die mal witzigen, mal traurigen Episoden rund um eine große Liebe über.«

Süddeutsche Zeitung, SZ Extra

»Kein Krimi diesmal von Jacques Berndorf, sondern ein Märchen, ein Bluesmärchen. Nichts fehlt darin: die große Liebe und die bittere Enttäuschung, Verlust und Hoffnung, Depression und Durchhaltevermögen, Mülltonnen und Fische im trüben Teich, Momente des Glücks und lange Phasen der Einsamkeit, Riesenschlangen und ein Happy End.«

Jazz Podium

»Das Zusammenspiel von Krimiautor Jacques Berndorf und dem Jazzer Christian Willisohn macht diese Scheibe zu einem schauerlich schönen Hör-Erlebnis.«

Neues Deutschland

Das Jacques Berndorf-Fanbuch

Jacques Berndorf –
Eifel-Täter
Mit Texten von und
über Jacques Berndorf
Herausgegeben von
Rutger Booß
Fotografie: Karl Maas
Erweiterte Neuausgabe
Französische Broschur
16 x 24 cm, 176 Seiten
ISBN 978-3-89425-496-4

»Jetzt aber diese Bilder. Sie haben das Schwarz-Weiß der Krimis lebendig gefärbt, den beigegebenen Texten neues Leben eingehaucht, Lust am Wiederlesen gemacht. Vor allem aber haben sie eine Sehnsucht nach Besichtigung geweckt, die gar nicht stillbar ist. So anrührend kann man – bloß zu Besuch – die Eifel niemals vorfinden. Nehmen wir also das Buch in der Ferne dankbar nicht als die Eifel, sondern als die Eifel-Welt, die heile Welt des Eifel-Krimis.«
Prof. Erhard Schütz/WDR 5

»Für eingefleischte Berndorf-Fans ist dieses exzellent vierfarbig gedruckte Begleitbuch fast ein Muss.«
Bergsträßer Anzeiger